끝에서 바라본

문학의 미래

끝에서 바라본 문학의 미래

2012년 2월 23일 1판 1쇄 찍음
2012년 2월 29일 1판 1쇄 펴냄

지은이   이경재
펴낸이   손택수
주간   이명원
편집   이상현, 이호석, 박준
디자인   풍영욱
관리 · 영업   김태일, 이용희, 김가영

펴낸곳   (주)실천문학
등록   10-1221호.(1995.10.26.)
주소   우121-839, 서울시 마포구 서교동 478-3 동궁빌딩 501호
전화   322-2161~5
팩스   322-2166
홈페이지   www.silcheon.com

ISBN 978-89-392-0672-4 93810

이 책은 2010 서울문화재단 및 한국문화예술위원회의 문학창작활성화 지원금을 수혜하여
발간되었습니다.

이 도서의 국립중앙도서관 출판시도서목록(CIP)은
e-CIP홈페이지(http://www.nl.go.kr/ecip)와
국가자료공동목록시스템(http://www.nl.go.kr/
kolisnet)에서 이용하실 수 있습니다.
(CIP제어번호:CIP2012001137)

이 경 재 평 론 집

끝에서 바라본

문학의 미래

실천문학사

처음 문단에 나온 순간부터 종언이나 위기라는 말은 그 본뜻의 심각함과는 상관없이 너무나도 익숙하고 흔한 말이었다. 문학, 그 중에서도 동시대 소설들을 읽고 쓴다는 일은 마치 늦된 자의 만용 내지는 무식을 광고하는 일처럼 인식되고는 했다. 주위에 가득한 문학연구자들도 평론 활동에 대하여 격려하는 목소리보다는 우려의 목소리를 더욱 많이 들려주었다. 상식이 되다시피 한 이러한 종언론들은 경청할 만한 부분이 없지 않고, 지금의 문학을 이나마 건강하게 꾸려온 힘이 되었는지도 모른다. 그럼에도 이러한 종언론이 섬세한 분별력 없이 지금의 문학을 도매금으로 넘겨버리는 태도는 참을 수 없었다. 무엇보다도 종언의 이유가 결별의 알리바이로 둔갑하는 일을 지켜보는 것은 쓸쓸함을 넘어 괴로운 일이었다. 무수한 종언론들 속에서 많은 작가들의 작품을 읽었고, 알아주는 이도 읽어주는 이도 없는 글들을 그저 쓰고 또 썼다. 나라고 해서 무슨 뾰족한 자신감이나 희망이 있었던 것은 아니다. 다만 그래야 했고 그러고 싶었다. 만약 사람들의 말처럼 이미 문학이 끝난 것이라면, 이제 문학은 평생을 걸쳐서라도 완수해야만 하는 애도의 대상이다. 최소한 나에게는 그렇다.

부끄러움도 모르고 염치도 없이 두 번째 평론집을 묶어 낸다. 자랑할 만한 비평적 자의식이 있는 것도 아니면서, 어쩌면 그렇기 때문에 무언가에 기대는 평론만은 하고 싶지 않았다. 외롭고 고통스러운 일일지라도 늘 '사이'에 머물고 싶었다. 작품과 작품의 사이, 작품과 작가의 사이, 작품과 이론 사이에 굳건히 자리 잡아 소통과 의미의 매개자가 되고자 노력하였다. 무언가에 기대는 것은 말할 수 없는 든든함을 주지만, 그러한 든든함이 은폐하고 있는 자기기만과 환영에 퍼질러 앉아 있고 싶지 않았다. 집단이 되었든 이념이 되었든 혹은 시장의 메커니즘이 되었든, 그 무엇에도 기대지 않고 오직 실상에만 근거한 평론이란 하나의 백일몽에 불과할까? 그리고 보면 지난 시간들은 집 없는 자의 쓸쓸한 방랑기였음에 분명하다. 앞으로도 한동안 이러한 비평적 태도에서 벗어나고 싶은 생각은 없다. 그리고 보면 내가 서 있는 자리는 거의 언제나 '사이'였던 것 같다. 연구자와 비평가의 사이, 희망과 슬픔 사이, 과민과 둔감 사이, 동경과 정주의 사이 등등.

일차적으로 여기 수록된 글들이 문학장 안에서 유의미한 글들이 되기를 희망한다. 그리하여 동시대 작가나 동료 평론가들에게, 좀 더 욕심을 부리자면 후일의 문학도들에게 도움을 주는 글이 된다면 무척 행복할 것이다. 동시에 여기 실린 평론들이 이 시대와 사회에 대한 사유의 공간이 되도록 하고 싶었다. 분명 작품과 작가에 대한 논의에서 출발하지만 그것은 우리 사회의 명암을 드러내고 함께 만들어나갈 사회에 대한 작은 고민거리라도 던져줄 수 있기를 바란다. 그리하여 이 사회의 불의와 부정을 향해 던져지는 돌멩이 하나만큼의 값어치를 하기에 충분한 글이 되기를 진심으로 희망한다.

이번 평론집의 제목인 '끝에서 바라본 문학의 미래'는 말할 것도 없이 모자란 이가 부린 과욕의 산물이다. 미리 고백을 하자면, 이 책의 글들이 한국문학의 미래에 대한 분명한 답을 제시하고 있는 것은 아니다. 다만 그러한 희망을 찾고자 몸부림친 흔적들이라는 점만은 봐주시기를 바란다. 동시에 이 평론집의 대상이 된 작품들이나 작가들은 한국문학의 미래를 책임질 소중한 자질을 씨처럼 담지하고 있음을 자신 있게 말할 수 있다.

1부에서는 네이션과 관련하여 새로운 문제의식을 던져주는 작품들에 대하여 살펴보았다. 삼척동자도 알다시피 21세기에 들어와 네이션은 복잡 미묘한 표정을 지은 채 우리를 쏘아보고 있다. 여기에 수록된 글들은 네이션이 지닌 가능성과, 네이션을 넘어선 가능성을 동시에 추구하는 (불)가능한 기획의 산물들이다. 이러한 과제는 강영숙, 강희진, 구효서, 김려령, 김연수, 박완서, 박형서, 오수연, 이응준, 정도상, 정지아, 조은, 조해진과 같은 작가들이 있었기에 가능했다. 2부에서는 현실과 관계 맺을 때만 가능한 소설의 풍부한 역능을 포기하지 않은 작품들에 대한 논의들을 묶어보았다. 소설에 대한 확고한 신념 중의 하나는 소설이란 그 소설이 기반으로 하고 있는 현실에 굳건히 뿌리내려야 한다는 것이다. 오늘날 현실과 관계 맺는 방식은 결코 도그마로 환원될 수는 없다. 가능한 방법이 있다면 그것은 변화된 현실과의 끊임없는 긴장과 대결을 통해서 매순간 새롭게 생성될 수밖에 없을 것이다. 김미월, 김성중, 김숨, 김언수, 김연경, 김연수, 김중혁, 김태용, 김훈, 박민규, 배수아, 윤이형, 이반장, 이시백, 이홍, 전경린, 정미경, 정용준, 편혜영, 황정은 등을 통해 소설과 현실이 새롭게 동거하는 방식을 찾아낼 수 있었다. 3부에서는 그야말로 전인미답의 새로운 문학적 가능성을 보인 작품들에 초점을 맞추어 논의를 해보았다. 구경미, 김애란, 손아람, 윤보인, 이은선, 장강명, 전혜정, 최제훈, 최진영, 한지수 등의 작가들은 새로운 상상력과 문체로 현 사회의 핵심적인 문제점들을 예리하게 포착해내고 있다. 이들의 문학을 정독하다 보면 한국문학의 미래가 결코 어둡지 않다는 확신을 자연스럽게 가질 수 있을 것이다. 4부에서는 한국문단의 중진급에 해당하는 작가들을 살펴보았다. 박완서, 박범신, 이남희, 김현숙 등의 작가들이 주요 대상이었는데, 이들의 공통점이 있다면 꾸준한 글쓰기를 통해 자신의 문학은 물론 한국문학의 새로운 단계들을 지속적으로 돌파해나간다는 점이다. 힘들게 개척한 자신들의 문학적 성지에 안주하지 않고 새로운 영역으로 나아가는 이들에게 '영구혁명'이라는 수식어는 결코 지나친 것이 아니다.

　이 책을 내주신 실천문학사를 비롯하여 고마운 분들을 나열하자면 한둘이 아니다. 인생사 새옹지마 아니겠는가? 언젠가는 그분들 모두에게 작은 보답이라도 되돌려 드릴 수 있기를 간절히 바란다. 마지막으로 단 한 분만은 따로 언급하지 않을 수 없다. 여기 수록된 글들은 대부분 아버지가 발병하여 돌아가실 때까지 쓴 글들이다. 이 잘난 글들 쓴다며, 늘 그렇듯이 유세만 떨었다. 이번에도 아버지는 야단은커녕 어딘가에서 사람 좋은 미소만 지어 보이실 게 뻔하다. 저에게 생명을 주시고, 저로서는 흉내 낼 수도 없는 성실함으로 한생을 살다 가신 아버지께 울며 이 책을 바친다.

2012년 달마산 기슭에서

이 경 재

차
례

네이션과 미학

| 1부 |

네이션을 넘어선 연대의 가능성

1. 탈국경의 상상력

이 글에서는 우리 문학에서 중요한 쟁점으로 부상한 탈국경의 상상력에 대하여 살펴보고자 한다. 우선 국가와 국가 간의 경계를 가로지르며 단일한 민족·국가 중심의 이데올로기를 넘어선 문학적 경향을 '탈국경의 상상력'이라 지칭하고자 한다. 탈국경의 상상력을 통해 한국의 작가들은 그동안 한반도 남쪽에 국한되었던 작품의 공간적 배경을 세계로 확장하고, 한국적 모더니티의 문제를 세계적인 시야에서 바라볼 수 있는 거리를 확보하게 되었다.[1] 특히 탈국경의 상상력은 우리 내부에 들어온 수많은 이주민들의 형상을 통해 강렬하게 드러나고 있다. 이를 대표하는 지난 10여 년의 작품으로는 공선옥의 『유랑가족』(실천문학사, 2005), 『명랑한 밤길』(창비, 2007), 천운영의 『잘가라 서커스』(문학동네, 2005), 박

---

[1] 박성창, 「문학·국경·세계화」, 『세계의 문학』, 민음사, 2008 봄, 324쪽 참조.

범신의 『나마스테』(한겨레신문사, 2005), 김재영의 『코끼리』(실천문학사, 2005), 손홍규의 「이무기 사냥꾼」(문학동네, 2005 여름), 송은일의 『사랑을 묻다』(대교북스캔, 2008), 김연수의 「모두에게 복된 새해」(현대문학, 2007.1), 전성태의 「이미테이션」(문학과사회, 2008 겨울), 이혜경의 「물 한 모금」(『틈새』, 창비, 2006) 등을 들 수 있다.

2000년대 이후 한국문학은 민족과 민중이라는 경계 안에서 작동하던 이전의 상상력과 감수성을 초월하기 시작했다.[2) '탈(脫, trans)의 상상력'이 전경화되면서 근대사회의 초월적인 기표들(국가, 민족, 성, 이름 등)이 점차 상대적인 가치로 변모하기 시작한 것이다. 그리하여 한국문학은 이 땅의 타자들을 사유하는 다양한 모습을 보여주었는데, 그러한 시도들은 대개 다문화주의로 수렴되었다고 해도 과언이 아니다.

이와 관련해 조너선 색스(Jonathan Sacks)는 다문화주의에 대한 새로운 견해를 제시한다. 그는 다문화주의가 오늘날 수명을 다했으며, 나아가 다문화주의를 적극적으로 끝내야 할 때라고 주장한다. 다문화주의가 본래의 의도와는 무관하게 사회적 분리로 귀결되었기 때문이다. 다문화주의에 대한 대안으로 그가 제시하는 것은 '우리가 함께 만들어가는 고향'으로서의 사회이다. 색스는 차이와 다양성을 인정하면서도 공동의 소속감이 사회적 공공선을 창조해나가는 협업을 통해 창출되어야 한다고 본다. 이것이 국가와 시장에 내속되는 공동체의 창출을 주장하는 것은 결코 아니다.

---

2) 김예림, 「'경계'를 넘는 문학적 시선들」, 『문학 풍경, 문화 환경』, 문학과지성사, 2007, 93~95쪽 참조.

그는 국가, 민족, 시장을 넘어서는 새로운 사회의 창출을 요구하기 때문이다. 새로운 사회는 미리 규정된 정체성에 공동체의 구성원들이 맞추어나가는 과정이 아니라 새로운 집, 새로운 마을, 새로운 세상을 함께 만들어나가는 행위를 통해 가능하다. 그 행위는 새롭게 '우리'라는 정체성을 창출해나가는 과정이라고 볼 수 있다.[3]

이 글에서는 민족과 국가를 뛰어넘고자 한 탈국경적 상상력의 경과와 과제를 살펴보고자 한다. 이를 위해 김려령의 『완득이』(창비, 2008), 가네시로 가즈키의 『GO』(북폴리오, 2006), 박형서의 『새벽의 나라』(문학과지성사, 2010)를 집중적으로 검토할 것이다. 특히 김려령의 『완득이』와 가네시로 가즈키의 『GO』는 본격문학이 아닌 대중문학에 해당하는 작품들로서 대중작품이기에 오히려 상식화된 탈국경의 상상력을 보여줄 수도 있을 것이다. 또한 한국과 일본이라는 민족주의적 시각과 태도가 팽배한 사회를 비교해볼 수 있다는 점에서 주목할 필요가 있다.

---

3) 그가 이상적으로 생각하는 사회는 계약의 산물과는 다른 상호존중과 믿음에 바탕을 둔 언약의 결과물이다. 조너선 색스는 비유를 통해 '함께 만들어가는 고향으로서의 사회' 외에도 두 가지 사회 모델을 제시한다. 첫 번째는 '시골 별장으로서의 사회'이다. 이 별장에는 주인과 손님, 곧 내부인과 외부인, 다수와 소수가 존재한다. 따뜻한 우호적 관계가 성립하더라도 주인과 손님의 관계는 변화하지 않는다. 두 번째는 '호텔로서의 사회'이다. 호텔은 별장과는 다른 자유와 대등한 권리를 약속한다. 여기에는 애당초 주인, 내부인, 다수는 존재하지 않는다. 그러나 누구도 주인이 아니기에 이 호텔에 대해서 그 구성원은 별다른 애착이나 책임을 느끼지 못한다. 조너선 색스는 이 '호텔로서의 사회'가 바로 다문화주의가 추구하는 사회의 모델이라고 주장한다. (조너선 색스, 서대경 옮김, 『사회의 재창조』, 말·글빛냄, 2009).

2. 그대와 손잡고 있는 자는 진정 타자인가?

김려령의 『완득이』는 제1회 창비청소년문학상 수상작이다. 이제 한국에서 살고 있는 피부색이 다른 이주 노동자의 문제는 청소년 문학에서 다루어질 만큼 익숙한 것이 되었다고 볼 수 있다. 이것은 지난 10여 년 한국문학계에서 트랜스내셔널한 문학에 대해 다종다양한 논의를 활발하게 전개해온 것을 생각한다면, 당연한 현상이라고 할 수 있다. 한국에 살고 있는 외국인에 대해 사유하는 문제는, 어느덧 사유의 전위가 아닌 익숙한 교양의 영역이 되어가고 있는 것인지도 모른다. 그렇다면 과연 우리의 통념 수준에서 피부색이 다른 이방인은 어떤 식으로 다루어지고 있을까?

이 작품의 주인공 완득이는 여러 가지 타자적인 특징을 지니고 있다. 어머니는 베트남 여성이고, 아버지는 난쟁이이다. 그나마 젖을 갓 떼었을 때 어머니는 집을 나갔다. 물론 이 작품의 핵심에는 한국에서 살게 된 결혼 이민자의 고통이 놓여 있다. 완득이의 어머니가 "이상한 춤이나 추면서 남한테 무시당하며 사는 당신을 이해할 수 없"(169쪽)어 집을 떠났다면, 아버지는 "다른 사람들이 당신한테 함부로 대하는"(170쪽) 것, 즉 숙소 사람들이 자신의 아내를 팔려온 하녀 취급하는 것이 싫어서 떠나가는 아내를 끝내 잡지 못했다. 네이션의 경계는 결혼과 귀화라는 제도를 통해서도 우리 사회에서 쉽게 해결되지 않는 것이다. 완득이 어머니가 처한 상황은 다음과 같은 완득이의 생각 속에 잘 압축되어 있다.

가난한 나라 사람이, 잘사는 나라의 가난한 사람과 결혼해 여전히 가난하게 살고 있다. 똑같이 가난한 사람이면서 아버지 나라가 그분

나라보다 조금 더 잘산다는 이유로 큰 소리조차 내지 못한다. 한국인으로 귀화했는데도 다른 한국인에게는 여전히 외국인 노동자 취급을 받는 그분 (149쪽)

피부색이 다른 타자의 문제를 다룸에 있어, 『완득이』가 보여준 성과 중의 하나는 여러 가지 이분법을 피해가고 있다는 점이다. 그것은 인도네시아에서 온 알리 핫산의 존재를 통해서, 이주노동자(피해자)/한국인(가해자)의 구도가 깨지는 장면에서 대표적으로 나타난다. 알리 핫산은 똥주가 운영하는 교회에서 일하며 똥주가 킥복싱 체육관에 다니도록 도와준다. 그러나 그는 고용주가 고용한 염탐꾼으로서, 똥주처럼 악덕 고용주를 고발하는 사람을 찾아내는 게 일이다. "핫산은 한국 사람을 위해 일했고, 똥주는 외국 사람을 위해 일했"(119쪽)던 것이다.

또한 이 작품은 타자의 타자성을 함부로 동일화하는 것의 위험성 혹은 불가능성에 대하여 말하고 있다. 사소하지만 『완득이』에서 동일성의 문제는 완득이의 아버지가 폐닭을 먹는 장면에서 상징적으로 드러난다. 사람들은 완득이 아버지가 돈이 없어서 정상적인 닭이 아닌 폐닭을 먹는다고 생각한다. 그러나 완득이 아버지는 실제로 폐닭을 좋아했던 것이다. 처음 완득이가 담임인 똥주를 미워했던 이유도 "겉으로 드러난 몇 가지만 가지고 내 모든 것을 다 아는 것처럼 떠"(197쪽)들고, "외국인 노동자를 부리는 집에서 태어나, 지금 외국인 노동자와 함께한다고 그 사람들을 다 아는 것처럼 행세하는"(197쪽) 것이 싫었기 때문이다. 똥주는 너무나 쉽게 완득이와 그의 가족을 자기의 관념으로 재단하려 했던 것이다.

이처럼 『완득이』에는 우리 사회의 타자를 다룸에 있어 이전보다 진전된 면이 분명 존재한다. 그러나 남는 문제는 완득이가 지닌 타자성 속에 완득이의 피부색은 과연 어느 정도의 비중으로 존재하느냐이다. 관심을 완득이에게 집중시키자면, 완득이가 겪는 문제는 그의 혼종적인 출생의 조건에서 비롯된 것이라 할 수 없다. 완득이가 겪는 가장 큰 고통의 원인은 대부분 난쟁이인 아버지에게서 비롯된다. 그리하여 이 작품은 어머니보다는 아버지의 삶을 중점적으로 다루고 있다.[4] 완득이는 학교에서 알아주는 싸움꾼인데, 그는 "단지 아버지를 난쟁이라고 놀린 놈들만 두들겨"(11쪽) 팬다. 달리 말하자면 완득이는 친구들로부터 피부색에서 비롯된 것이 아닌, 난쟁이 아버지로부터 비롯된 가난 때문에 고통을 받는 것이다.

이 작품의 결말은 해피엔딩이다. 이러한 결말은 완득이의 타자성을 적절하게 거세한 것과 무관하지 않다. 완득이의 담임선생인 똥주는 비범한 능력의 소유자인 동시에 위악적인 인물이다. '새끼'라는 말을 입에 달고 살며, 완득이 앞으로 나온 수급품을 가져다 먹기도 한다. 그리하여 완득이는 틈만 나면 "제발 똥주 좀 죽여주세요"라고 기도한다. 그러나 완득이에게 똥주는 인간으로 변신한 신이라 할만하다. 그는 얼굴도 모르는 완득이의 어머니를 끝내 찾아내서는 17년 만에 완득이와 만나게 해준다. 똥주는 혼자 빈민가에 살고 있지만, 사실은 엄청난 재력가의 아들로서 외국인 노동자에게 부당한 대우를 하는 아버지가 싫어 가출했을 뿐이다. 나중에 똥주는 완득이의 아버지가 댄스 교습소를 차리도록 해준다. 이

---

4) 아버지는 지체 장애인 삼촌 남민구와 함께 일을 한다. 아버지는 처음 카바레에서 남민구와 함께 "더듬이와 땅꼬마"(143쪽)라는 타이틀을 걸고 춤을 추며, 나중에는 지하철에서 물건을 팔고, 시골 장터에서 일을 한다.

처럼 완벽한 보호자를 옆에 거느린 완득이를 이 사회의 타자로 본다는 것은 넌센스일지도 모른다. 그러고 보니 완득이의 옆에는 1등을 놓치지 않는 모범생 정윤하도 늘 함께 있었다.

『완득이』에는 방치된 자를 다시 세상에 존재하도록 하는 것이야말로 진정한 평등행위의 출발이라는 인식이 드러나 있다. 이 작품에서 완득이의 가장 큰 문제점은 자신과는 "관련 없는 일에는 지독하게 무심"(198쪽)하다는 것이다. 똥주의 가장 큰 역할은 이러한 완득이를 세상 밖으로 드러낸 것이었다.[5] 그러나 김려령의 『완득이』에서 베트남 엄마를 둔 완득이의 타자성이 크게 부각되지는 않는다. 이것이야말로 완득이의 완전한 한국인화라고 말할 수도 있을 것이다. 세상에 드러난 완득이는 분명 이 땅의 타자라고 부를 수 있지만, 그의 타자성은 네이션의 바깥에서 오는 것은 아니다. 이러한 과정을 거쳐 완득이는 우리가 감내할 수 없는 타자성이 제거된 타자가 되는 것인지도 모른다.

3. 완벽히 다르거나 혹은 완벽히 똑같거나

일본은 너무나도 선명한 별상형 사회이다. 주인과 손님, 내부인과 외부인이 선명하게 구분되며, 이러한 이분법은 극심한 차별을 동반한다.[6] 『GO』의 주인공 스기하라는 "일본에서 태어나 일본에

---

5) 완득이는 "내가 세상으로부터 숨어 있기에 딱 좋은 동네였다. 왜 숨어야 하는지 잘 모르겠고, 사실은 너무 오래 숨어 있어서 두렵기 시작했는데, 그저 숨는 것밖에 몰라 계속 숨어 있었다. 그런 나를 똥주가 찾아냈다."(233쪽)고 고백한다.
6) 노르웨이 연쇄 테러범 안데르스 브레이빅은 범행 2시간 40분 전에 인터넷에 올린 '2083:유럽독립선언'이라는 선언문에서, 2083년까지 무슬림 이민자를 내쫓고 강

서 자랐지만 '일본에 거주하는 외국인'이기 때문에"(208쪽) 외국
인등록증명서를 늘 갖고 다녀야 한다. 위반하면 경우에 따라서는
1년 이하의 징역, 또는 20만엔 이하의 벌금형을 받아야 하는 것이
다. 일본에는 스기하라와 같은 이들이 의사나 변호사가 될 수 있
는 사회 시스템이 갖춰져 있지 않다. 일본의 시스템은 외국인에게
무수한 걸림돌을 마련해두었고, 그 탓에 돈 많은 유명인사는커녕
J리그에도 명함을 내밀기가 힘들 정도이다. 스기하라는 일본학교
에서 "무패의 사나이"(22쪽)로 불리는데, 이것은 일본인 학생들이
그가 재일교포라는 이유만으로 끊임없이 싸움을 걸어오기 때문에
만들어진 호칭이다.

　이러한 사회에 맞서는 방법의 하나는 지금의 별장과는 구별되
는 또 다른 별장을 만드는 것이다. 이것은 내셔널리즘에 내셔널리
즘으로 맞서는 방식으로, 조총련이나 민족학교로 구체화된다. 스
기하라는 조총련을 지지하는 아버지 때문에 중학교까지 민족학교
에 다닌다.[7] 이 작은 공동체 속에서 그들은 설움 받는 조센징(손
님)이 아닌 엄연한 조선인(주인)일 수 있었다. 이러한 방식은 지금
도 여전히 영향력을 지니고 있다. 그것은 정일이라는 스기하라의
친구를 통해 잘 나타난다. 민족 중학교에 함께 다녔고 모범생이던
정일이는 고등학교도 민족학교로 진학한다. 민족학교의 희망이라
일컬어지는 정일이는 일본 대학에 진학해 교직과정을 이수한 후
민족학교의 선생님이 될 꿈을 가지고 있다. 정일이는 "종교가 여

　력한 기독교 문화에 바탕한 새로운 유럽을 탄생시켜야 한다고 주장했다. 그는 한
　국과 일본이 보수주의와 민족주의에 가까운 나라이며, 유럽이 한국이나 일본처럼
　되기를 원한다고 밝혔다.
7) 스기하라의 아버지는 쉰네 살로, 이전에는 조선 국적을 갖고 있었으며 마르크스를
　신봉하던 공산주의자였다.

러 가지 형태로 약한 인간들을 받아들이는 역할을 할 수 있다면 민족학교라는 '교단'도 절대로 필요한 곳"(87쪽)이라고 생각한 다.[8] 그러나 조선인 학교의 희망인 정일이의 어이없는 죽음[9]은 또 다른 별장을 만들어 살아가는 것이 일본에서 얼마나 힘든 일인 지를 상징적으로 보여준다.

일본이라는 별장의 손님인 재일교포들이 정체성을 찾는 과거의 방식을 상징하던 아버지는 이 작품에서 철저히 힘을 잃어가는 존 재로 그려지고 있다. 아버지는 보이지 않는 국가권력의 힘에 의해 교환소를 하나 둘 잃고, 이북에 건너간 삼촌은 고혈압과 영양실조 로 병사한다. "북조선과 조총련에 실망"(11쪽)하던 아버지는 하와 이로 가기 위해서라는 이유를 내세워 조선에서 한국으로 국적을 바꾼다. 독학으로 마르크스와 니체를 읽은, 철근 콘크리트 같은 몸과 얼음처럼 차가운 두뇌로 줄기차게 싸워 일본에서 살아남은 아버지는 스기하라의 "두발을 옭아매고 있는 족쇄를 하나라도 풀 어주"(243쪽)기 위해서 국적을 바꾼 것이다.

---

8) 이러한 생각은 또 한 명의 재일교포 친구인 원수의 다음과 같은 말에서도 확인된 다. "북조선이나 조총련이나 우리를 이용해먹을 생각밖에 하지 않는다는 거, 우리 는 전혀 안중에도 없다는 거 다 알아. 하지만 나는 앞으로도 이쪽에서 열심히 뛸 거야. 이쪽에는 나를 믿어주는 친구들이 제법 많으니까. 그 녀석들을 위해서 열심 히 뛰는 동안만큼은 나, 어중간한 인간이 아닐 수 있어."(254쪽)라고 말한다.
9) 한 일본인 고등학생이 치마저고리 교복을 입은 재일조선인 여학생을 짝사랑한다. 어느 날 친구들의 부추김에 일본인 남학생은 조선인 여학생에게 고백을 한다. 북한 의 테러 행위, 일본인 납치 의혹 등등의 모든 의심이 치마저고리를 입고 있는 그녀 의 여린 어깨를 억누른다. 그녀는 전에도 쉰 전후의 회사원에게 어깨를 얻어맞은 일이 있었다. 조선인 여학생은 일본인 남학생 앞에서 한없이 움츠러든다. 이때 여 학생이 위협당하고 있다고 느낀 정일이가 나타나 일본인 학생의 등을 세게 밀고, 이에 일본인 학생은 칼을 휘두른다. 정일이가 피투성이가 되었을 때 홈에 있는 승 객들 누구도 도와주지 않는다. 치마저고리를 입은 그녀와 정일이를 "멀리서 호기 심 어린 시선으로"(169쪽) 쳐다보고 있을 뿐이다. 이렇게 해서 정일이는 죽는다.

어찌보면 아버지의 이러한 행위는 북한으로 대표되는 이념과 단호하게 결별하는 스기하라의 생각을 예비한다고 해도 과언이 아니다.[10] 스기하라는 "돼지 같은 놈들이 대지 위에 또아리를 틀고 앉아 자기 영역을 주장하면서 나를 몰아내고 삼촌을 만나지 못하게 한 것"(232쪽)이며, "북조선 땅에 또아리를 틀고 앉아 으스대다 썩어갈 놈들을 절대로 용서하지 않을 것이다. 절대로."(232쪽)라고 결의를 다진다. 스기하라는 북으로 간 동생의 죽음에 괴로워하는 아버지를 향해 "아무튼, 당신네들 시대는 이제 끝났어. 궁상맞은 시대는 다 끝났다구."(236쪽)라고 말한다. 정일이가 일본인 학생의 손에 억울하게 죽었을 때, 오랜 친구인 원수는 함께 복수하자고 말한다. 스기하라는 복수를 거부하고, 이에 원수는 스기하라를 향해 일본 사람에게 혼을 팔았느냐고 목소리를 높인다. 그러자 "혼 따위, 내 알 바 아니야. 하지만 만약 내가 조선 사람의 혼 같은 것을 갖고 있다면, 그런 건 얼마든지 팔 수 있어."(180쪽)라고 절규한다.[11]

또 하나의 별장을 만들어 주인 노릇 하는 것과 완전히 결별한 스기하라 앞에는 또 하나의 가능성이 주어진다. 그것은 다문화사

---

10) 심지어 아버지는 이전에 스기하라에게 "노 소이 코레아노, 니 소이 하포네스, 조 소이 데사라이가도(나는 조선 사람도 일본 사람도 아닌, 떠다니는 일개 부초다)."(248쪽)라는 말을 가르쳐준다.

11) 그렇다고 스기하라가 북한 대신 남한을 지지한다는 식으로 해석해서는 안 된다. 스기하라가 고등학교에 입학한 해 이들 가족은 조상의 산소를 돌아보기 위해 잠시 귀국한다. 서울 시내에서 택시를 탔을 때, 기사는 스기하라가 재일교포임을 확인하고는 괜한 시비를 걸고 거스름돈도 떼먹으려고 한다. 한국 사람들의 일반적인 의식 속에는 "재일 교포는 선진국 일본에서 고생도 모르고 아무 부족한 것 없이 편하게 살고 있는 한국인"(93~94쪽)이라는 공통인식이 있는 것이다. 이런 일을 겪으며 스기하라는 "어른들은 다 싫다. 한국 같은 나라 망해버려라."(97쪽)라고 생각한다.

회의 비유라고 할 수 있는 호텔형 사회이다. 일본인 고등학교에서 만난 미야모토는 자신도 재일(在日)이라고 말하며, 이 나라는 "동화냐 배척이냐"(226쪽)라는 두 개의 선택지만 강요한다고 말한다. 이에 대응하기 위해 그는 재일 젊은이들을 모아 모임을 만들려고 한다며 스기하라에게 동참을 요구한다. 자신의 정체성을 지키려는 소수자들에게 있어, 자신과 유사한 사람들과 함께 지내기를 선택하는 것은 당연한 일이다. 그 모임에는 북조선이니 한국이니 조총련이니 민단이니 그런 구별이 전혀 없으며, 단지 재일의 권리를 위해서 공부도 하고 활동도 할 뿐이라고 설명한다. 이 모임에는 어떠한 국가적 정체성도 존재하지 않으며, 여기에 속하기 위해서는 재일이라는 정체성을 포기할 필요도 없다. 이것은 현재 실체로서 존재하는 재일의 고유성만을 있는 그대로 인정한다는 점에서 다문화주의의 기본 논리와 통한다. 그러나 이러한 논리에는 사회적 통합에 대한 어떠한 동기부여나 매개고리도 존재하지 않는다. 결과적으로는 오늘날 유럽의 다문화주의가 봉착했듯이, 사회적 통합이 아닌 분리로 이어질 가능성이 농후한 것이다.[12]

　　스기하라는 이러한 공동체 역시 거부한다. 며칠 후 스기하라는 "나는 누구하고도 행동을 같이 하지 않을 거야. 나는 너희들이 하려는 일을 나 혼자서 하고 싶은 거야."(246쪽)라고 말한다. 이어서 스기하라는 미야모토를 향해 다음과 같은 말을 덧붙인다.

---

12) 그럼에도 일본과 같은 별장형 사회에서 이러한 다문화주의의 긍정성은 부정성을 압도한다. 더군다나 일본 사회에서 재일교포들이 겪은 그동안의 간고한 삶을 생각한다면 그 누가 미야모토를 비판할 수 있겠는가? 다문화주의는 소수집단의 문화를 긍정하며 문화적 차이에 대한 존중심을 가르쳐주기 때문이다.

내가 국적을 바꾼 것은 이제 더 이상 국가 같은 것에 새롭게 편입되거나 농락당하거나 구속당하고 싶지 않아서였어. 이제 더 이상 커다란 것에 귀속되어 있다는 감각을 견디면서 살아가고 싶지 않아. 이젠 사양하겠어. 설사 그것이 무슨무슨 도민회 같은 것이라도 말이야. (247쪽)

이전에도 국적을 바꾼 아버지를 위해 스기하라는 "언젠가는 반드시 국경을 없애버리겠어."(244쪽)라고 다짐한 바 있다. 스기하라는 모든 공동체로부터 벗어난 단독자로 남고자 하는 것이다. 가네시로 가즈키의 『GO』는 모든 공동체의 이름(굴레)을 벗어나서 온전히 개인으로 존재하는 것이야말로 타자들이 공존할 수 있는 길이라고 힘주어 말한다.[13]

흥미로운 것은 이 소설에서는 '나는 나일 뿐이다.'라는 인식과 '나는 인류다.'라는 상반된 인식이 동시에 이루어진다는 점이다. 즉 나는 '국가나 도민회 같은 것'에 편입되지 않은 단독자이지만, 동시에 '인간은 모두 하나다.'라는 인식이 나타나고 있는 것이다.

---

13) 『GO』의 핵심은 모든 명명행위에 따르는 폭력성에 대한 고발이라고 할 수 있다. 그것은 이 작품의 처음에 "이름이란 뭐지? 장미라 부르는 꽃을 다른 이름으로 불러도 아름다운 그 향기는 변함이 없는 것을."(셰익스피어, 『로미오와 줄리엣』)이라는 말이 붙어 있는 것에서도 알 수 있다. 일본인들은 조선학교에 "고수들이 모이는 엄청 배타적인 가라테 도장"(28쪽)이라는 이름을, "조선학교의 난폭한 놈들에게는 '차별'이라는 속이 꽉 찬 언어"(28쪽)를 붙인다. 그리하여 "그 놈의 끔찍한 이미지가 일본 사람들의 머릿속에 박혀 '조선인'의 표상으로 정착"(28쪽)하는 것이다. 『완득이』에서도 이러한 인식은 나타난다. 완득이는 "자기들은, 내 아버지는 비장애인입니다, 하고 다니나?"(138쪽)라고 문제제기를 한다. 이것은 사람들이 아버지를 향해 "난쟁이다, 난쟁이!"(196쪽)라고 말하는 것을 보며, 완득이가 "그냥 봐도 다 아는데 굳이 확인사살을 하는 사람들"(196쪽)이라고 하는 것에서도 알 수 있다.

후자의 인식은 특히 미토콘드리아 DNA라는 유전자 지식을 통해서 드러난다. 미토콘드리아 DNA를 고려할 때, 모든 인간은 같은 어머니로부터 파생된 자손들이다. 그렇다면 차이를 발견하고 그에 바탕해 공동체를 구획 짓는 것은 어이없는 일이 된다. 미토콘드리아 DNA를 사용해서 조사를 하면 본슈에 살고 있는 일본 사람의 약 50퍼센트가 한국과 중국 타입의 미토콘드리아 DNA를 갖고 있으며, 일본 사람 고유의 미토콘드리아 DNA를 갖고 있는 사람은 5퍼센트에 불과하다는 결과가 나온다. 보다 중요한 사실은 미토콘드리아 DNA의 뿌리를 찾아 계속 올라가다보면 "오직 한 사람의 여자"(100쪽)와 만난다는 점이다. 당연히 그 여자가 살았던 시대에는 국적도, 무슨무슨 인이라는 구별도 없었고, 따라서 우리는 "우리들 자신을, 그 자유로웠던 시대의 그냥 자손이라고 생각"(101쪽)하면 되는 것이다. 이런 입장에서 본다면, "애당초 국적 같은 거, 아파트 임대 계약서나 다를 바 없"(102쪽)다고 생각하는 것이 당연할 수도 있다.

이처럼 『GO』에서는 '나는 나일 뿐이다.'라는 인식과 '나는 인류다.'라는 정반대되는 인식이 공존하고 있다. 그러나 두 가지 인식은 모두 국가나 사회라는 상징계를 배제하고 있다는 면에서는 동일하다. 기네시로 가즈키는 이름이나 공동체를 거부하는, 즉 밀실 아니면 우주라는 탈근대적 인식론에 바탕해 타자의 문제를 다루고 있는 것이다.[14] 이러한 방식은 이 작품의 서사에서 또 다른 중

---

14) 아즈마 히로키는 오늘날의 젊은이들이 '아주 가까운 것과 아주 먼 것'밖에 모른다고 말한다. 젊은이들은 현실계(지극히 멀고 추상적인 것) 아니면 상상계(지극히 자기 주변적인 것)에만 흥미를 느낀다는 것이다. 이러한 사고의 구조 속에서는 상징계의 차원을 발견할 수 없다. 상징계란 언어적 커뮤니케이션을 성립시키는

심축인 스기하라와 일본인 사쿠라이의 연애에서도 잘 나타난다.

클럽에서 우연히 만난 스기하라와 사쿠라이의 관계는 날로 발전하고, 둘은 성관계를 가지려고 시도한다. 그 순간에 스기하라는 자신이 중학교 2학년 때까지는 조선 국적을 갖고 있었던 재일교포임을 밝힌다. 그 순간 사쿠라이는 경련을 일으키며, 아버지가 "한국이나 중국 사람들은 피가 더럽"(200쪽)기 때문에 절대 사귀면 안 된다고 말했다며 그 자리를 피한다.[15] 이러한 사쿠라이의 말에 스기하라는 차분하고 논리적으로 대응한다. 그러나 사쿠라이는 "스기하라가 하는 말, 이성적으로는 이해하지만, 그래도 정말 힘들어, 왠지 겁이 나…… . 스기하라가 내 몸 속으로 들어올 일을 생각하면 왠지 무서워…… ."(203쪽)라고 말하며 이별을 선언한다.

크리스마스 이브에 사쿠라이는 오랜만에 연락을 하고 둘은 재회한다. 사쿠라이는 스기하라의 농구 하는 모습에 반했던 과거와, 스기하라가 자신을 쏘아보기만 했는데도 자신의 몸에 강력한 변화가 왔던 사실을 고백한다. 그리고 클럽에서 스기하라를 만났을 때도 자신의 몸에 강력한 신호가 왔었음을 고백하며, 지금도 마찬가지라고 이야기한다. 사쿠라이는 "이제 스기하라가 어떤 나라 사람이든 상관 안 해. 때로 내게 날아와서 나를 쏘아봐주면, 일본 말을 할 줄 몰라도 상관없어. 스기하라처럼 날기도 하고 쏘아볼 수도 있는 사람, 아무데도 없는걸 뭐."(266쪽)라고 이야기한다. 말하

장을 뜻하며 구체적으로는 사회적 제도나 국가를 가리킨다. (아즈마 히로키, 「우편적 불안들」, 『동서문학』, 2001년 겨울호, 409~449쪽)

15) 사쿠라이의 아버지는 과거 학생운동의 투사로서 도쿄대학 출신이다. 아버지는 흑인을 '아프리칸 아메리칸', 인디언을 '네이티브 아메리칸'으로 부를 줄 아는 진보적인 사람이다. 이러한 아버지의 모습은 일본이란 사회에서 인종적 편견이 얼마나 뿌리 깊은지를 잘 드러낸다.

자면 사쿠라이는 스기하라를 단지 하나의 생명체로 받아들임으로써 관계를 이어가게 되는 것이다. 그것은 바로 "재일 한국인"(260쪽)으로서의 스기하라가 아닌 "나는 나야."(261쪽)라고 절규하는 스기하라를 받아들이는 일에 해당하는 것이기도 하다.

그러나 여기서 짚고 넘어가야 할 것은 스기하라와 사쿠라이를 연결시켜주는 바로 그 본능이 그 둘을 결정적으로 가로막는 힘이기도 하다는 사실이다. 둘이 처음 육체적 결합을 시도할 때, 그것을 가로막은 것은 논리나 이성을 초과하고도 남는 바로 그 본능이었던 것이다. 그 순간 사쿠라이는 몸에 경련을 일으키며, 머리로는 스기하라를 받아들이지만 몸으로는 스기하라를 받아들이지 못했던 것이다. 그러나 여기서 놓치지 말아야 할 것은 사쿠라이가 스기하라를 거부하던 '본능'과 '몸'에는 상징계, 즉 민족 이데올로기가 강력한 힘을 발휘하고 있다는 점이다. 즉 상징계로부터 자유로운 몸이란 하나의 환상일 수도 있다. 상징계적인 요소를 모두 배제했을 때, 둘의 결합은 (불)가능해짐을 이 작품은 스스로 증명해내고 있는 것이다.

『GO』에서 제기하는 것은 '나는 나일 뿐이다'(우리는 완벽히 다른 존재이다)라는 명제와 '나는 인류다'(우리는 완벽히 똑같은 존재이다)라는 명제이다. 그러나 우리가 완벽히 다른 존재라면, 우리는 소통할 수 없을 것이다. 또한 우리가 완벽히 똑같은 존재라면 우리에게는 나누어야 할 어떤 말도 남지 않을 것이다. 따라서 『GO』에서 제시하는 두 가지 명제에 기댈 때, 소통과 대화의 가능성은 희미해질 수밖에 없다. 본능과 DNA만으로 개인 간의 대화를 가능하게 하는 공통의 언어와 문화적 보편성을 창조한다는 것은 불가능한 과제이다.

4. 함께 만들어나가는 고향

『새벽의 나나』의 주인공 레오는 네 번이나 "매춘의, 매춘에 의한, 매춘을 위한 거리"(76쪽)인 "수쿰빗 소이 포 Sukumvit Soi 4, 일명 '나나'"(9쪽)를 찾는다. 네 번의 방문은 1994년, 2000년, 2003년, 2009년에 이루어진다.

처음에 레오는 아프리카로 향하는 긴 여정에서 태국에 잠시 들른 것뿐이다. 그러나 밤거리의 쌀국수 집에서 플로이를 만나고 레오는 그야말로 운명적인 힘에 이끌려 나나의 거리에 머물게 된다. 전생을 볼 수 있는 능력이 있는 레오가 보기에 플로이는 수쿰빗의 일개 매춘부가 아니라 "인연이 오백 년을 넘어서는 레오의 짝"(106쪽)이다.

특이한 것은 전생을 보는 능력이 수쿰빗에서만 가능하다는 점이다. 소설의 전반부에서 전생은 상대방을 바라보는 기본적인 틀, 혹은 해석의 시각을 의미한다. 그것은 있는 그대로의 타자를 바라보는 것이 아니라 자기의 틀로서 타자를 바라보는 일에 해당한다. 레오는 가족들로부터 "이웃집 개처럼 증오"(111쪽)를 받은 플로이가 아닌 "공주 출신으로 왕실을 박차고 나와 비천한 사냥꾼의 아내로 살았던 플로이"(107쪽)를 사랑하는 것이다. 이것은 네 명의 이복오빠들에게 번갈아 강간을 당하고, 수양어머니에게 매끼 식사마다 두 손 모아 구걸할 것을 요구받아야 했던 플로이의 삶을 지우는 것이기도 하다. 이를 통해 플로이는 충분히 감당할 수 있는 타자, 즉 타자성이 제거된 타자가 된다.

이런 식의 전생을 보는 능력은 "레오가 말한 모든 게 사실이라서 자신이 오백 년 전 인도의 공주였다고 한들, 대체 뭐가 달라질 것인가?"(191쪽)라는 플로이의 말처럼, 타자에 대한 이해나 공존과는 무관하다.[16) 요컨대 문제는 현재이고, 더 정확히 말하자면 현재의 행복이다. 레오가 그처럼 플로이의 전생에 집착하는 것은, 플로이의 말처럼 "네가 꿈에서조차 나와 내 직업을 떼어놓지 못하"(302쪽)기 때문이다.[17)

그런데 이 전생을 보는 능력은 작품의 후반부에 이르러 다른 의미로 변한다. 이때의 전생은 다음의 인용문처럼 우리가 모든 이와 공감을 나눌 수 있는 기본적인 토대가 된다.

> 전생을 보는 능력이 전보다 진화한 것이다. 그건 하나가 아니었다. 왜 여태 그걸 몰랐을까? 어리석은 편견이었다. 하나가 아니었어. 그래, 하나가 아니었던 거야. 등에서 식은땀이 흘렀다. 전생은 하나가 아니었다. 우리 모두에게는 수백, 수천의 전생이 있는 것이다. 전생의 모습을 유심히 들여다보면, 다시 그 전생의 전생이 보였다. 전생의 전생을 유심히 들여다보면, 다시 그 전생의 전생의 전생이 보였다. 그게 끝없이 반복됐다. 게다가 서로 엉켰다. 엉키고 겹치고 포개졌다. (339쪽)

---

16) 그것은 "네가 플로이의 화려했던 전생을 떠들 때마다 그 애는 지금의 자기를 돌아보게 돼. 이 거리에서의 현재를 말이야. 그런 식으로 남을 우울하게 만드는 능력이라면 차라리 없는 게 낫지 않을까? 레오, 내가 전생에 광대나 저능아였거든 언제든 얘기해도 좋아. 웃기잖아. 하지만 현재보다 나았다면, 제발 말하지 마. 지금 사는 인생이 내 몫의 최선이라 믿고 싶어."(195쪽)라는 에릭의 말을 통해서도 뒷받침된다.

17) 현재에 대한 강조는 콴의 경우에서도 드러난다. 그녀는 "과거에 집착하여 미래를 규정짓는 바람에"(312쪽), 현재만을 쏙 빼어놓았기에 자신을 진심으로 사랑하는 에릭을 놓치고 영국인 밥을 선택하는 잘못을 범하고 만다.

우리 중에 살인자가 아니었던 사람은 없기 때문이다. 우리 중에 배신자가 아니었고 도둑이 아니었고 희생양이 아니었던 자는 없기 때문이다. 윤회의 풍차에서 불어오는 영겁의 바람은 모든 영혼의 이력을 평평하게 만들어놓았다. 단지 순서가, 오늘 여기서 맡은 배역이 다를 뿐이다. 우리 중에서 매춘부로 살아보지 않은 자는 한 명도 없는 것이다. (340쪽)

티베트에서는 신참 승려를 교육할 때 그를 도살장에 데려가는 과정이 있다고 한다. 그러고는 그 승려에게 지금 도륙당하는 짐승이 과거의 어느 한 시절에는 자신의 어머니이거나 자식이었다고 생각할 것을 제안한다. 황당하게 들릴 수도 있지만 만약 우리의 삶이 무한의 시간 동안 계속 환생한다는 것을 인정한다면, 저 짐승 역시 어느 시점에서는 혈육이었을 가능성도 존재하는 것이다. 시간상의 무한을 도입함으로써 인간과 짐승 사이에 유대가 창출되는 것이다.[18] 레오의 전생을 보는 능력 역시 후반부에 이르러서는 이러한 능력을 획득한다. "윤회의 풍차에서 불어오는 영겁의 바람" 속에서 우리 중에 '살인자'나 '배신자'나 '도둑'이 아닌 사람은 존재하지 않기 때문이다.

이 작품의 플롯은 네 번에 걸쳐서 레오가 나나에 머물렀다가 다시 떠나는 일의 반복 속에 놓여있다. 이러한 반복을 통하여 의미는 심화되고 확장된다. 이때 나나는 타자를 의미하는 하나의 심연이 되고, 머묾과 떠남은 이해와 오해의 끊임없는 반복을 의미하게 된다.

---

18) 나카자와 신이치, 김옥희 옮김, 『대칭성 인류학』, 동아시아, 2005, 165~171쪽.

이 소설의 대부분은 나나에 사는 인물들을 소개하는 데 바쳐지고 있다. 그리하여 이 소설은 일종의 열전(列傳)이라 부를 만하다. 샨, 솜, 소이 식스틴 매춘부 사회의 리더인 지아, 리싸, 임신한 몸으로 죽어간 10대의 매춘부 까이, 항문성교 전문 매춘부인 욘, 미얀마 출신의 까터이(성전환자) 나왈랏, 고위 경찰의 귓불을 물어뜯고 미얀마에서 도망친 빠빠 등. 또 하나의 인물군은 본래는 이방인이었지만 그곳에 들렀다가 눌러앉은 남자들이다. 독일인 우웨, 플로이의 단짝 고향친구인 콴, 해군이 되려고 아나폴리스로 가다 길을 잘못 든 바람에 태국에 온 에릭, 카렌족 출신의 미얀마 고급 장교 예나이, 멋쟁이 마쵸 똠이 그들이다. 이들은 "도대체 어디까지가 정상이며 어디부터가 변태란 말인가?"(262쪽)라는 질문에 대한 답변을 실연하겠다는 듯이 온갖 성행위와 고통스러운 일들을 엮어서 보여준다. 그렇다면 나나는 바로 타자를 상징하는 곳으로서 모자람이 없다. 타자에 대한 이해불가능성은 플로이뿐만 아니라 나나의 모든 인물로 확장된다.

첫 번째로 나나를 방문했을 때 레오는 반 년 만에 그 곳을 떠난다. "그러고 보니 소이 식스틴에서 레오가 제대로 이해할 수 있는 사람은 한 명도 없었다."(156쪽)는 고백처럼, 레오는 플로이를 비롯한 나나를 이해하는 데에 완전히 실패한 것이다. 대구의 교통사고 현장에서 유일하게 살아남았을 때, 레오는 다시 나나를 찾는다. 이때 레오는 "지역과 경험과 관계의 한계를 훌쩍 뛰어넘어 눈앞의 현상을 이해해보고자 하는, 인간이라면 누구나 갖고 있는 본능적인 욕구 때문"(250쪽)에 소이 식스틴에 다시 돌아온 것이다. 레오의 두 번째 나나행은 타인을 이해하고 싶다는 이전보다 더욱 강렬해진 욕망 때문에 이루어진 것이다.

그러나 두 번째 체류를 통해서도 레오는 끝내 이방인이라는 느낌에서 벗어나지 못한다. "태국어를 익숙하게 하고 거리의 비밀도 꽤나 알고 있으며 매춘부들의 삶을 깊숙이 돌보아줌에도 불구하고 바로 그런 이유에서 레오는 여전히 이방인"(269~270쪽)에 불과하다. "유효기간 일 년짜리 왕복 항공권을 뒷주머니에 꽂아둔 채로는 유람하는 여행자일 뿐, 끝내 수쿰빗 소이 식스틴의 일부가 될 수 없"(353쪽)는 것이다.

플로이가 교통사고로 죽자 레오는 세 번째로 나나를 방문한다. 이 방문에서 레오는 우웨와의 대화를 통해 자신이 끝내 이방인으로 남을 수밖에 없었던 이유를 깨닫는다. 우웨는 "나를 네 멋대로 해석하는 거랑 날 완전히 이해하는 건 다르단 말이야."(391쪽)라고 말하고, 레오는 자신이 나나에서 줄기차게 해온 일이 "이해가 아니라 해석"(392쪽)이었음을 인정한다. "멋대로 남을 해석하는 대신 고스란히 상대에게 이입된다면, 정말로 이해한다면, 거기에는 사랑도 증오도 끼어들 틈이 없다. 상대의 즐거움과 아픔을 동시에 느끼며 상대와 동일한 방식으로 세계를 바라"(392쪽)볼 뿐이다. 언제든 비행기를 탈 준비가 되어있는 코스모폴리탄 여행자에 불과했던 레오에게는 진정한 공유의식과 소속감이 부재했던 것이다. 이때 사람들에게 소속감과 정서적 친밀감을 줄 수 있는 공동체를 만들어낸다는 것은 불가능하다.

이때의 '해석이 아닌 이해'란 타인과 공동체를 위한 실천과 헌신을 통해 구체화되는데, 그것은 우웨의 행위 속에 담겨 있다. 나나에서 "흙길만큼 상징적인 존재"(274쪽)인 샨이 폭력적이고 부패한 경찰로서 나나의 유일한 악인인 아잇에게 얻어맞아 식물인간이 되었을 때, 우웨는 전심전력을 다해 샨을 돕는다.

비보를 듣는 순간 우웨가 보여주었던 저 놀라운 행동, 자기 처지도 망각한 채 다친 친구를 도와주러 가기 위해 필사적으로 몸부림치던 그 코끼리 같은 의지가 부족했다. 그게 바로 국적과 나이를 초월해 진짜 남자가 진짜 친구를 대하는 진짜 방식이었다.

우웨는 그렇게 했다. 레오는 그렇게 하지 못했다. 그건 적당한 시간이 지난 후 제 고향으로 돌아갈 생각으로 머물러 있는 사람, 엉덩이 뒤편에 언제나 도망칠 구멍을 숨겨두고 있는 자는 할 수 없는 일이었다. 돌아갈 계획이 없거나 도망칠 곳이 없는 자만이, 우웨처럼 오래전에 제 여권을 깨끗이 불태워버리고 그곳에 뿌리를 박은 사람만이 할 수 있는 일이었다. 레오는 그 거리 모든 이들의 친구이되 여전히 이방인이었다. 그게 우웨와 레오의 가장 큰 차이점이었다. (276쪽)

이러한 깨달음을 얻은 이후에야 레오는 비로소 이방인의 느낌에서 벗어난다. "돌아갈 시간이 다 되어서야 소이 식스틴의 일부, 그들 중의 하나가 되었음을 깨"(402쪽)달은 것이다. 그러나 이 작품의 구성은 절묘하다. 작품의 1부는 세 번째의 나나 방문을 마치고 한국으로 돌아온 6년 후를 그리고 있는데, 레오는 타자의 상징인 나나를 다시 한번 찾고사 한다. 이러한 구성은 타자에 대한 이해나 공감의 불가능성을 강하게 환기시킨다. 이것은 그가 끝내 타자의 이해라는 문제를 완전하게 해결하지 못했음을 알려준다. 8년을 함께 산 아내에게 애인이 있다는 사실조차 몰랐던 레오에게, 아내의 외도는 "타인을 진심으로 이해한다는 건 어려운 일이 아니다. 그건 불가능한 일이다."(14쪽)라는 생각을 안겨준다. 1부의 마지막 문장은 "레오는 자신이 십오년 전의 그날로 돌아가고 있다는 걸 깨달았다."(19쪽)로 끝난다. 타인의 이해를 위한 노력과 바로 그 결과인 서사는 영원히 진행형일 수밖에 없음을 강하게 암시하고 있는 것이다.

레오는 나나를 찾는 마지막 목적이 라노를 찾기 위해서라고 말한다. 라노는 나나의 전설적인 마약상인 솜이 숨을 거두기 전에 낳은 아이로, 라노가 태어난 날은 레오가 플로이를 만난 날, 즉 "모든 것이 시작된 날"(32쪽)이기도 하다. 외국 자본의 대규모 공세로 인하여 수쿰빗 소이 식스틴의 삶은 점점 어려워지고 많은 사람들이 떠나간다. 신세대 매춘부들은 홍등가의 관례적인 질서와 상호공조를 거부하며 선배들을 조롱하기 일쑤이다. 그들은 "매춘부로서의 소속감이 없거나 혹은 소속되기를 두려워한 까닭"(209쪽)에 선배 매춘부들을 경멸하거나 모욕한다. 이러한 상황에 대하여 플로이는 강하게 반발하고는 했다. 사실 플로이는 전설적인 매춘부 지아를 잇는 나나 거리의 리더였다. 레오가 라노를 찾는 것은 점점 사라져가는 나나를 재건하겠다는 의지의 표명으로 볼 수 있다. 이제 레오는 단순히 타자를 이해하는 문제를 뛰어넘어 나나라는 새로운 공동체를 건설하는 일에 나서기로 한 것이다. 그가 애타게 찾고 있는 라노야말로 새롭게 탄생할 나나의 공동체를 상징하는 존재이다. 나나가 단순히 타자성의 심연이나 연민의 대상이 아닌 '함께 만들어나가는 고향'이 될 때, 우리 모두에게 이방인이 아닐 수 있는 가능성이 열릴지도 모른다.

5. 마무리

우리와 함께 살게 된 이주민들과 어울리는 가장 손쉬운 방법은 타자의 타자성을 제거하여 우리 곁에 두는 것이다. 이때 이들과 사이좋게 지내는 것은 결코 어렵지 않은 일이다. 하지만 우리와 어깨를 걸고 있는 상대는 타자가 아닌 우리의 거울상인 경우가 대부분이다. 『완득이』의 완득이는 이미 이주 노동자의 자식이라는 타자성을 제거당한 상태이다. 여기서 한 걸음 나아가는 것은 이주자들의 타자성과 고유성을 그 자체로 인정하는 방식일 것이다. 이것을 전형적으로 보여주는 작품이 바로 『GO』이다. 『GO』에서는 '나는 나일 뿐이다'(우리는 완벽히 다른 존재이다)라는 명제와 '나는 인류다'(우리는 완벽히 똑같은 존재이다)라는 명제를 제시한다. 이 상반된 명제는 사회나 공동체와 같은 상징계적인 요소를 모두 배제했다는 점에서는 동일하다. 그러나 이 작품은 우리에게 답할 수 없는 여러 가지 질문을 갖게 만든다. 과연 인간은 모든 정체성(언어)으로부터 벗어나거나 부초와 같은 존재로 낯선 땅을 떠도는 존재가 되었을 때 행복할 수 있을까? 모두가 서로에게 이방인들인 사회에서 자신의 정체성을 인정받는 것, 감정적인 친밀함 등은 어디서 확인할 수 있겠는가? 등의 질문이 그것이다.

따라서 우리는 이제 차이의 확인에 그쳐서는 안 된다. 새로운 연대를 추구하기 위해서는 차이를 공공선에 대한 각자의 기여로 삼으려는 의지를 지녀야 한다. 이를 위해서는 개인 간의 대화를 가능하게 하는 공통의 언어와 문화적 보편성에 대해 진지하게 고민해야 할 것이다. 공통의 언어와 문화적 보편성이 부재한 상황에서 가능한 소통이란 폭력밖에 없기 때문이다. 이제는 우리가 현재의 차이를 인정하는 것에서 벗어나 우리와 이들이 진정한 이웃이 되는 방법을 진지하게 고민할 시점인 것이다. 박형서의 『나나』는 이와 관련해 하나의 가능성을 열어보이고 있는 작품이다.

네이션과 2000년대 한국소설
_강영숙의 『리나』와 정도상의 『찔레꽃』을 중심으로

1. 네이션과 한국소설

소설은 네이션과 근본적인 차원에서 깊이 결부되어 있는 문학 장르이다. 주지하다시피 소설은 신문과 더불어 민족이라는 상상의 공동체를 재현하는 기술적 수단을 제공했으며,[1] 나아가 소설의 언어가 학교교육을 통해 습득된 문어라는 점에서, 소설이라는 문학형식이 근대의 국민화, 국민국가화라는 문제와 밀접하게 관련되어 있다는 주장도 있다.[2] 특히 한국문학은 『세계문학공화국』을 쓴 파스칼 카사노바의 견해에 따를 때, 세계문학사에서도 문학의 정치화 또는 국민화(nationalization)를 대표하는 사례라고 할 수 있다.[3] 20세기 한국소설이 정치적 이데올로기의 큰 영향권 내

---

1) 베네딕트 앤더슨, 윤형숙 옮김, 『상상의 공동체』, 나남출판사, 2002, 46~58쪽.
2) 오카 마리, 김병구 옮김, 『기억 서사』, 2004, 59~60쪽.
3) Pascale Casanova, *The world Republic of Letters*, trans. M.B.Debevoise (Cambridge, MA:Havard UP, 2004)

에서 창작되었으며, 그 다양한 이념 중에서도 민족주의가 주도적인 담론으로 기능했음은 재론할 필요가 없는 사실이다.

2000년대의 처음 10년은 그러한 네이션과 소설의 관계가 근본적인 재조정을 이룬 시기이다. 그것은 지구적 차원으로 확대된 소설의 시공과 외국인 주인공을 통해 우선적으로 확인할 수 있다. 이러한 작품들은 네이션을 지탱시키는 고정된 사유의 경계마저 넘어섬으로써, 통국가적 시대의 새로운 윤리와 정치를 제시하려고 한다. 이것은 네그리와 하트가 제국이라고 부른 세계시장 또는 세계자본주의 하의 세계모습과 관련되어 있다. 이러한 세계자본주의 아래에서 네이션 스테이트가 희미해지고 있다는 것은 분명하다. 자본과 노동력의 트랜스내셔널한 움직임이 막강한 영향력을 발휘하는 것이다.

강영숙의 『리나』(랜덤하우스, 2006)와 정도상의 『찔레꽃』(창비, 2008)은 최근 창작된 한국소설에서 체제로부터 이탈하여(되어) 떠도는 난민 일반의 문제를 세계사적 보편성의 차원에서 다룬 문제적인 작품들이다. 『리나』는 리나라는 이름을 가진 소녀의 이동경로를 소설의 기본 서사로 삼고 있다. 리나는 다 찢어진 운동화를 신고 힘들게 국경을 넘어, 대륙의 동쪽에서 서남쪽으로 내려갔다가 그곳에서 국경을 넘어 제3국으로 들어간다. 다시 대륙으로 들어와 동북쪽으로 이동해서는 처음 넘었던 국경에 다시 서게 된다. 그 광대한 스케일의 이동 내내 리나는 폭력, 매춘, 노역에 시달리며 계속해서 팔려가고 또 팔려간다. 『찔레꽃』의 중심이 역시 함흥, 남양, 해림, 선양, 옌지, 한국으로 이어지는 고통스런 이동을 보여준다. 이 글에서는 두 작품을 대상으로 네이션으로부터의 이탈양상과 그에 대응하는 방식, 그리고 그것이 가져오는 미학상의 변화

등을 살펴보고자 한다.

2. 주름 없는 평면

『리나』는 주인공 리나가 팔난신고를 겪은 후 처음 넘었던 국경
에 다시 서는 순환적 구성방식을 취하고 있다. 이러한 구성방식은
결국 내·외부의 경계설정 자체를 무화시키며, 모든 곳이 결국에
는 동질적인 곳임을 증명한다. 리나의 살인, 강간, 매춘, 끔찍한
노동으로 가득한 여정이 보여주고자 하는 것은 이 세계에는 더 이
상 외부가 없다는 사실이다. 첫 번째 인솔자가 탈북자들에게 하는
"당신들한테 안전한 데가 어딘데?"(20쪽)라는 물음, 대륙의 남쪽
으로 이동하여 리나가 하는 "우린 공중에 떠 있는 거나 마찬가지
야"(24쪽)라는 리나의 생각, 화공약품제조공장에 끌려간 사람들이
이구동성으로 내 뱉는 "멀리 오긴 했는데 우리나라나 여기나 다를
게 별로 없군."(52쪽)이라는 말은 탈출자에게는 모든 곳이 동질적
일 수밖에 없는 지금의 지구적 상황을 압축해서 보여준다. 리나가
견뎌내는 삶이야말로 구체적인 시공을 상정할 수 없는 세계자본
주의체제(제국)를 문제 삼고 있는 것이다. 제국에는 자본의 논리
만이 통용될 뿐이다. "자기 나라를 떠나 제3국을 향해 가는 탈출
자들을 대하는 첫 번째 공식"(110쪽)은 바로 "돈"(110쪽)이며, 돈
을 매개로 해서만 사람도 물건도 이동할 수 있다. 동시에 "남자든
여자든, 노인이든 어린애든, 리나에게는 누구나 다 똑같았다. 그
들은 항상 리나를 주시하고 몸값을 담보로 시비를 걸 준비가 되어
있었다."(102쪽)는 말처럼, 국경을 넘은 자에게는 감시와 처벌, 즉

'벌거벗은 삶'만이 주어질 뿐이다.

『찔레꽃』에는 '북한/세계'라는 이분법이 성립돼 있는 것처럼 보인다. 북한 밖의 세상은 리나에게 그랬던 것처럼 오직 교환의 원리만이 통용되는 폭력적이고 살벌한 사회이다. 그런데 북한은 물질적으로 최저의 생활을 누릴지언정, 인간적인 삶의 가능성이 조금은 남아 있다. 그리하여 충심이 월경하게 되는 이유도, 인신매매라는 저항불능의 타율적 힘에 의한 것일 뿐이다. 인신매매를 당하기 전에 충심과 충심의 연인인 재춘 오빠는 두만강가에서 밀애를 나누는데, 그들에게 펼쳐질 북한에서의 삶은 다음과 같이 진술된다.

함흥으로 돌아가 고난의 행군에 동참하면서 소박하게 사는 것, 그가 군대에서 돌아올 때까지 음악학교를 졸업하고, 선전대에 들어가 노동자와 인민을 위로하며 살아야겠다고 충심은 마음을 굳혔다. 그는 군대에서 제대하면 대학에 들어가 제대로 공부하고 싶다고 포부를 밝혔다. 그가 앞날의 꿈을 말한 것은 이번이 처음이었다. 그와 함께 밤안개 속을 걸으니 충심은 행복했다. (65쪽)

충심과 미향 등이 탈북 이후 겪는 고통스런 삶에 비한다면, 이들이 살아갈 북한에서의 삶은 소박하지만 충분히 '행복'하다. 남한에 넘어온 충심이 노래방 도우미 생활을 할 때, 북한은 충심에게 절절한 그리움의 대상이다. 소래포구를 걸으며 "내 안에 있던 함흥"(199쪽)을 불러내고, 함흥음악학교에서 배운 노래를 부르고, 슬픔이 더 깊어지면 "함흥냉면을 서너 그릇씩 사먹"(200쪽)기라도 한다. "함흥을 떠난 이래, 한번도 땅에 발을 붙여보질 못했다."(200쪽)는 진술에서처럼, 함흥은 그가 거쳐 온 다른 곳과는 구분되는 장소로서 표상된다. 물론 "북조선이나 중국에서처럼 비루하게 살고 싶진 않았다. 그건 사는 게 아니라 죽지 못하는 것뿐이었다"(214쪽)라는 속삭임도 들리지만, 현재의 생활이 불행한 것에 비례하여 북한은 교환의 원리만이 지배하는 남한보다는 나은 곳으로 상정된다.

그러나 북한이야말로 남한처럼 돈이 절대적으로 필요한 사회라는 것이, 충심의 비인간적 삶을 통해 반어적으로 드러난다. 남한에 온 충심이 "결국 이차를 나가기로 마음을 먹고 몸을 내놓"(205쪽)는 것은, "나 혼자 목구멍에 풀칠을 하자면 굳이 몸까지 팔 건 없었지만, 엄마와 이모한테는 목돈을 보내주고 싶었"(205쪽)기 때문이다. 이처럼 "그악스럽게 돈을 모아 중국의 브로커를 통해 인편으로 가족한테 송금"(209쪽)하는 일은 충심만이 아니라 대부분의 새터민들이 하는 일이기도 하다. 매춘을 하는 현장에서도 충심은 "휴대폰 속에서 울먹이던 엄마의 목소리"(203쪽)를 생각한다. 남한의 물신이 돈이라면, 북한의 물신 역시 돈이었던 것이다. 남한에서 충심과 탈북자가 보여주는 삶은 '북한/세계'의 이분법적 구도를 허문다. 결국 두 작품의 리나와 충심은 수많은 국경을 넘지만, 그녀들의 앞에는 사본의 논리가 지배하는 매끈한 평면의 세계가 펼쳐져 있을 뿐이다.

3. 근본주의적 윤리와 가족애

리나가 자본의 논리만이 지배하는 세계 시장을 헤쳐나가는 방식은 지극히 윤리적이다. 그것은 혈연에 바탕한 가족에 대한 거부와 소외받는 자들의 공동체를 대안으로 선택하는 모습에서 선명하게 드러난다. 핏줄에 바탕한 가족에 대한 거부는 두 번이나 이루어진다. 처음 대륙의 남서쪽에 위치한 마약과 관광의 도시에서 가족을 만났을 때, 리나는 그들을 피해 전직 여가수, 삐, 봉제공장 언니로 이루어진 공동체를 선택한다. 이때 가족은 단순히 윤리적 근본주의를 강조하기 위한 매개물에 그치는 것이 아니다.

『리나』에서는 가족 자체가 사회를 축소해 놓은 근대의 억압적인 오이디푸스 구조를 반영하기 때문이다. 그것은 남성중심주의에 대한 반발이기도 하다. 리나의 엄마는 "어딜 가나 아들을 품안에 꼭 안고"(16쪽) 있으며, 리나가 뭘 잘못하면 "너도 3, 4년 후면 나처럼 애를 낳을 거란 말이지, 이년아."(16쪽)라고 말하고는 한다. 처음 가족을 피할 때, 리나는 그 이유로 자신의 성격이 고분고분하지 않은 것과 "사회에 대한 불만이 너무 많"(85쪽)은 것을 들고 있다. 부모의 품으로 돌아가지 않는 것과 사회에 대한 불만이 맞닿아 있는 것이다. '네모반듯한 남자'와 클럽 오빠의 살인사건이 모두 여성들의 공모를 통해 이루어진, 폭력적이거나 가부장적인 남성의 살해라는 것도 이와 관련된다.

그녀의 공동체를 구성하는 자들은 나약하기 그지없는 세계체제의 타자들이다. 삐는 "말도 잘 못하는 바보에다 매일 공장에서 맞기만 하던 외국인 남자애"(114쪽)에 불과하고, 전직 여가수는 거동이 불편하며 돌봐줄 사람도 없다. 봉제공장 언니는 리나와 함께 월경한 자로서, "두 사람 다 겪은 일들이 비슷해 새로울 것이 없"(133쪽)는 리나의 거울상이다. 이들을 향해 리나는 적극적인 공감과 연대의 모습을 보인다. 삐를 때리는 네모반듯한 남자에게

막무가내로 달려들기도 하고, 삐를 구하기 위해 자신이 모은 돈을 아낌없이 쓰기도 한다. 전직 여가수에게 "밥을 떠먹여주는 것도, 변기에 똥오줌을 받아내는 일도 다 리나가"(97쪽) 도맡아 하며, 전직여가수와 떨어졌을 때 자신이 고생해서 번 돈으로 기어이 그녀를 데려오는 사람도 리나다. 시링에서 봉제공장 언니와 탈출을 계획할 때도 리나는 "할머니랑 할아버지 그리고 삐는 꼭 같이 가야 돼."(144쪽)라고 주장한다.

흥미로운 것은 이들 공동체가 일종의 유사가족(pseudo-family) 형태를 지닌다는 점이다. 이때의 유사가족은 핏줄로 연결되지 않았으며 동시에 전통적인 부-모-자의 가족형태를 지니지도 않지만, 주의 깊은 애정의 분위기 속에서 서로에게 배려를 베푸는 가족과 같은 공동체를 말한다. 이러한 유사가족 안에서 리나는 모성의 자리에 놓인다. 리나는 전직 여가수를 굳이 할머니라 칭하고, 삐를 자신의 아들이라 여긴다. 삐가 누구냐는 물음에 "내 아들이에요."(125쪽)라고 답하며, 삐에게는 "우리 아들"(133쪽)이라는 호칭을 사용하고, 삐 역시 리나를 향해 "아이스크림 먹을래, 엄마?"(128쪽)라고 말하기도 한다. 봉제공장 언니도 삐를 가리켜 리나의 "아들"(175쪽)이라 부르고 삐의 친구 역시 리나의 집을 "니네 엄마네"(128쪽)라고 부른다. 이처럼 '할머니(전직 여가수)-이모(봉제공장 언니)-엄마(리나)-아들(삐)'로 이루어진 유사가족이 탄생하는 것이다.

이러한 유사가족을 만들어내는 윤리적인 모습 속에서 국경을 넘어설 수 있는 가능성이 처음으로 개시된다. 시링의 강제 철거로 삐와 잠시 헤어졌던 이들 가족이 다시 만났을 때 벌이는 작은 축제는, "이 순간만큼은 부러울 게 없어서 자꾸만 싱겁게 웃었다."(176쪽)라고 표현될 만큼 정겹고 따뜻하다. 그러한 따뜻함은 리나와 삐의 성교 장면을 통해 극적으로 드러나는데, 이것은 나중에 리나에 의해 실제인지 환상인지가 모호하게 처리된다. 이것은 문자 그대로의 성교라기보다는 둘이 나누는 상호교감 속에서의 이상적인 관계를 상징한다고 보는 것이 타당할 것이다. 그 순간 "머릿속이 환해지면서 비좁은 방 안의 벽들이 다 무너지고 저 먼 하늘로부터 둑처럼 펼쳐진 푸른 국경선이 다가"(139∼140쪽)온다. 국경을 넘는 것이 타자를 향한 연대와 공감을 통해 처음으로 가능해지는 것이다.

이러한 윤리적 방식은 공단지대의 폭발사고[4] 이후 더욱 분명해진다. 이 작품에서 공단지대의 폭발사고는 일종의 묵시록에 해당한다. 폭발사고 이후 리나는 새롭게 태어나, 더욱더 윤리적인 모습을 보인다. 이전에 그랬듯이 갈 곳 없는 네 명의 남자애들을 거두어 함께 살아가는 것이다. 또한 봉제공장 언니를 만난다면 "언니에게 사랑한다고 말"(309쪽)하겠다는 생각을 하고, 재로 변한 돈통 안의 돈을 발견한 순간에는 오랫동안 잊고 있었던 삐를 떠올린다.

리나의 윤리적 결단은 가족을 앞에 둔 두 번째 선택에서 더욱 극적으로 나타난다. 폭발사고 이후 리나는 탈출자들을 팔아먹고

---

4) 공단지대에 이르러 강영숙의 『리나』가 세상을 심문하는 문제구성의 방식은 윤리에서 정치로 변화한다. 공단지대에서의 일들은 적나라한 현실의 적대적 대립을 실감나게 그려보인다. 7년 전 가스 유출사고의 후유증은 조금도 치료되지 않은 채 그대로이고, "값싼 임금을 주고 이 나라 저 나라에서 데려온 비숙련공들은 아무런 교육도 받지 않고 현장에 투입됐고, 사고를 당해 죽은 사람은 자기가 왜 죽는지도 모르는 채로 죽"(212쪽)는다. 공단을 폐허로 만들어버린 공단의 폭발사고는 리나가 겪어온 세계자본주의체제의 온갖 모순과 폭력이 중첩되어 일어난 것이다. 폭발사고 이후 작품은 다시 정치적 문제의식을 무화시키는 윤리적인 방식의 해결로 급격히 기울어진다.

사는 선교사 장을 다시 만나는데, 그는 리나에게 가족이 보낸 편지를 전달한다. 아버지, 어머니, 남동생은 무사히 P국으로 들어가 무난하게 살고 있었던 것이다. 거기에는 "여기에 네 방이 있다. 빨리 오길 바란다!"(334쪽)는 구절도 적혀 있지만, 리나는 끝내 P국으로 가기를 거부한다. 대신 자신이 가지고 있던 돈을 가족에게 보내고, 갈 곳 없는 네 명의 아이들에게 "너희들 이제부터 나를 엄마라고 불러"(337쪽)라고 말한다. 리나는 다시 한번 가족 대신 자신이 돌보고 있는 소년들의 어머니가 되기를 선택하는 것이다. 이 공동체의 구성은 '타자에 대한 환대'라는 윤리적 정언명령에 충실한 방식이다.

마지막에 리나는 다시 한번 처음 넘었던 국경 앞에 선다. 그러나 이제 리나는 가족을 따라온 열여섯 살 소녀로서의 수동적 존재가 아니다. 그동안 리나는 "마약과 관광의 도시 한복판에 떨어뜨려졌다."(78쪽)는 표현에서 알 수 있는 것처럼, 늘 수동적으로 끌려가거나 팔려다녔을 뿐이다. 그러나 마지막에 리나는 자발적인 욕망에 근거하여, "저만치 앞 허공에 푸른 둑처럼 펼쳐져 있는 국경을 향해 달리기 시작"(348쪽)한다. 이것은 국경 위에 선 존재, 즉 경계 위에 선 윤리적 존재로 남겠다는 리나의 다짐이라고 볼 수 있다.

『찔레꽃』의 충심은 가족과의 관계에 있어 리나와는 매우 다른 모습을 보여준다. 리나가 두 번에 걸쳐 가족 대신 타자들의 공동체를 선택한 것과 달리 충심은 가족을 위해 자신의 모든 것을 바친다. 본의 아니게 북한에서 나온 후 힘겹게 살아가는 충심이를 견디게 하는 힘은 다름 아닌 가족애이다. 『리나』의 가족이 사회를 축소해 놓은 근대의 오이디푸스 구조를 반영하였다면, 『찔레꽃』

의 가족은 남성 중심의 억압적인 오이디푸스 구조와는 무관하다.

앞에서도 살펴보았듯이, 가족에게 돈을 보내기 위해 충심은 매춘에 나서며, 마지막에는 조선족과 위장결혼을 하면 4만 위안을 만들어 가족에게 전달하겠다는 갑봉의 제안을 받아들이려고 한다. 충심에게 가족은 절대적인 신앙에 해당하는 것이다. 충심은 흑룡강성의 농촌에 팔려가서도 "함흥으로 돌아가야만"(111쪽)한다고 생각했다. 이유는 "달그락거리는 쇠발통의 수레를 끌며 돼지밥을 얻으러 다니던 어머니를 모시고 보란듯이 살아야만"(111~112쪽)하기 때문이다. 그것은 충심에게 포기할 수 없는 "꿈"(112쪽)이다. 충심에게 함흥과 어머니 사이의 거리는 결코 먼 것이 아니다. 본래 네이션이 상품경제와는 다른 양식의 교환, 즉 호수적 교환에 근거하며, 상품교환 경제에 의해 해체된 공동체의 상상적 회복이라고 할 때,[5] 네이션은 가족과 유사한 성질을 공유한다. 그렇다면, 정도상의 『찔레꽃』은 전지구적인 시공간적 배경과는 달리 네이션에서 그리 멀리 떨어진 작품이 아닐지도 모른다.

4. 근본주의적 윤리는 언제나 정답인가?

2000년대 첫 십 년 동안에 창작된 전지구적 배경의 소설들은 대

---

5) 가라타니 고진, 조영일 옮김, 『네이션과 미학』, 도서출판b, 2009. 자본제경제, 국가, 네이션은 서로 긴밀하게 연결되어 있는 보르메오의 매듭과 같다. 각자가 경제적으로 자유롭고 또 하고 싶은 대로 행동하여, 그것이 경제적인 불평등과 계급적 대립으로 귀결된다면, 그것을 국민(네이션)으로서의 상호부조적인 감정에 의해 제거하고 국가에 의해 자본의 방종을 규제하고 부를 재분배하는 식이다. (위의 책, 27쪽)

부분 네이션과 내셔널리즘에 대한 이탈의 상상력을 보여주었다. 오늘날 양식 있는 자들 대부분이 네이션을 '상상의 공동체', 즉 역사적으로 만들어진 표상으로 간주한다. 이것은 표상을 비판하고 계몽만 한다면, 내셔널리즘을 해소시킬 수 있다는 관점과 관련된다. 가라타니 고진은 이와 관련해 "그러나 그런 일은 없다. 설령 네이션이 상상물이라는 것을 안다고 해도 그것은 해소되지 않는다."[6]고 단언한다. 종교가 그러하듯이 네이션도 단순한 계몽주의적 비판으로는 폐기되지 않는다는 입장이다. 자본도 네이션도 국가도 단순한 표상이 아니며, 그것들은 각기 다른 '교환' 양식에 근거하고 있기 때문이다. 나아가 각각은 긴밀하게 연관되어 자본 = 네이션 = 국가라는 삼위일체적인 구조를 이룬다고 말한다.

'상상의 공동체'인 민족과 그에 바탕한 민족주의에 대한 가장 보편적인 삶의 대안으로서 제시되는 것이 세계시민적 태도일 것이다. 그것은 『리나』에서 제시된 근본주의적 윤리와도 친연성을 보인다. 그렇다면, 과연 이러한 태도는 새로운 삶의 가능성을 열어줄 최선의 사유로서 기능할 수 있을까? 해답은 없지만, 하나의 질문으로서 『리나』에 나타난 근본적 윤리주의의 한계를 살펴보고자 한다.

먼저 '할머니−봉제공장 언니−리나(엄마)−삐'로 구성된 우애와 연대의 공동체에 발생하는 균열을 들 수 있다. 대륙 동북쪽의 공단지대에서 매춘을 했던 과거를 숨기기 위해 삐와 리나는 부부행세를 한다. 그 후 삐는 재미없는 사람으로 변해서, "이제 리나를 봐도 웃지 않"(216쪽)는다. 파이프 용접공이 된 삐는 두 번째 겨울

---

6) 위의 책, 9쪽.

을 맞을 때쯤에는 "어리벙벙하던 모습은 다 어디로 가고 뼈와 근육이 적당히 붙은 단단한 체형을 가진 남자"(215쪽), "고된 일을 몸으로 감당할 수 있는 남자"(239쪽)가 된다. 뼈는 리나가 떠나오고자 한 한명의 가부장이 된 것이다. 리나와 뼈의 관계는 계속 어긋나기만 해서, "둘만 도망치자"(251쪽)는 리나의 제안에도 뼈는 아무 말도 하지 않는다. 봉제공장 언니도 아랍계 외국인 노동자와 결혼하여 불행한 결혼생활을 시작한다. 리나는 술에 취해 "이 미친년아, 그러게 뭐하러 애는 낳고 지랄이야."(250쪽)라며, 몸을 날려 봉제공장 언니의 멱살을 잡아 바닥으로 끌어내리기도 한다. 나중에는 할머니마저 죽게 되어 '할머니-봉제공장 언니-리나(엄마)-뼈'로 이루어진 우애와 연대의 유사가족은 해체되고 만다. 결국에는 리나만 혼자 남겨진 것이다.

　더욱 본질적인 문제는 리나 스스로가 자신을 고통스런 유랑에 빠뜨린 자본의 논리에 침윤되어버린다는 점이다. 그것은 리나가 공단지대와 폐쇄구역 중간에 있는 유흥가의 클럽 퍼즐에서 일하면서부터 본격화된다. 클럽에 나가면서 모은 돈을 셀 때, 리나는 "언제나 이 비밀스러운 순간이 제일 행복했다."(230쪽)고 느낀다. 봉제공장 언니는 믿을 수 없다며 그녀가 잠든 후에야 돈을 감추고는 한다. 돈 앞에서 유사가족의 우애는 속절없이 허물어지는 것이다. 리나는 휴가가 "너무 길어서 돈을 벌 수가 없다"(251쪽)며 고래고래 소리를 지르고, 의도치 않은 살인을 저지른 후에도 "이제는 돈만 벌면 돼"(264쪽)라고 다짐한다. 클럽에서는 돈을 벌기 위해 "술에 이상한 약도 타서 팔"(269쪽)고, 심지어는 자신과 같은 나라에서 탈출한 여자를 돈으로 사는 등 클럽 사람들과 여자들을 사러 다니기도 한다. 리나 스스로도 "매일 팔려만 다니던 주제에

돈 주고 사람을 사는 일당 중의 한 명이 되어 있다는 사실"(242쪽)
에 놀란다. 이제 리나는 그녀를 지옥에 빠뜨린 세상과 하나가 되
어버린 것이다.

　리나의 변모와 그녀가 만든 유사가족의 해체는, 근본주의적 윤
리가 세계자본주의체제와 맞부딪쳤을 때의 현실적 한계를 보여주
는 것은 아닐까? 이와 관련해 세계자본주의하에서 네이션＝스테
이트는 소멸하고 다중(multitude)이 제국에 대항할 것이라고 주장
한 네그리와 하트에 대하여 반론을 펼친, 가라타니 고진의 주장은
경청할만하다. 고진은 네그리와 하트 등의 논의에는 네이션과 국
가에 대한 고찰이 결여되어 있으며, 제국을 해체하는 다중의 반란
(원주민 운동, 환경운동, 이슬람원리주의 운동) 등을 고찰함에 있어
서, 자본, 스테이트, 네이션에 대한 구조론적 파악이 필요하다고
말한다. 이러한 구조론적 파악이 부족할 경우, 다양한 반글로벌리
제이션 운동은 서로 고립되어 대립하거나 네이션이나 종교에 먹
히고, 결국 국가에 흡수되어버릴지 모른다는 것이다.[7] 물론 『리
나』에서 리나는 공단의 폭발사고를 계기로 이전보다도 더욱 윤리
적인 존재로 새롭게 태어난다. 그러나 현실적 가능성의 측면에서
리나가 "푸른 둑처럼 펼쳐져 있는 국경"(348쪽)을 향해 달려갈 때,
리나의 옆에는 자신을 엄마라고 부르던 네 명의 아이들은 사라지
고 없다. 이러한 고독은 경계에 선 자가 되기 위해 치러야 할 정당
한 내가일지도 모른다. 남겨진 네 명의 아이들과 혼자가 된 리나
를 생각할 때, 고진의 이야기는 강영숙의 『리나』와도 전연 무관한
것이라고 볼 수는 없다.

---

7) 위의 책, 62~64쪽.

5. 네이션과 미학

『리나』와 『찔레꽃』은 네이션과 관련해 각기 다른 이탈(혹은 재귀)과 대응의 양상을 보이고 있다. 이러한 차이는 서술상의 차이로 이어진다. 『리나』는 이 시대 가장 핵심적인 사회적 문제를 다루고 있지만, 그러한 문제를 다룰 때 의당 사용되던 서사적 관습을 위반한다. 기존의 서사적 관습이란 사실주의의 창작규율과 관련된 것으로, 그 고전적 규율은 세부의 정확성과 전형적 인물의 창조라는 항목으로 정리할 수 있다.

『리나』에서 다른 인물은 차치하고라도 주인공인 리나 역시 매우 불투명한 인물이다. 그녀는 전형적 인물은커녕 개성적 인물로서의 정체성조차 구성하기 힘들다. 분명한 것은 '열여섯 살 여자애'라는 것뿐이다. 그러나 이 문구를 구성하는 의미항마저도 확실한 것은 아니다. 한 대안가족의 가장 노릇을 하는 리나를 열여섯 살 아이라 하기에는 부담스럽고, 이성애와 동성애를 별다른 의식 없이 넘나드는 리나를 하나의 성별로 고집하는 것도 당연해보이지는 않는다. "리나를 단일하게 정의내릴 수 있는 단어란 없다. 이렇게 여러 명의 리나'들'이 리나의 몸 안에 공존한다."[8]는 지적은 리나의 이러한 특징을 나타낸다. 작품의 배경 역시 불분명하다. 막연한 짐작만이 가능할 뿐 리나가 떠도는 시간대나 장소 등이 모두 어렴풋하다. 심지어 월경의 상상력을 기본으로 삼고 있으면서도 그 경계 이편과 저편의 국적조차 등장하지 않는다. 이것은 "유―토피아ou-topia, 즉 사실상 무장소non-place"[9]로서의, 세계

---

8) 정혜경, 「여성수난사 이야기와 탈(脫)국경의 상상력」, 『문학수첩』, 2007년 여름호, 66쪽.

자본주의하에서의 지금-이곳을 드러내기 위한 작가의 선택이다. 특별한 장소의 표기가 불가능하거나 무의미한 것이 바로 지금의 현실인 것이다.

또한 『리나』는 고전적인 사실주의의 규율과는 거리가 먼 시적인 이미지를 통해 세상의 근원적 속악성을 상기시킨다. 리나를 통해 구현되는 그 이미지들은 리나의 심리적 실재에 해당한다. 탈출하다 총살당하고 불에 타는 몸통(11쪽), 고무줄 바지를 입고 외줄타기를 하는 리나의 모습(17쪽), 맨발에 돌이 박혀 걷지도 못하고 물구나무를 한 채 제자리를 돌고 있는 모습(30쪽), 독한 냄새가 나는 흰 화공약품과 잿빛 나방들로 가득한 창(58쪽), 열병과 설사병에 죽은 아이들에게 예쁜 옷을 입혀 양동이에 담아 방 한가운데 놓아둔 장면(107쪽), 날개를 달고 공업도시 전체를 내려보다 땅으로 곤두박질치는 꿈(188쪽), 폭발사고로 오물천지가 된 할머니의 몸을 닦자 할머니의 몸에서 희고 작은 나방들이 날아오르는 장면(289쪽), 용접 불꽃에 뼈가 타죽는 모습(316쪽), 얼음 속에서 다정하게 미소 짓고 있는 시체들의 모습(325쪽) 등이 그 구체적 사례이다.

그리하여 『리나』는 리얼리즘의 기본적인 창작원칙(전형적 인물, 세부의 정확성)을 배반하면서, 정확히 지금 이 시대의 리얼리즘을 달성하고 있다. 네이션 스테이트에서 생겨난 리얼리즘의 규범으로는 도저히 담아낼 수 없는 지금-여기의 가장 본질적인 국면을,

---

9) 안토니오 네그리 · 마이클 하트, 윤수종 옮김, 『제국』, 이학사, 2001, 257쪽. "자본주의 시장은 항상 자신의 영역 안에 더욱 많은 것을 포함함으로써 번성한다. 이윤은 접촉, 계약, 상호 교환, 그리고 거래를 통해서만 발생할 수 있다. 세계 시장의 실현은 이런 경향의 도달점을 이룰 것이다. 자본주의 시장의 이상적 형태 속에서는 세계 시장에 외부는 없다. 즉, 전지구가 자본주의 시장의 영역이다." (같은 책, 256쪽)

강영숙은 리얼리즘에 대한 모든 규정을 배신함으로써 달성해내고 있는 것이다. 그리하여 『리나』는 사실주의를 위반하는 진정한 사실주의이기도 하다.

『리나』와 달리 『찔레꽃』은 리얼리즘의 전통적인 규범에 충실하다. 인물형상화와 관련해 리나의 내면이 지극히 단편적으로만 서술되는 데 반해, 탈북자의 전형이라 할 만한 충심의 내면은 한낮의 한가운데 놓인 것처럼 선명하다. 특히 충심의 북한생활을 그린 「함흥·2001·안개」와 남한에서의 생활을 그린 『찔레꽃』은 충심이의 시각으로 전개된다. 이러한 서술상황으로 인해 충심이 지니는 고민과 삶의 세밀한 질감은 투명하게 전달된다. 세부 묘사와 관련해서도 『찔레꽃』은 놀라운 정밀성을 보여준다.

이렇게 해서 충심, 메이나, 소소, 은미라는 각기 다른 이름으로 동아시아를 전전한 한 소녀의 여정은 일관된 서사로 탄탄하게 재현된다. 이와 관련해 신이 쇠퇴함과 더불어 소설이 훌륭하게 되었으며, 소설 세계를 가구(假構)하는 시점이 국가의 시점과 매우 가까운 것이라는 지적은 참고할 만하다.[10] 이것은 소설에는 내셔널한 경험, 내셔널한 계기가 이미 기입되어 있다는 것인데, 충심의 내면에 들어가서 그녀를 투명하게 바라보는 시점 역시도 내셔널한 시각과 관련된 것으로 보이기 때문이다. 정도상의 『찔레꽃』은 근대소설과 네이션의 깊은 관련성을 증명하는 귀중한 사례라고 볼 수 있다.

---

10) 오카 마리, 앞의 책, 62쪽.

말할 수 없는 것, 말하지 않는 것, 말하지 못하는 것

1. 기억의 힘

6 · 25는 수백만의 사상자를 냈을 뿐만 아니라, 골육상잔의 성격을 지니는 참담한 비극이었다. 문학이 상처에 대한 반응인 동시에 치유의 수단이기도 하다는 것을 생각할 때, 한국현대문학에서 6 · 25가 핵심적인 주제로 자리 잡은 것은 당연한 일이라 할 수 있다. 또한 이 전쟁만큼 한국 현대사에 결정적인 영향을 미친 사건도 찾기 힘들다. 그리하여 1980년대까지 한국소설의 주류는 분단과 6 · 25를 나룬 것이있다.

그러나 최근에 들어 6 · 25의 소설적 형상화는 눈에 띄게 줄어들고 있다. 이것을 자연스러운 문학사적 변화의 과정으로 이해할 수도 있다. 그러나 이보다 더욱 본질적인 이유는 2000년대 들어 사람들이 실감으로서 공유하는 영역이 점차 줄어든 것과 관련된다. 사람들의 사회적 공동경험의 폭이 좁아지고 또 공동경험이라 하더라도 의식의 상대주의적 구조에 따라 그 수용의 양상이 판이

하게 달라지면 인간 경험의 교환가능성은 희박해진다. 이러한 특징은 기억의 문제에도 그대로 적용되어, 공유할 수 있는 집단의 기억이 점점 줄어들게 된다. 근원적으로 기억(remembrance)이란 사회적 소통의 산물이기 때문이다. 따라서 사람들의 공유 영역이 줄어들게 되면, 6·25와 같은 역사적인 사건에 대하여 작가와 독자가 공명할 수 있는 서사를 창작한다는 것이 어려워진다.

6·25와 같이 수많은 죽음을 낳은 전쟁은 너무나 고통스럽기에 끊임없이 억압되고 감시받아야 하는 기억이며 궁극적으로는 망각되어야만 하는 기억인지 모른다. 그러나 충분한 애도가 이루어지지 않은 대상은 언제고 다시 되돌아올 수밖에 없다. 수백만의 죽음과 상처에 대한 무관심은 그 자체로 하나의 폭력이라고 할 수 있다. 그들이 겪은 6·25의 기억이 침묵 속에 방치된다면, 그것은 그들을 영원히 타자화하는 것이기 때문이다. 본래 죽음을 애도하는 일은 산 자들의 삶과 직결되어 있다. 애도의 방식에 따라 공동체가 만들어지고 사람들은 자신만의 고유한 위치를 부여받는다. 특히 6·25로 인해 발생한 죽음에 대한 애도와 기억의 방식은, 그 이후 이 땅에서 계속된 죽음에 대한 애도의 방식을 결정짓는다는 점에서 매우 중요하다.

또한 6·25의 소설적 형상화가 중요한 이유는, 기억이 과거와 현재에 대한 비전은 물론이고 우리의 공적 문화와 담론에서 보편화될 미래에 대한 비전을 만들어내는 힘을 지니기 때문이다. 하비케이는 가능한 미래를 상정하는 서사의 정교화는 초역사적이거나 역사 외적인 법칙과 필요성에 좌우되는 게 아니라 비판적 역사 기억에 의해 계발된 인간의 행위에 좌우된다고 말한다.[1) 기억이란 비록 과거는 현재 존재하지 않지만, 과거야말로 우리가 행동하기 위해서 끌어내야 하는 결론들의 원천임을 인정하는 것이다.[2] 요컨 대 기억은 지나간 일을 반추하는데 그치는 것이 아니라 현재와 미래를 만들어나가는 작업이라 할 수 있다. 따라서 우리가 6·25를 기억하고 서사화하는 일은 6·25로 표상되는 과거의 어둠을 떨쳐 내고, 새로운 미래를 열어가는 일이 될 수 있다.

2. 말할 수 없는 것

1990년대 이후 등단한 작가들은, 선배작가들이 그랬던 것처럼 6·25를 더 이상 중요한 창작의 터전으로 생각하지 않는다. 한국의 젊은 작가들이 한국전쟁이라는 소재에 무관심해진 이유로 소설을 쓰는 데 필요한 최소한의 직·간접체험을 하지 못한 점을 들 수 있다.[3] 이와는 달리 포스트모던한 새로운 인식론적 배경으로 6·25와 같은 역사적 대사건을 서사화하지 않는 경우도 있다. 이러한 특징은 김연수에게서 가장 분명하게 발견된다. 김연수는 근본적으로 역사적 사건의 서사화(언어화)에 대하여 회의적인 시각을 보이고 있다. 김연수에게 그것은 불가능에 가까운 일이라 할 수 있다. 김연수는 「뿌녕숴(不能說)」(『나는 유령작가입니다』, 창비, 2005)에서 직접적으로 6·25를 다루고 있다.

이 작품은 6·25 당시 인민지원군으로 참전하였던 중국인 점쟁

---

1) 하비 케이, 오인영 옮김, 『과거의 힘─역사의식, 기억과 상상력』, 삼인, 2004, 213쪽.
2) John Berger, *Ways of Seeing*, Harmondsworth, 1971, p.11.
3) 조남현, 「6·25소설의 인식론과 방법론」, 『한국현대문학사상의 발견』, 신구문화사, 2008, 247쪽.

이가 한국인 젊은이에게 자신이 겪은 전쟁 이야기를 하는 독백 형식으로 되어있다. 일찍이 혁명의 길에 투신하여 항일전쟁, 통일전쟁, 6·25에 참전했던 노인이 언어로 표현할 수 있는 것은, 언어로 표현할 수 없는 것보다 훨씬 적다. 그 노인이 일종의 추임새처럼 되풀이하는 말은 "삶은 살아가는 것이지, 이야기하는 게 아니거든."(61쪽), "운명은 절대로 말로 표현할 수 없어."(61쪽), "운명이 드러나는 순간에 언어 같은 것은 완전히 사라지는 거야."(62쪽)와 같은 것들이다.

그 노인이 겪은 전쟁의 핵심에는 6·25 당시 연합군이 인민지원군을 상대로 처음 대승을 거둔 지평리 전투가 있다. 이때 인민지원군에 속했던 노인은 말로는 표현할 수 없는 사건을 경험한다. 5000여명의 중공군 사상자가 발생한 이 전투에서 노인은 큰 부상을 당하고, 한 여성 구호원의 헌신적인 간호를 받게 된다. 그 결과 노인은 살아나고 엄청난 피를 뽑아내기까지 한 여성 구호원은 죽는다. 이 전투를 겪고, 노인은 "역사라는 건 책이나 기념비에 기록되는 게 아니야. 인간의 역사는 인간의 몸에 기록되는 거야. 그것만이 진짜야."(70쪽)라는 깨달음을 얻는다. 이러한 깨달음을 얻은 것은 그를 헌신적으로 간호한 구호원도 마찬가지이다. 그녀 역시도 지평리에서 본 것은 "뿌넝쉬"라고 반복해서 말한다. 그렇다면 역사는 결코 기록되거나 발화할 수 있는 것이 아니다. 몸소 역사를 겪어온 사람들은 한결같이 뿌넝쉬라고 말하는 것을, "역사를 만드는 자들은 거기에다가 논리를 적용해 앞뒤를 대충 짜맞추고는 한 편의 그럴듯한 이야기를 만들어내"(76쪽)는 것에 불과한 것이다.

김연수는 이 작품에서 자못 철저한 모습을 보인다. 이 노인이

6·25와 관련해 만들어 놓은 얼마 안 되는 내러티브의 의미조차 해체하고자 시도하기 때문이다. 그러한 시도는 노인의 오른손 검지와 중지가 잘려나간 것이, 그의 병역기피를 보여주는 증거일 수도 있음을 드러내는 것으로 나타난다. 노인 역시 한평생 조롱과 멸시 속에서 살았으며, 자신이 부상당한 지평리 이야기를 해주어도 사람들은 "이 벌레 같은 녀석아. 전쟁에 나가기 싫어서 손가락을 자른 겁쟁이야."(73쪽)라고 말했다는 것이다. 노인은 작품 속 청자에게도 이와 관련해서 분명한 답을 내놓지 않는다. 다만 "좋을 대로 생각하게나."(73쪽)라고 말할 뿐이다. 결국에는 노인의 '역사는 말할 수 없다'는 문장의 의미조차 해체되고 마는 것이다.

「이렇게 한낮 속에 서 있다」(『나는 유령작가입니다』, 창비, 2005) 역시 6·25를 배경으로 진실의 파악불가능성에 대하여 이야기하고 있다. 6·25 초기 인민군이 서울을 지배했던 90일간 부역했다는 죄명을 쓰고 한 여인이 총살대에 선다. 인민군의 통치 아래 있을 때, 그녀는 해방 전에는 문인보국단의 이사로 해방 후에는 우익단체의 고문으로 활동한 전남편을 다락에 숨겨주었다. 이때 일제시대 일본인들과 친밀하게 어울렸던 김혜실이 인민군 군관이 되어 나타난다. 그녀는 김혜실이 "그날 저녁 그이의 집에서 만나자고"(242쪽) 한 밀을 진하는 대신, "다음날 정오에 한청빌딩 앞에서 보자고 말했다고 전"(242쪽)한다. 그 일로 그녀와 남자는 유치장에 갇히고, 나중에는 인민재판을 받는다. 인민재판에서 여자는 김혜실의 정체를 폭로하려 하고, 그 폭로의 순간 남자는 갑자기 "대한민국 만세. 대한민국 만세."(247쪽)를 외치다가 죽는다. 작품의 마지막은 국군의 총 앞에 선 그녀의 다음과 같은 질문의 연쇄로 끝난다.

진실은 어디 있는 것입니까? 이제까지 지루하게 얘기한 제 말 속에 진실이 있는 것입니까? 아니면 "너희들이 내 목숨을 빼앗을 수는 있어도 대한민국에 충성하는 내 혼만은 빼앗을 수 없다"며 죽어간 그이의 말 속에 있는 것입니까? 또 저는 이 마당에 어떤 말을 남기고 죽어야만 하는 것입니까? 까페 여급과 무모한 사랑에 빠졌던, 그리하여 저를 버린 얼빠진 지아비 덕분에 적극부역자 아닌 적극부역자가 돼 이렇게 죽게 됐다고 해야겠습니까, 아니면 조선민주주의인민공화국에 대한 충성심 때문에 죽게 됐다고 해야겠습니까? ("거총!") 저는 뭐라고 외치며 죽어야만 하겠습니까? 제발 알려주십시오. 제발. ("발사!") (249~250쪽)

그러나 이러한 질문에 대한 답을 김연수는 너무나도 분명히 알고 있다. 그 질문의 답은 없다. "한 개인의 진실이란 깊은 밤, 잠자리에 누워 아무도 몰래 끼적이는 비망록에나 겨우 씌어질 뿐"(245쪽)이며, 더군다나 "그 비망록이 씌어지는 곳은 그 사람의 마음속이니 사랑하고 서로 살을 비비며 살아가는 부부라고 하더라도 옆에 누운 사람의 비망록을 들여다보지는 못하는 것"(245쪽)이기 때문이다. 최근 김연수의 소설적 작업이란 분명 "타자에 대한 윤리의 기본은 그냥 불편한 채로 견디는 일이다."[4]라는 확신의 서사적

---

4) 용산참사와 그에 대응하는 사람들의 자세를 말하고 있는 글에서 김연수는 "고통이라기보다는 불편함을 주는, 우리 내부의 타자. 그 불편함을 견디지 못하고 슬퍼한 뒤에야 우리는 우리 안의 이 타자를 애도하는 게 불가능한 일이라는 걸 깨닫게 된다. 아무리 충분한 애도로도 그 타자는 해소되지 않는다. 타자에 대한 윤리의 기본은 그냥 불편한 채로 견디는 일이다. 이렇게 견디기 위해서 작가들은 소설을 쓰고 감독들은 영화를 만들고 시인들은 시를 쓰는 것이다." (김연수, 「오직 매일 쓰고, 다시 쓸 때에만 문학은 애도할 수 있다」, 『문학동네』, 2010년 봄호, 27쪽)라고 말한다.

구체화라 부를 만하다.

　김연수의 인식은 포스트모더니즘의 세례를 조금이라도 받은 사람들에게는 너무도 지당한 말씀이다. 언어를 매개하지 않고 자신과 세상을 이해한다는 것은 불가능하다. 그런데 언어를 통해 세상만사는 나름의 왜곡을 겪을 수밖에 없다. 따라서 기억이 언어로 구성되었다는 특징은 경험의 표상불가능성으로 이어지고, 이것은 다시 조작가능성으로 연결된다. 이로 인해 언어에 의해 매개된 기억이란 하나의 담론 효과에 불과할 수도 있는 것이다. 기억의 역사화가 가지는 이러한 한계는 역사 자체에 대한 심각한 의문과 회의를 불러일으킨다. 모든 차이들을 무시하고 균질화시키는 통합 서사로 만들어내는 대문자 역사는 '사건의 진실'을 '진실을 위한 사건'으로 조작해낼 뿐이다. 그러나 이러한 포스트모던한 인식은, 또 한번 확인하는 것이 거추장스러울 만큼 오늘날에 있어서는 하나의 상식이 되었다. 뿐만 아니라 어떤 의미에서는 이 시대의 인식적 도그마라고도 볼 수 있다.

　6·25가 가져온 수많은 죽음과 상처들, 그에 대한 표상과 기억이 불가능하다는 말을 되새김질하는 것은 과연 언제까지 윤리적 정답일 수 있을까? 분명 오답은 아니겠지만, 현실의 담론 공간에서 그것은 무책임한 것일 수도 있다. 이미 현실에서는 수많은 죽음 가운데 특별한 죽음만을 따로 분리하여 보상하고, 기리며, 현재의 징치적 장 속으로 불러내기 때문이다. 의도와는 무관하게 이러한 불가지론은 현실에 대한, 그리고 역사에 대한 지배 서사(grand narratives)에 대한 긍정으로 이어질 수밖에 없다. 김연수에게 지금 가장 절실한 것은 '그럼에도 불구하고'의 자세가 아닐까? 김연수는 이미 역사와 인간을 상대하면서 겪는 난점에 대해서 그

누구보다 깊이 있는 고민을 보여주었다. 그리하여 "타자에 대한 윤리의 기본은 그냥 불편한 채로 견디는 일이다."라는 작가의 발언은 충분한 진정성을 가지고 우리에게 다가온다. 김연수에게는 이제 그러한 난제 앞에서 한 걸음을 내딛는 일이 남은 것인지도 모른다. 진실의 파악이 불가능하다고 절규하는 그 순간에도 누군가에 의해서 과거에 대한 전 지구적 범위의 부정적인 전유와 남용이 행해지기 때문이다.

3. 말하지 않는 것

조은의 『침묵으로 지은 집』(문학동네, 2003)은 작중화자가 지켜본 다양한 사건과 인물들의 이야기가 극화되지 않은 채 느슨하게 흩어져 있다. 서사의 중심은 현재의 의식 속에 포착된 과거의 기억이 글로 옮겨지기까지의 과정이다. 이러한 서사는 고립되고 파편화되어 있는 개별적 기억을 바탕으로 집단기억에 맞서는 과정이기도 하다. 개별적 기억은 집단 기억의 일부가 될 수 없었기에 주변부로 밀려난 채 침묵을 강요당한 것이다. '나'의 개별적 기억은 주로 전쟁과 연애사건으로 이루어져 있다. 이 중에서 더 큰 비중을 차지하는 것은 전쟁으로서, 연애사건도 결국에는 전쟁의 상처로부터 파생되어 나온 것이 대부분이다. 전쟁 기억의 핵심에 놓여 있는 것은 아버지이다. 작중화자가 아는 아버지에 대한 정보는 연희전문을 다니다가 일제 말에 관료로 투신하여 해방 후 좌익 계열의 시장 밑에서 M시 부시장을 지냈고, 6 · 25 직후 서울에서 행방불명이 되었다는 것뿐이다.

‘나’는 “부단히 아버지를 그려보려고 애썼다.”(260쪽)거나 “만약 화가였다면 아버지의 초상을 그리는 일을 평생 했을지도 모른다.”(286쪽)에서 알 수 있듯이, 필사적으로 아버지의 온전한 모습을 복원하고자 한다. 그런데, 이 작품에서는 마지막까지 아버지와 관련해서 어떠한 의미화도 이루어지지 않는다. 아버지에 대한 기억은 양가적이며, 잡종적이고, 이질적이어서 시종일관 울퉁불퉁하고 서로 어긋난다. ‘아비는 반공투사였다’나 ‘아비는 빨갱이였다’도 아닌, 하다못해 ‘아비는 개흘레꾼이었다’는 기본적인 명제에도 이르지 않는다. 테제도 반테제도 그 무엇도 아닌 존재가 바로 작중화자의 아버지인 것이다. 작가가 그토록 상징적 의미를 부여하고자 하는 아버지는 끝내 의미가 부재한 공백으로 남는다.

이것은 이 작품의 가장 근본적인 창작동기라고 할 수 있는 ‘아버지의 초상 그리기’를 포기한다는 점에서 무책임하게 보일 수도 있다. 그러나 진실은 그 반대에 가깝다. 이 작품을 읽으면서, 무엇보다 우리가 주의를 기울여야 할 것은 작가가 아버지의 초상을 끝내 완성하지 ‘못하는’ 것이 아니라 ‘않는다’는 점이다. 이것은 단지 “보통 남자”(269쪽), “중간에 있던 사람”(269쪽)이었을 뿐인 아버지를, 그 어떤 이데올로기적 전유로부터도 자유로운 존재로 지켜내기 위한 시도라고 할 수 있다. “상황이 바뀌면 아버지에 대한 어머니의 이야기도 늘 바뀌었다.”(271쪽)는 것처럼, 아버지를 하나의 모습으로 규정하는 것은 하나의 이데올로기에 기댄다는 것을 의미한다. 그것은 6·25가 지닌 근원적 부조리함과 비극을 하나의 틀로 규정하는 일이며, “보통 남자”(269쪽), “중간에 있던 사람”(269쪽)을 좌익 혹은 우익으로 만들어 죽였던 광폭한 시기를 망각하는 일이기도 하다. 아버지는 침묵을 통해 언제까지나 말하는 존재가 된다. 아버지를 끝까지 유령으로 남김으로써 아버지를 기억하려 하는 것이다.

우리가 6·25와 관련해 죽은 자들에게 적당한 상징적 위치를 부여하고 그에 맞춰 그들을 달래는 것은, 사실상 산 자들이 죽은 자들에 대한 죄책감과 부담에서 벗어나는 가장 손쉬운 방법일 수도 있다. 이때 죽은 자는 더 이상 산 자를 심문하지 않으며, 영원한 과거 속에서 편안하게 제삿밥이나 얻어먹고 있으면 된다. 살아남은 자에 의해서 호명되고 위치지워진 죽은 자는, 폭력의 기억을 불러와 산 자들에게 사건의 고유성을 환기시키며 그들을 심문할 힘을 잃어버리는 것이다.

작가는 쉽게 상징적 죽음을 아버지에게 선사하고, 아버지의 유령으로부터 벗어나려 하지 않는다. 반대로 말할 수 없는 아버지에게 언제까지나 매달림으로써, 자신의 책임을 다하고자 한다. 그렇다면 작가는 다분히 전략적으로 우울증(Melancholie)을 선택한 것이라 볼 수 있다. '나'는 아버지에 대한 애착이 너무 강해서 결코 완벽한 애도에 이르지 못한다. 그녀는 애착 대상과 단절하기보다는 오히려 상실한 대상과의 동일시를 통해 한몸이 되고자 한다. 그녀는 아버지를 포기하지 않고 아버지를 자기 안에 담아둠으로써 체념한다는 역설적인 모습을 보이는 것이다. 조은에게도 애도가 이루어진다면, 그것은 우울을 지양하기보다 오히려 우울의 한가운데서 우울을 인정함으로써 가능하다.

죽음을 애도하지 못할 때 주체는 포기된 대상과 자신을 우울증적으로 합체시키고 이를 통해 자아를 형성해간다는 프로이트의 논지는 이후 버틀러에 의해 정치적으로 전유된다. 버틀러는 애도되어야 할 대상을 제대로 애도할 수 없을 때 주체는 오히려 그 대상을 자신과 합체하고 그 대상이 이루려고 했던 이념을 실현하는 일에 열중하게 되며, 이를 통해 애도를 불가능하게 했던 권력을 교란하고 해체하는 정치적 행위를 할 수 있게 된다고 말한다. 애도의 금지는 아이러니하게도 애도를 금지하는 권력에 대한 저항을 낳는다는 것, 이것이 바로 버틀러가 도출해내고자 하는 우울증적 주체의 정치성이다.[5]

조은은 손쉬운 애도가 아니라 끈질기게 대상을 자기의 일부로 받아들이는 우울증적 주체가 됨으로써, 지난 시절의 죄책감과 부담으로부터 벗어나기를 거부한다고 할 수 있다. 이런 맥락에서라면 조은의 우울증적 주체는 무척이나 건강하고 용감하다. 조은은 한 순간의 애도와 한 움큼의 눈물로 지금의 기준에 맞는 그럴싸한 얼굴의 형체를 아버지에게 부여하기를 거부한다. 그저 아버지를 윤곽조차 그릴 수 없는 형상 그대로 남겨두어 구천을 떠돌게 할 뿐이다. 『침묵으로 지은 집』에서 아버지는 지배이데올로기 내부로 통합되지도 않으며, 그렇다고 외부의 고유한 주체로 구성되지도 않는 차이로서 존재한다. 아버지의 흔적은 어떠한 기원도 갖지 않기에 어떠한 구획의 시도로부터도 벗어나 있다. '아버지 초상 그리기'의 실패는 6·25가 낳은 폭력적인 지배이데올로기나 획일적인 내셔널리즘에 대응하는 하나의 전략이다. 패배를 통해 승리하며 발화하는 조은의 『침묵으로 지은 집』은 6·25를 증언하는 문학적 아포리아임에 분명하다.

---

4. 말하지 못하는 것

박완서의 「빨갱이 바이러스」(『문학동네』, 2009년 가을호)는 우리가 진정으로 6 · 25와 분단을 말하고 있는가에 대한 근원적인 질문을 던지고 있는 수작이다. 산골에서 생활하는 '나'는 이미 끊긴 버스를 기다리는 세 명의 여자를 만난다. 다리가 불편한 여자는 '소아마비'로, 몸에 커다란 뜸 자국이 있는 여자는 '뜸'으로, 승복을 입고 있는 여자는 '보살님'으로 호칭된다. '나'는 세 명의 여자들에게 '나'의 집에 가서 머물 것을 제안하고, 넷은 동네에서 유일하게 "옛날의 골격은 그대로 지닌 채 정정하게 늙어가고 있"(220쪽)는 '나'의 집에서 하룻밤을 보낸다. 이때 세 명의 여자는 돌아가며 자신의 은밀한 속을 고백한다.

먼저 '소아마비'는 본래 소아마비가 아닌 자신이 다리가 불편해진 이유를 말하기 시작한다. 남편은 아내를 끔찍이 사랑하고 사회적 능력도 있지만, 의처증을 지니고 있다. 그럼에도 훌륭한 사위이자 아빠인 남편을 참고 견뎌내는 여자는 "외간남자하고 같이 하늘을 쳐다봤다는 이유 하나만으로 그 자리에서 머리채를 잡혀가지고 집으로 끌려"(225쪽)오는 일을 당하기도 한다. 그러던 중, 여자는 집에서 모르는 남자에게 성폭행 당할 위기에 빠져 베란다에서 뛰어내린다. 그 일로 여자는 몸을 상하지만, 대신 남편에게 열녀 대우를 받는다. 아이러니하게도 그 이후 여자는 외간남자와 어울리는 것이 일상이 되어버린다. 남편이 "유혹하고 싶은 남자는 얼마든지 유혹할 수 있는 타고난 능력과 소질"(226쪽), 즉 "남자만 보면 꼬리를 치는"(225쪽) 아내의 능력과 소질이 사라졌다고 판단한 것이다. 그러나 지금이야말로 그녀는 꼬리치는 여자가 되어 있다. 그녀는 "가끔 이렇게 스트레스 해소하는 것 말고는 저 살림 잘 해요."(226쪽)라며, "홈 스위트 홈, 콧노래가 나올 만큼 즐거운 우리집"(226쪽)이라고 자신 있게 말한다.

다음은 '뜸'의 고백이다. 그녀의 고백은 "이건 뜸뜬 자국이 아니라 남편이 담뱃불로 지진 자국이에요."(227쪽)라는 말로 시작된다. 보통 부부로 살았던 이들은 결혼한 지 삼 년 만에 뇌성마비 아이를 낳는다. 아이가 고칠 수 없는 상태라는 것을 안 후 남편은 아이를 고아원에 내다버리라고 난리를 친다. 입양기관 앞에 아이를 내다버린 후 남편은 "아이가 없던 때로 돌아간 것처럼 굴"(228쪽)기 시작한다. 그 후 딸과 아들이 연이어 생기고 둘은 행복한 생활을 한다. 그러나 그녀는 죄책감에 버린 아이를 찾기 시작하고, 가톨릭 계통에서 운영하는 중증 장애인 단체에서 아이를 찾아낸다. 이후 그녀는 "가톨릭 영세까지 받고 봉사자가 돼서 그 집을 수시로 드나"(228쪽)든다. 이를 통해 그녀가 안정을 찾는 것과는 반대로 남편은 "생지랄"을 다시 시작한다. 남편은 술만 먹고 들어오면 담뱃불로 그녀의 몸을 지지기 시작하는 것이다. "내 상처는 몸 밖에 있지만 그의 상처는 몸속에 있다는 걸 느끼죠"(228~229쪽)라는 그녀의 말처럼, 둘 다 상처가 있는 자들이다.

세 번째는 '보살님'의 고백이다. 그녀는 남편이 퇴직금으로 마련한 수리산 골짜기의 산장에서 남편과 행복한 나날을 보냈다. 그러다가 남편이 죽고, 간간이 들르던 큰아들은 인도네시아 발령을 받아 자식들과 떠나간다. 외국 생활에 적응하지 못한 큰손주만 돌아와 그녀와 살게 된다. 나중에 가족이 다시 결합할 때를 생각하며, 그녀는 큰손주를 위한 영어 독선생을 들인다. 그녀, 영어 독선생, 큰손주만의 생활이 이어지던 어느 날 그녀와 독선생의 몸이 서로 닿는다. 이후 육십 대 중반의 그녀는 "완전히 어른의 세계가 열리기 전의 이팔(二八)로 돌아갔"(232쪽)다고 느낄 정도로 독선생에게 빠져든다. 영어 독선생과의 들뜬 나날을 보내던 중, 큰손주의 시체가 개울 하류 바위틈에서 발견된다. 그러나 이 일 이후에도 독선생에 대한 정욕에서 벗어나지 못하던 그녀는, 결국 돈을 꿔달라는 독선생의 요구에 비로소 발바닥이 땅에 닿는다. 이러한 일을 겪으며 그녀는 결국 산장을 큰 절에 기증해서 암자로 바꾼 후 손자의 위패를 모셔놓고 수시로 드나들며 명복을 빌고 있는 것이다.

보살님의 이야기까지 끝났을 때, 사람들은 모두 '나'의 고백을 기다린다. "정욕보다도 물욕보다도 강"(233쪽)한 이야기하기의 욕망과 계속되는 여인들의 채근에도 끝내 '나'는 고백하기를 거부한다. 여기에서 '소아마비', '뜸', '보살님'의 고백은 지금의 우리 소설계에 대한 일종의 알레고리라고 할 수 있다. 소아마비의 이야기는 가부장적 질서의 폭력성을 고발하는 여성주체의 사례를, 뜸의 이야기는 복잡다단한 인간관계를 시험하는 윤리의 문제를, 보살님의 이야기는 그 심연을 알 수 없는 욕망의 차원을 의미한다고 할 수 있다. '여성', '윤리', '욕망'이란 1990년대 이후 한국문학의 가장 핵심적인 테마라고 말할 수 있을 것이다. 이와 같은 테마의 이야기들은 어렵고 은밀하게 발화되는 듯하지만, 사실은 쉽고 달콤하게 발화된다는 것이다.

이에 반해 '나'가 끝내 고백하기를 거부한 이야기, 즉 오직 그녀의 마음속에만 존재하며 독자만이 알아들을 수 있는 이야기는 분단과 6・25에 관한 것이다. 오늘날 작가나 독자들은 분단이나 6・25를 닳고 닳을 정도로 충분히 이야기된 과거의 유물로 받아들이기 쉽다. 그러나 박완서는 세 여자의 거침없는 고백과 '나'의 완고한 침묵을 대비시킴으로써, 우리는 아직 분단과 6·25에 대해 진정으로 말하지 못했음을 이야기하고 있다.

'나'가 태어난 집은 삼팔선 이북의 땅이어서 6·25 이전에는 북한의 통치를 받았다. 지주 측에 들었던 '나'의 집안은 할아버지의 "멸문지화(滅門之禍)로다, 멸문지화로다"(235쪽)라는 말처럼, 여러 가지 피해를 당한다. 6·25가 발발하자 전쟁 전에도 "홀로 희망을 잃지 않고 씩씩했"(235쪽)던 삼촌은 인민군으로 나간다. 이 마을은 지리적 특성상 인민군 세상이 됐다가 국군 세상이 됐다가를 반복하는 격전지가 되지만, 할아버지 통솔 하에 '나'의 집은 그 땅에서 굳건히 버틴다. 그 결과 휴전 후에는 "저절로 남한 사람이 됐고 집과 땅도 찾"(236쪽)았다.

인민군이 된 삼촌은 전쟁이 끝나도 집에 돌아오지 않는다. 그러던 어느 날 밤 오줌이 마려워 잠에서 깬 열 살의 '나'는 북으로 간 삼촌이 마당에서 아버지, 엄마와 함께 있는 것을 발견한다. 엄마는 삼촌과 아버지가 서로 다투는 것을 말리다가는 돌변해서 "죽여버려, 저런 동기간은 없는 게 나아, 차라리 죽여버려"(237쪽)라고 말한다. 그 순간 아버지는 삽을 높이 쳐들어 삼촌의 어깨를 후려친다. 방으로 돌아온 '나'는 아버지가 동생을 쳐 죽인 삽으로 동생을 묻기 위해 땅을 파는 소리를 듣는다. 물론 이러한 기억의 뒤에 "새벽에 잠깐 눈을 붙인 악몽 속에서도 그 광경은 여실하게 재현돼 먼 훗날까지도 어디까지가 꿈이고 어디까지가 현실인지 구별이 잘 안 됐다."(238쪽)는 말이 덧붙는다.

그러나 이것이 실제이든 꿈이든 '북으로 간 삼촌'을 마당에 묻었다는 사실만은 변함이 없다. 사실 '나'가 더 무서워한 것은 "삼촌이 그날 살해되지 않고 북쪽 어딘가에 살아 있을지도 모른다는 가능성"(240쪽)이다. 세상이 이전보다 훨씬 경직돼 있던 시절 남편과 가족의 행복을 위해서는 삼촌이 북의 어딘가에 살아 있어서는 절대 안 되었던 것이다. 세 번이나 반복해서 등장하는 "기이한 평화"[6]를 위해서 삼촌은 흙마당에 매장된 존재여야만 하는 것이다. "나는 그 살해 현장을 단지 목격만 한 게 아니라 공범자였던 것이다."(240쪽)라는 공범의식은 이러한 사정에서 연유한다.

아직까지도 분단과 전쟁에서 비롯된 골육상잔의 기억을 말하는 것은 사실상 불가능하다. 그것은 삼촌의 시신을 내장하고 있는 단단하고 견고한 시골집 흙마당의 비유를 통해 다음처럼 생생하게 그려지고 있다.

나의 시골집 마당은 아직도 흙바닥이지만 양회바닥처럼 단단하다. 내 친구의 어머니 시신까지 하룻밤 사이에 동해바다로 토해낸 폭우도 우리 마당의 견고함을 범하진 못했다. 나의 입과 우리 마당은 동

---

6) '평화' 앞에 '기이한'이라는 묘한 수식어가 붙을 수밖에 없는 이유를 박완서는 한 단락으로 훌륭하게 요약해내고 있다. 이것이 분량과는 상관없이 가슴 한켠을 서늘하게 하는 것은, 그것이 비단 이 가족에게만 해당하는 것이 아닌 우리의 지난 분단과 전쟁의 과정을 고스란히 담고 있기 때문이다.
"한 집도 온전한 식구들이 없었다. 인민군에 나갔거나 혹은 그쪽 체제에 적극적으로 협력한 경력 때문에 겁을 먹고 제 집 제 땅뙈기보다는 체제를 택해 이북에 남은 식구나 친척이 없는 집이 없었다. 그런 식구들이 우리 삼촌처럼 야밤을 틈타 다녀가는 건 남한 당국에선 간첩으로 간주돼 반드시 신고를 하기로 돼 있었다. 도무지 간첩질 같은 걸 할 것 같지 않은 자식이나 동기간이 돈이나 식량 등 물질을 요구하는 걸 거절하거나 신고할 수 있는 사람은 거의 없었다. 분명히 아무 눈에도 안 띄게 감쪽같이 다녀갔건만 다음날 경찰에 잡혀가 죽지 않을 만큼 얻어맞고 오는 일도 심심찮게 생겼다. 너무 얻어맞아서 병신이 되고 만 사람도 있었다. 도대체 누가 일러바쳤을까 서로 의심하고 넘겨짚어 다투기도 하면서 마을의 인심은 점차 예전같지 않아졌다." (238~239쪽)

일하다. 둘 다 폭력을 삼켰다. 폭력을 삼킨 몸은 목석같이 단단한 것 같지만 자주 아프다. (240쪽)

'나'는 삼촌과 삼촌의 죽음에 대해 말하지 않는 것이 하나의 폭력임을 분명하게 인식하고 있다. 그럼에도 그는 혹시라도 삼촌의 타살된 유골이라도 나올까봐 새집을 짓는 것조차 시도하지 않는다. 이 폭력은 침묵하는 자를 아프게 하는 것이기도 하다. 「빨갱이 바이러스」의 '나'는 다음날 일어나서 망측하고 지저분한 비밀을 맘껏 털어놓을 수 있는 다른 여자들을 부러워한다. 이 작품의 마지막 문장은 "어떤 상처하고 만나도 하나가 될 수 없는 상처를 가진 내 몸이 나는 대책 없이 불쌍하다."(241쪽)는 것이다. 그녀에게 6·25의 상처는 그녀만이 앓는 고유한 병으로, 공명할 수 없는 단 하나의 사건이다.

이 소설이 더욱 문제적인 것은 다름 아닌 박완서의 작품이기 때문이다. 그녀는 6·25와 관련해 「나목」, 「부처님 근처」, 「엄마의 말뚝」 연작, 「그 많던 싱아는 누가 다 먹었을까」, 「그 산이 정말 거기 있었을까」와 같은 명작을 쓴 한국현대소설사의 몇 안 되는 거장 중의 하나이기 때문이다.[7] 그런 그녀가 6·25에 대해서는 결코 발화하지 않는 주인공을 내세운 작품을 썼다는 것을 어떻게 이해해야 할까?

이를 위해서는 박완서 자신이 30여 년 전에 썼던 또 하나의 6·25소설 「부처님 근처」(『현대문학』, 1973. 7.)와 비교하는 작업이 필요하다. 두 작품은 여러 면에서 흡사하다. 「빨갱이 바이러스」에서

---

7) 김윤식·정호웅, 『한국소설사』, 문학동네, 2000, 477~480쪽.

삼촌이 흙마당에 묻혀 있다면, 「부처님 근처」에서는 전쟁통에 죽은 오빠와 아버지가 어머니와 그녀의 몸속에 묻혀 있다. 모녀는 아버지와 오빠의 "죽음을 꼴깍 삼킨"(222쪽) 것이다. 「부처님 근처」에서는 '삼킨다'라는 표현이 강박적으로 반복되고 있다. 죽음을 삼켜버림으로써 그녀의 몸은 망령에 사로잡힌 삶이 되고, 이로 인해 그녀의 삶은 항상 불안하고, 이러한 불안감은 처자식만 아는 남자를 만나 애를 낳고 또 낳는 삶으로 인도한다. 「빨갱이 바이러스」에서도 이미 자신의 몸과 일체화된 흙마당에 삼촌을 묻었다. 이 일로 인해 「빨갱이 바이러스」의 '나' 역시도 "떨고 있는 내 몸을 보호하고 힘이 되어줄 보호막"(239쪽)으로 권력에 가까이 있는 남편을 선택한다.

그러나 두 작품은 자신 안에 꽁꽁 가둬버린 6·25의 상처를 처리하는 방식에 있어 서로 다르다. 「부처님 근처」의 '나'는 자신 안에 합체시킨 죽음을 토해내는 방법으로, 이야기하기와 소설 쓰기를 택한다.[8] 그녀는 먼저 만나는 사람마다 붙잡고, "오래 묵은 쳇증을 토하듯이"(225쪽) 6·25와 아버지와 오빠에 대해 이야기를 시작한다. 그러나 "어떡허면 더 잘살 수 있나에 대해 곤충의 촉각처럼 예민할 따름"(225쪽)인 사람들은 그녀의 말에 아무런 관심을 기울이지 않는다. 사람들의 공명 속에서 이야기를 하고 싶어 미칠 것 같던 그녀는, 결국 소설을 쓰기 시작한다. 그러나 그녀는 소설적 진실에 이르지 못했다고 고백하는데, 그 이유는 두 죽음이 "거의 피부적인 촉감으로 나에게 밀착돼 있"(226쪽)기 때문이다.

---

8) 이 소설에서 엄마가 죽음을 토해내는 방법으로 선택한 것은 샤머니즘과 불교이다. 이를 통해 어머니는 남편과 아들의 죽음을 애도하는 데 성공한다.

「부처님 근처」는 분단문학이 소설의 주류를 형성하던 1970년대 소설계의 상황을 훌륭하게 드러내고 있다. 너무나도 끔찍하게 곳곳에 널브러졌던 죽음들은 제대로 애도되지 못한 채 사람들 안에 합체되어 있다. 이때 작가들은 그것을 끊임없이 말하고 쓰는 방식으로 그 죽음을 토해내고자 한다. 그러나 그것은 진정한 애도에 이르지 못한다. 이유는 "거의 피부적인 촉감으로 나에게 밀착돼 있"(226쪽)기 때문, 다시 말하자면 "죽음이 내가 작품화할 수 있을 만큼, 즉 여유 있게 전모를 파악할 수 있을 만큼의 거리로 물러나 주지 않고 너무 나에게 바싹 다붙어 있기 때문"(226쪽)이다. 실제로 1970년대까지의 분단소설은 전쟁의 직접성에 빠져 전쟁을 소재적 차원에서만 다룬 측면이 있었다. 이에 반해 「빨갱이 바이러스」는 끝까지 전쟁이 낳은 죽음을 두터운 흙마당 속에서 꺼내지 못한다. 이것은 오늘날 6·25에 대한 소설이 거의 창작되지 않는 것과 통하는 현상이다. 더욱 중요한 것은 박완서가 전쟁이 낳은 죽음을 지상 위로 꺼내지 못하는 것이, 즉 제대로 된 방식으로 작품화하지 못하는 것이 얼마나 폭력적이고 아픈 일인지를 성공적으로 형상화해내고 있다는 점이다.

5. 침묵의 종언과 새로운 발화의 시작을 위하여

'말할 수 없는 것', '말하지 않는 것', '말하지 못하는 것'은 6·25를 바라보는 데 있어 각각 고유한 개성을 지닌 문학적 태도이다. 동시에 세 가지 입장에는 공통점이 있다. 그것은 전쟁에 대하여 말하지 않는다는 것이다. 어찌 보면 이들 작품은 '6·25'에 대하여 발화한다기 보다는 '6·25에 대하여 발화한다는 것'에 대하여 발화하는 작품들이라고 할 수 있다. 그리하여 결과적으로는 6·25에 대하여 자기만의 고유한 형상화에는 나아가지 못하고 있다. 전쟁에 대한 이해 혹은 사상과 관련된 자아의 감정적이고 정서적인 태도를 주로 문제 삼고 있는 것이다. 이것이 지니는 긍정적 의미에 대해서는 아무리 고평해도 지나치지 않는다. 상투화된 거대 서사에 휘둘리던 그동안의 몇몇 6·25소설을 생각한다면, '6·25에 대하여 발화한다는 것'에 대하여 의식의 촉각을 예리하게 세운다는 것은 매우 소중한 일이다. 아쉬운 점은 이러한 소설들이 기억이 가진 위대한 힘을 놓칠 수 있다는 점이다. 과거를 기억한다는 것은 단순한 취미가 아니라, 그 기억으로 표상되는 여러 가지 억압이나 모순과 관련하여 현재를 이해하고, 미래의 방향을 설정한다는 의미를 지닌다. 그것이야말로 기억의 힘이라고 할 수 있다. 6·25에 대한 기억도 결국은 우리 사회의 현재와 미래를 만들어 나가는 작업과 이어진다고 볼 수 있다.

  김연수의 세계 인식이 기반하는 토대라 할 수 있는 '말할 수 없는 태도'는 오늘날의 주도적인 세계인식에 해당한다. 그러한 윤리적 태도는 역사와 인간을 사유함에 있어 오답은 아니지만, 현존하는 거대 서사에 대한 긍정으로 귀결될 수도 있다. 조은이 보여준 '말하지 않는 태도'는 그 안에 나타난 우울증적 주체의 정치성을 높이 살 수 있다. 그럼에도 우울증적 주체가 과거와 내부에 고착되어 있기에 현재에 탄력적으로 대응하기 어렵다. 박완서가 6·25와 관련해 30년이 넘는 세월 동안 유지하고 있는 '말하지 못하는 태도'는 그러한 태도가 지닌 의미와 한계에 대한 날카로운 감수성을 내포하고 있다. 이러한 감수성은 지난 시절 고통 받은 사람들과 말할 수조차 없었던 존재들에 관하여 발화해야만 한다는 작가적 양심의 출발임에 분명하다. 박완서는 6 · 25에 대한 이야기가 끝난 것이 아니라 사실은 이제부터 시작되어야 한다고 말하고 싶은 것은 아닐까? 이 냉정한 자기 성찰의 자세야말로 한국문학에 새로운 젊음을 불어넣을 수 있는 힘이 될 것이라고 믿는다.

탈북자와 한국문학

1. 찔레꽃을 피우기 위해 필요한 것들

정도상의 『찔레꽃』(창비, 2008)은 일곱 개의 단편으로 묶인 연작소설집으로 함흥, 남양, 해림, 선양, 옌지, 한국으로 이어지는 충심의 이동경로를 중심으로 탈북자의 문제를 다루고 있다. 『찔레꽃』은 탄탄한 서사구조를 보여주는데, 그러한 안정감은 충심의 여로가 그녀의 성장과 맞물려 있기 때문이다. 여로에 따라 충심은 충심, 메이나, 소소, 은미라는 이름을 얻게 된다. 충심이었을 때, 그녀는 주체적인 의지와 욕망을 지니지 못한 미성숙한 소녀이다. 재춘 오빠를 사랑하게 되는 과정이 특히 그러하다. 엘리트라고 할수 있는 충성 오빠 대신 재춘 오빠를 사랑하는데, 그 사랑은 충심이 재춘 오빠로부터 기습적인 키스를 받으면서 시작된다. 북한에서 소녀인 충심은 "한번도 운명을 미리 알아야겠다고 생각해본 적이 없"(38쪽)다는 것에서 알 수 있듯이, 운명이 분명하게 예정되어 있다. 음악학교를 졸업하면 자연스럽게 선전대나 기동대에 들어가게 되어 있기 때문이다. 함흥역의 노숙자들과 장마당의 거지를 보면서 "충심은 장군님과 당이 어련히 알아서 하겠지."(56쪽)라고 생각한다. 장군님과 당에 모든 것을 맡긴 그녀 앞에 선택이나 책임이라는 단어는 주어져있지 않다.

충심은 자신의 뜻과는 무관하게 중국 땅에 발을 디디며, 그곳에서 조선족 마을에 팔려가기도 하고, 나중에는 안마사가 된다. 그런데 충심이 그 험한 세파 속을 헤쳐나가는 방식은 남성의 힘을 통해서이다. 조선족 마을인 신흥촌으로 팔려가 명목상의 남편과 살을 섞어야 하는 순간에 충심을 구원하는 것은 춘구이다. 춘구는 처음부터 "까탈스럽게 구는 충심이 마음에 들었"(84쪽)던 것이다. 한성안마의 안마사로 일할 때도 충심은 자신을 좋아하는 호룡의 도움을 받는다. 그러나 이 소설집에 등장하는 거의 유일한 악인이라 할 수 있는 김화동이 충심에게 진 빚을 갚지 않기 위해 공안을 데리고 등장했을 때, 충심은 이전과는 다른 모습을 보여준다. 공안이 '미나는 조선사람에다 비법월경자'라며 충심을 찾으려고 할 때, 마지막 방법으로 충심은 한국에서 온 '그'가 마련해준 아파트를 찾아간다. 그러나 끝내 충심은 '그'에게 도움을 요청하지 않는다. "다른 사람의 도움 없이 스스로 길을 찾고 싶었"(168쪽)기 때문이다. 자신의 미래마저 정해져 있었던 함흥에서의 삶과 자신을 좋아하는 남자들을 통해서만 생존할 수 있었던 삶을 지나 비로소 누구의 도움도 원하지 않는 삶을 시작하게 되는 것이다.

본격적인 남한행 여로를 담고 있는 「얼룩말」에서 충심은 모성을 지닌 여성으로까지 성장한다. 충심은 부모가 없는 영수를 위해 어머니의 역할을 수행한다. 충심만이 영수를 돌보며, 충심은 다른 사람들의 염려에도 불구하고 끝까지 영수를 데려가고자 한다. 영수는 "충심이모한테서 엄마 냄새를 맡"(187쪽)게 된다. 나아가 한국에서의 삶을 그린 마지막 작품 「찔레꽃」에 이르러서 충심은 한 가정을 책임진 가장의 모습까지 보인다. 온갖 어려움을 헤치고 그녀는 엄마에게 얼마간의 돈을 보내는 것이다.

결말부에서 충심은 "절대로 밥을 굶지 않겠다고 다짐"(221쪽)하며, "다리 사이에 프라이팬을 끼고 앉아 수저 가득 밥을 떠서 먹"(221쪽)는다. 나아가 그녀는 진숙언니처럼 대학에 갈 생각까지 한다. 이러한 결말은 정도상이 예전에 보여주었던 파국적인 결말과는 거리가 멀다. 「친구는 멀리 갔어도」에서 주인공의 죽음과 같은 파국적 결말은 그 비극성만큼이나 혁명적 로맨티시즘을 간직하고 있었다. 그러한 파국을 통하여 역설적으로 내일의 희망과 개인의 진정성은 온전하게 지켜졌다. 그러나 충심의 삶은 결코 이전에 다루어지던 인물들의 삶보다 나아진 것이 없음에도 불구하고, 현실을 감내하는 자세를 보이고 있다. 그것은 이번 소설에서 충심이라는 한 개인의 삶을 억압하는 힘이 이전과는 비교도 할 수 없을 만큼 단단하고 광범위한 것이기 때문이다. 충심의 삶은 유럽에서도 미국에서도 일본에서도 벌어질 수 있는 전지구적 차원의 문제이다. 충심이 싸워나가야 할 적은 네그리가 말한 제국에 해당한다.

남한행을 그리고 있는 「얼룩말」에서는 영수라는 아이의 시각을 통해 탈북자는 얼룩말로, 그들을 괴롭히는 선교사 일행은 사자나 치타로, 국경을 넘는 현장은 아프리카의 초원으로 그려진다. 이렇듯 인간과 자연이 일체화된 상상력은 서정적 분위기와 그로부터 비롯되는 슬픔의 정서를 한껏 고조시킨다. 동시에 이러한 비유는 탈북자들이 처한 상황이 자연의 법칙에 해당할 만큼 근원적이고 개선 불가능함을 드러내고 있다. 얼룩말과 맹수의 싸움을 상상하는 것의 불가능함만큼이나, 이들 탈북자들의 숨통을 조르는 억압은 싸워 물리치기에는 너무나 강고하다.

충심이 진정으로 원하는 것은 신분증을 지니는 것이다. 이때의 신분증은 꼭 하나의 민족국가(nation-state)에 소속됨을 의미하지는 않는다. 호구만 가지게 된다면, "중국 백성"으로도 열심히 살아갈 생각이며, 심지어는 "영출도 받아들일 수 있을 것 같"(128쪽)다고 생각한다. 신분증만이 자유를 약속할 수 있기 때문이다. 이러한 신분증에 대한 강조는 여러 차례 이루어진다. "필요한 것은 사랑이 아니라 신분증이었다."(154쪽), "무엇보다도 신분증 없이 떠돌지 않으며, 아무리 늦어도 돌아갈 집이 있는 삶을 간절히 소망했다."(157쪽)는 문장 등이 그것이다. 충심이 한국에 가고자 하는 이유도 "한국에 가야만 합법적으로 신분증을 가질 수 있다는 것"(154쪽)을 알았기 때문이다. 이 소설에서 인간은 신분증이 있는 인간과 없는 인간으로, 세상은 신분증을 받을 수 있는 땅과 없는 땅으로 나누어진다. 이것은 충심의 삶이 '특정한 민족국가'가 아닌 '민족국가라는 근대의 보편적인 사회체제'로부터 벗어난 것임을 의미한다. 이처럼 충심의 삶은 체제로부터 소외되어 떠도는 난민 일반의 문제까지 포괄하는 세계사적 보편성을 획득하게 된다.

남한에서 충심은 그토록 원하던 신분증을 얻게 된다. 그러나 남한에서의 삶 역시 충심에게 인간으로서 요구되는 존엄을 가져다주지 못한다. 적대와 착취의 선은 신분증 없음과 신분증 있음, 즉 국외자와 국민 사이에만 그어지는 것이 아니라 국민 안에도 선명하게 그어지기 때문이다. 충심은 그녀의 노력과는 무관하게 남한이라는 민족국가 내에서 종속적 하위 집단(subalternity)에 머물 뿐이다. "하나원을 나오자마자 기다리고 있는 것은 탈북자는 이방인에 불과하다는 사실"(202쪽)이다. 같은 민족이라는 사실은 오히려 외국인 노동자보다도 더 심한 차별을 가져올 뿐이다. 이처럼 충심의 삶을 통해, 정도상은 오늘날에는 오히려 전위적으로 느껴지는 고전적인 방식으로 탈북자의 문제를 적확하고 감동적으로 형상화하고 있다.

그런데 이쯤에서 우리는 남한에서 살고 있는 존재가 사실주의적으로 탈북자를 그린다는 것의 곤경에 대하여 생각해야 하지 않을까? 남한에서의 삶을 체험한 충심이 "휴전선이라든가 군사분계선을 사이에 두고, 이토록 극단적으로 다른 풍경이 펼쳐질 수 있다는 것이 믿어지지 않았다."(213쪽)고 말하는 것처럼, 우리에게 북한에서 나고 자란 탈북자들이란 어쩌면 가장 먼 곳에 놓여있는 미지의 존재들일 수도 있기 때문이다. 안타까운 일이지만 북한이야말로 신의 위치에 놓여있는 불가해한 대상으로서의 타자인지도 모른다. 이러한 타자를 재현함에는 그에 따른 곤란과 비상한 자의식이 수반될 수밖에 없다. 비근한 예로 오수연이 이라크와 팔레스타인의 비극적 현장을 작품(「황금지붕」, 실천문학사, 2007)화하면서 보여준 난해성과 서술자의 자기심문은 그러한 고민의 결과라고 할 수 있다.

이 작품에서 탈북자, 나아가 북한을 재현하는 대표적인 방식은 충심과 같은 탈북들의 한국행을 도와주는(?) 선교사 일행들을 통해 나타난다. 그들은 무엇보다 사진 찍기에 집착하는 모습으로 형상화된다. 그들은 절체절명의 순간에도 카메라와 그것을 통한 사진 찍기를 포기하지 않는다. 중국과 몽골의 국경을 넘는 순간에도 박선교사는 탈북자에게 카메라를 넘기며 "무슨 일이 있어도 촬

영을 해야 하고 카메라도 잃어버리지 말라는 당부를 여러번 남기"(189쪽)는 것이다. 부리부리 아저씨는 이러한 당부에 충실해 국경을 넘는 전과정을 사진에 담는 데 열중하며, 심지어는 컵라면을 마구 토해내는 영수의 모습을 카메라에 담기까지 한다. 이것은 탈북자와 북한을 카메라 앞에 선 피사체로만 여기는 지극히 폭력적인 시선이다. 여기에 고통 받는 자에 대한 동정이나 공감이 존재할 가능성은 전무하다. 이 시선은 탈북자들에게 "조선으로 가고 싶지 않아요. 김정일은 나쁜 사람이에요. 예수님의 도움을 받아 한국으로 가고 싶어요. 자유를 정말 원해요. 조선은 지옥이고 많이 굶었어요. 밥도 많이 먹고 싶고, 자유를 원해요. 도와주세요."(183쪽)라는 편지를 쓰게 한다. 선교사 일행이 탈북자를 대하는 태도는 '타자를 동일자로 전유하는 방식'의 전형적인 사례라고 할 수 있다.

그렇다면 타자를 자신의 목적을 이루기 위한 대상으로만 취급하지 않으면서, 타자의 눈을 바라보고 손을 잡는 방법은 무엇일까? 정도상은 그들의 가슴을 열고 들어가 그 안에서 조용히 울려퍼지는 속삭임에 귀를 기울이고자 한다. 충심의 북한생활을 그린 「함흥·2001·안개」와 남한에서의 생활을 그린 「찔레꽃」의 서사가 충심이의 시각으로 선재되는 깃이 그 단적인 에이다. 이러한 서술상황으로 인해 충심이 지니는 고민과 삶의 세밀한 질감이 그녀의 입장에서 전달된다. 이러한 귀 기울임을 통해 "북조선이나 중국에서처럼 비루하게 살고 싶진 않았다. 그건 사는 게 아니라 죽지 못하는 것뿐이었다."(214쪽)라는 충심의 속삭임도 듣게 된다. 이러한 속삭임은 『찔레꽃』이 얼마만큼 이데올로기적 맹목에 휘둘리지 않고 균형 잡힌 진실 위에 서 있는가를 증거한다.

그러나 아무리 깊이 들어가 그 목소리를 듣고자 해도, 그것이 완전한 객관성에 도달할 수는 없지 않을까? 그것은 정도상뿐만이 아니라 초월자가 아닌 모든 인간에게 해당하는 문제는 아닐까? 이 연작소설집의 프롤로그에 해당하는 「겨울, 압록강」은 인간 일반이 지닌 인식론적 한계를 드러내는 것으로 읽혀지기도 한다. "집안에 가서 여자를 찾아야 했다."는 문장으로 시작되는 이 소설에서, "정말이지 나는 그 여자를 찾고 싶"(12쪽)어 한다. 이러한 갈망은 작품이 진행될수록 더욱더 짙어져만 간다. '그 여자'는 작년 초가을 국제고구려학회에 참석했다가 일행에서 떨어져 나온 '나'가 우연히 만난 여인이다. 그런데 '나'가 만나기를 갈망하는 여인의 성격이 문제적이다. 그녀는 바람을 피고 폭력을 휘두르는 남편과 이혼하고, 중국으로 건너와 살고 있다. 그런데 그녀는 다른 여자와 살고 있는 남편이 증오스럽지 않냐는 '나'의 물음에 "증오라니요? 첫남자인데…… 밉지 않아요."(21쪽)라고 대답한다. 마지막에 '나'는 자신이 그토록 갈망하는 것이 "첫남자가 밉지 않다던 촌아낙네의 풋풋함"(26쪽)임을 밝히고 있다. '나'가 그리워하는 '촌아낙네의 풋풋함'이란 과연 '나'가 만들어낸 허상이 아니라고 장담할 수 있을까?

『찔레꽃』은 탈북자라는 남북한의 증후적 지점을 예리하게 그려낸 동시에 그 문제를 전지구적 차원의 문제인 난민에까지 연결시키고 있는 수작이다. 온갖 화려한 수사와 곡해된 이론 속에 숨어서, 고통 받는 이들을 내동댕이치고서도 태연하게 윤리를 이야기하는 작금의 풍토에서 『찔레꽃』은 그 시도만으로도 고평 받아 마땅하다. 이 작품집을 통독하는 동안 몇 번이고 가슴이 서늘하게 젖는다면, 그 공은 전적으로 경지에 오른 작가의 필력에 돌려져야

할 것이다. 정도상의 『찔레꽃』은 찔레꽃이 남쪽 나라에서만 피는
것이 아니라 북쪽 나라에서도 핀다는 것. 진짜 찔레꽃은 이 사회
한켠에서 숨죽여 살아가는 수많은 충심이들이라는 것을 일깨워주
는 소설이다.

2. 진정한 주체의 탄생에 이르는 과정

『국가의 사생활』(민음사, 2009)은 아무런 준비도 없이 한반도가
통일된 2011년으로부터 5년이 지난 2016년의 서울을 주요 배경
으로 삼고 있다. 이러한 측면에서 이응준의 『국가의 사생활』은 복
거일의 『비명을 찾아서』와 같은 '가상역사소설' 혹은 '대체역사소
설'이라 부를 수 있다. 이 작품에서 통일된 한반도의 모습은 우리
가 생각할 수 있는 미래의 모습 중에서 가장 고약한 것 가운데 하
나이다. 통일은 준비 없이 발생한 북한의 붕괴를 의미할 뿐이고,
이 소설이 그려보이는 디스토피아(dystopia)는 그러한 붕괴의 결
과이다.

아무런 질서 없이 해체된 인민군 120만 명은 속속 폭력조직으
로 결집되고, 심지어는 그들이 사용하던 무기마저 제대로 통제되
지 않아 거리에는 무기가 넘쳐난다. 군인들만 그러한 것이 아니라
노동당 핵심 간부의 딸은 서울의 창녀가 되고, 아나운서 출신의
할머니는 잠실 야구장 선수 탈의실에서 목을 매며, 북한 최고의
지성이라 할 수 있는 김일성대 교수는 폭력조직에서 구두를 닦는
다. 북한의 엘리트들이 이러할진대 여타 계층의 북한인들이 겪는
고통은 언급할 필요도 없을 정도이다. 통일대한민국정부는 북한

사람들의 전부를 주민등록화하는 데도 실패하여, 거리에는 주민 번호도 사진도 지문기록도 없는 "대포 인간"(105쪽)들이 넘쳐난다. "청천벽력같이 찾아든 평화통일의 대혼란"(22쪽) 속에서 북한 주민들은 "상상하던 풍요로운 낙원 그 서울이 아니라 아귀 같은 인파 속에서 헛되게 청춘을 소비하면서 느끼는 화려한 지옥"(34쪽)을 경험한다.

이 작품의 주인공 역시 거리로 내동댕이쳐진 120만 인민군 중의 하나이다. 그의 할아버지는 의열단 출신의 애국지사였고, 리강 자신도 인민군의 촉망받는 엘리트 전사였다. 그러나 현재 그는 북한 출신 폭력조직 '대동강'의 2인자로 변신한다. 리강을 비롯한 '대동강' 조직의 주요 활동거점인 광복빌딩은 "대한민국의 모델하우스"(26쪽)이다. 광복빌딩 지상의 최고급 룸살롱에서는 이남 출신의 통일대한민국 상류층 남자들이 이북 여성 접대부들을 마음껏 희롱하고, 그 밑에서는 인민군 출신 폭력조직 대동강 단원들이 수시로 사람을 죽여 화덕에 밀어넣는 잔혹극이 벌어지고 있다. 광복빌딩은 이응준이 보여주고자 하는 통일한국의 축소판이다.

이 작품의 기본적인 서사는 비교적 간단하다. 대동강 단원 림병모가 의문의 살인을 당하고, 주인공인 리강이 그 미스터리를 풀어나가는 것이 핵심이다. 대동강의 오남철 단장은 북한에서 생화학 부대 장교였던 림병모를 이용해 생화학 테러를 저지르고, 이를 통해 폭동을 일으키려고 한다. 오남철은 이 과정에서 발생하는 모든 문제에 대한 책임을 리강에게 씌우려고 한다. 이유는 "불세출의 독립투사 이장곤의 손자이고 북조선의 뛰어난 장교"(249쪽)인 리강이 테러를 저질러야만 통일대한민국에 더 큰 충격을 줄 수 있기 때문이다. 리강의 부하인 림병모는 큰 죄책감을 느끼고, 그 계획을 누설하려고 하며 이에 오남철은 림병모를 죽인 것이다.

후반부에서부터 본격적인 서사가 전개되고, 그 이전에 소설의 육체를 채우는 것은 통일 이전 북한에 대한 정보와 그에 바탕한 통일 이후의 예상되는 상황들이다. 이 정보의 신뢰성을 보여주기 위해 작가는 논문처럼, 소설의 마지막에 56권에 달하는 참고문헌을 제시하고 있다. 이처럼 정보나 교양에 바탕하여 작품의 구체적인 육체를 채우는 것은 2000년대 소설들, 그중에서도 역사소설이 지닌 고유한 특징 중의 하나이다. 이것은 사실에 대한 재현이라는 대명제가 사라진 시대에, 상상력의 진실성을 보증하는 하나의 담보물로서 기능한다. 『국가의 사생활』을 채우는 다른 하나는 디스토피아가 되어버린 통일한국과 밀접하게 관련된 현란하고 가학적인 장면들(scene)이다. 오남철이 림병모의 심장을 썰어먹는 장면, 광복빌딩 지하의 화덕에 수시로 시체를 밀어넣는 장면, 귀머거리가 된 김동철이 조명도를 껴안고 폭사하는 장면 등이 대표적이다. 작가는 인터뷰에서 "다시 쓰는 소설은 전혀 다른 이야기를 새로운 방식으로 쓰고 싶었다."라는 이야기를 하고 있는데, 이때의 '새로운 기법'은 이웃 장르인 영화에서 빌려온 것으로 보인다. 이응준은 지난 3년간 문단을 떠나 영화계에서 각본가와 감독으로 활동했다. 심야의 영화관에서 화려한 스크린을 바라보는 것과 같은 소설 속의 강렬한 장면들은, 작가의 영화계 활동의 자연스러운 반영이라 볼 수 있다.

이응준의 『국가의 사생활』은 작가의 이전 작품과 많은 차별점을 보이지만, "가장 센 이야기"(259쪽)의 이면에는 근본적인 유사성도 발견된다. 대타자의 붕괴와 그에 따른 가치관의 혼란, 그 안에서 자신만의 진정성을 찾아가는 이야기가 유사성의 실체이다.[1]

이강을 중심으로 했을 때, 『국가의 사생활』은 온전한 개인이나 주체의 탄생을 그린 성장소설로 볼 수도 있다. 성장의 과정은 "너는 너를 죽일 것이야"라는 할아버지의 신탁을 실연하는 과정이기도 하다. 이 문구의 축자적 의미는 리강의 자살을 의미한다. 그러나 이 작품에서 리강은 자살하지도 않을 뿐 아니라 죽지도 않는다. 이 신탁에서 '너'는 리강의 분신들을 의미했던 것이다. 리강의 분신은 리강이 사랑에 빠지는 윤상희와 대동강 단장인 오남철이다.

리강은 윤상희에게 사랑을 느껴, 그녀와 자신을 동일시한다. 마지막에 오남철은 자신이 이남에서 모든 활동을 리강의 이름으로 했음을 밝히면서, "나는 없는 사람이지만 너야. 너는 없는 나고. 우리는 한 사람이야."(250쪽)라고 말한다. '리강＝윤상희, 리강＝오남철, 윤상희＝오남철'의 도식이 성립하는 것이다. 이 작품은 오남철이 윤상희를 죽이고, 리강이 오남철을 죽이는 것으로 끝난다. 결국 '너(오남철, 리강)는 너(윤상희, 오남철)를 죽일 것이야'라는 말은 실연되었던 것이다. 이 과정은 리강이 거울단계의 상상적 자아들과 결별하고 온전한 주체로 탄생하는 과정에 상응한다.

리강은 거대한 나르시시즘의 사회인 북한에서 결코 독립적인 주체일 수 없다. 북한은 자율환상을 만들어내 가공의 통일성을 구

---

1) 작가의 말에서 이응준은 "범죄의 장면들로 가득한 소설을 만들면서 나는 질문했다. 무엇이 죄인가? 살인? 누가 악인인가? 살인자? 혼돈 속에서도 제 정체성을 회의해 보지 않는 것이 죄이고 그러한 그가 악인이다. 혼돈 속에 살면서도 그 혼돈 자체를 부인하고 나는 누구인가를 묻지 않는 죄. 혼돈을 치장해 장사하며 나는 누구인가를 묻는 척하는 죄. 그러다가 스스로 더 무지막지한 혼돈이 되는 죄. 나는 누구인가를 왜곡하는 이런 식의 저 모든 뻔뻔함들이 처세를 신념으로 위조하고 위선을 격조로 착각하게 한다. 개인이건 국가이건 간에."(260쪽)라는 언급을 하고 있다. 이 언급 속에서 우리는 자신의 정체성에 대한 치열한 회의와 탐구를 중시하는 작가의 태도를 다시 한번 확인할 수 있다.

축하고, 이를 통해 전능한 폐쇄성을 유지하기 때문이다. 이때 자기와 타자는 구별되지 않는 상상적 허구에 빠지며, 근원적인 총체성이나 원초적 합일을 향한 지향만이 남게 된다. 장용수가 리강을 "거울 속의 자신"(143쪽)이라고 느끼는 것처럼, 북한은 이러한 자율환상이 집단적인 차원에서 이루어지는 사회라고 볼 수 있다. 리강은 북한에서 자신에게 뿐만 아니라 부하들에게도 "아무것도 아닌 인간"(66쪽)이 되라고 이야기했는데, 이처럼 북한에서는 그 누구도 개별적인 개인이나 주체일 수 없다. 이러한 상황에서, 이북 사람들이 북한의 갑작스러운 붕괴로 인해 맞닥뜨린 "완전한 자유란 곧 공포"(99쪽)에 불과하다.

통일대한민국에서도 리강은 자신이 "이미 죽었는데도 살아가고 있는 거구나"(49쪽)라고 인식한다. 주체를 확립하지 못한 상황에서, 리강은 맹목적으로 오남철을 따르며 대동강 단원으로 이런 저런 범죄에 휩쓸렸던 것이다. 다른 대동강 단원들에게도 상황은 마찬가지이다. 결국 리강은 또 다른 자신인 윤상희의 죽음을 통해, 즉 상징적 자살을 통해 오남철과 결별하고 새로운 주체로 탄생한다. 마지막 장은 2023년 리강이 윤상희가 묻힌 곳을 4년 만에 찾아가는 내용이다. 『국가의 사생활』은 "너는 네 운명의 주인이 맞는가?"(257쪽)라는 리강의 자문에, "리깅은 미소 지었다. 그리고 외로웠지만, 인파 속을 다시 걷기 시작했다."(257쪽)는 답변으로 끝난다. 리강이 외로움 속에 짓는 미소에는 북한이라는 집단적 나르시시즘과 자본이라는 물신[2]에서 벗어난 "거대한 새"(10쪽)의

---

2) 스스로 회의하며 그에 따른 혼돈 속에서 살지 않기는 이남 사람들도 마찬가지다. 이러한 면모는 전직 연극배우 이선우를 통해 자주 드러나는데, 그에 의하면 남한에 살던 사람들은 종교인들과 예술가들까지 포함하여 "현실에서 제 잇속만 챙기는

그림자가 짙게 드리워져 있다.

3. 꺼지지 않는 PC방의 컴퓨터 불빛

　강희진의 『유령』(은행나무, 2011)은 의문의 살인 사건에서 시작해 그 범인을 추적해 나가는 추리소설적 구성을 취하고 있다. 주인공 '나'는 극심한 정체성의 혼란을 겪고 있다. '나'는 주철, 하림, 쿠사나기라는 세 가지 이름 사이에서 길을 잃은 채 헤맨다. 주철은 북한에서 사용하던 이름이고, 하림은 탈북하여 중국에서 함께 지내다가 아사한 친구의 이름이다. 쿠사나기는 인터넷 게임 리니지에서 독재자 시저에 대항해 바츠해방전쟁을 이끈 전설의 무사이다.[3] '나'는 북한이나 중국에서의 기억이 차츰 희미해져가고 있다. 그렇다고 남한에서 뚜렷한 정체성을 부여받은 것도 아니다. 그에게는 자아는 물론이고 기억이나 현실조차도 불분명하다. 주인공은 북한에 남은 가족을 보호하려고 죽은 친구의 이름인 서하림을 사용한다. 하림이라는 이름을 놓고 "내 이름이다. 아니다. 본명이다. 가짜다. 진짜다. 하림이 내 이름인가?"(13쪽)라고 말하는 것처럼 그는 자신과 하림을 구별하지 못한다. 또한 "쿠사나기는 내 아바타가 아니다. 바로 나다."(25쪽)라는 말에서 볼 수 있는 것

　회사원"(155쪽)에 불과하다. 그들은 돈이라는 물신에 들려 있는 것이다.
3) 바츠해방전쟁은 레벨이 높은 게이머들이 온라인 게임에서 횡포를 일삼자 이에 분개한 레벨 낮은 다수의 게이머들이 단결하여 1년여 동안 싸움을 벌인 사건을 말한다. 개발자와는 무관하게 사용자들이 게임 안의 권력에 맞서 투쟁을 벌였다는 점에서 많은 관심을 끌었다. (이인화, 『한국형 디지털 스토리텔링-「리니지2」 바츠해방 전쟁 이야기』, 살림출판사, 2005)

처럼, 자신과 쿠사나기 역시 구별하지 못한다. 이러한 혼란은 비단 '나'만의 것은 아니다. "탈북자에게 본명은 무의미한 것이다. 나도 지금까지 내가 누구인지도 몰랐고, 아직도 누구인지 분명하지 않았다."(312쪽)라는 말처럼, 탈북자들 일반의 상황인 것이다.

이 작품의 주인공은 실제 현실과 가상현실 사이에서도 극심한 혼란을 느낀다. "게임은 내게 현실이니까"(51쪽)라는 말처럼, 그에게 게임은 곧 현실이다. 나아가 게임은 그에게 "엄마의 자궁"(51쪽)처럼 편안하다. 게임에 대한 과도한 몰입은 탈북자들의 안타까운 현실과 그들의 비원을 역으로 드러낸다. 그들이 사이버상의 바츠해방전쟁에 그토록 매달리는 것도 모두 현실에서는 제대로 적응하지 못하고 소외감과 무관심, 절망감에 시달리기 때문이다. "현실에서 평균보다 못한 삶을 살고 있"(53쪽)지만, 게임에서는 비루한 현실에서 벗어날 수 있으며 때론 영웅이 되는 기회까지도 부여받는다.[4]

이 작품에서 주인공이 사랑하는 마리 역시 리니지 게임과도 같은 일종의 가상이다. 대학 다닐 때 연인이었으며, 동거까지 한 사이라고 말하지만 이를 확인할 수 있는 길은 없다. 그녀는 대형 광고판이나 리니지 게임 속에서 등장한다. 실제로 만남을 갖는 일은 없다. 그녀는 "오래전부디 실종 상태고, 현재 국내에 없"(250쪽)다. 그렇다고 마리가 부재한다고 말할 수는 없다. "그 속에 봉인된 인형사는 그녀의 아바타가 아니다. 그녀다."(281쪽)라는 말에서 알 수 있듯이, 마리 역시 리니지 속에서 인형사로 살고 있기 때문

---

[4] 게임 속에서의 경험이 현실에서 힘을 발휘하기도 한다. 사채업자 달수가 나타나 간을 요구했을 때, 나는 해방전쟁의 경험을 기억하며 당차게 대응한다.

이다. 탈북자들에게는 사랑조차 가상현실 속에서만 가능한 것인지 모른다.[5)]

이 작품의 초점자인 '나'는 북에서 탈출해 중국에서 2년간 살다가 남한에 들어와 대학까지 다녔지만, 지금은 온라인 게임에 빠져 폐인이 되다시피 한 인물이다. 빚 때문에 조직폭력배에 쫓기는 주인공은 아주 가끔 단역배우나 삐끼 활동으로 간신히 생계를 유지해간다. 그의 시각을 통하여 대딸방 딸녀, 삐끼, 불법포르노 제작자, 노숙자, 룸살롱 여급으로 살아가는 탈북자의 삶이 조명된다. 주인공의 부적응과 소외, 그리고 정체성의 혼란은 이 작품에 등장하는 탈북자들 모두에게 해당한다고 해도 과언이 아니다. 탈북자들은 심지어 아무도 모르게 사라지기도 한다.

탈북자의 고통과 비애는 정주 아주머니 부부를 통하여 극적으로 드러난다. 간호사였던 정주 아주머니의 전남편은 북한에서 교사로 근무하다가 정치적인 이유로 농민이 된다. 극심한 배고픔 속에서 딸은 영양실조로 실명하고 아들은 꽃제비가 되어 집을 떠났다가 살인죄를 뒤집어쓰고 공개 처형된다. 이들 부부는 결국 탈북을 감행한다. 이 과정에서 남편은 아내가 수장되었다고 믿었고, 아내는 남편이 국경수비대의 총에 맞아 죽었다고 믿는다. 그러나 둘은 모두 살아서 남한에 도착했고, 다시 만났을 때 아내는 목사의 아내가 되어있다. 이 충격으로 남편은 자살을 선택한다.

경찰 조사 결과 안구를 비롯한 사체의 주인은 회령 아저씨로 밝

---

5) 때로 실제와 가상의 혼란은 탈근대를 살아가는 사람들의 보편적인 존재조건으로까지 확장된다. "남한은 진짜와 가짜를 꼬치꼬치 따지는 나라가 아니다. 원본처럼 생겼으면 가짜도 별 문제 삼지 않는 나라. 여기는 애초에 둘을 구별하지 않는 곳"(250~251쪽)으로 설명된다.

혀진다. '나'는 그 범인이 리니지 게임에서 활동하는 떠돌이 전사 피멍이라 생각한다. 피멍은 게임 속에서 사람들을 죽인 후에는 그 안구를 파내거나 손가락을 잘라서 제단에 바치고는 했기 때문이다. 이 피멍이 바로 정주 아주머니였던 것이다. 정주 아주머니는 리니지 게임 속에서 북한의 위정자에게 복수를 하는 심정으로 게임 속 황제의 모든 장군과 부하들에게 맹렬하게 저항했던 것이다. 정주 아주머니를 비롯한 탈북자들은 지도자에게 절대적으로 복종하던 북한에서의 정신세계로부터 완전히 벗어나 있지 못하다. 그것은 정주 아주머니 등이 신봉하는 기독교 신앙을 통해서 나타난다. 이들은 찬송가를 부르다가 적기가를 부르기도 하는데, "머릿속에는 하나님 나라와 김일성 장군이 다스리는 나라가 같은 세상인 모양"(237쪽)으로 나란히 존재하기 때문에 비롯된 일이다. 이러한 복종의 심리에서 벗어나는 순간은 오직 인터넷 게임뿐이다.

정주 아주머니가 회령 아저씨를 살해한 이유는, 자살한 남편을 위로하는 위령제에서 회령 아저씨가 자신이 조선노동당 출신이라고 떠들어대며 김일성을 옹호했기 때문이다. "조선노동당이 우리 가족을 그렇게 만든"(320쪽) 것이라 생각하는 그녀는, 게임 속 '피멍'으로 돌아가 회령 아저씨를 게임 속에서처럼 살해한 것이다.

그러나 이 작품은 살인범이 다른 사람일 수도 있다는 가능성을 한껏 열어놓는다. "하림은 회령 아저씨를 죽이겠다고, 조선노동당을 죽여 버리겠다고 벼르고 있었다. 회령 아저씨를 죽인 사람이 나인지도 모른다."(284쪽)는 말처럼, '나'가 범인일 가능성도 남아 있다. 마지막 정주 아주머니의 유서 역시 하림의 글씨가 아닌지 혼란스러워한다. 이것은 정주 아주머니의 사연이 모든 탈북자들에게 해당될 수 있다는 사실과 관련된다. 즉 정주 아주머니가 죽였든 '나'가 죽였든 살인의 주체가 누구인지는 중요하지 않을 수도 있는 것이다. 누구나 살인자가 될 수 있을 만큼 탈북자가 처한 심리적 혼란과 고통은 크다.

남한 사람들의 "'이해하기 힘듦', 공감의 부재 속에서 탈북자들은 오늘도 유령처럼 우리 옆을 떠돌고 있"(140쪽)다. 또한 탈북자들은 "노동 강도가 제로에 가까운 나라에서 살다가 세상에서 최고로 살기 힘든 동네, 유엔에서 노동 강도가 최고라고 꼽은 나라로 이사를 왔"(168쪽)기에 더 견디지 못한다. 그럼에도 "남쪽 사람들에게 탈북자나 그들의 인생담은 영화의 소재감에 불과"(255쪽)하다. 따라서 그들이 견딜 수 있는 곳은 "위대한 수령의 교시 같은"(286쪽) 오직 게임 속 세상뿐이다. 작품의 마지막에 주인공 '나'는 리니지 게임 속으로 다시 들어간다. 그리고는 "이번에 그 속으로 들어가면 영원히 돌아오지 않을 생각"(325쪽)이라고까지 덧붙인다. 탈북자를 위한 비상구는 지상 어디에도 존재하지 않는 것이다.

4. 로기완과 따로 혹은 함께 브뤼셀을 걷는다는 것

조해진의 『로기완을 만났다』(창비, 2011)는 한 방송작가가 탈북자 로기완을 추적하는 내용으로 되어있다. 이 소설의 스토리 시간은 2010년 12월 7일부터 같은 달 30일까지로 채 한 달이 되지 않는다. 이 기간 동안 3년 전인 2007년 12월에 브뤼셀에 머물렀던 로기완이라는 인물의 체험과 느낌을 복원하는 것이 이 소설의 기본 골격이다.

이 작품은 "처음에 그는, 그저 이니셜 L에 지나지 않았다."(7쪽)는 문장으로 시작된다. 처음에 그저 이니셜 L에 지나지 않았던 사람을 나중에는 직접 만나서 "살아 있고, 살아야 하며, 결국엔 살아남게 될 하나의 고유한 인생, 절대적인 존재, 숨쉬는 사람"(194쪽)으로 마주하게 되기까지의 이야기이다. 또한 이 소설은 주인공 '나'가 "로기완을 통해 살아 있는 나를 긍정하게 된 과정을 적은 이야기"(191~192쪽)이기도 하다. 이 작품의 L, 로기완은 우리가 생각할 수 있는 타자성의 극단을 구현한 인물이다. 그는 "종종 무국적자 혹은 난민으로 명명되었으며, 신분증 하나 없는 미등록자나 합법적인 절차 없이 유입된 불법체류자"(7쪽)로 어떤 소속이나 정체성으로부터도 벗어나 있는 "유령"(7쪽)같은 존재이다.

주인공 '나'는 방송작가로 로가 남긴 일기와 자술서 등을 바탕으로 로기완이 머물렀던 벨기에의 곳곳을 찾아다닌다. 이를 통해 로기완의 기본적인 인적사항과 벨기에에서의 행적은 거의 완벽하게 재구된다. 1987년 함경북도 온성군 세선리 제7작업반에서 태어났으며, 어머니와 중국으로 탈출했다는 것. 중국에서 키가 작고 몸이 약한 로 대신 어머니가 밤낮으로 일만 하다가 교통사고로 죽었다는 것. 로기완은 공안의 눈이 무서워 어머니의 시신조차 확인할 수 없었으며, 어머니의 시신을 편 돈 650유로를 가지고 2007년 12월 4일에 벨기에까지 왔다는 것 등이 밝혀진다.

김작가가 원하는 것은 로기완에 대한 객관적인 지식이 아니라 이해에 바탕한 공감과 연민이다. 이를 위해 로기완처럼 화장실에서 몰래 숨겨온 빵을 먹기도 하고, 로기완이 묵었던 방에 머물기도 한다. 로기완이 브뤼셀에서 경험한 "반복되는 무시와 경멸, 그리고 자신을 향한 과장된 경계심과 불필요한 오해"(39쪽)를 있는 그대로 추체험하는 것이다. 로기완은 호스텔에서 쫓겨나고, 벨기에의 한국대사관에서 외면당하고, 경찰서에 보내지고, 나중에는 고아원에까지 보내진다. 3년 전 로기완의 행적을 그대로 따라감으로써 김작가가 얻고자 하는 것은 다음과 같은 것들이다.

연민이란 감정은 어떻게 만들어지는 것일까. 어떻게 만들어져서 어떻게 진보하다가 어떤 방식으로 소멸되는 것인가. 태생적으로 타인과의 관계에서 생성되는 그 감정이 거짓 없는 진심이 되려면 무엇이 필요하고 무엇이 포기되어야 하는 것일까. (48쪽)

섣불리 연민하지 않기 위하여, 텍스트 외부에서 서성이는 것이 아니라 텍스트 내부로 스며들어가 스스로에 대한 가혹한 고통과 뒤섞인 진짜 연민이란 감정을 느껴보기 위해서. (57쪽)

지금 김작가는 로기완을 통해 인간에 대한 공감이 가능하냐는, 즉 타자와의 동일시가 가능한지에 대한 인류사적 과제에 도전하고 있는 것이다. 이 과제를 해결하기 위해 김작가가 택한 방법은 최대한의 세심함을 가지고 로와 일체가 되는 것이다. 우선 그녀는 로의 일기를 꺼내 "행간의 의미, 단어와 단어 사이의 여백까지 꿰뚫는 독서를 해보겠다고 다짐"(57쪽)한다. 그러한 독서는 조심스럽게 3년 전의 로가 되는 것으로 완성된다. 이로 인해 작품의 곳곳에는 로기완과 김작가가 겹치는 것처럼 느껴지는 대목이 등장한다. 이를테면 로가 머물렀던 '굿 슬립'이라는 호스텔을 찾아갔을 때, "리쎕션에서 여권을 내밀고 씽글룸을 요청한다. 껌을 씹고 있는 커트 머리의 여직원은 티셔츠에 청바지 차림이다. 이십대로 보이는 그녀는 인생에서 가장 빛나는 시기를 호스텔 리셉션에서 낭비하고 있다는 것에 진심으로 화가 난다는 얼굴을 하고 있다."(32~33쪽)라고 서술된다. 이 부분만 놓고 볼 때, 초점화자가 로기완과 김작가 중 누구인지 가리는 것은 쉬운 일이 아니다.

점차 김작가는 "그의 고독과 불안까지도 내 것으로 끌어안은 채 이 도시를 부유하고 있다는 일체감"(81쪽)을 느끼게 된다. 작품이 진행될수록 김작가와 로의 공감 가능성은 보다 구체화된다. "브뤼셀에 와서 로의 자술서와 일기를 읽고 그가 머물거나 스쳐갔던 곳을 찾아다니는 동안, 로기완은 이미 내 삶 속으로 들어왔다."(172쪽)고 자신 있게 말하는 단계에 이르는 것이다.[6]

사실 김작가와 로기완은 무관한 인물이다. 김작가는 잡지에 실린 로기완에 대한 한 줄밖에 되지 않는 기사의 문장에 이끌려 벨기에까지 왔을 뿐이다. 과연 무엇이 김작가를 이끌었냐는 의문이 생길 수밖에 없다. 이것은 김작가에게 큰 상처로 남아있는 윤주와의 관계를 통해서 드러난다. 불우한 이웃들을 다루는 다큐멘터리 대본을 쓰는 김작가는 뺨에 혹이 난 열일곱 살의 윤주를 알게 된다. 윤주의 아버지는 공사장에서 일하다 허리를 다치고, 이후 어머니만의 노동으로 힘겹게 살아간다. 이후 어머니는 집을 나가고 아버지는 결국 미치광이가 되어 죽는다. 김작가는 윤주에게 보낼

---

6) 그것은 곧 윤주와의 관계에서 김작가가 받은 상처를 극복하는 과정이라고 말할 수 있다. 로기완과의 공감에 성공하는 것은 김작가에게는 곧 윤주와의 공감에도 성공하는 것을 의미한다. 윤주가 수술을 받으면서 제거한 오른쪽 귀는 어느 순간부터 김작가와 동행하는데, 김작가는 "너의 오른쪽 귀는 지금 나에게 와 있어, 내 안에서 아주 잘 지내고 있어"(178쪽), "너의 오른쪽 귀는 내가 영원히 안전하게 보관하고 있을게. 그 귀가 끝내 하지 못한 말, 그 말을 듣기 위해 나는 살아갈 터이다."(181쪽)라고 말하게 된다.

후원금을 늘리고자 방송 날짜를 추석연휴로 미루지만, 그 사이 윤주의 종양은 악성으로 변한다.

이러한 의외의 상황 앞에서 태연하기란 불가능할 터. 김작가는 진정으로 윤주(타자)를 도와주고자 했지만, 그것은 결과적으로 윤주에게 감내할 수 없는 고통을 안겨준 것이다. 당연히 김작가는 진정으로 타인을 연민하고 돕는다는 것이 가능한지에 대한 깊은 고민에 빠진다. 윤주와의 관계에서 극단적으로 나타났을 뿐, 타인의 고통에 대한 이해라는 과제는 김작가의 삶 자체가 걸린 문제이다. 그동안 그녀의 일이란 불치병과 가난으로 힘들어하는 이들을 취재하고, 그들에 대한 글을 쓰는 것이었기 때문이다. 과연 진정으로 김작가는 그들과 공감하며 그들을 대변했다고 말할 수 있을까? 윤주의 악성으로 변한 종양은 결코 그렇지 않았음을, 그 과제 자체가 근본적으로 불가능한 과제일 수도 있음을 보여준다.[7] 김작가에게 로기완을 이해하고 공감하는 일은 그녀의 삶 자체가 걸린 과제일 수밖에 없다.

김작가는 본래 타인과의 공감가능성에 대한 믿음을 지니고 있었다. 이것은 그녀와 반대되는 신념을 지닌 류재이와의 대비를 통해 뚜렷하게 드러난다. 류재이는 "출연자의 고통은 어떻게 해도

---

[7] 이 작품에는 김작가와 로기완 이외에 중요한 또 한 명의 인물이 등장한다. 그것은 로기완을 도와주었으며, 김작가가 로기완의 삶을 추적하는 일에도 큰 도움을 주고 있는 전직 의사 박윤철이다. 그의 고민 역시 김작가와 유사하다. 그것은 타인을 이해하는 것이 가능하느냐는 문제이다. 김작가에게 타인의 표상으로 윤주와 로기완이 있다면, 박윤철에게는 스스로 안락사시킨 아내가 존재한다. 박윤철은 간암에 걸린 아내가 자살하는 것을 도와준다. 죽음에 이르는 과정에서 너무도 고통스러워 하는 아내를 견딜 수 없었던 것이다. 그러나 과연 그것이 아내의 고통을 줄였는지, 아니면 더욱 증가시켰는지에 대한 확신은 내리지 못하고 있다. "죽음에 이르는 환자의 마지막 고통에 동참하지 못했던 자신의 한계가, 그 한계가 극복할 수 있는 차원이 아니란 걸 앎"(127쪽)기에 박은 오랫동안 괴로워하고 있는 것이다.

전달되지 않는 것 아니냐"(51쪽)라거나 "연민이란 자신의 현재를 위로받기 위해 타인의 불행을 대상화하는, 철저하게 자기만족적인 감정에 지나지 않는다"(52쪽)는 말을 하는 인물이다. 그는 타자에 대한 진정한 공감과 연민의 가능성을 인정하지 않는다. 류재이가 타인에 대한 공감과 연민의 불가능성을 말하는 입장이라면, 김작가는 공감과 연민의 가능성을 이야기했던 것이다. 그렇기에 김작가의 대본에는 점차 "'그러나' '그럼에도' 같은 접속어나 '우리도' '마찬가지로' '다를 것 없다'같은 표현들이 늘어갔"(53쪽)다. 물론 타인에 대한 공감이나 연민이 언제나 가능한 것은 아니다. 그것은 "내 삶이 그만큼 처절하게 비극적일 때"(53쪽)와 "내가 믿어왔던 모든 것을 의심하고 부정하는 순간"(53쪽)에 가능하다. 그러나 김작가가 진심으로 윤주를 위한다고 생각하여 방송을 연기한 사이에 윤주의 혹은 악성으로 변해갔던 것이다.

이제 김작가에게는 자신의 신념이 틀리지 않았다는 것을 증명할 책임이 주어진 것이다. 무엇보다도 그 책임을 완수하는 것은 타인에 대한 연민과 공감의 가능성에 따라 행동하여 발생한 윤주의 악성 종양에 대한 죄의식을 더는 일이기도 하다. 윤주의 종양은 인간의 통약불가능한 자율성을 강하게 환기시킨다. 따라서 김작가는 이제 자율성에 바탕한 공감의 가능성까지 생각하게 된 것이라고 말할 수 있다. 이를 위해 로기완이 선택된 이유는 앞에서도 말했듯이 그야말로 "무국적자이자 이방인"(9쪽)으로 유령 같은 인물이며, "이방인이 되어서 이방인일 수밖에 없었던 사람"(13쪽)이기 때문이다. 그는 우리가 생각할 수 있는 타자의 극한인 것이다. 나와 유사한 그 무엇도 찾기 힘든 인간에 대한 공감과 이해는 과연 가능한 것일까?

이러한 가능성은 로기완의 행동을 통하여 구체화된다. 로기완은 벨기에의 중국식당에서 일하며 만료기간이 지난 여행비자로 불법 취업한 필리핀인 라이카와 연인이 된다. 라이카는 경찰의 단속으로 외국인 수용소에 감금되었다가, 그곳에서 도주하여 영국까지 건너간다. 이러한 상황에서 로기완은 자신의 목숨과 바꿔가며 얻은 벨기에에서의 정치적 난민 지위를 포기하고 필리핀 출신의 연인을 쫓아 또다시 불법체류자가 되는 것을 감수한다. 그것은 "벨기에에서 누릴 수 있는 여러 사회적 혜택과 정착민으로서의 안정감을 저버린 채 또다시 불법 이민자가 되겠다"(175쪽)는 결심을 내포한다. 마지막에 영국의 중국음식점에서 라이카와 로기완은 너무도 행복한 모습을 보여준다. 이것은 둘이 타인에 대한 진정한 공감과 연민에 도달했음을 의미하며, 이러한 상태에 도달하기 위해서는 자신의 전존재를 건 행동이 필요함을 알려준다.

5. 절망과 희망 사이에서 한 번쯤 생각해보아야 할 것

정도상의 『찔레꽃』, 이응준의 『국가의 사생활』, 강희진의 『유령』, 조해진의 『로기완을 만났다』는 기본적으로 탈북자를 다루고 있다. 물론 미래(2016년)의 통일된 한반도를 그리고 있는 『국가의 사생활』이 엄밀한 의미의 탈북자를 다루고 있다고 볼 수는 없다. 그러나 이 작품은 북한 인민의 일부가 아닌 북한 인민의 전체가 탈북자일 수밖에 없는 상황을 그리고 있다는 점에서 다른 작품들과 공통된다. 『국가의 사생활』은 오늘날 유행하는 통일담론의 한 축을 대변하는 소설이라고 할 수 있다. 이때의 통일론은 북한의 붕괴와 그에 따른 남한의 흡수통일을 말한다. 이러한 통일에서는 경제적 파탄에 당면한 북한식 사회주의를 자본주의로 변환하기 위하여 천문학적인 남한의 자본이 투입되고, 그 결과 북한 사람들은 2등 국민으로 편입되어 새로운 불평등구조가 만들어질 수밖에 없다. 통일된 조국에서 북한 사람들의 삶이란 자신의 고유성을 포기하거나 포기당할 수밖에 없는 탈북자의 삶에 다름 아닌 것이다.

　또한 네 작품 모두에서 탈북자들은 모두 '유령'으로 표상된다는 점이 동일하다. 그들은 남과 북이라는 이분법을 넘어선 존재들이다. 그들은 북에서 자신의 상징적 위치를 확보하지 못한 것처럼, 남한에서도 자신의 좌표를 설정하고 있지 못하다. 유럽을 떠도는 로기완은 말할 것도 없고, 남한에서 생활하는 『유령』의 수많은 탈북자들 역시 유령처럼 자신의 상징적 좌표를 잃어버린 존재들이다. 이것은 수만 명의 탈북자가 결코 행복하다고 말할 수 없는 오늘날의 현실에서 비롯된 현상임에 분명하다.

　『국가의 사생활』을 제외한 작품에서 북한을 다루는 방식은 매우 흡사하다. 세 작품 모두에서 북한은 공동체적 유대감이 남아있어 노스탤지어를 불러일으키는 공간이다. 『찔레꽃』에서 북한은 물질적으로는 곤궁할지언정 인간적인 삶의 가능성이 조금은 남아있는 곳이다. 주인공 충심이 월경하게 되는 이유도 인신매매라는 저항할 수 없는 범죄에 의해서이다. 남한에서 살아가면서도 충심은 북한에서 배운 노래를 부르고, 슬플 때면 함흥냉면을 서너 그릇씩 사먹기도 한다. 『유령』에서는 백석의 시가 매우 중요한 소설적 배경으로 등장하는데, 이때의 백석 시는 이상적인 공동체 혹은 유토피아를 상징한다. 아내와 자식을 잃은 사십 대 탈북자의 유서는 이러한 사정을 잘 드러낸다. 거기에는 "아름답고 아늑한 마을 공동체, 눈물나게 숨막히게, 살가운 마을을 노래한 민족시인 백석. 한동안 북한의 농촌 마을은 그런 세상이었습니다. 니것 네것 없는 완전한 세상이었습니다."(140쪽)라고 쓰여 있다. 이에 반해 남한은 "더 이상 고향을 그리워하지 않는 사람들, 고향이 무엇인지도 모르는 사람들, 밥이 없어 굶어 죽는 그곳이 무슨 고향이냐며 경멸하는 사람들"(140쪽)로 가득한 세상이다. 『로기완을 만났다』에서도 로기완은 북한을 "나눌 수만 있다면 언제라도 나눌 준비가 되어 있"(74쪽)는 곳이라고 말한다.

다음으로 『찔레꽃』을 제외한 나머지 작품은 북한의 집권층에 대해서는 분명한 비판의식을 보인다. 특히 『유령』은 이와 관련해 자못 철저한 모습을 보여준다. 회령 아저씨가 죽은 이유는 그가 조선로동당과 김일성을 찬양했기 때문이다. 이것은 탈북자들 모두의 공분을 자아낸다. 인희는 술을 마시고 자신의 몸을 노동당 간부들에게 보여주고 싶어한다. 자신들이 길러낸 조선의 딸들은 아무리 예술이라고 해도 벗은 몸을 보이지 않을 것이라는 그들의 믿음에 침을 뱉고 싶기 때문이다. 엄지 역시 북한의 생활총화를 그리워하는 아버지에 대해 강렬한 적개심을 드러낸다. 『로기완을 만났다』에서도 자유롭게 시위를 하는 브뤼셀의 군중을 바라보며, "조국이란 가난해도 선한 공동체였지만, 그 선한 의도를 받아들이지 않고 반대의견을 말하는 자들에게는 무참할 만큼 냉혹했던 것도 사실"(74쪽)이라고 생각한다. 결말에 있어서는 『로기완을 만났다』만이 보다 직접적으로 희망적인 느낌을 자아낸다. 『찔레꽃』에서는 출구 없는 현실에 대한 쓰디쓴 긍정의 모습이 가슴 아프게 드러났고, 『국가의 사생활』에서는 새로운 삶의 가능성이 희미하게만 드러났다. 『유령』에서는 끝도 없이 이어질 탈북자들의 절망만을 생각하게 된다. 『유령』에서 게임 중독자인 주인공은 끝내 다시 게임의 세계 속으로 향한다. 현실 세계 속에서 '유령'이 아닌 '인간'이 될 수 있는 가능성은 애당초 주어져있지 않았던 것이다. 이것은 작가가 현실을 직시한 결과일 수도 있지만, 탈북자들의 곤경을 자연화할 수도 있다는 문제가 있다.

이와 달리 『로기완을 만났다』는 자연스럽게 희망이라는 단어를 떠올리게 한다. 『로기완을 만났다』의 따뜻한 결말은 이 작품이 탈북자의 문제를 정치가 아닌 타자와의 (비)동일시에 바탕한 윤리의 차원에서 그리고 있는 것과 관련된다. 『로기완을 만났다』에서는 직접적으로 정치가 아니라 윤리가 중요하다는 언급이 나온다. 로기완의 자술서 마지막에 쓴 박의 코멘트가 그것이다. 박은 "우리는 사무적이고 정치적인 방식이 아니라 정서적이고 인간적인 방식으로 그를 도와야 할 것입니다. 우리가 정치적인 문제에 몰두하고 있는 동안 놓치게 되는 것은 개개인의 고통이며, 이것이 우리의 비극임을 부디 기억해주시기 바랍니다."(149쪽)라고 말한다. 이 작품에서 로기완의 고통을 인간 보편의 차원을 향해 확장하려는 것도 이와 관련된다. 그가 브뤼셀에서 겪은 이방인으로서의 고통은 결코 탈북자만의 것이 아니다. 로가 허기진 배로 풍요로운 맥노널드 매장 안을 바라볼 때, 김작가는 자연스럽게 한국의 윤주를 떠올린다. 그녀의 삶 역시 내부로부터 소외된 외부의 삶이기 때문이다. 그렇다면 외부에서 겪는 로의 아픔은 그만의 것일 수 없다. 로기완이 모든 기대를 걸고 찾아간 주 벨기에 한국대사관에서 차갑게 거부당하고 골목길에서 우는 모습을 볼 때도, 김작가는 막바로 "윤주도 그때 혼자 울고 있었다."(92쪽)며 윤주의 모습을 떠올린다.

그러나 과연 탈북자의 문제를 윤리라는 보편적인 차원에서 해결할 수 있을까? 우리 옆에 있는 자를 진심으로 사랑하는 것만으로 우리는 과연 행복해질 수 있을까? 이와 관련해 로기완의 신분이 끝내 불법체류자일 수밖에 없다는 점은 놓칠 수 없는 사실이다. 그의 변함없는 존재의 불안정성은 윤리만으로는 해결될 수 없는 근본적인 문제가 탈북자로 표상되는 이 세상의 타자들에게 주어져 있음을 상기시킨다. 탈북자는 지금 한국문학의 새로운 가능성을 질문하는 심문관으로 우리를 바라보고 있다.

오래된 소설의 미래

1. 서론

어떠한 제재는 독서 이전에도 독자들에게 작품의 전체적인 내용에 대한 기본적인 윤곽을 미리 제시해주기도 한다. 한국현대문학사에 있어 분단과 전쟁이라는 제재를 대표적으로 들 수 있다. 분단과 전쟁의 문제는 지난 60년간 한국소설사를 지탱해온 기본 바탕이었다고 해도 과언이 아니다. 분단과 전쟁은 실제로도 한국사회의 기본적인 전제 중 하나였으며 수많은 작가를 고통스러운 작가의 길로 나서게 만든 정신적 외상의 기원이었던 사실과 관련된다. 1980년대 이전에 등단한 작가 중에서 전쟁과 분단의 문제를 한 번쯤 정색을 하고 다루어보지 않은 작가는 거의 없다고 보아도 무방하다.

이러한 무수한 반복은 나름대로의 기본틀을 우리에게 보여주고는 했다. 따라서 이러한 소재들이 다루어질 경우 우리는 그 작품들의 기본적인 형식과 내용을 짐작해볼 수도 있다. 그러나 그것만으로 문학이 성립될 수는 없을 것이다. 문학이란 형식화된 내용을 추구하는 것이기 때문이다. 달리 말하자면 미적 쇄신이 동반되지 않는 이상 그것은 과거의 반복에 머물 수밖에 없고, 그것에 우리는 예술이라는 이름을 붙일 수 없는 것이다. 그리하여 이 시대의 예민한 정신들은 가장 절실한 현실의 문제를 다루더라도 이전과는 다른 진보적인 태도를 보이고는 한다.

이 글에서 다루려고 하는 정지아의 『봄빛』(창비, 2008)은 미적인 쇄신을 통하여 새로운 분단문학의 지평을 열고 있는 작품이다. 오수연의 『황금지붕』(실천문학사, 2007)은 1970년대부터 중요한 문제로 부각된 제3세계적 시각으로 반제국주의 의식을 형상화하고 있다. 이러한 시각과 의식이 오늘날 더욱 소중한 것은 오늘날의 한국사회가 어느새 세계체제의 반주변부로 진입했기 때문이다. 『황금지붕』은 지난한 성찰과 모색을 통해 현실의 재현과 타자와의 연대라는 이 시대의 문학적 과제를 훌륭하게 수행한 매우 독창적인 사례라고 할 수 있다.

정지아의 『봄빛』과 오수연의 『황금지붕』은 익숙한 제재를 다루면서도 그것을 미적으로 갱신함으로써 새로운 윤리적·정치적 가능성까지 제시하고 있다. 이들 작품의 존재는 왜 아직도 우리 문학에서 분단과 제국주의의 문제가 풍성하고 굳건한 문학적 수원이 될 수 있는가를 증명해주는 사례이다.

2. 신화가 되어버린 역사

문학을 둘러싼 여러 가지 대결 중에 가장 흥미로운 것은 작가와 독자 사이에 벌어지는 지적인 대결이다. 작가는 아이러니하게도 자신이 진정으로 하고자 하는 말을 가능한한 깊이 숨기고자 한다. 이러한 숨김을 통해 독서의 과정 그 자체가 작품의 의미를 심화시키는 긴장의 과정이 되기를 원한다. 독자 역시 자신의 모든 것을 걸고 작가의 알맹이를 찾는 모험에 나설 수밖에 없다. 독자의 입장에서는 오직 그 과정을 통해서만 작품의 의미와 감동을 발견 혹은 발명해낼 수 있기 때문이다. 이러한 독자와의 대결에서 정지아가 사용하는 방법은 배반이다. 그러한 배반은 대상과 관점 사이의, 작품의 표층과 심층 사이의, 독자의 통념과 작가의 개성 사이의 미묘한 어긋남에서 비롯된다. 정지아의 소설을 이루는 풍경은 이제는 낯설어진 지극히 역사적인 것들이다. 그 과거의 것은 한국 현대사의 본질적인 지점이라 할 수 있는 분단의 상처와 관련되어 있다. 여수 14연대를 따라 입산한 큰형과 작은형(「풍경」), 여수 14연대에 지원하여 빨치산으로 6년을 보낸 노인(「순정」), 지금은 치매에 걸렸으나 과거에는 빨치산이었던 이념(「세월」) 등이 그것이다.

이러한 사건들로 이루어진 소설을 읽는 독자라면 누구나 사회·역사적 상상력으로 가득한 선이해를 갖지 않을 수 없다. 그러나 첫 번째 배반은 그러한 역사적 사건과 조우하는 방식의 특이함에 놓여있다. 역사적 사건은 언제나 인물들의 기억 속에서만 존재한다. 더욱 중요한 것은 그러한 역사적 사건을 회상하는 주체들 역시 치매에 걸렸거나 사회적 활동이 정지된 노인들이라는 점이다. 그리하여 실제적인 삶에 있어서도 역사적 사건은 사회와 격리된 자들의 기억 속에서 하나의 정물처럼 고립되어 반추될 뿐이다.

정지아가 『봄빛』에서 그려내고 있는 자들은 당대적 현실과의 교섭을 그만두고 과거의 기억 속에 유폐되어 있다. 이러한 특징을 가장 선명하게 보여주는 것은 「풍경」이다. 이 작품에서 치매에 걸려 언제나 큰형과 둘째형을 만나고 있을 뿐인 노모는 물론이거니와 그 어머니를 뒷바라지하는 아들의 삶 역시 고립되어 있다. "먹고 자고 농사를 짓는 것 말고"(67쪽) 다른 삶을 알지 못하는 아들은, "그 또한 기억을 먹으며 늙어"(51쪽)간다. 이들의 관계는 사회적 관계 이전에 존재하는 오이디푸스 이전의 모아(母兒)적 관계로까지 그려진다. "백살을 바라보는 노망든 할망구와 벌써 환갑을 지난, 세상과 섞여본 일 없는 늙다리 아들"(57쪽)이라는 표현에서 그러한 특징을 발견할 수 있다. "어머니는 어머니였고 세상이었으며 유일한 동무"(69쪽)라는 언급에서 알 수 있듯이, 아들에게 있어 어머니는 세상의 전부이며, 치매에 걸린 어머니에게는 빨치산이었던 아들이 세상의 전부이다. 이처럼 유폐된 상황에서 열리는 역사적 사건과의 만남이란 그 자체로 특이한 것일 뿐만 아니라, 새로운 성격의 분단소설을 의미한다.

이제 그러한 사건은 더 이상 사회적·역사적 문제로서 공동체가 시급히 해결해야 할 절실한 의제로 기능하지 않는다. 그것은 오히려 한 개인의 트라우마로서 반복 회상될 뿐이다. 그러한 사건이 중요하다면, 그것은 공동체의 운명이라는 차원이 아닌 필부필녀의 삶이 지닌 진정성을 회복하거나 담보하는 차원에서다. 때로 이러한 트라우마는 소비됨으로써 현재 인물들의 삶을 지탱시키는 역할을 하기도 한다. 이러한 지점에 이르면, 이 소설에서 다루어지는 역사적 사건들은 어느새 역사가 아닌 신화로서 자리매김 된다. 그것은 일회적이며 선조적인 시간 속에서 그 의미가 뚜렷하게 주어지는 것이 아니라 언제나 동일하고 고정된 모습으로 존재하며 모든 의미와 행위의 기원이자 상처받고 훼손된 현재에 의미와 가치를 부여해주는 원형적인 사건이기 때문이다. 빨치산이라는 지극히 역사적인 사건은 늘 고정되고 신비한 아우라로 둘러싸인 절대의 상징으로 저만치 떨어진 곳에 존재한다. 「순정」에서 일흔이 넘은 노인네가 되어서도 억병으로 취해 탁자에 얼굴을 파묻고 떠올리는 빨치산 시절이란 다음과 같다.

> 그가 돌아본 것은 다시는 돌아갈 수 없는 천국이었다. 천국은 미래에 있지 않고 청춘을 바친 그 산속에 있다는 것을 젊은 그는 알지 못했다. 신념 때문이었든 함께 있는 사람에 대한 사랑 때문이었든 목숨을 건 청춘 자체가 천국이었다는 것을. (110~111쪽)

6년간의 빨치산 체험이란 '다시는 돌아갈 수 없는 천국'이다. 노인에게 있어 정신을 잃도록 술을 마시는 일은 천국으로 돌아가기 위한 의례인지도 모른다. 존재와 의미의 기원이 과거에 존재하고, 제의를 통하여 그러한 기원을 현재에 불러와 활력과 의미를 회복한다는 것은 신화적 사고의 전형적 모습이다. 그리고 보면, 이 소설집에서 노인들이 살아가는 "평생을 하루같이 해가 뜨고 해가 지고 때로는 비가 내리고 바람이 불고 순환하는 사계"(51쪽)란, 역사적 시공이 아니라 신화석 시공에 해당한다.

이러한 소설적 특징으로 인하여 소재의 선명한 역사성에도 불구하고, 이들 작품의 주제는 사회적인 차원이 아닌 실존적인 차원에 놓이게 된다. 이번 소설집에서 다루어지는 노인들의 삶이 지닌 역사적 특성에도 불구하고, 이들 소설은 빨치산으로 설명될 수 있는 우리 현대사의 어두운 측면에 대한 정치적이거나 추상적인 견해를 표출하지 않는다. 「세월」에서처럼, 독자는 단지 한 여인이 남자를 만나, 아이를 기르고, 병든 남편을 돌보며, 조금은 쓸쓸하게 자연과 인생의 섭리를 이해하고 세월 속에 자신을 정리해가는 삶의 편린들을 엿볼 수 있을 뿐이다. 「세월」에서는 여성 차별도 분단의 비극도 세월의 힘 앞에서 소리 없이 무너져내린다. 세월은 밖으로만 내달리던 무뚝뚝한 남편을 "내 차지가 되"게 만들어 주고, "헥맹도 못 이룬 펭등을 세월이 지 혼차 가랑비에 옷 젖디끼 부잣집 딸내미며 동경유학생을 이녁이나 나와 하등 다를 바 없는 늙은네로 맹글어놓지 않았어라?"(233쪽)라는 말처럼, 혁명으로도 불가능했던 평등을 가능하게 한다. 「순정」의 강우 역시 "시상 사는 게 다 그러니께요. 꽃도 사람도 짐승도 어차피 다 죽을 목심이 잖애라."(106쪽)라고 말한다

과거와 관련된 기억 속에 유폐되어 있는 노인들의 삶을 그린 것과 함께 이번 작품집에서 한 계열을 이루는 당대 여성의 삶을 그린 작품들의 실상도 다르지 않다. 젊은 여성의 삶 역시 발전과 진보의 계선 위에 서 있는 삶이 아니라 반복과 순환에 기초해 있기 때문이다. "나만의 외딴 동굴에 칩거하는 것, 그것은 나의 오랜 꿈"(126쪽)이라는 점에서, 그녀들의 삶 역시 노인들에 못지 않게 고립적인 것임을 알 수 있다. 또한 그들에게 삶이란 "소멸과 소멸 사이의 한토막"(79쪽)으로 인식된다. 그렇다면, 삶의 과제로 주어지는 것은 발전이나 성장이 아닌 "자기 유전자에 기록된 모든 가능성들을 현실화함으로써 자신을 소진시키고, 그 소진을 응시함으로써 자신의 진정한 힘을 모두어 소멸을 향해 달려가는 것"(89쪽)이 된다. 노인들의 온 관심이 빨치산 체험이나 어머니와 동생을 잃었던 피난길 경험에 고정되어 있어, 그들에게 현재의 삶이 과거의 뒤풀이에 불과하다면, 오늘을 사는 그녀들에게 삶은 "유전

자에 기록된 모든 가능성"의 현실화와 소진에 불과하다. 노인들의 삶이나 그녀들의 삶 모두 빨치산이나 운명(유전자)이라는 고정된 과거의 기원으로부터 비롯된다는 점에서는 동일하다.

그 유례를 찾을 수 없을 정도로 찰진 전라도 방언을 전면적으로 구사하고 있는 이번 작품집의 구술성 역시 위에서 살펴본 정지아 소설의 본질적 특성과 연관된다. 노인들의 삶을 다룬 경우에 이러한 특징은 더욱 강렬해지는데, 「세월」은 소설 전체가 할머니의 발언으로만 되어있을 정도이다. 모든 구어는 방언일 수밖에 없다는 점을 고려한다면, 이들 작품의 구술성은 매우 선명하다. 구술문화에 입각한 사고와 표현의 특징들 중 하나는 인간의 생활세계에 밀착된다는 것이다. 쓰기가 생활 경험으로부터 일정한 거리를 두고서 지식을 구조화하는 데 반해 말하기는 좀 더 인간의 생활세계에 밀착될 수밖에 없기 때문이다. 따라서 말하기는 추상적이기보다 상황의존적인 경우가 훨씬 더 많다.[1] 지극히 역사적이고 정치적인 한 개인의 삶을 다루면서도 섬세한 삶의 구체적인 무늬를 잃어버리지 않은 것은, 이러한 구술성에서도 그 이유를 찾을 수 있다.

또 하나 이 소설집에서 주의해야 할 것은 여성의 자아발견이라는 문제이다. 그것은 여성 주인공을 등장시킨 소설을 통해 구체화되고 있다. 「세월」에서 할머니가 말하고 있는 것은 자신의 팔십 평생이다. '이녁'과의 관계를 중심으로 진술되고 있는 할머니의 삶은 여러 가지 측면에서 의미부여가 가능하다. 첫 번째는 여성차별의 봉건적 습속이 지배하는 사회에서의 성장이라는 의미이다. 할머니가 이녁과 결혼을 하게 된 것은 몰래 야학에 나갔다가 친정

---

1) 월터 J. 옹, 이기우 외 옮김, 『구술문화와 문자문화』, 문예출판사, 1995, 90~92쪽.

아버지에게 들켜서 지게 작대기로 맞을 때이다. 그때 처음 보는 이녁이 느닷없이 나타나 결혼까지 하게 된다. 할머니의 자기성장은 문맹에서 벗어나는 과정으로 그려지는데, 이때 선생님의 역할을 맡는 것이 바로 이녁이다. 남성을 매개로 한 여성의 성장이라는 점에서, 고전적인 여성성장 서사라 할 수 있다. 「양갱」은 남편을 "잡지도 못하고 보내지도 못"(132쪽)하는 '나'와 시아버지와 시어머니의 산더미 같은 똥빨래를 한 고모의 관계를 통해 따뜻한 연대의 장을 사유케 하기도 한다. 「스물 셋, 마흔 넷」은 여성의 성욕이라는 문제를 다룬 이색적인 작품이다.

2000년대 소설 공간에서 정지아만큼 독특한 개성을 확보한 작가도 흔하지 않다. 그러한 개성은 너무나 낡은 것으로 인식되던 과거의 것들을 불러와 얻어진 것이다. 그러나 정작 개성의 본질은 과거를 사유하는 새로운 방식에 놓여 있다. 그러한 표층의 익숙함과 심층의 낯섦 사이에서 정지아 문학은 깊어지고 넓어진다. 그 환하게 열린 틈새 사이에서 봄빛을 가득 머금은 채 정지아 소설은 그렇게 오연히 놓여 있다.

3. 타자를 둘러싼 불가능성과 당위성의 전장

오수연은 '리얼리즘–민족문학'의 경계를 넘어서 리얼리즘을 확장하고 있는 2000년대의 대표적인 작가이다. 『황금지붕』(실천문학사, 2007)에 실린 일곱 편 중에서 여섯 편은 이라크와 팔레스타인을 배경으로 하고 있다. 「황금지붕」은 '이라크 전쟁의 기록'이라는 부제가 붙은 「아부 알리, 죽지 마」와 관련시켜 이해할 때, 그

의미가 온전해질 수 있다. 「황금지붕」도 물론 이라크와 팔레스타인 문제를 다루고 있다. 자살 테러밖에 꿈꿀 것이 없는 이들, 독재자에 이어 점령군에 의해 대지에서 들림당한 이들, 살아남았다는 이유로 죄의식에 삶을 차압당한 이들의 삶이 작품 한복판에 놓여 있는 것이다. 그럼에도 이 소설집의 초점은 「아부 알리, 죽지 마」처럼 비극과 재난의 현장을 고발하는 데 있다기보다는, 현장에서 태를 묻고 살아가지 않는 자가 그 현장에 대하여 이해하고 글을 쓰는 행위가 지닐 수밖에 없는 근본적인 난제에 놓여 있다.

이청준의 『당신들의 천국』은 우리 문학사에 제출된 타자의 이해에 관한 가장 심도 있는 질문 중의 하나일 것이다. 도덕성은 물론이고 능력마저 출중했던 조백헌은 문둥이들의 섬, 소록도에 왜 '문둥이들의 천국'이 아닌, '당신들의 천국'을 건설할 수밖에 없었던가? 답은 비교적 선명하게 드러나는데, 조백헌은 문둥이가 아니었던 것이다. 문둥이라는 운명을 공유하지 않은 자가 문둥이들을 위한 천국을 건설한다는 것은 그토록 지난한 과제였던 것이다. 소설집 『황금지붕』에서 다루고 있는 사람들, 즉 이라크나 팔레스타인과 같은 세계적 재앙의 현장에 사는 이들 역시 우리에게는 하나의 타자라고 할 수 있다. 비상한 문제의식과 문학적 긴장이 수반되지 않는다면, 그들에 대한 문학적 형상화는 「소리」에 나오는 분쟁지역 전문 특파원의 "이 일을 계속하려면 현장과 나 사이에 금을 그어 자신을 보호해야죠."(62쪽)라는 말처럼, 작가로서의 "일 하나"(62쪽)에 그칠 수도 있다.

오수연의 이번 작품집은 그러한 안일함으로부터 작가가 얼마나 먼 거리에 서 있는지를 보여주는 증거이다. 이 작품집은 고통 받는 인류에 대한 애정과 인류의 연대를 향한 의지가 비롯되는 문학적 고민과 문제의식으로 가득하기 때문이다.『황금지붕』에 실린 7 편의 소설은 한번 읽어서는 줄거리 파악마저 힘이 들 정도의 복잡성과 난해성을 지니고 있다. 이러한 난해성은 재현과 타자의 이해라는 문제를 깊은 차원에서 고민한 결과이다. 현실과 언어, 주체와 타자의 간극에서 몸살을 앓아본 자라면 누구나 알겠지만 그 상거는 그야말로 심원한 것이다. 그것의 간극이 투명하게 보일 때, 그것은 간극을 보여주기 때문이 아니라 현실과 언어, 주체와 타자의 어느 한쪽을 보고 있기 때문이다. 그 사이를 고민하는 자의 언어는 그 상거를 드러내보이는 것으로 귀결될 수밖에 없으며 그것이 문학의 운명이라고도 부를 수 있을 것이다. 그렇다면 이러한 문학의 운명을 오수연은 어떻게 극복해나가고 있을까?

첫 번째 사회적 사실보다는 심리적 실재를 드러내는 데 치중하고 있다. 극단적인 절망으로 가득한 이곳은 방향감각의 상실과 시공의 붕괴로서 자주 형상화된다. 여기는 "전진도 후퇴도, 과거도 미래도 없"(「문」, 36쪽)는 곳이며, 현장의 진실은 "출력이 과도한 소음"(「소리」, 69쪽)이어서 들을 수 없는 것이다. 작가는 이곳에 대하여 끊임없이 이야기를 하지만, 이곳은 "지상에 없는 장소"(「황금지붕」, 250쪽)이다.

두 번째로 타자를 대상화하거나 식민지화하려는 관찰자의 내면을 끊임없이 심문하는 것이다. 「길」의 화자가 현지인 알리에 대해 "동료로 인정하지도 않고 그렇다고 공정한 대가도 치르지 않으면서, 알리에게 통역, 운전은 물론 집주인과 흥정하고 장을 보는 등 모든 귀찮은 일을 떠맡겼다."(168~169쪽)고 반성할 때, 「황금지붕」의 '나'가 "형태가 불안정한 나는 수시로 돌변한다. (중략) 항상 정반대의 두 가지 생각이 한꺼번에 떠오르는, 나의 전부도 믿지 못한다."(239쪽)고 고백할 때, 주체의 폭력적인 시선은 내부에서 붕괴될 수밖에 없다.

마지막으로는 분쟁 지역에 사는 이들과 자신의 공통성, 세계사적 보편성을 확인하는 것이다. 그 최소지점은 한국인 인물이 발화하는 "이제 지구상에 장벽이 실물로 서 있는 곳은 단 두 군데, 당신이 사는 거기와 내가 사는 여기뿐입니다."(「재칼과 바다의 장」, 300쪽)와 같은 말이나, 일곱 편의 소설 중 유일하게 한국을 이야기하고 있는 「여름방학」을 통해 전면적이지는 않지만 지속적으로 드러난다. 이 작품에서 드러난 한국 역시도 6·25를 겪고, 베트남 전쟁을 지속시킨 피해자인 동시에 가해자인 것이다.

소위 포스트모던하다는 이 사회에서 타자에 대한 지배적인 담론으로 받아들여지는 것은, '타자를 신이나 미래의 존재'로 여기라는 것이다. 이것은 동일성의 지배가 불러온 20세기의 수많은 야만을 거친 자들이라면 누구나 공감할 수 있는 사유이지만, 여기서 멈추었을 때 발생할 문제 역시도 우리는 곳곳에서 바라보고 있다. 진정 타자가 나오는 공유할 수 있는 특질을 어떠한 것도 상정할 수 없는 '신이나 미래의 존재'같은 것이라면, 우리가 그들과 함께 할 이유나 근거는 어디에서 찾을 수 있을까? 그들이 과연 독재자의 채찍을 원하지 않았다고, 점령군의 폭탄을 원하지 않는다고 자신 있게 말할 근거는 무엇이란 말인가? 사정이 이러하다면, 타자와의 공감과 연대란 타자와 내가 공유한 보편성 내지는 공통성에서 출발할 수밖에 없을 것이다.

그렇다면 동일성의 폭력에도 빠지지 않으면서, 그렇다고 화려한 수사에 숨어 타자를 내동댕이치지도 않으면서, 타자와 눈을 맞추고 손을 맞추는 방법은 무엇일까? 가능한 하나의 방식은 상황에 놓인 타자의 실존을 그 무엇보다 우선시하는 태도일 것이다. 개념이나 이념에 의하여 선규정된 본질의 반영태로서의 존재가 아니라 매순간 숨을 들이쉬고 내쉬는 실존으로서 타자를 이해할 때, 그 가능성은 아주 조금 모습을 드러낼 것이다. 오수연의 『황금 지붕』은 리얼리즘 소설에서 보기 힘든 형식실험과 난해성을 통해 현실의 재현과 타자와의 연대라는 이 시대의 당위적 과제를 성공 적으로 수행한 희귀하고도 소중한 사례로 기록될 것이다.

사이의 향락

_구효서,『동주』

1. 호두 껍데기 깨기

구효서의 『동주』(자음과모음, 2011)는 수많은 의문이 겹쳐진 복잡한 추리소설적 구성을 보여준다. 마치 말랑말랑하고 부드러운 속살을 맛보기 위해서 무척이나 단단한 껍데기를 깨야만 하는 호두를 대하는 기분이다. 이 작품은 시간을 기준으로 봤을 때, 최소한 세 가지의 시간층이 겹쳐 있다. 첫 번째는 도서관 아르바이트를 하다가 친구 시게하루의 실종으로 윤동주의 유고를 추적하는 2006년이고, 다음은 요코가 윤동주의 유고를 추적하고 있는 1995년, 마지막으로는 윤동주가 교토에서 대학에 다니던 일제말기이다.[1] 여기에 겐타로가 한국어에 빠져들어 스스로 김경식이라는 이름을 짓게 된 2009년 이후와 윤동주가 간도에서 살던 시절의

---

1) 동경 입교대학에 다니던 윤동주는 1942년 10월 1일 경도 동지사대학 영문학과에 전입학한다. 그리고 1943년 7월 14일 검거된다. 후쿠오카 형무소에서 1945년 2월 16일에 사망한다.

시간까지 포함한다면 다섯 개의 시간층으로 되어 있다고 말할 수도 있다.

메인 스토리는 재일교포 3세인 겐타로가 사라진 시게하루를 추적하는 과정으로 되어있다. 겐타로는 시게하루의 제안으로 국립도서관에서 만주(滿洲)라는 단어가 들어간 도서 목록을 검색한 후 이를 읽고 요약해 발송하는 아르바이트를 한다. 그러던 어느 날 갑자기 사라진 시게하루의 흔적을 추적하는 과정에서 윤동주가 일본에서 남긴 유고와 오래전에 유고를 손에 넣었던 요코의 존재를 알게 된다. 요코가 확보한 원고란 윤동주가 경찰에 체포되었을 때 일본어로 번역한 원고였다. 이 과정에서 겐타로는 요코란 여성이 남긴 두 종류의 글을 입수한다. 하나는 요코가 윤동주를 만났던 열다섯 살 때 막 배우기 시작한 일본어로 적은 기록이고, 다른 하나는 그녀가 성인이 되어 배운 북해도의 아이누어로 쓴 회상기이다. 구효서의 『동주』는 요코의 두 가지 원고와 2006년 시점에서 겐타로가 유고를 추적하는 과정의 이야기로 이루어져 있다.

시게하루가 사라진 어느 날 겐타로는 소장 목록에도 없고 자신이 신청하지도 않은 『昨日の滿洲を話す』라는 책이 대출대에 나온 것을 발견한다. 그것은 아시아 서점에서 1967년에 출간한 것으로 만주에서 살았던 사람들의 회고록을 모아놓은 책이다. 그 책에는 시게하루의 것이 분명한 밑줄이 "조선 시인의 글에 등장하는 대륙낭인大陸浪人은 누구인가?"(111쪽)라는 목차 제목에 그어져 있다. 그 글의 필자는 미즈하라 준이다. 본문에는 윤동주가 수십 편의 시뿐 아니라 만주에서의 일들을 산문으로 남겨놓았음이 기록되어 있다. 그 기록에는 윤동주의 친구인 명준에 관한 내용이 절반을 넘는데, 시인의 의도와는 무관하게 필자인 자신은 대륙낭인이라

부르는 "한 일본인의 만주 활동에 대해서만 주목하겠다"(112쪽)고 말한다. 이 일본인은 바로 대륙낭인 미우라 마사오이다.

미즈하라 준의 아버지는 자금 지원을 요구하는 대륙낭인[2]들에 의하여 살해당했는데, 미즈하라 준은 윤동주의 원고 속에 억울한 아버지의 죽음을 해명할 수 있는 단서가 있다고 보았다. 미즈하라 준이 "조선 시인의 글에 등장하는 대륙낭인(大陸浪人)은 누구인가?"에서 밝히고자 하는 핵심은 대륙낭인 미우라 마사오가 종전 이후 막대한 부동산 재력을 기반으로 H재벌의 창업자가 된 야스다 사쿠타로와 동일 인물이라는 사실이다. 윤동주가 남긴 유고 속에는 이와 관련한 기록이 남아있으며, 이 때문에 미우라 마사오(야스다 사쿠타로) 세력은 윤동주의 유고를 인멸하고자 했던 것이다. 미즈하라 준은 윤동주의 원고를 인멸 세력으로부터 지키기 위해 출가 동학인 타케우치 스님에게 맡긴다.

1995년 무렵 요코는 다케우치가 살았던 야쿠시지에서 윤동주가 남긴 시 원고를 찾는다. 본래 유고는 두 뭉치였는데, 집이 무너지면서 시 원고만 남고 산문 원고는 사라진 것이다. 산문 원고의 내용은 타케우치 스님의 연인이었던 여자가 요코에게 들려준 것이고, 그 내용을 요코가 회상하여 기록한 것이다. 그것은 주로 고향, 가족, 친구에 대한 이야기이다.

그렇다면 겐타로의 친구인 시게하루는 왜 윤동주의 원고를 찾아 사라진 것일까? 시게하루는 『昨日の滿洲を話す』를 읽고 자신의 조부에 대한 정보를 알게 된다. 그의 조부 나츠메 카즈토시는

---

2) 대륙낭인은 일본의 대륙 침략을 위해 조선과 중국의 정국 깊숙이 침투해 암약했던 민간 활동 단체와 그 주도자들을 말한다.

미우라 마사오 밑에서 활동하던 대륙낭인이었다. 나츠메 카즈토 시는 윤동주의 친구이자 항일유격대원인 명준에게 자신의 존재가 발각되고, 미우라 마사오의 지시에 의해 암살된다. 이것을 알게 된 시게하루에게는 두 가지 선택항이 있다. 하나는 야스다 사쿠타로의 신분을 폭로하여 조부의 죽음을 애도하는 것이고, 다른 하나는 그들과 타협함으로써 풍요로운 생활을 누리는 것이다. 시게하루가 두 가지 중의 어느 하나라도 선택하기 위해서는 명준의 죽음을 회고하는 윤동주의 산문 유고가 필요했던 것이다. 마지막으로 『昨日の滿洲を話す』라는 책자를 은밀히 내주었던 일본 국회도서관 서고 안의 인물에 대한 의문이 남는다. 그녀는 윤동주를 조사했던 특고의 딸로서, 퇴직한 부친이 윤동주의 유고를 무기로 야스다 사쿠타로와 협상을 벌이다 의문의 죽음을 당하는 모습을 지켜본다. 그녀는 야스다 사쿠타로 세력이 윤동주의 원고를 없애려고 하는 것을 막고자 한 것이다.

이 작품에서 윤동주의 유고는 일종의 누빔점이라고 할 수 있는데, 그 원고를 추적했거나 추적하고 있는 이들은 최소한 네 명이다. 요코, 시게하루, 겐타로, 유고 인멸 세력이 그들이다. 윤동주에 대한 본격적인 이야기는 요코의 원고를 통해서 가능하다. 그 원고를 찾는 과정은 고난이도의 논리와 추리를 필요로 한다. 그러한 과정 속에 소설의 주제가 육화되어 있다고 말하기는 힘들다. 그러나 그 과정 자체를 즐기는 것도 문학의 즐거움임에는 분명하다.

2. 피 같은 말

요코가 남긴 원고에는 그녀가 겪은 참담한 유년 시절이 비교적 자세히 언급된다. 얼핏 보기에 요코가 겪은 참담한 가정사는 윤동주의 삶과 그가 남긴 유고를 추적하는 서사의 본줄기와는 무관해 보인다. 그러나 요코의 불행한 가정사는 일제말기 제국주의 비판과 긴밀한 관련을 맺고 있다.

그녀는 열다섯 살일 때 윤동주를 처음 만나는데, 그 이전까지 그녀의 삶은 파란만장하다. 아이누인인 그녀는 북해도에서 나가사키로, 다시 오사카로 그리고 교토로 이동한다. 나가사키에서는 성적 학대를 당하고 무작정 가출하여 오사카에 간다. 오사카에서는 유곽의 포주집에 머물며 춤을 배운다. 다시 오사카를 떠나 교토에 온 요코는 하숙에서 하녀 일을 하다가 그곳에 머물던 윤동주와 조우한 것이다.

나가사키에 머물 때 양아버지인 사토는 열 살을 갓 넘긴 그녀를 성적 노리개로 삼는다. 양아버지의 성폭행 때문에 요코는 사나움과 교활함으로 뭉친 아이로 성장한다. 의붓아버지의 무지막지한 폭력이 지배하는 요코의 집은 파시즘으로 치닫던 당대의 일본 제국을 나타내기에 더없이 유용하다. 이제 막 열 살이 님은 요코를 성적으로 학대하며 부인을 착취하는 사토가 지배하는 집은, 각종 명목으로 부당하게 식민지를 학대하고 수탈하는 일본 제국에 대한 알레고리로 읽히는 것이다. 요코를 학대하는 사토는 자신의 아내에게도 폭력적인 가부장으로 군림한다. 아버지는 어머니를 "어이"(131쪽)라고 부르고, 어머니는 "하이"(131쪽)밖에 모른다. 어머니는 아버지의 야비한 칭찬에 굴욕만 당해 끝내 "밥 짓기의 달인"(140쪽)에 머문다.

사토의 말을 요코는 "피 같은 말"(249쪽)이라고 하는데, 이때의 '피 같은 말'은 가족이 지닌 폭력성을 상징한다. "가족은 그렇게 피를 나누는 사이이며 그것은 혈족이 되고 민족이 되며 국가가 되는 거"(254쪽)라는 말에서 알 수 있듯이, 사토가 말하는 피는 가족의 범위를 넘어서 국가라는 차원으로까지 확대된다. 일본은 모두가 "가족"(250쪽)인 것이다. 사토는 자신의 말을 듣지 않으면 안 되고 받들지 않으면 안 된다고 위협한다. 아이러니한 것은 사토가 이토록 피를 강조하는 것과는 달리 실제로 사토와 요코는 아무런 피도 섞이지 않은 사이라는 점이다. 이것은 일본이 일제말기 조선인에게 내선일체를 강요한 것과 관련지어 생각해볼 수 있다.

전쟁에서 승리하기 위해 천황을 중심으로 성스런 국체를 보존해야 한다는 사토의 말이 바로 "피 같다는 말"(255쪽)이며, 그것은 의붓딸을 범하고 아내를 능멸하는 짓으로 구체화된다. 사토와 천황, 사토의 집과 일본 제국의 유사성은 다음의 인용에 실감나게 드러나 있다.

가족을 지키고 고향을 지키고 나라를 지키는 일이란 오로지 피 같은 말을 받드는 길뿐이라는, 구호의 찌꺼기 같은 것.

황조황종의 굉원한 덕으로 이룩한 만세일계 대일본국이 천황을 중심으로 일심동체가 되어 양귀를 밀어내야 하듯이, 콤피라 산기슭 에비라 마을의 사토 가족 또한 피 같은 가장의 말을 받들어 지극한 충과 효로 억조창생의 도리를 다하라는 말이었을까.

자신의 말이 곧 가족의 말이며 가족의 말이 곧 나라의 말이며 나라의 말이 곧 천황의 말이란 뜻이었을까. (255~256쪽)

이때의 '피 같은 말'은 사토나 일제에만 해당하지 않는다. 그것은 개인을 억압하는 모든 집단주의적 논리에 해당한다. 흥미로운 것은 문과를 택하려는 동주에게 의과를 택하라고 강권하는 윤동주 아버지의 말 역시 "피 같은 말"(262쪽)로 표현된다는 사실이다. 아버지가 문과 대신 의과를 선택하라고 말하는 이유는 "시인으론 가족을 세울 힘이 없고 조선인 사회를 이끌 수 없고 교회를 받들 수 없으며 빼앗긴 나라를 되찾을 수 없"(260쪽)기 때문이다. 그러나 끝내 동주는 아버지의 뜻을 거부하고 자신이 원하는 대로 문과를 선택한다. 이것은 간도의 교회와 집안이 일제말기에 점차 근본주의적 성향으로 경화되면서 드러내기 시작한 권위와 "신앙의 가부장화에 저항"(266쪽)했던 것으로 설명된다.

이러한 '피 같은 말'에는 윤동주의 가장 가까운 친구인 명준을 죽음으로 내몬 반민투(반민생단투쟁)에서의 거친 말들도 포함된다. 윤동주는 친구를 죽인 극단적이고도 모험적으로 경도된 반민투 노선을 증오했다. 심지어 그는 명준의 "죽음 왼쪽에는 반민투가 있었고, 오른쪽에는 토벌대와 미우라 마사오 등의 대륙낭인이 있었다"(267쪽)고 생각할 정도이다. 중국공산당 동만당 소속 항일유격대의 일원인 명준은 "글 읽고 시 짓는 일이라면 밥 먹는 일도 마다했던"(321쪽) 순수한 애국청년이었다. 그러나 "좌경 판료화된 지도부의 독선과 오류"(343쪽)로 인해 끝내 윤동주가 그러했던 것처럼 젊은 나이에 살해당하고 만다. '사토의 말', '가부장화되어가는 교회의 지나친 율법주의', '반민투에서의 거친 말'들 모두 개인을 억압하는 '피 같은 말'들이었던 것이다.

구효서는 작가의 말에서 "이 소설은 '언어/말'에 관한 이야기"(426쪽)라고 할 정도로, 말에 관한 집요한 탐구를 보여준다. 이때의 말은 주로 모어(母語)나 모국어(母國語)와 같이 여성성으로 표시되고 있다. 이러한 언어에 대한 강조 역시 폭력적인 남성성에 대한 비판과 맥락이 닿아있는 것으로 이해된다.

3. 사이의 섬[間島]에 이르는 길

이 작품에서 간도는 고유명사인 동시에 보통명사이다. 간도는 윤동주가 나고 자란 북간도를 의미하기도 하지만, 모든 인간과 공동체의 소통과 공존을 의미하기도 하다. 윤동주의 기본적인 성격은 조선, 일본, 러시아, 서양선교사 문화가 뒤섞인 묘한 곳 간도에서 자랐다는 것에서 유래한다. 윤동주는 "조선말, 일본말, 미영말, 중국말, 만주말"(53쪽)을 할 줄 아는 사람이다.

"옳고 그르고 그런 걸"(84쪽) 따지며 "늘 옳은 쪽 편"(85쪽)에 서고자 하는 윤동주는 "조선이라고 조선 학생 편에 가담해야 하나?"(83쪽)라든가 "조센징이 늘 옳다고 보나?"(84쪽)라는 질문을 던진다. 교토에 살면서도 "무언가의 사이에 존재한다는 뜻으로서의 간도를"(92쪽) 떠나지 못했던 윤동주야말로 "간도"(94쪽)인 것이다. 요코는 그 섬에 "소통과 나눔이 가능한 공간이되 서로의 차이를 인정하고 인정받는 지점으로서의 섬"(268쪽)이라는 의미를 부여한다. 간도는 완고하게 자기동일성을 고수하는 세계의 '사이'를 의미하는 것이다.

그러나 일제의 탄압이 극에 달한 1940년대 초반에 무턱대고 '사이의 섬'을 주장하는 것은 지적인 유희 이상이 될 수는 없다. 윤동주가 살다간 시기는, 모든 조선인은 열등하고 일본인은 우월하다고 확신하는 경도제대생 야마다와 같은 사람들로 가득한 때이다. 야마다는 조선을 같은 핏줄로 받아들인 일본을 받아들여야 한다고 주장하며, 머리를 박박 깎은 채 황군의 승전을 소리 높여 외친다. 더욱 중요한 것은 야마다와 같은 사람이 모든 힘과 권력을 지닌 시기라는 사실이다. 이러한 상황에서 일본과 한국 사이의 '사이'만을 주장한다는 것은 망상에 불과하다. 실제로 윤동주가 머물던 당시의 간도는 사이의 공간이라기보다는 적(敵)과 아(我)의 경계가 분명한 민족주의적 공간이다. 이러한 현상의 근본 원인이 일제에 놓여있음은 물을 필요도 없다.

따라서 진정한 섬에 이르기 위해서는 말살되어가던 조선적인 것에 대한 강조가 따를 수밖에 없다. 요코는 이러한 측면을 정확하게 파악했다. 요코는 "조선 스스로 조선으로서의 차별적 장소를 확보하지 못할 때"(269쪽) 조선은 사라진다고 주장한다. 이러한 깨달음은 아이누인의 정체성 상실 과정과 원인을 연구한 사람의 혜안에서 비롯된 것이다. 윤동주는 본래의 이름과 말로 시를 쓰며 고유한 자기를 지키고자 하며, 동주의 이러한 행위는 "모두가 자기의 고유성을 죽음으로 지킬 때, 동화를 명분으로 앞세운 침략의 야욕은 필패할 수밖에 없"(298쪽)다는 말처럼 상당한 정치성을 지닌 행위라고 볼 수 있다. 동주의 행위가 지닌 의미는 요코의 다음 말에 잘 압축되어 있다.

아이누적인 것, 조선적인 것으로 차별(차이)되는 것이 하나도 없는 땅은 이미 그들의 영토도 뭣도 아니다. 그것이 없어지는 순간 존재는 상실된다. 차별되는 것. 그중 으뜸 되는 것을 동주는 말이라 여겼음에 틀림없다. 뒤늦게 아이누어를 배운 나로서 단언하는 바가 그것이다. 동주가 한 치도 물러서지 않고 문과를 택한 것, 조선말로만 시를 쓰고 조선 시인으로 죽은 까닭이 그것이다.(269쪽)

『동주』에서는 동주의 시 쓰는 행위와 명준의 무장투쟁이 같은 차원에서 다루어진다. 동주와 명준의 대화에서 동주는 "영토를 지켜 말을 보존하는 거나 말을 지켜 영토를 보존하는 거나 같다는 거야. 다만 너와 나는 시를 지켜야 한다는 거지. 너는 시인이니까"(340쪽)라고 말한다. 그러나 명준은 "영토와 말 중 어느 쪽이 우선일 수 없기에, 둘 다 우선이기에, 너는 너대로 나는 나대로 틀리지 않다고 생각해. 다만 너는 공부하기로 했으니 부디 남아서 말을 지켜. 나는 이 땅에서 저들을 몰아내겠어. 그러면 우리는 결국 시를 지키는 거야"(340쪽)라고 말하며, 무장투쟁의 길을 나선다.

윤동주에게 조선어는 모국어이자 모어였다. 그의 언어는 특정한 가치와 이념, 국가와 민족공동체에 치우치지 않았다. 조선어를 선택한 것이 아니라 모어인 조선어로 시를 썼을 뿐이다. 그러나 일본은 강압적으로 그 말의 사용을 금지하였다. 이러한 상황에서 사이의 섬에 도달하기 위해서는 사라져가는 것에 대한 강조를 할 필요가 있었던 것이다. 그렇지 않을 때는 한쪽 세계로의 함몰밖에 남지 않는다. 수많은 사이의 섬들을 만들어내기 위해서는 방편적으로 조선적인 것, 그중에서도 조선어를 강조할 필요가 있었던 것이다.

4. 강제 번역 원고의 행방이 의미하는 것

이 작품에서 가장 문제적인 장면은 경찰서에 끌려간 윤동주가 수사관 앞에서 일본말로 옮겨놓은 원고를 요코가 없애는 대목이다.[3] 본래부터 요코가 동주의 원고를 추적한 이유는 "시인의 유고가 세상에 공개되는 걸 막기 위함"(305쪽)이었다. 윤동주가 형사의 강압에 못 이겨 번역했던 시이기 때문에 그것은 "동주의 시가 아니며 동주의 시여서도 안 된다는 것"(305쪽)이다. 요코가 가장 문제 삼는 것은 그 원고가 강압에 의해서 번역되었다는 사실이다. "말라르메가 적국 경찰의 강압에 못 이겨 적국의 언어로 자신의 시를 번역했다면 과연 그는 그 시가 출간되기를 바랄까"(306쪽)라는 말에 그러한 사정이 잘 나타나있다. 수사의 편의를 위해 강제로 번역된 시는 "원본이 있고 애정과 전문성을 담은 번역시와는 근본적으로 다른 문제"(318쪽)라는 것이다.

그러나 강압에 의한 것이라 해도 번역 작업은 윤동주에 의해서 이루어졌다. 거기에는 윤동주의 고유한 미학과 사상이 들어있었을 것이다. 무엇보다 윤동주가 일본인에게 잘 보이기 위해 자신의 원고 내용을 왜곡했을 가능성은 거의 없다. 실제로 면회를 간 김

---

3) 이것은 윤동주가 시모가모 경찰서에 체포 구금되었을 때 윤동주를 면회했던 당숙 윤영춘의 기록에서 모티프를 따온 것으로 보인다. 윤영춘은 "취조실로 들어가본 즉 형사는 자기 책상 앞에 동주를 앉히우고 동주가 쓴 조선말 시와 산문을 일어로 번역시키는 것이다. 이보다 훨씬 몇 달 전에 내게 보여준 시 가운데서 가장 좋은 것이라고 생각되어진 시들은 거의 번역한 모양이다. 이 시를 고로케라는 형사가 취조하여 일건 서류와 함께 후꾸오까 형무소로 넘긴 것이다. 동주가 번역하고 있던 원고 뭉치는 상당히 부피가 큰 편이었다. 아마도 몇 달 전에 내게 보여주었던 원고 외에도 더 많은 것이 든 것으로 생각된다."(윤영춘, 「명동촌에서 후쿠오카까지」, 『나라사랑』 23집, 외솔회, 1976. 송우혜, 『윤동주 평전』, 푸른역사, 2004, 418쪽에서 재인용)고 증언하였다.

정우 시인에게 일본인 형사가 윤동주의 원고들을 가리키며 "저것이 다 증거서류다[4]"라고 말했다는 사실에 비추어보면, 그 내용은 최소한 친일적인 것과는 거리가 멀었을 것이다. 오히려 지금 우리가 보는 것과 마찬가지의 저항적인 의미를 지닌 작품이었을 가능성이 크다. 그렇다면, 그것이 강제에 의해 일본어로 쓰였다는 이유만으로 없애는 것이 과연 타당한가에 대해서는 또 다른 논의가 가능할 것이다.

이와 관련해 해방 직후인 1945년 12월에 서울에서 있었던 '문학자의 자기비판'이라는 좌담을 주목할 필요가 있다. 김남천의 사회로 진행된 이 모임에는 한설야, 이기영, 한효, 이태준, 임화, 김사량 등이 참석하였다. 이때 이태준과 김사량은 일제말기에 일본어로 작품을 창작하는 것이 옳은지 잘못된 것인지를 놓고 설전을 벌인다.

이태준 : 나는 8·15 이전에 가장 위협을 느낀 것은 문학보다 문화요 문화보다 다시 언어였습니다. 작품이니 내용이니 제2, 제3이요, 말이 없어지는 위기가 아니었습니까? 이 중대간두에서 문학 운운은 어리석고 우선 말의 명맥을 유지해 나가야 할 터인데 (중략) 도로혀 조선어 말살정책에 협력해서 일본말로 작품행동을 전향한 것은 민족적으로 여간 중대한 반동이 아니었다고 봅니다. 그러므로 나는 같은 조선 작가로 최후까지 조선어와 운명을 같이하려 하지 않고 그렇게 쉽사리 일본말에 붓을 적시는 사람을 가장 원망했습니다. (『인민에

---

4) 김정우, 「윤동주의 소년 시절」, 『나라사랑』 23집, 외솔회, 1976. 송우혜, 『윤동주 평전』, 푸른역사, 2004, 419쪽에서 재인용.

술』, 1946. 10, 45쪽)

　　김사량 : 절망적인 구덩이에 빠졌으면서도 희망은 꼭 있다고 생각한 분들이 붓을 꺾은 후 그나마 문화인적 양심과 작가적 정열을 어디다 썼는가요? 여기서 문제는 전개된다고 생각합니다. 쉽사리 갈라놓자면 문화를 사랑하고 지키는 문학자와 또 그래도 싸우려고 한 문학자, 이 두 갈래. 그러나 일언으로 말하자면 문화인이란 최저의 저항선에서 이보 퇴각 일보 전진하면서도 싸우는 것이 임무라고 생각합니다. 무엇을 어떻게 썼느냐가 논의될 문제이지 좀 힘들어지니까 또 옷밥이 나오는 일도 아니니까 쑥 들어가 팔짱을 끼고 앉았던 것이 드높은 문화인의 정신이었다고 생각하는 데는 나는 반대입니다. (위의 책, 46쪽)

　　이태준은 일어로 창작하는 행위야말로 반민족적인 친일문학이라는 견해를 견지하고 있다. 이에 반해 김사량은 작가는 어떠한 상황에서도 창작에 임하는 것이야말로 작가의 사명이라는 입장이다.[5] 만약 이태준의 입장에 선다면 민족시인 윤동주를 위해서 그의 일본어 유고는 반드시 사라져야 할지도 모른다. "시가 꽃이라면 각각의 언어가 그대로 꽃이요, 시인은 꽃잎을 받치고 선 꽃대일진대 언어를 앗아 시를 유린함에 어찌 꽃대인들 저 홀로 생명이라며 하늘을 우러를 수 있을까"(397쪽)라는 말에서도 드러나듯이, 요코는 언어를 문학의 가장 본질적인 요소라고 생각한다. 이러한 논리의 연장선상에서 윤동주의 죽음은 후쿠오카 형무소에서 이루

---

5) 김윤식, 『일제 말기 한국 작가의 일본어 글쓰기론』, 서울대 출판부, 2003, 52쪽.

어진 것이 아니라 사상 검증을 이유로 시모가모 경찰서에서 자신의 시를 일본어로 번역할 때 일어났다고 볼 수도 있을 것이다. 그러나 만약 김사량의 입장에 선다면, 일본 형사가 '저것이 다 (독립운동의) 증거서류다'라고 말하는 원고는 반드시 남아야 하는 것인지도 모른다.

5. 윤동주, 그 반복되는 이름

구효서의 『동주』는 기본적으로 윤동주라는 실제 인물을 다루고 있는 역사소설이다. 그렇다면 이 작품에서 그려내고자 한 윤동주의 모습에 관심이 닿을 수밖에 없다. 『동주』에서는 윤동주를 민족저항시인[6]차원을 넘어 '인류사적 보편 과제를 수행한 인물'로 재규정하고자 한다. 윤동주의 죽음은 "저항인의 저항적 죽음"(397

---

[6] 사실 윤동주의 시를 저항시로 볼 것이냐는 오래전부터 논란이 되어왔다. 『문학사상』 1976년 4월호의 윤동주 특집에서는 많은 논자들이 윤동주의 시를 저항시로 보는 것에 대하여 문제를 제기했다. 대표적으로 오세영의 「윤동주의 시는 저항시인가?」라는 글을 들 수 있다. 오세영은 작품이 발표된 시기, 작품의 내용, 시어 등을 들어 윤동주의 시가 저항시일 수 없음을 말하고 있다. 여기에 덧보태 윤동주의 삶을 저항시인의 삶으로 볼 수 있느냐는 의문을 제기한다. 여러 가지 근거를 들어 "윤동주, 그는 이상과 같이 한낱 불황 선인으로 몰려 일제에 의하여 탄압받고 희생된 가냘픈 식민지 인텔리에 지나지 않았던 것"(오세영, 「윤동주의 시는 저항시인가?」, 『문학사상』, 1976. 4. 권영민 편, 『윤동주 연구』, 문학사상사, 1995, 387쪽에서 재인용)이라고 결론 내린다. 그러나 이후 일제시대 극비 문서들인 『특고월보』와 『사상월보』가 발굴되고 윤동주 사건 관계 기록의 핵심적인 부분이 드러나면서 윤동주가 지닌 저항시인으로서의 성격은 반론을 재기하기 어렵게 되었다. 일제는 이 사건에 '재경도조선인 학생 민족주의 그룹 사건'이라는 명칭을 붙였던 것이다. 그럼에도 '윤동주의 시는 저항시인가?'라는 의문은 여전히 남을 수도 있다. 작가와 작품을 완전히 일치시킬 수 없다면 말이다.

쪽)이 아니라, "시인의 시적 죽음"(397쪽)이며, 윤동주의 저항은 "국가나 민족 차원의 것이었다기보다는 더 근본적으로, 모든 여지 없는 것들에 대한 의도적 머뭇거림이었으며 성찰적 저항"(397쪽) 이었다는 것이다. 윤동주는 "한 국가와 민족과 모국어에 치우친 애정으로서가 아니라, 깊이 염려하는 마음으로 모든 국가 모든 민족 모든 언어가 한 점 부끄러움 없이 만화의 숲을 이루기를, 인류의 시인으로서 염원"(411쪽)했던 것이다.

작가가 "소설에서 윤동주의 존재는 요코와 겐타로를 두 세계 '사이'에 위치시키는 계기 혹은 동기로서 작용한다"(423쪽)고 지적한 것처럼, 요코와 겐타로는 윤동주(의 유교)를 추적하는 과정에서 새로운 정체성을 확립하고자 한다. 확립하고자 하는 정체성은 사이의 존재이며, 그것은 자신들의 모국어를 발견함으로써 가능해진다.

요코에게는 일본어야말로 자라면서 배운 바탕이 된 말, 즉 '모어 (母語)'이다. 요코는 스스로 마흔이 넘은 나이에 아이누어를 배웠다고 고백한다. 그러면서 아이누어가 "태어나 절로 익힌 입말과 열다섯에 깨친 글말과도 전혀 다른 말과 글"(12쪽)이라고 말한다. 요코는 나중 홋카이도 북동쪽에 위치한 조그만 어촌인 아바시리에서 산다. 그곳은 그녀에게는 "'사이의 섬' 같은 어떤 깃"(277쪽) 이다. 그녀는 홋카이도 대학 종합박물관 자료부 특정전문직원으로 근무하는데, 이것은 윤동주가 일제라는 거대한 국민국가에 맞서 한글을 그토록 옹호했던 일에 대응한다.

이러한 사정은 겐타로에게도 마찬가지이다. 겐타로는 "국적이라든가 민족과 관련된 사안이라 해서 특별히 다른 기준을 적용할 필요가 있을까. 나는 우선, 나일 뿐이다. 국가와 민족은 다음이다.

다음이었다"(31쪽)라고 여기던 사람이었다. "더도 덜도 아닌 일본인"(408쪽)에 불과했던 것이다. 겐타로는 자신이 재일교포 3세라는 사실조차 열세 살이 되어서야 인지한다. 그러나 윤동주를 통해 겐타로는 다음과 같은 깨달음을 얻고, 김경식이라는 이름을 새롭게 짓는다.

> 모어가 일본어였다. 너는 조선인이다, 라고 했던 어머니의 말조차 일본어였으니까. (중략) 모어와 모국어 사이에 놓여 있을 수밖에 없는 존재였다는 사실. 그러면서도 한국과 한국어가 배제된 시간 속에서 배태되고 성장함으로써 존재의 본질이 본의 아니게 은폐되고 자기 정체성의 불균형을 숙명처럼 안게 된 것이었다. (중략) 온전한 나란, 내가 깨달아 알게 된 나여야 했다. 일본과 한국, 일본어와 한국어 사이에 놓여 있는 나. 내 영토란 '사이의 섬'일 수밖에 없다고 자각하는 나. (408~409쪽)

그러나 앞에서도 말했듯이, 방편적인 차원에서 이루어진 민족적인(고유한) 것에 대한 강조는 어느 순간 그 자체가 하나의 기원과 목적이 되는 경향이 있다. '사이의 섬'에 이르기 위한 되구부리기가 지나치게 일어나, 또 다른 민족주의와 기원을 형성하는 사태가 발생하는 것이다. 이러한 되구부리기는 주로 언어에 대한 강조로 나타난다. 그런데 언어에 대한 강조야말로 한국적 민족주의의 핵심이라 할 수 있는 문화적 민족주의와 직결된 문제이다.[7] 윤동

---

7) 한국의 민족주의는 출발 단계에서부터 문화적 민족주의의 성격이 매우 강했다. 문화적 민족주의는 20세기 전반 한국 민족주의의 성격을 규정하는 것이다. 식민지 지배에서 벗어나기 위해서는 먼저 민족의 정체성을 확립해야 했고, 이를 위해

주는 "조선어로 시를 쓰면 조선 사람"(88쪽)이며 "어머니에게 배운 말이 조선어면 조선 사람"(88쪽)이라고 말한다. 모어, 모국어, 민족을 일치시키고 있는 것이다. 이런 논리라면 어머니에게 배운 말이 일본어이고, 일본어만 할 줄 알던 과거의 요코와 겐타로는 어느 민족으로 바라보아야 하는지에 대한 의문이 생길 수도 있다.

요코 역시도 민족의 힘에 지나친 강조점을 두고 있다. 요코는 자신이 아이누족이라는 것을 알았을 때, "엇갈리고 성가시고 기울어지고 스며들지 못하고 거스르기만 했던 지난 시간들의 기원. 유년을 내내 짓누르던 반발과 대립과 충돌의 원인. 열다섯이 되도록 무엇과도 화해하지 못하고 배돌며 자학과 기만을 일삼았던 까닭들. 숨고 도망치며 교통을 거부하던 위악의 근거. 거짓과 거짓된 변명의 구실들"(302쪽)을 깨달았다고 느낀다. 그녀의 모든 삶을 결정하는 근본 원인이자 존재의 기원을 민족이라는 범주로 환원시키고 있는 것이다. 구효서의 『동주』는 이야기꾼으로서의 탁월한 솜씨로, 사이에 서는 것의 당위와 어려움을 담아낸 작품이다.

서는 언어, 역사, 종교 등에서 독자성을 확인할 필요가 있었기 때문이다. 이러한 민족주의라는 개념이 수용된 대한제국 때부터 한국의 민족주의는 문화적 민족주의의 성격을 지녔다. 이러한 문화적 민족주의의 경향은 1910년대 민족주의자들의 국혼의 강조, 1920년대 『동아일보』의 민족의식 고취를 위한 문화 운동, 1930년대 조선학 운동 등으로 이어진다. 당연히 문화적 민족주의에서 가장 강조하는 사항은 언어이다.(박찬승, 『민족·민족주의』, 소화, 2010, 134~193쪽 참조) 박찬승은 아직도 한국 민족주의는 문화적 민족주의의 성향을 강하게 띤다고 파악한다. (위의 책, 12쪽)

재현을 둘러싼 아포리아들

아포리아들

| 2부 |

2000년대 소설의 윤리와 정치

1. 외부와의 만남

너무도 당연한 이야기지만, 그토록 다양하고 그토록 의미심장한 2000년대의 소설을 일이관지(一以貫之)할 수 있는 비평적 호명의 개념이나 방법은 존재하지 않는다. 전체를 조망할 수 있는 총체적인 시야도, 수많은 작품을 귀납할 물리적 조건도 허용되어있지 않다. 그럼에도 2000년대의 현실과 관련하여 빼놓을 수 없는 소설적 흐름으로 들 수 있는 것이 바로 '외부의 탄생'이다. 지난 10년은 그 이전의 시기와는 구분할 수 없을 만큼 다방면에 걸쳐 경계넘기가 활발하게 이루어진 시기이다. 인종적 · 국민적 · 계급적 경계는 물론이고 성적 · 인류적 경계까지도 이전과는 다른 방식으로 사유되기 시작했다. 이것은 자본과 노동의 전지구적 이동과 신자유주의의 전면화로 인한 사회격차의 심화 등을 일차적인 이유로 들 수 있다. 여기에 덧보태 6 · 15와 10 · 4 남북공동선언으로 상징되는 변화된 북한과의 관계도 중요한 원인임에는 분명하다.

수많은 경계 넘기를 통해 우리 앞에는 수많은 외부자가 등장했다. 그러나 보다 본질적인 것은 새로운 '외부의 등장'이 아닌 '외부의 발견'이다. 타인과의 만남이 언제나 외부와의 만남으로 이어지는 것은 아니기 때문이다. 도식화의 위험을 무릅쓰고 말하자면 사정은 이렇다. 1980년대의 인간이 이념적 대타자에 바탕해 자신의 위치를 규정하고 사회와의 관계 속에서 타인과 관계를 맺었다면, 1990년대의 인간은 그러한 방식의 정체성 규정이 지닌 한계와 문제점에 대한 반발로 자기만의 세계로 급속히 철수했다. 1980년대에는 거대한 타자의 상징적 이상에 의지하는 상징적 도덕을, 1990년대에는 거울상의 무제한적 조응에 바탕한 상상적 환영을 통하여 타인과 관계를 맺는 것이 가능했던 것이다.

그러나 2000년대 들어와 두 가지 방식의 문제점이 적나라하게 드러났고, 이에 따라 이념적 대타자 혹은 상상계적 거울상에 의해 위치지워진 수많은 개체는 광장에 던져졌다. 일정한 삶의 규칙과 법도를 공유하던 이들이 아무런 공통규칙도 전제할 수 없는 낯선 외부로 새롭게 나타난 것이다. 비로소 사람들은 바로 곁에 선 사람들을 자신과 같은 규칙과 감각을 공유한 내부가 아닌 이질성과 혼혈성을 특징으로 하는 외부로서 발견하기 시작했다. 이러한 외부의 발견, 그리고 그들과 맺어가야 할 공동체의 성격은 무엇보다 핵심적인 과제로 2000년대 문학의 한복판을 가로질렀다고 해도 과언이 아니다. 이것이야말로 지난 10년간 소설에 대한 논의의 최종심급으로 윤리와 정치가 그토록 자주 언급된 이유이기도 할 것이다. 이 글에서는 2000년대 내내 일반인과 전문독자 모두에게서 가장 큰 주목을 받았으며, 이 시기를 대표한다고 이야기되어온 김훈, 김연수, 박민규 세 명의 작가를 집중적으로 살펴보고자 한다.

이를 통해 외부를 사유하는 대표적인 방식을 살펴보고, 2000년대 소설의 가장 특징적인 경향에 대한 희미한 윤곽이라도 그려보고자 한다.

2. 눈가리개 한 이순신, 오줌 누는 후에

김훈(金薰)이 즐겨 다루는 배경은 임진왜란이나 병자호란 같은 전쟁터이다. 전쟁터에서의 가장 큰 과제는 살아남는 것이다. 생존이라는 절대 명제 앞에서 승자독식, 무한경쟁, 적자생존은 누구도 부인할 수 없는 원칙이 된다. 김훈은 2000년대의 기본적인 조건이라고 할 수 있는 신자유주의에서의 지배적인 삶의 방식을 반복적으로 독백하고 있다. 김훈이 그려낸 소설 속의 상황과 그 속을 헤쳐나가는 인물의 삶은 지금 이 시대와 너무나도 닮아 있다.

김훈이 그려내는 인물은 코제브(A. Kojève)가 말한 역사 이후의 인간 형상과 흡사하다. 코제브는 역사가 끝난 이후에 가능한 삶의 양식으로 동물화된 삶과 속물화된 삶을 들었다. 동물화된 삶이란 육체적인 생존과 그에 따른 만족만을 추구할 뿐이다. 속물화된 삶이란 철저하게 형식화된 가치에 기초한 방식으로, 속물에게는 타인의 시선에 의해 매개된 고통과 쾌락만이 존재한다. 속물과 동물 모두 타인지향적인 삶이라고 볼 수 있으며, 깊이나 내면이 결여되어 있다. 그들에게는 부정해야 할 대상이 존재하지 않는 것처럼, 특별히 이루고자 하는 대상도 존재하지 않는다.[1] 김훈의 소설에

---

1) 아즈마 히로키, 이은미 옮김, 『동물화하는 포스트모던 : 오타쿠를 통해 본 일본 사

서는 인간의 동물화와 속물화가 동시적으로 나타난다.

김훈이 가치를 부여하는 속물에게는 타인과 사회로부터 주어진 역할과 그것에 성실한 삶의 자세만이 존재한다. 그들은 '당면한 일'에 최선을 다하는 사람들이다. 『칼의 노래』(생각의나무, 2003)의 이순신, 『현의 노래』(생각의나무, 2004)의 우륵과 야로와 이사부, 『남한산성』(학고재, 2007)의 이시백이나 서날쇠는 이러한 삶의 준칙에 철저하다. 김훈이 옹호하는 이순신이나 이시백이나 서날쇠 같은 사람들은 공통적으로 스노비즘(snobbism)을 체화하고 있다. 이때의 스노비즘이란 실질이나 내용은 텅 비어있다는 걸 알면서도 거기에 엉켜있는 형식이나 의례 같은 건 따르는 삶의 방식이다. 그들에게 행위는 모두 진정성을 결핍한 의전(儀典)행위에 불과하다. 자신의 역할이 그것이기 때문에 그렇게 할 뿐이라는, 혹은 산다는 건 무의미하지만 무의미하기 때문에 산다는 역설이 성립하는 삶의 방식이다.[2]

속물과 더불어 김훈 소설에 등장하는 대부분의 사람들은 동물로 표상된다. 동물화는 생명과 생존에 매인 노예적인 삶의 영역, 즉 오이코스(oîcos)에 해당하는 삶의 방식이다. 한나 아렌트는 삶의 영역을 생명과 생존에 매인 오이코스(oîcos)의 영역과 생존이나 노동과는 분리된 폴리스(polis)의 영역으로 나눈다.[3]

『남한산성』에서 관료의 입이 먹는 것과 더불어 말하기 위해서 존재한다면, 병정의 입은 오직 먹기 위해서만 존재한다. 김훈이

회』, 문학동네 2007, 116~130쪽 참조.
2) 김훈 소설에 나타난 스노비즘의 양상은 양윤의 · 유준 · 차미령 · 이경재 좌담 「황혼에 : 현재, 과거와 미래에 길을 묻다」, 『문학동네』 2007년 가을호, 468~469쪽 참조.
3) 한나 아렌트, 이진우 외 옮김, 『인간의 조건』, 한길사, 1996, 88~89쪽

일반인을 비유할 때 가장 많이 동원하는 것은 동물이나 식물의 이미지이다. 『현의 노래』에서 아라는 반복적으로 오줌을 누고, 비화에게는 자두 냄새나 버들치의 비린내가 난다. 이 소설에서 아무런 말도 없는 "계집들은 이동하는 새떼들과 흡사"(126쪽)하다. 『남한산성』에서 "들짐승"(42쪽)처럼 보이던 사공은 "풀이 시들듯 천천히"(46쪽) 쓰러지고, 아이나 군병들은 "새떼"(213쪽)나 "야생동물"(217쪽)에 비유된다. 『공무도하』(문학동네, 2009)에서 장철수는 "엎드린 후에의 몸이 물고기와 같다고 느꼈다. 물고기 같기도 했고 새 같기도 했다. 포유류와 조류와 어류를 합쳐놓은, 혹은 종족이 분화되기 이전 지층시대의 생명체처럼 느껴졌다"(284쪽)고 말한다. 후에는 잠수일을 마치고 물 위로 올라오면 가랑이 사이로 오줌을 지리고, 때로 "반도의 서쪽 연안에 중간기착한 새처럼 보"(290쪽)이기도 한다. 김훈에 의해 이들은 하나의 자연이자 생명에 머문다. 생존을 위한 그 절박한 몸짓들이 이제 사회적 규범과 분리되어 자연화되고 있는 것이다.

김훈에게 이러한 속물과 동물은 결코 부정적인 대상이 아니다. 그들은 사실의 세계에 속한 존재로서, 그 반대편에는 김훈이 그토록 부정하는 언어의 세계에 속한 존재들이 있기 때문이다. 언어의 세계와 사실의 세계라는 이분법은 너무나 뚜렷하며 둘 사이의 경계나 그 안의 세부를 탐구할 가능성은 배제되어 있다. 김훈의 소설은 작가의 관념이 모든 현실을 미리 규정지은 선험적인 세계이기 때문이다.

'김훈의 제국'이라 부를 수 있는 그의 소설을 통해 외부는 부인된다. 이미 세상은 그 자체로 완결된 모습을 보이고 있기 때문이다. 주인공의 목소리와 세상을 바라보는 작가의 시각은 너무나도 확고해 다른 목소리나 시각은 상상하기조차 힘들다. 인물과 인물, 인물과 서술자 사이의 대화는 존재하지 않으며, 일인칭의 독백이 지배하는 그의 소설에서 다른 삶이나 세상의 가능성에 대해서는 사유할 수 없다.[4] 각자에게는 주어진 역할이 있고, 가치판단은 그것에 충실한 정도로 행해질 뿐이다. 그에게 현실이나 세상이란 사회적 구성물이라기보다는 하나의 자연적 실재이다. 중요한 것은 그 자연적 실재 속에서 어떻게 생존하느냐이다. 얼핏 보기에『칼의 노래』, 『현의 노래』, 『남한산성』으로 이어지는 역사소설은 시간상의 외부를 도입한 것으로 보이지만, 이들 소설에서 역사적 배경은 작가가 선험적으로 규정한 세상을 강조하기 위한 병풍에 불과하다. 오히려 과거의 시공은 작가가 상정한 지금의 세상을 변화 가능한 역사적 시공이 아니라 불변하는 인간의 숙명으로 인식케 하는 역할을 한다. 김훈의 소설에서는 인간도 현실도 역사도 그 외부를 상정할 수 없는 고정된 실체로서 자연화될 뿐이다.

외부를 상상할 수조차 없는 김훈의 제국에 거주하는 인물들은 속물 내지는 동물들이다. 이들은 21세기 세계의 리얼리티를 온몸으로 구현하고 있는 존재다.[5] 김훈은 미메시스를 통해, 2000년대의 동물화되고 속물화되어가는 주류적 인간에게 맘껏 활약할 수

---

4) 김훈은 한 대담에서 자신이 쓰는 문장은 일인칭 문장이라고 밝히며, 자신은 "계속 일인칭에 갇혀 있는 협소하고 좁은 인간일 수밖에 없어요. 그 운명을 잘 알고 있지만 내가 어떻게 할 수는 없어요. 넘어갈 수가 없는 거죠"(「아수라 지옥을 건너가는 잔혹한 리얼리스트」, 『현의 노래』, 생각의나무, 2005, 341쪽)라고 말하고 있다. 그런데 이때 일인칭은 내면적 진실에만 집착하는 평범한 개인이 아니라 신과 같은 위치에 선 전지적인 개인이라는 사실이 중요하다.

5) 김홍중은 포스트–진정성 체제(post-authentic regime)의 문제적 형상들인 동물과 속물이 1997년 이후의 한국사회에서도 나타난다고 파악한다. (『마음의 사회학』, 문학동네, 2009, 75쪽)

있는 서사적 공간을 제공하고 있다. 여기에 덧보태 김훈은 보통사람은 흉내낼 수 없는 비장한 미문과 몇백 년 혹은 몇천 년을 훌쩍 뛰어넘는 시공 속의 영웅을 통하여 동물 혹은 속물이 되어가는 현대인에게 장엄한 환상과 따뜻한 위안의 메시지까지 던져준다. 이러한 삶의 방식이 결코 이 시대에만 한정된 특수하고 역사적인 것이 아니라는 것, 병자호란 때도 임진왜란 때도 고대에도 그랬다는 것, 그렇기에 부끄러워할 필요 없다는 것. 내용이나 가치를 믿지는 않더라도, 지금−이곳에서 그렇게 열심히 살아가라는 것.

이처럼 김훈 소설에는 외부가 존재하지 않으며, 새로운 외부의 가능성 역시 존재하지 않는다. 김훈에게는 바로 이 순간의 삶이 있을 뿐이다. 김훈이 반복적으로 그려내고 있는 외부 없는 무한은, 스피노자(B. Spinoza)가 말한 무한의 정반대 편에 놓여있는 세계이다. 스피노자와 김훈은 모두 세계가 닫혀 있으며 어떠한 초월성도 상상물로 본다는 점에서 유사하지만, 스피노자와는 달리 김훈의 무한은 타자의 발견을 불가능하게 만들기 때문이다.[6] 이 세상처럼 비루하고 치욕적인 것은 없다. 또한 고통스러운 것도 없다. 그러나 그것이야말로 김훈에게는 무한하고 영원한 세계의 전부이다.

---

6) 스피노자가 말하는 의미에서 '무한'의 개념을 개시하는 것은 "타자를 발견했다는 사실"(가라타니 고진, 이경훈 옮김, 「교통 공간에 대한 노트」, 『유머로서의 유물론』, 문화과학사 2002, 34쪽)을 의미한다. 이때 타자는 "공동체의 동일성 · 자기 활성화를 위해 요구되는 존재이므로, 공동체의 장치 내부"(34쪽)에 있는 이방인(異者)과는 구별된다.

3. 한국어를 말하는 외국인, 외국어를 말하는 한국인

지난 10년 김연수(金衍洙)처럼 외부에 민감하게 반응한 작가도 드물다. 김연수는 외부에 대한 사유를 가장 집요하게 해온 작가이다. 타자의 외부성을 거의 강박적으로 탐구해오고 있다. 타자에 대한 탐구는 우리에게 외부에 대한 감수성을 크게 일깨워준다. 김연수의 많은 작품들은 다른 시대와 나라를 시공간적 배경으로 하고 있으며, 중심인물로는 외국인을 내세우고 있다. 더욱 문제적인 것은 우리 앞에 새롭게 나타난 외부가 아니라 늘 우리 곁에 있었던 외부를 새롭게 발견했다는 점이다.

김연수가 외부에 반응하는 방식은 철저히 윤리적이다. 이 말은 달리 말해 타자를 연민과 동정의 대상 혹은 질시와 모멸의 대상으로 삼지 않는다는 것이다.[7] 김연수의 소설에서는 주체 이전에 타자가 있고, 존재론 이전에 윤리학이 있다. 그의 소설에서 타인은 결코 표상불가능하며 이해불가능한 존재로서, 신의 얼굴을 하고 있다. 대표적으로 『밤은 노래한다』의 이정희, 「그건 새였을까, 네즈미」의 세희, 세영, 네즈미, 「이등박문을 쏘지 못하다」의 동생, 「다시 한 달을 가서 설산을 넘으면」의 여자친구, 「달로 간 코미디언」의 아버지가 신의 얼굴을 한 타인들이다. 그의 소설을 지배하는 타자를 향한 망설임과 주저함은 공동체에 의해 부과된 준칙이 아닌 자신의 내면으로부터 들려오는 준칙에 따르기 위해 필요로

---

7) 칸트는 '자유로워지라!'는 지상명령에 따르는 것이 윤리라고 보았다. "'자유로워지라'는 명령은 동시에 타자도 '자유로운' 주체로 취급한다는 것을 포함한다. 칸트는 스스로 '자유롭다'는 것, 나아가 '타자를 수단으로서만이 아니라 동시에 목적(자유로운 주체)으로 대하라'"(가라타니 고진, 송태욱 옮김, 『윤리21』, 사회평론 2002, 7쪽)는 것을 보편적인 윤리의 법칙으로 여겼다.

되는 시간이고 절차이다.

그의 소설에 가장 빈번하게 나오는 어구는 "세계의 끝"(「다시 한 달을 가서 설산을 넘으면」, 「세상의 끝 여자친구」 등)이라는 말이다. '세계의 끝'은 대타자의 붕괴라는 상황을 압축해서 보여주며, 이는 윤리가 등장하는 배경과 밀접하게 관련된다. 본래 윤리는 도덕과 달리 선험적으로 주어지는 대타자의 법을 의심하고 거부하며, 불확정적이고 혼돈스러운 자기로의 복귀를 의미하기 때문이다.[8] 대타자의 붕괴라는 상황을 김연수만큼 집요하게 환기시키는 작가도 드물다. 『네가 누구든 얼마나 외롭든』(문학동네, 2007)에는 대타자의 붕괴라는 상황에 맞서 자신을 확립하는 과정이 잘 나타나 있다. 1991년 "반석이라고 믿었던 모든 것들이 한낱 환상에 불과하다는 사실"(123쪽)을 깨달은 '나'는 방황을 하다가 "자기 자신이 되어라"(124쪽)는 문구를 발견하고 간신히 자신을 추스른다. 이후 '나'는 "내게 조국은 하나입니다, 선생님, 나 자신이죠."(167쪽)라고 말하는 사람이 된다.[9]

대타자의 기능부전을 강조하며 윤리만을 강조할 경우 그것은 자폐와 타인에 대한 싸늘한 무관심을 정당화하는 알리바이가 될 수도 있다. 윤리에 함몰될 경우 그것은 행위로 이어질 수 없으며, 개인의 내면과 목소리에만 모든 신경을 기울일 수 있기 때문이다

---

8) 미셸 푸코, 문경자·신은경 옮김, 『성의 역사 2 : 쾌락의 활용』, 나남, 2004, 41~46쪽 참조.

9) 『네가 누구든 얼마나 외롭든』에서 '나 자신이 되어라'는 명제는 하나의 정언명령이다. 양경자라는 본명을 지닌 안젤라 아줌마를 구원한 것도 "자신이 이 세상의 모든 것인 동시에 유일한 존재라는 사실"(226쪽)을 깨달았기 때문이다. 이길용과 상희가 경주로 여행을 갔을 때, 상희는 이길용에게 "더 이상 다른 사람을 흉내내면서 살아가지 말"(254쪽)라고 주문하며, 자신도 "이제 더 이상 누군가를 따라 하면서 살아가기 싫어졌"(255쪽)다고 고백한다.

만약 이것만이 집요하게 반복될 경우 자기진실성의 물신화, 성찰의 도구화가 이루어질 수도 있다.[10] 아예 외부를 부인하여 현실을 수리(受理)한 김훈과는 달리 지나치게 외부를 사유하여 현실을 수리하는 역설적인 결과를 가져올 수도 있는 것이다. 타자의 외부성에 대한 절대적인 긍정으로 인해 아무런 행위도 이루어지지 않는다면 말이다.

김연수가 지금 우리 문학에서 새로운 가능성을 지닌 존재라면, 그가 타자의 외부성을 충분히 사유하면서도, 외부를 향해 말을 걸고 계속해서 나아간다는 점 때문이다. 그의 소설 속 인물들은 사막이나 설산과 같은 곳을 향해 목숨을 건 여행을 하고, 가망 없는 연애에 매달린다. 그에게 사랑은 "개입하려는 의도를 지닌 여러 가지 행동들과 말과 감정들"[11]이다. 흥미로운 것은 소통에의 지향과 알고자 하는 의지가 병행한다는 사실이다. 지난 10년 내내 김연수를 지배한 것은 바디우(A. Badiou)가 말한 '실재에의 열정'(passion du réel), 즉 실재를 탐구하기 위해서 현실의 의미망을 넘어서려는 열정이라고 할 수 있다. 『밤은 노래한다』(문학과지성사, 2008)와 『네가 누구든 얼마나 외롭든』에 나타난 정치적 행위 역시 세계의 실상에 도달하기 위해서 자신과 상징계의 구조마저 파괴하려는 행위(act)라고 볼 수 있다.

---

10) 이와 관련하여 정홍수는 용산참사 같은 사건의 "타자적 거리감을 소설적 긴장으로 끝까지 유지"(「소설의 정치성, 몇가지 풍경들」, 『창작과비평』, 2010년 여름호, 39쪽)하는 김연수의 작품들이 "쉽게 발화되지 않는 정치성"(39쪽)을 보여준다고 고평하면서도, 동시에 김연수의 딜레마는 "한국 소설미학의 어떤 보수성 앞에서의 곤경은 아닌가."(48쪽)라는 질문을 던지고 있다.

11) 김훈·김연수·신수정 좌담 「문학은 배교자의 편이다」, 『문학동네』, 2009년 겨울호, 72쪽.

시간이 지날수록 김연수는 이제 외부의 표상불가능성에 대한 강박적 반복에서 벗어나 외부와의 소통가능성에 희망을 걸고 있다. 「달로 간 코미디언」에서는 언어를 초월한 소통의 가능성과 끝내 "나 혼자뿐"(290쪽)인 소통의 불가능성이 연출하는 아포리아의 장관을 보여주었다면,[12] 「케이케이의 이름을 불러봤어」와 「모두에게 복된 새해 : 레이먼드 카버에게」는 가능성에 초점을 맞추고 있다. 두 작품은 모두 언어가 다른 외국인과의 소통을 문제 삼고 있다. 「케이케이의 이름을 불러봤어」에는 "으아아아으으어"(26쪽)라는 말밖에 하지 못하는 아이도 등장한다. 주지하다시피 타자의 전형은 언어가 다른 외국인과 아이이다. 그러나 이들 작품에서는 언어의 한계에도 불구하고 서로의 마음을 전달하는 기적이 일어난다. 그것은 이성과 언어가 아닌 공감의 힘을 통해 가능하다. 이성이란 늘 한계 투성이고, 언어는 "nak"이나 "하이퍼바이터미노우시스에이"처럼 애당초 번역이 불가능한 구멍을 지니고 있기 때문이다. 이러한 단어는 결코 동일시될 수 없는 개인의 고유성을 나타내는 한 상징일 것이다. 이들 작품에서 더욱 중요한 것은 소통이 그야말로 윤리적인 방식으로 이루어진다는 사실이다. 「모두에게 복된 새해」에서와 같이 한국말에 서툰 인도인과 영어에 서툰 한국인 간의 소통이란 결코 일방적일 수 없다. 나아가 이 작품에서는 '나—사트비르 싱—아내'라는 세 명의 관계를 통해, 상징적으로나마 이자(二者)관계에 바탕한 상상적 윤리의 자폐적 위험으로부터 벗어난 새로운 공동체의 탄생 가능성까지 막연하게나마 제

---

12) 「달로 간 코미디언」에 대한 자세한 논의는 졸고, 「진정으로 실종된 것들」, 『단독성의 박물관』, 2009, 377~381쪽 참조.

시하고 있다.

『네가 누구든 얼마나 외롭든』은 공감의 상상력을 넘어 새로운 차원의 총체성을 구성하는 차원으로까지 변모한다. 그는 이제 모든 이야기(개인)가 연결되어 있다는 생각을 강하게 피력한다. 처음 '나'의 이야기에 집중하던 소설은 후반부로 갈수록 모든 등장인물이 하나로 연결되어 있음을 보여준다. '나'의 할아버지, 레이의 할아버지, 이길용의 할아버지와 아버지, 정민의 삼촌 등은 하나의 그물망 속에 놓여있었음이 드러나는 것이다.[13] 그리고 세상은 하나로 연결됨으로써 "삼등급의 별이라고 할지라도 서로 연결될 수 있는 한, 사자도, 처녀도, 목동도 될 수 있"(113쪽)는 것처럼 비로소 의미를 획득하게 된다. 그렇기에 등장인물들은 '자기 자신'이 되고 싶은 만큼 그게 누구든 "연결"(68쪽)되고 싶은 욕망에 시달린다. 윤리적 성찰을 통해 강력하게 주장되었던 자율성의 바탕 위에 공감의 상상력에 기반한 새로운 인식이 드러나는 것이다.

그렇다면 김연수는 인드라망(각 그물코마다 보주(寶珠)가 붙어서 다시 다른 모든 보주의 그림자가 비치고, 그 하나하나의 그림자 속에 다른 모든 보주의 그림자가 비치는 보석 그물)에 비유될 수 있는 하나의 무한을 발견했다고 말할 수 있다. 한명의 인간과 하나의 사건에는 그것을 만든 세계와 우주가 들어가 있다. 이때 고유한 내부란 존재할 수 없다. 내부란 외부에 따라 달라지는 조건에 따른 현행적 규정으로만 존재하기 때문이다. 김연수가 발견해낸 무한은

---

13) 이 소설의 곳곳에는 세상이 연결되어 있다는 인식이 강박적으로 드러난다. "우리는 이 세계의 모든 것들과 아름답게, 이토록 아름답게 연결되므로"(94쪽), "세계는 기묘한 방식으로 서로 연결돼 있었다"(296쪽), "처음부터 우리가 모두 연결돼 있다는 사실"(338쪽), "처음부터 우리가 모두 연결돼 있다는 사실을 깨닫게 되었다"(68쪽)는 어구가 대표적이다.

선험적으로 주어진 무한이 아니라 매순간 새롭게 구성되는 무한인 것이다. 이때의 무한은 외부를 향해 열린 하나의 지평이기에, 외부 자체가 부인된 선험적 내부가 아니다. 이러한 무한의 개념을 통해 비로소 외부와 내부가 동일시될 수 있는 가능성이 열린다. 인간의 존엄성이 자율성(비동일시)과 공감(동일시)을 통해 탄생한다면,[14] 김연수는 두 가지 어려운 항목을 결합시키는 지난한 과제를 해결하는 입구에 도달한 것으로 보인다.

4. 인류의 구원투수로 투입된 그녀

박민규(朴玟奎)의 소설은 외부에 대하여 쓰는 것이 아니라 외부에 의하여 쓰인다. 박민규는 2000년대 한국 현실이 만들어낸 수많은 외부의 입장에 서서 발화하는 특징을 지니고 있다. 이 사회를 주도하는 '다수'와 '프로'의 세계가 있다면, 내부는 그것으로부터 소외된 '소수'와 '아마추어'의 시각과 입장에서 드러난다. 여기에는 권력의 문제가 개입하고, 논리상으로는 권력에 대한 저항이 문제가 된다. 그것은 외부의 목소리를 들리게 하는 것이고, 동일자에게 균열과 충격을 가함으로써 외부와 대면하게 만드는 작업이기 때문이다. 박민규는 외부를 부인하는 것(김훈)도, 외부와의 (비)동일시를 시도하는 것(김연수)도 아닌, 외부의 내부화(중심화)라는 제3의 방식을 시도한다. 이런 의미에서 그는 지난 10년 가장 정치적인 작가였다고 말할 수도 있다.

---

14) 린 헌트, 전진성 옮김, 『인권의 발명』, 돌베개, 2009, 8쪽.

이와 관련해 최근에 쓰인 『죽은 왕녀를 위한 파반느』(예담, 2009)는 새로운 가능성과 한계를 동시에 드러내고 있다. 박민규가 수많은 외부를 발견하고, 외부의 시각으로 현실의 수많은 문제들을 다룰 수 있었던 주요한 이유는 나르시시즘적 자아에의 고착이라고도 볼 수 있는 지나친 내면 지향으로부터 벗어났기 때문이다.[15] 그런데 이 작품은 그러한 탈내면에 대한 일종의 되구부리기라고 할 만큼 상상계적 고착의 징후가 보인다.

그것은 이 작품의 기본 서사인 연애관계를 통해 나타난다. 이 작품은 '나', 요한, 추녀의 삼각관계로 이루어져 있다. 문제는 이 셋의 관계가 지극히 상상계적이라는 점이다. 먼저 '나'가 그녀에게 사랑을 느끼는 과정이다. 작가의 말에서도 밝히고 있는 것처럼, 『죽은 왕녀를 위한 파반느』가 "못생긴 여자와, 못생긴 여자를 사랑하는 남자를 다룬 최초의 소설"(416쪽)이라면, 남자 주인공이 못생긴 여자 주인공에게 사랑을 느끼는 과정이 그 어떤 소설보다 개연성을 갖추어야 할 것이다. 그런데 '나'는 그녀를 처음 본 순간 "몸이 얼어붙는 느낌"(82쪽)을 받는다. 그런 매혹을 가능케 한 원인으로 추측되는 것은, 그녀와의 만남 이전에 매우 상세하게 기술되는 어머니의 삶이다. 박색의 어머니는 후일 탤런트로 성공하는 잘생긴 남편을 평생 뒷바라지했고, 그 결과는 성공한 아버지의 배신이었다. 어머니는 잘생긴 아버지가 발견한 "최고의 숙주"(49쪽)였음에도, "언제나 아버지에게 미안해한다는 느낌"(48쪽)을 가지고 살았으며 결국에는 버림받는다. 이러한 어머니에게 '나'는 깊

---

15) 김영찬, 「2000년대 한국문학을 위한 비판적 단상」, 『비평극장의 유령들』, 창비, 2006, 72~77쪽 참조.

은 연민과 애정을 가졌으며, 그것이 그녀에게 옮겨간 것이라고 할 수 있다. 그렇다면, 그녀에 대한 '나'의 사랑은 어머니를 향한 사랑의 변형태에 해당한다.

이와 관련해 '나'와 요한의 관계 역시 문제적이다. 요한은 '나'의 거울상이라 불러 무방하다. '나'가 박색의 어머니와 탤런트로 성공한 미남의 아버지를 두었다면, 요한은 돈 많은 아버지와 배우 출신인 미녀 어머니를 두었다. 결국 둘의 어머니는 모두 크게 상처받는다. 요한에게서 어머니의 이야기를 들은 날, '나'는 "요한이 나와 대척점에 선 인간이자, 마치 이복형제와 같은 존재"(150쪽)라는 생각을 하며, "이유 없이 느껴지던 동질감의 정체"(150쪽)가 무엇인지 어렴풋이 짐작한다. 이 소설의 결말은 두 가지다. 하나는 '나'가 독일에 간 그녀와 만나 행복한 삶을 함께하는 것이고, 다른 하나는 '나'는 죽고 그녀와 요한이 결혼해서 사는 것이다. 이 두 가지 결말에서마저도 '나'와 요한은 대칭적이다. 둘은 모두 그녀와 함께하고, 한명은 죽거나 요양원에서 말없는 존재로 머물고 있다. 작품 속에서 요한은 선지자마냥 무수한 말을 '나'에게 하고, '나'는 조용히 경청할 뿐이다. 이 관계에서는 어떠한 균열도 느껴지지 않는다. 그렇다면 나와 요한은 서로의 상상적 자아이며, 그녀와 나를 모자(母子)적 관계라고 볼 수는 없을까. 요한이 자살을 하며 남긴 유서에 적힌 "세상은 거대한 고아원이다"(244쪽)라는 말은 이들의 심리적 상태에 대응하는 말인지도 모른다.

이 작품에서는 여러 번 '부끄러워하지 않고 부러워하지 않는 삶'을 이상적인 태도로서 반복해 강조하고 있다. 그것은 "자본주의의 굴레를 빠져나가"(308쪽)는 방법으로 제시된다. '부끄러움과 부러움'이 모두 타자를 전제했을 때만 가능한 반응이라는 점을 고려할 때, 이 어구에는 중요한 것이 오직 '나(들)'의 진실이라는 인식이 드러나있다. 그러하기에 이러한 모습은 2000년대 소설이 잃어버렸다고 이야기되는 내면성에 대한 추구임에는 분명하다. 이것이 타인을 의식하지 않는 진정성 있는 삶을 의미하는 것일 수도 있지만, 혹 상상계에 바탕한 자폐적인 삶은 아닌지 돌아볼 필요가 있다.

그렇다면, 이쯤에서 『죽은 왕녀를 위한 파반느』 이전에 쓰인 장편 『핑퐁』(창비, 2006)을 함께 놓고 생각해볼 필요가 있다. 박민규의 『핑퐁』은 소위 우주적 상상력에 바탕한 작품이다. 이 작품은 기성의 것(인류의 1교시)에 대한 부정의 정신으로 펄펄 끓어오른다. 그러나 구체적인 시공성을 지닌 것이 아니라 우주적 보편성에 바탕한 것으로서, 서사를 계속해서 지배하는 것은 위기의식과 종말의 상상력이다. 『핑퐁』의 기본 배경인 학교와 탁구대가 놓여 있는 벌판은 아무런 매개 없이 수시로 연결된다. 못과 모아이가 중학교에서 겪는 일들은 곧 인류 전체의 문제로 연결이 되며, 그것은 곧 종말의식으로 이어진다. "나는 누군가와 의미있는 관계를 맺기가 싫다. 정말이지, 그렇다"(34쪽)에서처럼, 인류의 문제로 도약하기 이전에 주변 사람들과 맺는 사회적인 관계는 생략된다. 도식적으로 말하자면 『죽은 왕녀를 위한 파반느』가 상상계로 회귀하는 이야기라고 한다면, 『핑퐁』은 실재계로 도약하는 이야기라고 볼 수도 있다.[16] 이러한 사고의 구조 속에서는 사회적 제도나 국가 같은 상징계의 차원을 발견할 수 없다. 우주적 차원 혹은 골

---

16) 『핑퐁』에 대한 논의는 졸고, 「최근 한국소설에 숨겨진 소통의 가능성」, 『실천문학』, 2009년 봄호, 60~62쪽 참조.

방에서 이루어지는 문제제기는 현실의 핵심만을 전달한다는 점에서 매우 선명하지만, 현실과 일상의 구체적 실감과 주름을 배제할 수밖에 없기에 공허하기도 하다. 이러한 공허함은 외부의 내부화를 통해 2000년대 소설계에서 가장 정치적일 수 있었던 박민규가 치러야 할 대가인지도 모른다.

그러나 문제는 『죽은 왕녀를 위한 파반느』가 구현하는 정치성이 이전과는 다른 차원에서 존재한다는 점이다. 박민규는 제도권 정치나 여타의 현실정치를 따지는 '치안'에서 기존의 감각적인 것의 배분을 문제 삼는 '정치'의 차원으로 이동해간 것으로 보인다.[17] 아름다움과 연애를 새롭게 드러내는 과정과 이를 접하는 사람들이 겪는 낯섦을 통해서 아름다움과 사랑은 박민규에 의해 새롭게 전유된다. 그것은 기존의 감수성으로 추함을 배제하는 것이 아니라 추함을 아름다움으로 만드는 일이다. 이를 통해 궁극적으로는 미추의 감성을 거부하고 뒤흔든다. 이 작품의 상당부분은 못생긴 그녀에 대한 사람들의 편견과 무시, 그로 인해 그녀가 받는 괴로움이 얼마나 심각한 것인지를 묘사하는 데 바쳐지고 있다. 궁극적으로 이 작품은 미추의 기존 관념을 뒤집자는 것이 아니라 애매함과 모호함을 보여주어 기존 감각의 재분배를 꾀하고자 시도

---

17) 랑시에르에게 정치는 감성적인 것을 새롭게 분배하는 활동, 즉 감성적 혁명을 가져오는 활동이다(자크 랑시에르, 양창렬 옮김, 『정치적인 것의 가장자리에서』, 길, 2008, 47쪽). 한기욱은 『죽은 왕녀를 위한 파반느』를 평가함에 있어, "랑씨에르적 의미의 '정치적'인 작업과 아감벤적인 의미의 '있는 그대로의 독자성'을 성취하는"(「문학의 새로움과 소설의 정치성」, 『창작과비평』, 2010년 가을호, 409쪽) 것이 문제라고 하면서, 결론적으로 "상대방을 배려하고 공감하는 '딴사람-되기'의 과정과 자신의 콤플렉스/편견을 극복하고 자긍심/겸손함을 회복하는 '딴사람 되지 않기'의 과정이 동시진행형으로 일어나는 과정이 꽤나 설득력 있다."(410쪽)고 고평한다.

한다. "예쁘면 그만이지 더이상 뭐가 있어"(227쪽)라는 "당대의
상상력"(227쪽)에 매몰되는 것에 대한 거부나 "당신 〈자신〉의 얼
굴"(418쪽)이 "우리의, 아름다운 얼굴이라고 생각"(419쪽)한다는
작가의 말이 이를 증명한다. 『죽은 왕녀를 위한 파반느』는 그동안
사랑의 영역에서 보이지 않고 들리지 않았던 존재를 전면에 부상
시키는 데 성공하고 있다.

　이처럼 『죽은 왕녀를 위한 파반느』가 나르시시즘이나 자폐적인
세계로의 함몰 위험에서 완전히 벗어난 것으로 보이지는 않지만,
이 작품에서 당대 사회와 그 감각체계는 부인(Verleugnung)되는
것이 아니라 어디까지나 부정(Negation)되고 있다. 침착하게 이
작품을 따라 읽은 독자라면 이들이 선택한 행위를 가능케 한 욕망
과 정념의 타당성과 의지를 인정할 수 있기 때문이다. 이전에도
다수에 대한 강렬한 반감을 보였던 박민규는 아름다움과 관련한
세계의 낡은 감각적 분배를 파괴하고 다른 종류의 분배로 변환시
킴으로써 삶의 새로운 형태들의 발명을 동반한다. 박민규는 상상
계적인 관계 속으로 퇴행한 듯 보이지만, 또 하나의 외부를 내부
화하는 데 성공하고 있다.

5. 새로운 윤리와 정치

　1990년대 소설이 넘겨준 내면의 진정성에 바탕한 개인은 2000
년대 들어와 관계 맺기에 열중했다. 대타자와의 싸움에 골몰했던
개인은 어느 순간 자신의 옆에 거울상만이 가득하다는 것을 깨달
은 것이다. 그들을 진정한 타자로서 발견하고, 새로운 연대의 통

로를 내는 것이 2000년대 소설의 가장 중요한 과제였다. 이것은 한국문학이 오랫동안 연마해온 도덕적 책임과 1990년대 문학이 깨우쳐준 개인의 자율성을 종합해야 한다는 요청이기도 하다. 외부와의 만남이라는 시대적 조건에 맞서, 각각의 작가들은 나름의 방식으로 이에 대응했다. 그것은 크게 윤리적 성찰과 정치적 책임이라는 두 개의 사유를 중심으로 이루어진 것으로 보인다.

너무나 당연한 이야기겠지만, '외부와의 만남과 이에 대한 대응'이 2000년대에 창작된 모든 소설에 해당하는 전면적인 현상일 수는 없다. 김훈의 소설이 보여주는 것처럼, 외부와의 만남이 부인된 소설 역시 적지 않게 발견되기 때문이다. 그러나 '부재하는 외부' 역시 '외부의 발견'을 전제했을 때만 성립 가능하다면, 이러한 소설도 크게 보아 '외부와의 만남과 이에 대한 대응'을 보여주는 중요한 사례라 할 수 있다.

김훈과 김연수는 모두 내·외부의 구분이 폐기된 무한을 만들어내고 있다. 이때 무한의 성격은 매우 상반된다. 김훈의 무한이 외부를 선험적으로 부인하여 이루어진 내부의 무한확장이라면, 김연수의 무한은 외부에 의하여 진행형으로 구성되는 무한이라고 할 수 있다. '김훈의 제국' 속에서 외부는 부인되고, 이 속에서 윤리와 성지의 사고실험은 가능하지 않다. 김연수는 윤리적 성찰을 극단까지 밀고나가서 내부와 외부의 (비)동일시에 성공하고 있다. 박민규는 외부를 부인하지도, 외부와의 (비)동일시를 시도하지도 않는다. 박민규는 외부에 대하여 사유하는 자가 아니라 외부에서 부딪쳐나가는 자이다. 시종일관 유지되는 내부와 외부의 경계 사이에서, 그는 외부의 내부화(중심화)를 꾀한다. 이것이야말로 박민규 소설이 지닌 무시할 수 없는 정치성이다. 그는 그 내·외부의 경계를 유지하면서 그것을 미학적·감성적 차원의 정치와 연결시키고 있다.

한 가지 아쉬운 점은 이들의 소설에서 시대와 사회의 구체적 실감이 느껴지지 않는다는 점이다. 그들이 보이는 사유의 치열성과 문학적 진정성은 몇 번이고 필자를 숙연하게 하지만, 그것이 하나의 실험이라는 느낌을 완전히 떨쳐버릴 수 없다. 일테면 박민규의 『죽은 왕녀를 위한 파반느』의 각기 다른 결말 모두에서 그녀와 나 혹은 요한과 그녀는 한국을 떠나 독일과 일본에서 안식을 얻고, '나'와 요한은 죽거나 죽음과 유사한 상태에 놓인다. 박색을 그리도 학대하던 한국을 떠나 그러한 미적 감각으로 사람을 억압하지 않는 것으로 그려진(상상된) 독일(일본)로 홀연히 떠나버리는 것이다. 단독자로 서기 위해 이들은 일체의 외부적 관계를 끊고 자신과 자신들의 가치에만 집중한 것임을 알 수 있다. 이것이 체념이나 순응과는 다른 해방적 힘을 지니며, 그들이 지닌 진정성의 강도를 증명하는 행위라는 사실은 분명하다. 그럼에도 너무나 쉽게 한국 현실과의 대면을 포기해버린다는 느낌을 완전히 떨쳐버릴 수는 없다.

마찬가지 맥락에서 김연수가 대타자의 붕괴라는 상황을 끊임없이 제시하는 행위에 대해서도 새롭게 고민해야 할 시점이다. 반복이 지속되면서 어느 순간 특정한 '대타자'의 붕괴는, 대타자 일반의 붕괴를 환기시킨다. 그러나 대타자 일반의 붕괴가 과연 가능한 것인지, 그러한 상황은 바람직한 것인지에 대해 질문해 볼 필요가 있다.[18] 이와 관련해 김연수만큼 대타자가 지닌 힘에 대하여 지속

---

18) 이쯤에서 대타자의 붕괴로 생겨난 자유는 문법적 틀이 없는 언어활동과 유사하기

적인 관심을 환기시키는 작가도 드물다는 것은 아이러니하다. 『네가 누구든 얼마나 외롭든』이나 「내겐 휴가가 필요해」 같은 작품에서는 거대 이야기가 없이는 살 수조차 없는 인간들이 그로테스크하면서도 설득력 있게 그려지고 있다. 광주의 랭보인 이길용이자 서울대 법대를 중퇴한 문화운동가인 강시우는 이데올로기라는 유령에 의존해서만 자신을 지탱할 수 있다. 그가 진정으로 두려워하는 것은 프락치나 남파간첩이 되는 것이 아니라, 프락치도 남파간첩도 아닌 상황이다. 「내겐 휴가가 필요해」의 그는 자신의 지난 삶을 정당화해줄 거대서사를 찾기 위해 인생을 걸고, 결국에는 목숨을 바친다.

어쩌면 우리는 과거의 이념적 대타자와 결별한 대신 시장전체주의라는 새로운 대타자의 압도적인 영향력 아래에서, 그에 대한 의식마저 놓고 있는 것인지도 모른다. 그렇다면 문제는 새로운 거대 서사에 대한 진지한 모색이 아닐까? 새로운 윤리와 정치를 담지한 공동체의 실현을 위해서는 거대 서사에 대한 부정을 넘어선 진지한 모색이 더욱더 절실한 시점이다. 이때의 모색은 2000년대 소설에서 결핍된 현실의 구체적인 실감에서 출발할 수밖에 없다. 그때에야 비로소 우리 소설은 윤리나 정치에 대한 진술이 아닌 형상을 보여줄 수 있을 것이기 때문이다. 요컨대 다시 문제는 현실(real)이다.

에 아무런 해석규칙이나 규범이 존재하지 않으며, 이로 인해 주체에게 자유 이전에 엄청난 부담과 고통을 줄 수도 있다는 지적의 말을 경청할 필요가 있을 것이다. (S. Žižek, *The Indivisible Remainder:An Essay on Schelling and Related Matters*, London and New York:Verso, 1996, p.25)

재현을 둘러싼 아포리아들

1. 2000년대의 처음 10년

2000년대의 처음 10년이 이제 막 지나갔다. "묵은해니 새해니 분별하지 말게/겨울 가고 봄 오니 해 바뀐 듯하지만/보게나 저 하늘이 달라졌는지/사람들이 어리석어 꿈속에 살지"라는 한 선승의 말처럼, 문학 현상을 10년 단위로 끊어서 그 내용을 정리하고 의미부여하는 것은 편의적 기술법이라고 볼 수도 있다. 그러나 우리 현대문학은 우연인지는 몰라도 10년 단위로 커다란 변화를 겪어왔다. 2000년대의 처음 10년 역시 예외가 아니다.

이러한 변화를 가져온 이유 중의 하나는 한국사회와 삶의 양식이 근본적으로 바뀌었다는 점을 들 수 있다. 변화의 중심에는 IMF로 통칭되는 외환위기가 놓여있다. 외환위기를 기점으로 우리 사회에는 신자유주의가 본격화되었고, 박민규의 표현을 빌리자면 아마추어의 시대가 가고 프로의 시대가 도래하였다. 전지구적 자본의 파상적인 공세, 노동력의 세계적 이동과 비인간화, 계급 간

양극화의 심화, 남북관계의 진전과 후퇴 등이 이 시기를 규정지은 핵심적인 사회·경제적 상황이라고 할 수 있다. 이와 더불어 사람들의 삶과 사고에도 커다란 변화가 몰려왔다. 진정성의 자리를 대신한 속물화와 동물화의 전면적 수용을 대표적으로 들 수 있다.

속물화와 동물화의 전면화라는 2000년대의 역사철학적 상황은 김연경의 『고양이의 이중생활』(민음사, 2009)이라는 작품에서 유머러스하게 나타나고 있다. 이 소설의 주인공들은 인터넷카페 ptre(Proletariat Revolution)의 회원들로서, 2000년대 서울의 한복판에서 여전히 혁명을 꿈꾸고 있다. 대학병원 교수의 아들인 휴학생 권민우, 카페 마스터인 최지욱, 최지욱의 메신저 역할을 수행하는 일곱 살짜리 여자애 딸기, 만년 고시생에서 백수로 전락한 김철수, 컴퓨터 관련 중소기업에서 일하는 40대의 강주임이 바로 그들이다. 그러나 이들은 자신들이 얼마나 혁명의 진정성과는 거리가 먼 사람들인가를 스스로 증명해나가는 아이러니한 존재들이다. 최지욱은 자신과 어머니를 버린 권율 박사에게 복수하려고 음모를 꾸미지만, 나중에 권율 박사는 최지욱의 아버지가 아니었음이 드러난다. 나름의 진정성을 가지고 있던 김철수는 유부녀와 불륜에 빠지고 후일 잘 나가는 논술학원의 원장이 된다. 민우 역시 아버지와는 나른 삶을 추구하는 듯 보이지만 결국 로스쿨을 나와 성공한 소시민이 된다. 강주임 역시 누구보다 알차게 자신의 생존을 경영해나갈 뿐이다.

실상 이들에게는 본래부터 싸워야 할 대타자도, 애도할 대상도, 써야할 가면도, 가려야할 진정성의 얼굴도 없었던 것이다. 아무런 욕망도 사상도 없으면서 사실은 이데올로기적·사상적·종교적 욕구가 있는 듯이 행동하는 몰윤리적인 인간들에 불과했던 것이다. 이들의 존재방식은 부와 성공만을 최고의 가치로 여기는 신자유주의적 스노비즘과 동물화의 모습을 잘 보여준다. 역사나 이념은 관심 밖의 일이다. 물을 찾는 권율 박사의 유언에서 알 수 있듯이, 이들에게는 구원이나 불멸 대신 오직 생의 보전과 경영만이 중요한 화두로 남겨져있다.

이외에도 지난 10년의 소설에서 발견된 특징으로는 사회적 모순에 대응하는 정념의 변화, 강남 문화와 루저(loser) 문화로 대변되는 생활양식의 세분화 등을 들 수 있다. 2000년대 한국소설은 위와 같은 변화를 원인으로 혹은 결과로 삼아 창작되고 수용되었다. 그러나 아무리 2000년대 한국문학의 변화가 본질적인 차원에서 이루어진 것이라고 해도 90년대 문학에서 지배력을 행사했던 주제, 관점, 작가 등이 급격하게 사라졌다고 볼 수는 없다. 따라서 이 글은 주로 2000년대가 지닌 이전 시기와의 변별적 특징이라고 할만한 것에 초점을 맞추고자 한다. 그중에서도 근대소설의 금과옥조라고 할 수 있는 현실 재현의 측면에서 일어난 변화를 집중적으로 살펴보겠다.

2. 현실 재현의 새로운 방식

1) 지구인과 외계인

2000년대를 규정짓는 핵심적인 사회·경제적 상황은 신자유주의의 전면화라고 할 수 있다. 신자유주의는 자유시장, 규제의 완화, 세계무역, 노동시장의 유연화, 작은 정부, 사회적 자본의 사유화 등을 지향한다. 신자유주의는 엄청난 사회적 효율을 낳을 수도 있지만, 사회적 양극화라는 부작용을 가져올 수 있다. 그것은 신분제에 버금가는 강고한 사회적 장벽의 구축을 의미하며, 서로 다른 계층을 만들어낸다. 이렇게 되면 한 사회의 사람들이 실감으로서 공유하는 영역이 점차 줄어들 수밖에 없다. 동일한 시공을 살아가더라도 사람들은 사실상 서로 다른 세상을 겪게 되는 것이다. 과연 이때 대부분의 사람이 동의할 수 있는 공적 장이나 현실을 상정한다는 것이 가능할 수 있는지에 대한 의문이 따를 수밖에 없다.

이러한 상황은 20세기 초 리얼리즘 소설의 쇠퇴를 가져온 역사철학적 상황과 흡사하다. 이때의 상황이란 사람들 사이의 공동 경험의 축소와 공유 경험의 붕괴 그리고 경험 교환 가능성에 대한 믿음의 상실 등을 말한다. 공유 경험의 영역이 한정된 이질적인 독자층을 상대로 글을 쓰는 작가에게는, 모두가 공유하는 사회적 경험이나 현실에 관해 이야기함으로써 사회현실의 객관적 재현을 성취하는 것이 점점 어려워진다. 독자층의 사회적 공동경험의 폭이 좁아지고 또 공동 경험이라 하더라도 의식의 상대주의적 구조에 따라 그 수용의 양상이 판이하게 달라지면 인간 경험의 교환 가능성은 희박해져가고 그것은 리얼리즘의 기반을 취약하게 하는 것이다.[1]

물론 2000년대 들어 창작된 소설들에도 당대의 모습은 적지 않게 등장하였다. 그러나 이들 작품들은 이전의 전통적인 리얼리즘 소설과는 그 본질이 다르다. 지난 10년 간 창작된 작품들은 고도로 발달하고 복잡한 사회의 관습·가치관·습속을 정교하고 상세한 관찰에 입각하여 전달한 특징이 있다. 사회의 관습들이 주된

---

[1] 유종호, 「근대 소설과 리얼리즘」, 『문예사조의 새로운 이해』, 문학과지성사, 1996, 92~95쪽.

줄거리이며 등장인물들은 행동의 일정한 기준이나 이상적 표준에 부합하는 정도 또는 거기에 미치지 못하는 정도에 따라 구별된다. 문학사적 용어로 호칭하자면 이러한 소설들은 세태소설이라 부를 수 있을 것이다. 2000년대 소설과 관련하여 주의해야 할 것은 이때의 "사회의 관습, 가치관, 습속"이 몇 가지로 확연히 구분된다는 것이다. 한쪽에는 정미경으로 대표되는 강남사람들의 것이 있다면, 다른 쪽에는 박민규로 대표되는 루저들의 것이 있다. 이러한 구분이 2000년대에 심화된 사회적 양극화에서 비롯된 것임은 분명하다.

박민규의 「갑을고시원 체류기」(『카스테라』, 문학동네, 2005)에서 사회라는 공공의 장에서 밀리고 밀린 주인공은 방(房)이라기보다는 관(棺)에 가까운 고시원에서 지내게 된다.[2] 처음 '나'는 아버지의 부도로 인해 친구집에서 기숙을 한다. "일층과 이층 도합 세 대의 에어컨과 청동 보일러가 설치된"(276쪽) 친구의 집은 무척이나 호화로워서 '나'가 생활하는 고시원의 초라함과 비루함을 극단적으로 부각시킨다. 친구가 '나'의 이사를 도와주며 하는 "여기서 사람이 살 수 있을까?"(281쪽)라는 말은 친구와 나 혹은 친구의 집과 고시원의 거리감을 분명하게 드러낸다. 빨간색 스포츠카로 친구의 이삿짐을 날라주며 미스코리아와 결혼을 하는 친구와, '나'의 사이에는 친구라는 말이 무색할 만큼의 사회적 거리가 놓여있다.

---

2) 첫 번째 창작집에 실린 박민규의 작품들은 이와 같은 상황에서 크게 벗어나지 않는다. 가능성과 열정으로 빛나는 이름이 아닌 이 사회의 또다른 타자가 되어버린 이 시대 청년들의 음울한 현실을 그려내고 있는 것이다. 그들은 현재 아르바이트, 인턴과 같은 비정규적인 노동으로 착취당하고, 현재의 생존에 거의 모든 것을 바치고 있다. 그들은 현재는 물론이고 미래의 가능성마저 차압당한 존재들이라는 점에서 이 사회의 루저라고 보아도 지나치지 않을 것이다.

고시원으로 이사한 이후에는 친구도, 친구의 집이 상징하는 세계도 더 이상 소설 속에 형상화되지 않는다. 생존만이 삶의 이유이고 전부인 루저들의 세계가 펼쳐질 뿐이다. "여기서 사람이 살 수 있을까"라는 친구의 말을 듣고 주인공이 화가 나거나 서운하거나 서럽지 않고, 대신 "외로웠다."(282쪽)고 느끼는 것은 이제 자신만의 혹은 자기들만의 세계 속에서 살게 될 것임을 깨달은 데서 온 정확한 반응이다.

고시원의 각 방은 1센티 두께의 베니어판을 사이에 둔 공간으로서, 이곳에서는 발을 뻗을 수도 없으며 옆방 사람의 생리적 현상에서 비롯된 소리가 그대로 들린다. 고시원에서 '나'는 "인간은 결국 혼자라는 사실과, 이 세상은 혼자만 사는 게 아니란 사실"(286쪽), 즉 "인간은―혼자서 세상을 사는 게 아니기 때문에, 혼자인 게 아닐까."(287쪽)라는 것을 깨닫는다. 이것은 수많은 사람들이 결국에는 외롭게 살아갈 수밖에 없는 존재라는 깨달음에 다름 아니며, 이러한 맥락에서 이 작품에는 "밀실"이라는 단어가 반복해서 등장한다. 화장실 벽에 쓰여있는 "인간은 누구나 밀실에서 살아간다. 이하동문이다."(291쪽)라는 낙서, "참치도 인간도, 결국은 밀실에서 살아간다."(298쪽)와 "참치도 인간도, 결국은 밀실에서 죽어간다."(298쪽)라는 말이 대표적이다.

마지막에 밀실의 의미는 이 사회 전체로 한껏 확대된다. 간신히 안간힘을 다해 졸업을 하고, 취직을 하고, 결혼을 한 '나'는 그리해서 두발 뻗고 잠들 수 있는 임대아파트에서 사는 지금도 "여전히 그 밀실 속에서 살고 있다는 기분"(303쪽)을 느낀다. 결국 이 사회 전체가 "거대한 밀실"(304쪽)인 것이다. 이 작품에서 '밀실'은 공공의 장소를 잃어버린 삶의 한 상징이라고 할 수 있다.

정미경은 「갑을고시원체류기」에 잠깐 등장했던 '나'의 친구, 즉 빨간색 스포츠카를 타고 미스코리아와 결혼을 하는 친구가 속한 세계를 섬세하게 그려낼 수 있는 이 시대의 흔치 않은 작가이다. 「내 아들의 연인」(『내 아들의 연인』, 문학동네, 2008)을 대표적으로 들 수 있는데, 이 작품의 '나'는 풍족한 삶을 누리는 상류층의 중년 부인이다. 남편은 골프장에 다녀올 때 붐비는 도로를 보며 "휘발유 리터당 만원만 받아봐. 길거리에서 차 구경하기 어려울텐데."(157쪽)라고 말하며, 그녀의 딸은 "날마다 백화점에 나와 쇼핑하다 다리 부었다고 스파 들르고 집안일은 죄다 남한테 맡겨놓고도 뭐가 부족한지 늘 징징거"(133쪽)린다. 그들이 사는 아파트 주차장에는 백미러 한쪽이 이백만 원인 차들이 주차되어 있다.

이 윤기나는 삶에 작은 문제가 발생한다. 그것은 아들이 컨테이너에 사는 도란이를 사랑하는 것이다. "돈을 크리넥스 뽑아서 코 풀듯 쓰는 이 동네 애들"(135쪽)과는 완전히 다른 도란이가 등장한 것이다. 두 세계의 차이점은 여러 차례 강조된다. 아들의 일기장에 있는 "정말 우리가 다른 별에서 온 사람 같다."(148쪽)나 "왜 단둘이 있을 때면 도란이의 모든 걸 다 받아들일 수 있는데 내 네트워크 속에서는 끊임없이 부딪치게 되는지 몰라."(148쪽) 같은 발언이 대표적이다.

과연 박민규의 '나'와 정미경의 '나'를 두고 같은 세상을 살아가는 동시대인이라고 말할 수 있을까? 두 계층은 실제 현실에서의 관련과는 무관하게 동일한 사건에 연루되어 등장하지 않는다. 잠깐 스쳐 지나갈 뿐이다. 지나치게 결핍된 자와 지나치게 풍요로운 자는 결코 같은 사회적 장에서 어울리거나 만나지 않는다. 한국사회에서 함께 살아가고 있지만, 그들에게는 공동 경험은 물론이고 경험의 교환가능성조차 주어지지 않는다. 이것은 강고한 계층적 분할선이 사회를 가로지르고 있는 2000년대 현실에 대한 냉철한 응시가 만들어낸 하나의 문학적 성과라고 할 수 있다. 그러나 조금만 깊이 생각해 보면, 동시에 이것은 하나의 한계이기도 하다. 실제 한국 사회에서 두 명의 '나'는 결코 무관할 수 없다. 각각의 지나친 결핍과 잉여는 서로의 지나친 잉여와 결핍을 바탕으로 했을 때만 성립하기 때문이다. 그리하여 좀 더 냉철하고 깊은 시야가 확보되었다면, 두 명의 '나'가 보이는 표면의 단절 이면에 드리워진 복잡한 사회 · 경제적 연결망까지 그려낼 수도 있었을 것이다.

물론 정미경의 「내 아들의 연인」에서는 사랑이라는 의외의 방식으로 두 계층이 연루되기도 한다. 그러나 그러한 마주침을 형상화하고 해결해나가는 방식은 지구인이 외계인을 대하는 것과 같은 것이다. 그것은 철저히 대상을 타자화하는 방식이다. 아들은 "무허가 컨테이너 건물이 적어도 자기의 연인이 지내기엔 끔찍한 장소라고 단정짓고는, 끊임없이 도란이를 거기서 끌어내"(147쪽)리려 할 뿐이다. '나' 역시 다음의 인용에서처럼, 도란이를 영원한 침묵 속에 남겨두기로 결정한다.

도란이는 내게, 어쩌면 한 권태로운 여행지에서 디지털카메라를 들고 있다 우연히 찍게 된 유에프오 같은 존재로 남을 것이다. 나는 그걸 보았고, 내 메모리에는 그 모습이 남아 있지만, 현실의 네트워크 속에서 그저 그대로 존재하기 위해서는 누구에게도 얘기할 수 없는, 누구의 공감도 끌어낼 수 없음을 알고 있기에 침묵해야 하는, 빛을 발하는 존재. (160쪽)

결국 정미경의 '나'에게 컨테이너에 살고 고급 중식당에서 자장면밖에 시킬 줄 모르는 도란이는 "유에프오"인 것이다.

2000년대 현실을 다룬 소설들에서 눈여겨보아야 할 것은 바로 서술방식이다. 이들 소설에서는 주석적 서술자가 사라지고 있다. 주석적 서술자가 사라진 것은 그 모두를 관조할 수 있는 제3의 혹은 총체적 시야의 사라짐과 맥을 같이 한다. 1930년대 임화는 세태소설을 사상성이 퇴조함으로써 빚어지는 것으로 본 반면에 김남천은 단순히 시대를 묘사하는 것이 아니라 현실을 풍부하게 묘사함으로써 사상성과 현실성을 드러내는 것으로 보았다. 지금의 세태소설은 임화가 말한 원인과 김남천이 말한 의의를 동시에 지닌 것으로 볼 수 있다.

2) 각질과 세포로서 존재하는 현실

지난 10년 소설에 나타난 현실재현의 문제와 관련해 김훈의 『공무도하』(문학동네, 2009)도 주목해 볼 작품이다. 기자를 주인공으로 내세운 이 작품은 우리 사회의 여러 문제적인 지점들을 다루고 있다. 무분별한 개발에 따른 문제점, 이를 막는 진보진영의 운동방식, 사회빈민들의 문제, 한국에 시집 온 베트남 여성의 고통, 미군의 군사 훈련과 주변 바다에 버려지는 포탄 등이 그것이다. 이 글에서 주목하는 것은 다루고 있다는 사실보다는 그것을 다루는 방식에 있다.

이 문제와 관련해 무엇보다 주의를 기울여야 할 것은 김훈이 재현의 수단으로서 언어를 이해하는 방식이다. 그는 언어의 가치를 부정하는 작가이다. 사회가 필요로 하는 위선과 안정을 위해, 진실은 결코 언어화될 수 없다. 문정수가 취재하는 사건은 모두 해

망과 관련되어 있지만, "넌 해망에만 가면 허탕을 치더라."(197쪽)
는 차장의 말처럼 문정수는 그 어떤 것도 기사화하지 못한다. "쓴
기사보다 안 쓴 기사가 더 좋다"(314쪽)는 박옥출의 말도 진실의
발화가능성에 대한 회의를 나타낸다. 개에 물려 죽은 소년과 아들
의 죽음을 모른 체하는 오금자의 일도, 소방청장 표창을 네 번 받
은 박옥출의 배임과 절도도, 방미호의 죽음과 딸의 위자료를 찾아
떠난 방천석의 일도 결코 기사화될 수 없다. 그것은 다만 노옥희
의 배갯머리에서나 이야기될 뿐이다. 노옥희에게 털어놓는 문정
수의 말은 "추적할 수 없고 전할 수 없는 세상에 관"(218쪽)한 것
이다. 발화되는 것들은 오염된 헛것에 불과하다.

　김훈이 그토록 혐오하는 허랑한 말의 세계는 해망에서 개발을
저지하려는 사람들이 17세 소녀의 "교통사고"(185쪽)를 정치적 사
건으로 만들려는 것에서도 드러나고, "남들과 같은 말을 하고 말
의 흐름에 동참함으로써 안도했고, 그 안도감 속에서 소문은 소문
의 탈을 쓴 채 믿음으로 변해갔"(161쪽)던 창야의 사람들에게도
나타난다. 해저 고철 인양사업을 장기간에 걸친 미군의 공습훈련
이 가져온 행복한 결과라고 하는 샘 워커 중령의 "문장력 좋"(311
쪽)은 연설도 여기에 해당한다.

　난 하나 진실의 편에 신 언어가 있으니, 그것은 베트남에서 시집
온 후에의 입에서 나오는 단음절의 부사로 이루어진 세계이다. 후
에의 "잘…… 또…… 좀…… 더…… 꼭……"(155쪽)과 같은 말에
대하여 서술자는 "그 외마디 한국말은 사람과 사람 사이의 거리를
이어주는 한 가닥의 가늘고 희미한 끈처럼 느껴졌다."(155쪽)고 말
한다. 시종일관 불신의 대상이었던 언어는 이처럼 짧고 어눌하고
애매해졌을 때 비로소 소통의 도구로서 역할을 발휘한다.

부사로만 이루어진 세계에 대응되는 인간의 형상은 생존만을 생각하는 동물의 차원으로 나타난다. 김훈 소설에서 인간은 짐승이고 자연이다. 장철수는 "엎드린 후에의 몸이 물고기와 같다고 느꼈다. 물고기 같기도 했고 새 같기도 했다. 포유류와 조류와 어류를 합쳐놓은, 혹은 종족이 분화되기 이전 지층시대의 생명체처럼 느껴졌다."(284쪽)고 말한다. 후에는 잠수일을 마치고 물 위로 올라오면 가랑이 사이로 오줌을 지리고, 때로 "반도의 서쪽 연안에 중간기착한 새처럼 보"(290쪽)이기도 한다. 김훈에게는 생존이상의 그 어떤 항목도 존재할 수 없다. 생존을 위한 그 절박한 몸짓들이 이제 사회적 규범과 분리되어 자연화되고 있는 것이다. 레비나스에 의하면 수치심은 오직 자신의 동물성을 자각하는 인간, 스스로의 동물적 한계와 대면하는 인간만이 느끼는 감정이다. 후에에게는 이러한 수치가 없다.

김훈이 현실을 재현하는 방식 역시 그가 신뢰하는 언어, 즉 팩트와 단음절의 부사로 이루어진 세계에 대응된다. 거기에는 잘게 쪼개진 표면의 사실들이 존재할 뿐이다. 김훈의 「공무도하」는 어떠한 작품에도 뒤지지 않는 디테일에 대한 묘사를 하고 있다. 다음의 인용이 대표적이다.

소방관서를 떠난 후 박옥출의 신장염은 만성 신부전증으로 악화되었다. 몸이 붓고 피부에 물기가 빠져서 전신이 가려웠다. 긁으면 허연 비듬이 떨어졌다. 얼굴에 핏기가 가시고 볼이 늘어졌다. 얼굴빛이 어두운 데서 보면 파랗고 밝은 데서 보면 허옜다. 아래틱이 처져서 입술이 말린 생선 주둥이처럼 제 힘으로 다물어지지 않았다. 노폐물이 쌓이는 내장 속의 악취가 입밖으로 퍼져나왔다. 오줌발이 뻗치지 못하고 고드름처럼 똑똑 떨어져서 화장실을 자주 들락거렸다. 새벽에는 잠자리에 오줌을 쌌다. 요에서 지린내가 났다. 낮에는 졸았고 밤에는 잠들지 못했다. 입안이 말라서 음식을 삼킬 때 목젖이 쓰렸고 가만히 앉아서도 숨을 헐떡였다. (301쪽)

지휘차 뒤로 고압펌프차 3대, 사다리차 2대, 앰뷸런스 1대가 따랐다. 심야의 8차선 도로에는 교통체증이 없었다. 서남소방서 선착대는 02시 10분에 현장에 도착했다. 02시 14분에 공격거점을 확보했고, 02시 19분에 고가사다리를 7층으로 전개했다. 사다리는 기립각 69도를 이루었다. 인명구조특공조와 파괴수 들이 고가사다리를 타고 7층 옥내로 진입했고 관창수들은 수관을 연결해가며 중앙계단을 따라 진공했다. (98쪽)

이쯤이라면 가히 리얼리티에 대한 집착에 있어 김훈은 이 시대 누구에게도 뒤지지 않는 열도를 지닌다고 볼 수 있다. 그것은 때로 놀라운 사실효과를 발휘하기도 한다. 그러나 그것은 어디까지나 단음절의 부사로 이루어진 세계, 생존만이 남은 동물의 세계에 연결된 표피적인 묘사의 세계에 불과하다. 누군가 인간을 돋보기나 현미경으로 쳐다본다면 그것은 하나의 각질이고 털이고 세포일 것이다. 김훈에게 인간과 사회란 그처럼 미세하게 인수분해되어 있다. 각질과 털에 대한 정밀한 재현에도 불구하고, 거기에는 각질과 털을 낳는 유기체나 그것의 작동원리에 대한 탐구는 결여되어 있다.

3. 환상의 형질변환

주지하다시피 캐스린 흄은 문학의 두 가지 기본적인 욕망으로
미메시스와 판타지를 들고 있다.[3) 100여년의 역사를 갖는 한국근
대소설은 이 중 미메시스를 그 근원으로 삼는 리얼리즘 문학이 주
류를 형성해 왔다. 2000년대 문학은 이러한 구도가 깨진 첫 번째
10년으로 기록될지도 모른다. 이 시기 작품들에서는 그야말로 비
현실적 욕망과 기법이 폭죽을 터뜨려놓은 것처럼 화려한 불꽃놀
이를 벌이고 있다. 관념, 상상, 회상, 환각, 구라 등을 넘어 이제는
대놓고 자기 소설이 '꿈'이라고 말하는 작가들도 등장하고 있는
시점이다. 판타지가 미메시스보다 열등한 욕망일 수 없듯이, 이러
한 경향이 곧 소설의 질적 저하를 의미한다고 볼 수는 없다.

지난 10년 재현의 문제와 관련해 놓칠 수 없는 것이 바로 환상
이다. 한국현대소설에서는 환상이 단순한 지적유희를 넘어서서
현실의 핵심을 보여주는 유용한 문학적 장치로 활용되고는 했다.
지난 10년의 문학에서도 이러한 특징은 매우 강화되었다. 기성세
대와 다른 자신들만의 미학적 새로움을 확보하면서, 달라진 시대
환경에 대응하는 세대적 전략으로까지 보일 정도이다. 이러한 환
상은 이성과 논리로 감당하기에는 너무나 버겁게 느껴지는 2000
년대적 현실의 형상화와 비판에 일정한 몫을 하고 있다. 최근에는
여러 작가들이 현실비판으로서의 환상을 능수능란하게 구사하고
있다. 황정은, 염승숙, 김이은 등의 작품을 대표적으로 들 수 있

---

3) Kathryn Hume, *Fantasy and Fantasy*(New York and London:Methuen),
1984.

다. 이와 관련하여 현실(reality)이 아니라 실재(the real)를 실감의 차원으로 전달하려는 소설들도 창작되고 있다. 이것은 재현의 일 반규칙이 사라진 것, 상징계적 효력의 소멸과 대타자의 부재라는 지금의 역사철학적 상황과 깊은 연관성을 지닌 것으로 보인다.[4]

그러나 요즘은 환상이라는 것이 현실과의 관련성을 떠나 독자적으로 자신의 영역을 찾아가고 있다. 언어로부터 현실의 그림자를 모두 지워버리려는 시도가 이루어지고 있는 것이다. 이들 작품에서 환상은 리얼리티를 드러내기 위해서가 아니라 리얼리티를 지우기 위해서 동원된다. 이들의 소설은 현실의 상관물과 텍스트(언어)와의 관련을 발본적인 지점에서 재정립하고자 하는 몸부림의 결과물이다. 배수아와 한유주를 대표적으로 들 수 있다.

배수아의 『북쪽거실』(문학과지성사, 2009)은 배수아식의 일탈이 더욱 심해진 작품으로서, 이 작품은 독자를 몽롱한 꿈속의 세계로 안내한다. 배수아는 이미 관념, 상상, 회상, 환각 등을 서사의 육체로 한 작품을 다양하게 선보여왔다. 이번에는 그러한 탈주의 지향에 가속이 붙어 하나의 꿈을 담아냈다. 배수아는 이 작품의 창작을 통해 하나의 불가능한 과제를 수행하고 있는데, 그것은 맨정신으로 꿈꾸기이다. 다음의 인용에서처럼 이때의 꿈은 현실을 가리키는 기호가 아니라 그 자제로 작품의 기원이고 실체이고 목저이다.

난 꿈이 주인공이 되어 줄거리를 이끌어가는 책이 아니라, 이 모든 내용은 결국 꿈인 것으로 밝혀졌다, 하고 끝나는 책이 정말 싫었어

---

4) 졸고, 『단독성의 박물관』, 문학동네, 2009, 44~49쪽 참조.

요. (중략) 꿈은 어쩌면 문학일 거예요. 자신이 낭독자이자 청자가
되는 오디오북 말이죠. 우리는 꿈을 해독할 필요가 없어요. 당신이
그 편지를 읽고 내가 곁에 있었던 것처럼, 그렇게 읽고 그렇게 듣는
것으로 너무나 충분하겠죠. (194쪽)

전부 4장으로 되어 있는 이 소설은 후반부로 갈수록 더욱 몽롱
하고 어렴풋한 꿈에 가까워진다. 이 작품에 사용된 언어는 서사나
의미 등을 구축하기 위해 동원되는 것이 아니라 리얼리티를 희미
하게 만들고 훼손하기 위해 호출된다. '장편소설'이라는 표지의
글자를 제외하고, 『북쪽거실』을 소설이라고 규정할 수 있는 구체
적인 사항을 작품 내에서 발견하기는 쉽지 않다. 소설의 핵심적인
요소라고 불려온 화자, 시점, 시간, 작중인물 등에 대한 기존의 통
념은 독서과정 내내 철저히 배반당한다. 엄밀히 말해 배수아의
『북쪽거실』은 소설 이전에 단어이고 문장이며, 나아가 하나의 목
소리이다.

"오직 목소리만으로 존재할 수는 없단 말인가"(203쪽)라는 주인
공 수니의 물음은 배수아의 『북쪽거실』에도 그대로 돌려져야 한
다. 수니는 한때 "낭송극과 오디오북 성우이자 목소리 배우"(167
쪽)였다. 4장으로 되어있는 이 작품에서 1장부터 3장까지의 제목
이 '목소리의 내부', '목소리의 콜라주', '목소리의 유령'으로 되어
있는 것도 이와 관련된다. 강박적으로 나열되고 있는 갖가지 소리
의 목록들. 그것은 발화되고 기록되는 순간 바로 사라지는 목소리
이다. 그것은 하나의 주인을 특정할 수 있는 목소리가 아니며 누
구의 목구멍에서 나오는 소리인 동시에 어느 누구의 것으로 한정
할 수도 없는 소리이다.

이러한 목소리는 배수아가 상정하는 삶과 세계의 가장 본원적이고 근원적인 지평이다. 우리가 언어 혹은 소설이라고 부르는 것은 이러한 목소리에 역사적 · 사회적 찌꺼기가 덕지덕지 붙은 오염된 쓰레기에 불과하다. 이 목소리는 지워지는 목소리이고 사라져가는 목소리이기에 어떠한 해석이나 권위도 부여할 수 없다. "우리들이 살아가는 삶도 결국은 꿈의 내용이 현실이라는 흰 장막에 비치며 나타나는 신기루일 뿐이라고 가정한다면"(241쪽), 그 어떤 표상이나 의미로부터도 자유로운 이 소리들은 숲속의 산새 소리나 강가의 바람 소리와 같은 그야말로 청각적 자극에 불과하다고 말할 수 있다. 이 목소리만이 한 여인에게 그러했듯이 위안의 작은 씨앗이 될 수 있다. 그녀에게 특정한 표상이나 의미의 강요는 말할 수 없는 부자유이며, 그 자체가 수용소에서의 생활에 해당한다. 그것은 "삶이 하나의 교리라는 것을, 국가는 하나의 군대라는 것을, 민족은 종교라는 것을."(88쪽) 배우고 익히는 삶에 다름 아니다. 그것은 "앞으로 다가올 그 어떤 형태의 미지의 전제주의도 전부 견디어내"(89)는 일이기도 하다. 이 소설을 읽는 내내 의미의 파악 이전에 소리를 들을 수 있다면, 독자는 이 작품의 본질에 다가섰다고 말할 수 있다.

4. 새로운 문학을 꿈꾸며

현실의 재현이라는 문제를 중심으로 2000년대에 창작된 소설을 살펴보았다. IMF 이후 본격화된 양극화로 인하여 이 사회의 많은 이들이 공유할 수 있는 경험이나 영역은 축소되었다. 이를 반영하듯 당대 현실을 반영하는 많은 소설이 특정한 계층에 한정된 인물과 공간을 바탕으로 서사를 이끌어나가고 있다. 이는 일종의 양극화된 세태소설이라고 할 수 있다. 이때 사회 전반의 총체적인 모습과 고유한 작동원리에 대한 탐구는 많은 경우 생략된다. 이와 같은 맥락에서 극사실주의적인 수법으로 인물과 시대의 표피를 세밀하게 해부하여 보여주는 작품들이 있다. 이때 남는 것은 자연화된 인간의 생존과 본능뿐이다. 이러한 현상과 맥락을 같이 하여 소설의 환상에도 커다란 변화가 일어나고 있다. 한국소설에서 환상은 현실재현의 유용한 매개로서 활용되고는 했다. 지난 10년의 소설에 나타난 환상에도 이러한 경향이 일부 남아 있기는 하지만, 이제는 리얼리티의 구속으로부터 벗어나 독자적으로 유영하는 환상 역시 깊이 있게 탐구되고 있다. 이러한 변화는 모두 현실과 새롭게 관계를 맺으려고 하는 작가들의 지난한 고투의 흔적들이라고 할 수 있다.

이와 더불어 이 글에서는 제대로 다루지 못했지만, 횡단의 상상력 역시 2000년대 소설의 핵심 키워드 중의 하나라고 할 수 있다. 그러한 횡단은 시간, 공간, 장르, 담론을 구분하지 않고 이루어졌다. 시간의 횡단은 역사소설의 붐을 통해서 확인할 수 있고, 공간의 횡단은 수없이 창작된 전지구적 배경의 소설들을 들 수 있다. 또한 각종의 교양지식이 소설에 거의 그대로 수용되기도 하였고, SF와 같은 인접장르는 물론이고 영화적기법 등이 소설 창작에 활발하게 활용되었다. 특히 많은 작가들이 글로벌화된 지금의 상황에서 인간다운 삶의 가능성을 탐색하는 작품들을 창작하였다.

본래 소설은 두 가지 기능을 수행함으로써 근대의 시대정신으로서의 권위를 지닐 수 있었다. 첫째는 객관적 재현 장치인 언문

일치, 묵독 등을 발전시킴으로써 외적 세계와 내면 공간을 성찰적으로 재구성할 수 있는 내면적 주체를 형성시키는 역할을 수행했다. 둘째로 근대소설은 지적 능력과 감성적 능력을 매개하는 상상력의 힘을 적극적으로 활용하여 타자들과의 공감 능력을 훈련시킴으로써 네이션의 형성에 결정적인 기여를 하였다. 두 번째 기능과 관련하여 2000년대 소설은 네이션의 범위를 벗어나 공감의 공동체를 구성하고 있는 것으로 보인다. '가진 것 없는 세계인'의 차원으로 공동체의 범주가 한껏 넓어진 것이다. 때로 그것은 그 외양과 달리 이전과 똑같은 혹은 훨씬 강고해진 네이션의 공동체에 한정되는 경우도 있다. (근대)문학 이후의 (근대)문학은 지금도 계속된다.

현실과 소설의 새로운 접점

1. 과정으로서만 존재하는 리얼리즘

지난 세기 한국문학에서 소설이 현실과 관계 맺는 양식은 비교적 안정적이고 뚜렷했다. 리얼리즘이라는 이름으로 정리될 수 있는 그것은, 전형적 인물과 세부의 정확성을 통하여 당대 현실을 반영하는 것이었다. 그러나 21세기에 들어 그러한 방식에 조금씩 변화가 나타나기 시작했다. 당대 현실의 객관적 재현이라는 것이 성립하기 위해서는 '객관'을 담보해 줄 수 있는 보편타당한 제3의 시각이 전제되어야만 한다. 그러나 창공의 별이 사라진 것은 물론이고, 애당초 별 따위는 없었다고 많은 사람들이 말하는 21세기에 그 누가 '객관적인 시각'의 자리에 서 있다고 말할 수 있단 말인가?

이러한 상황에서 19세기적 문학 금언을 복창하는 것은 무엇보다도 보수적인 미학적 태도가 될 수밖에 없다. 별다른 자의식 없이 습관화된 기존 관념이나 스타일의 무의미한 반복은 지금의 현실과는 무관한 물신화된 관념론을 소설적으로 번안하는 일에 불과할 수도 있다. 누구나 한 번쯤은 논리정연하게 구축된 서사는 하나의 이데올로기 안에서만 작동될 수 있다는 가능성도 진지하게 고려해보아야 할 시점이다.

따라서 지금의 리얼리즘은 좀 더 깊어지고 넓어질 필요가 있다. 오늘날 가능한 리얼리즘이 있다면 그것은 변화된 현실과의 끊임없는 긴장과 대결을 통해서 매순간 생성될 수밖에 없을 것이다. 그럴 때만이 화석화된 리얼리즘이 아닌 살아 움직이는 리얼리즘이 가능하다. 이를 위해서는 보편타당하게 여겨지는 현실의 개념에 대한 성찰은 물론이고, 그것을 드러내기 위한 그야말로 백화제 방식의 다양한 방법론적 탐구가 무엇보다 절실하다.

다행스럽게도 2000년대의 여러 작가들은 현실과 관계 맺을 때만 가능한 소설의 풍부한 인식론적·정서적 역능을 포기하지 않고 있다. 그리하여 몇몇 소설들은 현실과 새로운 동거의 방식을 찾아내기 시작했다. 지난 10년 가장 특징적으로 나타난 경향은 사회적 현실이 아닌 심리적 실재를 드러내는 방식이었다. 그것은 현실이 개인에게 가져다 준 충격과 실감을 있는 그대로 드러냄으로써, 현실을 재현한다기보다는 환기시키는 방법이었다. 이와 더불어 내면화된 현실을 집요하게 묻고 늘어지는 인간형의 창조, 이미지나 상징 혹은 감각적 체험을 통한 현실의 본질적 재현 등이 2000년대 문학이 발견한 현실과의 대표적인 만남의 시도라고 할 수 있다.

2. 트라우마를 소비하는 골방의 신인류

김미월의 소설은 익숙하다. 그러나 그것은 첫인상에 불과하다. 한겹 한겹 벗겨나갈수록 그의 소설에서는 이물감이 느껴지고, 그 이물감 속에는 한국소설이 다다른 새로운 영역이 섬뜩하게 그 모습을 드러낸다. 이번 작품집에 실린 소설들의 주요인물은 공통적으로 두 가지 특징을 지니고 있다. 첫 번째는 주요인물이 사회로부터 고립된 존재들이라는 것이고, 두 번째는 그들이 모두 끔찍한 유년의 상처(대개는 가족관계에서 비롯된)[1]를 가지고 있다는 점이다. 작가가 이러한 인물형에 대한 '캐릭터 모에(萌え)'를 가지고 있다고 느껴질 정도로 주요인물들은 모두가 그러하다. 김미월의 서사는 "주인공이 처한 '소통 좌절'의 현재적 상황과, 자신의 어두운 기억을 재구성해나가는 과정을 그려"[2]내고 있는 것이다. 소통 좌절의 상황과 어두운 기억의 재구성이란 새로울 것도 강렬할 것도 없는 흔하디흔한 풍경이 아니었던가? 아이러니하게도 김미월의 새로움은 그 낯익음이 각인되는 그 시점에서야 슬며시 드러난다.

김미월의 주인공이 겪는 '소통 좌절'은 소통 좌절이되, 이전과

---

1) 김미월의 『서울 동굴 가이드』(문학과지성사, 2007)에 실린 9편의 소설 속 주요인물은 모두 어린 시절의 정신적 외상을 지니고 있다. 정신적 외상의 구체적 세목은 다음과 같다. 부모 중 한 쪽이 자신을 버리고 떠나거나(「정원에 길을 묻다」, 「너클」, 「소풍」, 「유통기한」), 자신 때문에 어머니가 죽거나(「서울 동굴 가이드」), 자신이 보는 앞에서 단짝 친구가 살해당하거나(「수리수리 마하수리」), 아버지가 바람을 피워서 이복동생이 있다거나(「(주)해피데이」), 이복동생이 끔찍한 일을 당하는 현장에서 도망쳤거나(「(주)해피데이」), 아버지가 새엄마의 딸을 성추행했거나(「가을 팬터마임」), 자신을 성추행한 사람이 새아버지가 되었거나(「골방」), 외할머니에게 무지막지한 폭행을 당했거나(「너클」) 하는 식으로 형상화된다.
2) 이광호, 「최소 낙원의 고독과 은폐 기억의 서사」, 『서울 동굴 가이드』, 문학과지성사, 2007, 277쪽.

는 그 성격을 달리한다. 이들이 사는 곳은 고시원이나 신문보급소의 골방이나 암자의 작은 방과 같이 폐쇄적인 공간이다. 현재 이들에게 가족은 존재하지 않으며, 존재하더라도 「너클」의 외할머니와 같이 반신불수로 말없이 누워 있을 뿐이다. 이들에게는 사회적 관계가 배제되어 있으며, 더욱 중요한 것은 그들이 그러한 관계를 원하지도 않는다는 점이다. 피시방에서 일하는 「너클」의 '나'는 사이버 상의 신시아에게만 관심이 있을 뿐이다. 그리하여 신시아가 "로그아웃 메시지 뒤로 사라지고 나면, 그 이후의 시간들을 처치할 방도가 없"(28쪽)다. 「소풍」의 '나' 역시 "집에 있어봐야 진종일 컴퓨터를 붙들고 있"(158쪽)다. 「(주)해피데이」의 종구는 회사 동료들을 피하기 위해 한 층 아래 화장실을 이용하며, "십 분 이상 대화가 통하는 사람"(99쪽)이 세상에 하나밖에 없는 인물이다. 신문보급소 골방에서 지내는 「골방」의 주인공 기환은 신문배달이 끝나면 63번 순환버스를 탄다. 이유는 "여학생들의 재잘거림을 가만히 듣고 있노라면 기환은 저도 대화에 참여하고 있는 것 같은 착각이 들"(217쪽)며, "어떤 식으로든 세상과 소통하고 있다는 안도감을"(217쪽) 느끼기 때문이다. 버스 안에서 들리는 여학생들의 재잘거림이 소음이 아닌 세상과의 소통으로 받아들여지는 것이 기환의 상태이자 김미월이 그려내는 인물들의 일반적인 상태인 것이다.

등단작인 「정원에 길을 묻다」의 '나'는 인터넷 공간에서 남의 글을 대신 써주는 일을 하고 있으며, 잠자리와 밥과 옷이 있고, 인터넷이 연결된 컴퓨터와 무협지가 가득 꽂힌 책장만 있으면 "충분히 행복"하다고 생각한다. 나아가 '나'는 "나를 사랑해주는 사람이 있고 내가 사랑하는 사람도 있다. 그 두 사람이 한 인물이므로 인간관계 때문에 피곤할 일도 없다."(246쪽)고까지 생각한다. 타자가 존재해야 할 자리에 자기가 대신 존재하는 것이다. 이때 자기의식을 가지고 사회관계를 만들 수 있는 간(間)주체적인 욕망은 사라져버릴 수밖에 없다. 김미월이 그려내는 인물들은 타자와의 관계 속에서 작동하는 결핍과 만족의 회로를 닫아버린 상태의 존재들이라고 할 수 있다. 그들에게는 사르트르가 말한 지옥을 선사할 타자가 존재하지 않는 것이다. 달리 표현하자면, 욕망이 아닌 욕구의 차원[3]에서 존재한다고도 볼 수 있다.

이러한 인물들의 존재방식이 중요한 것은 초월성의 관념이 사라진 지금 이 시대의 인간은 무엇인지에 대한 근본적인 물음을 던져주기 때문이다. 근대의 인간은 산다는 것의 의미에 대한 갈망을 인간 고유의 사교성을 통해 충족할 수 있었다. 그러나 김미월 소설에 등장하는 인물들은 의미에 대한 갈망을 인간(사회)과의 교류가 아닌 인터넷의 가상 인물이나 공간을 통해, 즉 인간의 욕망을 동물적인 욕구로 환원함으로써 고독하게 채우고 있다. 거기에서 세계는 단지 즉물적으로 표류하고 있을 뿐이다. 이러한 새로운 인간형을 낳은 것은 2000년대의 포스트모던한 현실이라고 말할 수 있다. 매뉴얼화하고 미디어화하여 유통관리가 잘 보급된 현재의 소비사회에서는 소비자의 요구가 가능한 한 타자의 개입 없이 순식간에 기계적으로 충족되도록 날마다 개량이 거듭되고 있다. 지금까지는 사회적인 커뮤니케이션 없이는 얻을 수 없었던 대상을 극히 간편하게 일체의 성가신 커뮤니케이션 없이 손에 넣을 수 있

---

3) 코제브가 읽은 헤겔에 의하면 인간과 동물은 욕망을 가졌느냐 욕구를 가졌느냐로 구별된다. 욕구는 타자 없이 충족되지만 욕망은 본질적으로 타자를 필요로 한다.

게 된 것이다. 이러한 배경 속에서 탄생한 김미월의 골방 속 신인류는 '지금-이곳'의 현실이 낳은 새로운 의미의 전형들이라고 볼 수 있다.

다음으로 김미월이 보여주는 새로움은 소통 좌절의 상황(현재)과 어두운 기억(과거)을 연결하는 방식에서도 찾아볼 수 있다. 고통받는 인간을 형상화하고 그 기원으로서 내면의 상처를 제시하는 방식은, 그러한 고통의 근원을 사회경제적인 담론으로 설명하는 방식과 더불어 한국소설사에서 인간의 고통을 설명하는 익숙한 방법이었다고 할 수 있다. 유년시절의 트라우마(심층)는 현재 인물이 보이는 병리적 행동(표층)을 설명할 수 있는 심층의 커다란 이야기로서 작용했던 것이다. 과거에 결박된 인물들이 주인공인 「(주)해피데이」, 「수리수리 마하수리」, 「소풍」, 「가을 팬터마임」에서는, 지금까지의 소설이 그래왔듯이 유년의 정신적 외상이 표층의 작은 이야기 배후에 존재하면서 근원이나 기원으로서의 권위를 갖는다고 볼 수 있다.

그러나 김미월의 소설에서 인상적인 것은 유년에 받은 끔찍한 상처가 사회로부터 단절된 이들 삶의 탄생 배경(기원)으로 소환되는 것에서 멈추지 않을 때이다. 김미월의 소설에서는 현재의 병리적인 모습과 유년기의 심리적 상처들이 표층과 심층이라는 위계적 차원에서 존재하는 것이 아니라, 대등한 차원에서 병렬적으로 나열되는 경우가 직지 않다. 나아가 유년 이야기의 진위조차가 의문에 부쳐지는 경우도 있는 것이다. 「가을 팬터마임」의 그녀는 아버지가 새어머니의 딸을 성추행한 일을 이야기하지만, 그 이야기는 친구들과 거짓말하기 놀이에서 발화되고 있다. 「정원에 길을 묻다」의 '나'는 자신의 홈페이지 프로필에 엄마는 작부이며 아버지는 누군지도 모르며, 자신의 이름 '공사이'에서 성은 엄마에게서 온 것이고 이름은 생일인 4월 2일에서 온 것이라고 적는다. 이러한 프로필에 대해 '나'는 "독특하면서도 도발적인 글을 쓰려고 했던 것뿐"(236쪽)이라고 말하지만, 이어지는 서사에서는 위의 프로필이 사실일 수도 있음이 드러난다. 유년의 트라우마가 진실과는 거리가 먼 표층적인 차원에 놓인 하나의 이야기에 머물고 마는 것이다.

이런 식으로 김미월의 소설에서 정신적 외상은 행위나 의미의 원천으로서 기능한다기보다는 하나의 데이터베이스(정보)로 기능하고는 한다. 김미월의 소설은 심층적 이야기의 진실이나 필요와는 무관하게 그러한 이야기가 거느린 흥미와 분위기만이 소비되는 단계를 보여주고 있는 것이다. 끔찍한 현실을 지탱하는 인물들의 그 어떤 고통스러운 트라우마도 하나의 데이터베이스로 소비되는 이야기, 한국소설은 어느새 이 지점까지 와 있다.

3. 역사와 욕망의 인수분해

김숨은 두 권의 소설집과 한 권의 장편소설을 발표한 젊은 작가이다. 이때의 젊음이란 등단연도나 작품의 양과는 무관한 그야말로 작품 자체의 새로움을 의미한다. 그녀는 쉽게 찾아볼 수 없는 고유한 개성으로 2000년대 소설계에 자기만의 뚜렷한 자리를 확보하고 있다. 그랬던 김숨인데, 그녀가 한 시골 마을에 조선소가 들어서고 벌어지는 일들을 담은 『철』(문학과지성사, 2008)이라는 장편소설과 함께 나타났다. 그 소재로만 본다면, 극단적인 형식실험을 줄곧 보여온 김숨의 작품으로는 뭔가 어색하게 느껴질 수도 있다. 조선소와 같은 거대한 노동현장을 배경으로 한 소설이란, 분단문제를 배경으로 한 소설과 더불어 우리 소설계에서 가장 많이 다루어진 주제 중의 하나이기 때문이다.

『철』은 마치 한편의 추상화와 같은 느낌을 준다. 복잡한 세상의 사물을 아주 단순한 색, 선, 면으로 추려낸 추상화처럼 조선소가 가져온 마을의 변화가 지닌 핵심만을 간결하게 전달하고 있기 때문이다. 장편소설이 으레 가지기 마련인 구체적인 삶의 문양은 과감하게 생략되어 있다. 그 간추려진 색과 선이 머금은 지난 날 우리네 삶의 풍부한 역사와 삶의 내력을 읽어내는 것은 온전히 독자의 몫으로 남겨지게 된다. 일종의 알레고리적 기법이라고 할 수 있는데, 이 작품이 우리에게 전달해주고자 하는 것은 하나의 메시지나 의미 이전에 느낌이고 파토스이다.

모든 변화는 가난과 굶주림만이 가득하던 마을에 조선소가 들어서면서 시작된다. 남자들은 조선소에 가서 노동자가 되고, 사람들은 비로소 누대에 걸친 가난에서 벗어나게 된다. 인상적인 것은 이들이 노동을 대하는 방식이다. 이 작품에서 노동과 그것의 부산물인 철은 일종의 '종교'로서 받아들여진다. 넝마주이 배복만을 포함한 모든 사람들은 조선소의 노동자가 되고 싶어하고, 어인숙의 늙은 창녀 이경자는 몸을 파는 순간에도 "위대한 조선소 노동자"가 고객임을 자랑스러워한다. 여자들은 조선소 노동자가 될 사내아이가 태어나기를 바라고, 태어난 사내아이에게는 "얼른 자라서 조선소 노동자가 되어라."고 되뇐다. 조선소가 생긴 이후 마을 사람들은 쇠를 숭배하고, 심지어는 철에서 생긴 녹마저 신봉하여 그것을 복용하기도 한다. "쇠를 금보다도 귀하게 여"(22쪽)길 정도이다. 다음의 인용에는 노동을 대하는 마을 사람들의 기본 입장과 그러한 신앙을 가능케 한 이유가 압축되어 있다. 조선소와 그 안에서의 노동은 누대에 걸친 배고픔을 해결해 주었던 것이다.

> 그들은 온종일 힘써 노동하면서도 노동에 갈급했다. 노동은 그들에게 일종의 구원이자 일종의 축복이었으며 일종의 선(善)이었다. 그리고 노동은 일종의 종교이기도 했다. 그들은 노동을 통하여 회개했고, 노동을 통하여 죄 사함을 받았다. (중략) 노동을 구하는 한 그들은 먹을 것과 입을 것을 염려하지 않아도 되었다. (19쪽)

철에 대한 숭배는 마을 사람 중 유일하게 다른 종교를 제안하는 천씨에 의해서도 반어적으로 긍정된다. 그는 "자신이 바로 조선조의 주인 되는 자"(157쪽)라며, 자신을 숭배할 것을 요구한다. 그러한 그가 마을 사람들을 향하여 자신을 숭배하라며 외치는 가장 강력한 주문은 "내게 한 덩이의 쇠를 바치는 자에게는 백 덩어리의 쇠로 되돌려줄 것이니라."(178쪽)이다. 그의 말이 마을 사람들에게 힘을 발휘하는 이유는 '쇠를 생산할 수 있다는 것'이다. 작품의 전반부부터 명료하게 노동에 대한 숭배에 반대하는 검은 옷을 입은 여자들 역시, 조선소로 표상되는 생산의 논리에서 벗어날 수 없다. 그들은 노동이 결코 종교나 구원일 수 없으며, 절대자의 말씀과 섭리만이 구원이 될 것이라고 말한다. 그러나 그들이 결국에는 그 마을에서 힘들게 살아가는 여순자의 수제비로 매일 배를 채우는 것에서 알 수 있듯이, 이 마을에서 조선소와 그것이 제공하는 노동으로부터 벗어날 수 없다.

이러한 근본적인 욕망과 다른 유일한 인물이 이 작품의 주인공이라고 할 수도 있는 꼽추이다. 그는 "무쇠처럼 단단한 손과 멀쩡한 어금니"가 없는 신체적 불구자이기에 조선소 노동자가 되지 못한다. 마을 사람들의 욕망이 온통 조선소 노동자들에게 맞추어져 있는 상황에서, 노동자가 될 수 없는 꼽추가 "조선소뿐만 아니라 조선소 노동자들을 질투하고 증오"(25쪽)하는 것은 당연하다. 그는 그 한과 설움을 오직 틀니를 팔고 고리대금업을 하며 돈을 버는 것으로 해소하고자 한다. 노동의 가치가 숭고하면 할수록, 그 노동으로부터 원천적으로 배제된 꼽추의 한은 클 수밖에 없다. 그는 노동을 박탈당한 조선소 노동자였던 편씨에게 틀니를 매개로 기어이 '주인님'이라는 소리를 듣기까지 한다. 그는 천씨나 검은 옷을 입은 여인들 누구에게도 휘둘리지 않고, 오직 돈만 모으는 자신의 욕망을 유지한다. 그러나 평생을 모은 돈으로 끝내 얻고자 했던 것이 철선이었던 것에서 알 수 있듯이, 그 역시 마을 사람들이나 조선소의 노동자들과 마찬가지로 노동을 욕망했던 것이다. 꼽추는 조선소로 표상되는 노동이라는 의미소에 역동일시가 이루어진 인물이다.

이러한 마을 사람들의 욕망과 행태를 이해하기 위해서는 우리가 겪어온 20세기를 살펴볼 필요가 있다. 그때에야 인물들을 둘러싼 원경이 보이고, 그 사회적 맥락이 비로소 잡히기 때문이다. 세계적인 역사학자 에릭 홉스봄은 20세기를 '노동의 세기'라 지칭했다. 본래 생산력을 중시하는 자본주의는 물론이고, 사회주의 역시 생산력을 가장 중요한 과제로 강조했다는 것이다. 저개발국에서는 생산력이 더욱 강조된다. 제국주의 국가가 가하는 존재의 위협에 대응하기 위해서는 비약적인 생산력의 발달이 무엇보다 중요하기 때문이다. 이러한 생산력은 크게 기술과 노동 두 가지로 구성되어 있는데, 우리와 같은 후진 개발 사회에서는 상대적으로 허약한 기술적 측면으로 인하여 인간의 의지가 개입되는 노동에 커다란 의미를 부여할 수밖에 없었다. 마을 사람들이 공유하고 있는 노동에 대한 숭배는, 20세기의 가장 본질적인 이데올로기라고 할 수 있는 생산력 중심주의의 결과인 것이다.

그런데 마을 사람들의 형언할 수 없는 철과 노동에 대한 애정은 무참하게 배반당한다. 그것은 철의 어두운 그림자[4]라고 할 수 있는 녹을 통해 선명하게 드러난다. 녹은 마을 사람들과 노동자들의 폐를 갉아먹고, 광포천 물도 마르게 하며, 닭들을 폐사시킨다. 녹과 마찬가지의 의미망을 형성하는 것이 쥐와 비둘기이다. 그것들 역시 녹과 마찬가지로 무한번식을 계속해나간다. 어느 순간부터 조선소 노동자들은 "소리 소문도 없이 사라"(32쪽)지기 시작한다. 인물들의 말과 행동을 통하여 명시적으로 노동에 대한 찬미가 이루어지지만, 암시적으로 그 노동의 불합리함과 비인간성이 드러나기도 한다. 그것은 이유도 소문도 없이 사라지는 노동자, 철판에 깔려 죽는 노동자, 땀과 녹으로 범벅이 되어 굵은 소금을 입속에 털어넣어야 하는 노동자, 망치질을 잘못해 뼈가 으깨지는 노동자, 용광로 속으로 삼켜지는 노동자 등의 모습으로 구체화된다.

가장 큰 문제는 그토록 신성시하는 노동으로부터 자신의 의사와는 상관없이, 물론 별다른 잘못도 없이 조선소로부터 쫓겨나야 한다는 것이다. 조선소의 노동자 숫자는 계속 줄기 시작해 32년이 지난 후에는 아흔두 명에 불과하게 된다. 마지막에는 일흔두 명으

---

4) "녹은 쇠가 존재하는 한 어쩔 수 없이 존재하는 것"(122쪽)이라는 말에서 알 수 있듯이, 녹은 철의 필연적 결과물이다.

로까지 준다. "조선소에서 피똥을 싸가며 일"(164쪽)하든, 조선소를 위한 쇠를 구하기 위해 어떠한 패륜을 행했든지 간에 노동의 박탈로부터 자유로울 수는 없다. '해고'가 이 작품에서는 '박탈'이라는 표현으로 대체되고 있는데, 이 작품에서 노동에 부여된 신성한 의미를 생각한다면 적절한 표현이라 할 수 있다. 노동의 박탈은 이들에게 곧 인간으로서의 삶 그 자체의 박탈을 의미한다. 그들은 결국 "피를 토하다 죽"(123쪽)게 된다. 조선소 노동자들은 자식 세대에 의해서도 부정당한다. 아버지들의 삶을 고스란히 지켜본 그들은 "조선소와 조선소의 노동자들을 증오"(169쪽)하며, "죽어도 조선소 노동자는 안 될 거예요."(172쪽)라며, 어쩔 수 없이 노동자가 되어서도 "아버지처럼 일만 하다가 늙고 싶지는 않아요"(221쪽)라고 이야기한다. 자식 세대에게 "노동은 더 이상 구원도, 축복도, 선(善)도 아니었다. 하루의 단순하면서도 고된 노동은 그저 그들의 자의식만을 부추길 뿐이었"(228쪽)다. 조선소가 세워지고 25년이 지난 후의 모습은 다음과 같은 문장으로 요약된다.

마을은 조선소가 들어서기 전과 딴판으로 달라져 있었다. (중략) 녹 때문에라도 농사를 지을 수도, 가축을 기를 수도 없었다. 티브이와 전화기가 없는 집이 없는 것처럼, 빚 또한 없는 집이 없었다. 심지어는 조선소 노동자가 있는 집에서도 빚을 얻어 썼다. 집집마다 빚을 갚느라 허덕이는데도 술집과 식당은 늘어만 갔다. (중략) 마을은 여전히 엄청난 빚을 떠안고 있었다. (222쪽)

조선소가 수십 년에 거쳐 만들어내고자 하는 철선, 마을 사람들이 지닌 노동에 대한 신앙이 총화되어 있는 철선은 작품의 마지막까지 분명한 모습을 드러내지 않는다. 김숨의 『철』에서 철선은 그야말로 오브제 아(objet a)라 볼 수도 있다. 에필로그에서는 며칠간 내린 비로 물에 잠긴 마을에, 드디어 철선이 떠오른다. 그러나 마을 사람 누구도 "햇빛이 너무나 눈부셔서 철선을 제대로 볼 수 없"(259쪽)다. 이 대목에 이르러 이 소설은 근대에 대한 우화가 아니라 욕망에 대한 우화로 그 의미의 진폭이 확장된다. 이들이 추구하던 노동과 철선은 근대적 생산력만을 의미하는 것이 아니라 모든 이를 미쳐 날뛰게 하는 근원적 욕망에 대한 하나의 상징이었던 것이다. 김숨이 그려낸 정념의 추상화 속에는 '노동의 세기'를 살다가 떠난 이들뿐만 아니라, 자신도 모르는 무언가에 들려 미친 듯 살다 떠나가는 모든 인간의 보편적 초상이 담겨 있다. 김숨이 전달하고자 하는 내용은 이처럼 근대 문명 나아가 인간 욕망의 핵심에 자리한 심연이다. 이것이야말로 역사와 욕망의 세부와 숨결을 과감하게 선과 색만으로 분해한 이유이자 결과이다.

4. 의태어와 의성어로 만나는 현실

2000년대 소설들이 현실과 새롭게 만나는 방법 중의 하나는 사회적 현실이 아닌 심리적 실재를 드러내는 방식이었다. 즉 현실이 개인에게 가져다 준 충격과 실감을 있는 그대로 드러냄으로써, 현실을 재현한다기보다는 환기시키는 방식이었다. 지금 다루려고 하는 이반장의 「납작쿵」(창작과비평, 2010년 겨울호) 역시도 기본적으로는 이와 같은 흐름에 서 있는 작품이다. 그런데 이 작품은 한 단계 더 나아가는데, 그것은 의성어와 의태어로밖에 표현되지 않는 감각적 체험을 통해 현실이 환기된다는 것이다.

이 작품은 기본적으로 은유의 반복에 의해 서사가 직조되어 있다. 이 세계의 본질에 대한 뚜렷한 인식이 있고, 그것을 드러내는 기표가 있는 것이다. 서사의 다양한 요소들은 작가의 기본적 의식을 드러내는 기표의 강박적인 반복을 통해 구성된다. 「납작쿵」에서 이 사회의 본질을 드러내는 기표는 '납작'과 '드르륵드르륵'이라는 의성어와 의태어이다. '납작'은 이 세상에 존재하는 모든 약한 생명들의 존재방식이다. 흥미로운 것은 약자의 범위가 제법 넓다는 것이다. 납작한 존재는 "주택가에 학교에 시내에, 심지어 지하도에 상점에 상가 복판에"(340쪽)도 널려 있다. 이러한 납작해진 존재는 공장 바닥은 물론이고 외국에서 온 아저씨의 고향에서도 발견된다. 납작하게 눌린 존재에는 단순하게 인간만이 해당하는 것이 아니라 고양이, 토끼, 사슴, 멧돼지, 쥐, 까마귀, 강아지와 같은 동물들도 해당된다. 다음의 인용문처럼 납작해진 것은 이 세상 전부라고 할 수 있다.

납작해진 그들이 하나둘씩 눈에 띄었다. 폐허가 된 농가에도, 검은 기름이 낀 논두렁에도, 공장과 공장 사이를 잇는 진창길에도. 급기야는 그들을 피할 수 없을 만큼 촘촘해졌다. 지평선 너머까지 납작해진 그들로 융단이 깔린 것만 같았다. (352쪽)

납작하게 눌린 존재들 중에서도 아저씨는 인상적이다. 아저씨는 돈을 벌기 위해서 한국에 와 '나'의 집 지하에 머문다. 그런데 아저씨가 이곳에 오게 된 과정은 전지구적 차원의 산업화를 연상시킨다는 점에서 의미심장하다. 아저씨는 소를 기르며 살았는데,

낯선 이들이 그곳에 찾아와 마을에 많은 것을 가져다준다. 그것들은 "날카롭고 딱딱하고 요란스"(336쪽)러운 것들이다. 그것들 역시 "드르륵드르륵"(347쪽) 소리를 낸다. 처음에 그것들에 두려움을 느꼈던 사람들은 곧 그것들 없이는 아무것도 못하게 된다. 자급자족해 왔던 마을 사람들은 곧 그 물건들을 구할 돈을 벌기 위해서 외부로 향한다. 이 과정은 산업화로 인하여 공동체가 파괴되고, 돈을 물신화하게 되는 과정을 압축해서 보여준다. 이때 아저씨와 마을 사람들에게 처음 신기한 물건을 가져다준 사람들은 "아무런 대가없이 물건을 가져다주고, 말을 가르쳐주었다. 그들은 마을사람들을 돕고 싶어했다. 마을사람들의 병도 고쳐주었다. 그런 그들은 환대받았다."(339쪽)고 묘사된다. 그러나 그들은 다시 찾아오겠다는 약속과는 달리, 다시 찾아오지 않는다. 진정한 봉사 내지는 윤리가 무엇인지 재고하게 되는 대목이다. 아저씨는 이상한 외모와 언어로 인해 '나'의 부모들에게 무시당하고, 나중에는 공장에서 해고당한다.

'납작쿵'이 이 세상에서 억압당하는 사람들의 모습과 그때의 소리를 실감나게 드러낸다면, 그들을 그렇게 만드는 세상은 '드르득드륵', '드르륵드르륵', '빽빽', '빽빽-드르륵드르륵'이라는 의성어로 표현된다. 그것들은 세상 이 모든 것들을 납작하게 만들어내는 존재이다. 그 소리를 만들어내는 것의 정체는 끝내 불분명하게 남겨지지만, 그래도 가장 선명하게 묘사된 부분을 정리하면 이렇다.

이제는 매일 소리를 들었다. 빽빽- 경적소리와 함께 그것이 지평선에 보였다. 하늘을 향해 검게 이를 드러낸 공단과 기계장치들이 고개를 조아리고, 그들의 조합한 왕께서 행차하셨다. 자신의 비만하게 부패한 왕좌, 이 세계 위를 거니는 기계화된 절름발이 신께서, 몸소. 그것이 지나간 길마다 바닥에 납작한 그들이 새롭게 질퍽했다. (357쪽)

그러고 보면, '납작쿵'과 '드르륵드르륵' 사이에 또 하나의 의미소가 개입된다. 그것은 납작해진 존재들에게 눈길을 주지 않는 사람들이다. 사람들은 언제나 바닥에 납작한 그들에게 눈길을 주지 않으며, 심지어 태연자약하게 밟고 지나간다. 사람들은 무심결에, 무지에, 무신경에(334쪽) 납작한 것들 앞에서 그토록 태연하다. 이것 역시 계속해서 반복되는 요소이다. "왜 저희들에게만 보이는 걸까요?"(349쪽)라는 말에, 아저씨는 "모두 봐요. 모두 보여요. 그저, 보지 않을 뿐예요."(349쪽)라고 말할 뿐이다. 이것이야말로 사람들을 '납작'하게 만드는 핵심적인 원인인지도 모른다.

이반장의 「납작쿵」은 근대문학 이후의 문학이 상실했다고 이야기되어온 온갖 정치·사회적 상상력을 종합해 놓았다고 말해도 무리가 없을 정도이다. 이 '드르륵드르륵' 앞에서 '납작'해지지 않을 수 있는 존재는 없다. 문학의 본질이 낯익은 것의 낯설게 하기라고 말할 수 있다면, 이 작품은 분명 매우 고전적인 작품이다. 이렇듯 한국 소설은 새로운 발걸음으로 현실을 향해 다가가고 있다.

현실에서 심연까지

1. 현실과 환상의 마주침

황정은의 『백의 그림자』(민음사, 2010)는 작가의 뚜렷한 변모를 보여주는 작품이다. 이 작품은 이미 여러 평론가들에 의하여 비평적 상찬을 받았다. 해설을 쓴 신형철은 이 작품이 '현실의 자명성'과 '불행의 평범성', '언어의 일반성', '윤리적인 무지'를 반성적으로 성찰하게 하고, '연인들의 공동체'를 새롭게 제시하는 '고마운 소설'이라고 말한다. 권희철은 아감벤의 이론을 참고하여 『백의 그림자』를 살펴보고 있다. 모든 정체성과 귀속조건을 굴절시키는 독특성의 공동체, 혹은 소통적 텅빔의 가능성이야말로 도래하는 정치의 새로운 주인공인데, 『백의 그림자』가 이를 분명하게 보여준다는 것이다.[1]

황정은의 첫 번째 작품집 『일곱시 삼십이분 코끼리열차』(문학동

---

1) 권희철, 「당신의 얼굴이 되어라」, 『창작과비평』, 2010년 여름호, 53~59쪽.

네, 2008)가 독특하고 생생한 환상을 통해 현실의 특수성을 환기시켰다면, 『백의 그림자』는 생생한 현실을 반죽하여 너무도 아름다운 환상을 만들어내고 있다. 요컨대 첫 번째 작품집이 환상에서 출발해 현실로 향했다면, 『백의 그림자』는 현실에서 출발해 환상으로 향했다고 말할 수 있을 것이다. 『백의 그림자』에서 사실성을 구성하는 것은 철거를 앞둔 은교의 직장인 전자상가(이를 용산참사와 연관시키는 것은 과대진술인 동시에 과소진술이다), 은교와 무재의 연애 서사, 그림자가 되거나 그림자를 본 사람들이 겪은 각각의 불행한 내력들이다. 특히 각각의 사람들에게 '그림자가 일어서는 상황'은 우리 사회의 구체적이고 문제적인 풍경들을 드러내고 있다. 폐지를 줍는 노인들과의 육박전은 최서해나 강경애 소설에 등장하는 에피소드가 연상될 만큼 처절한 느낌을 주기도 한다. 특히 이 소설을 시종일관 지배하고 있는 '그림자'는 각각의 인물이 처한 현실이 전달해주는 불행의 느낌을 매우 독특한 방식으로 전달하는 데, 탁월한 기능을 발휘한다.

이 작품이 환상과 현실의 관계에 있어, 첫 번째 작품집의 전도된 모양새를 하고 있다고 판단하는 근거는 등장인물들의 지나친 선량함 때문이다. 황정은이 이번 소설에서 만들어낸 인물들처럼 섬세하게 선한 인물들(그리하여 미워하거나 여겨워할 수도 없는)은 우리 문학사에서 흔치 않았다. 더욱 중요한 것은 그들을 둘러싼 현실은 철저하게 암울하다는 점이다. 그렇다면 이 악한 사회에 속한 작품 속 등장인물들의 선량함은 어떻게 이해해야 할까? 조세희는 『난장이가 쏘아올린 작은 공』에서 뫼비우스의 띠와 클라인 씨의 병을 통해, 이 병든 세상에서 악의 존재를 찾자면, '신조차 예외일 수 없다'는 엄격한 테제를 제시한 바 있다. 『백의 그림자』에서는 그토록 암울한 현실을 만든 인간들과 전례를 찾아보기 힘들 정도로 선량하고 윤리적인 인간들 사이의 관계가 잘 보이지 않는다. 이로 인해 악한 현실과 선한 인물이라는 이분법이 성립하고, 이러한 구분 속에서 은교와 무재가 엮어가는 사랑의 공동체는 그것 자체로 게토화되는 것은 아닌지 모르겠다. 자동차의 시동마저 꺼진 암흑의 섬에서, 손을 잡고 걸어가는 은교와 무재의 마지막 모습은 2010년 우리 소설이 도달한 가장 아름다운 장면이다. 더군다나 이 장면은 이 작품의 밑바탕에 놓인 연민의 윤리가 인간의 차원을 넘어 모든 생명 가진 것에까지 연결되어 있다는 확신을 주기에 충분하다. 황정은의 『백의 그림자』는 '좋은 소설'이라는 판단 이전(혹은 이후)에 '좋은 작품'이라고밖에 말할 수 없는 2010년의 문제작이다.

이와 관련해 이시백의 『갈보 콩』(실천문학사, 2010)은 전통적인 방식으로 소설과 현실의 관계를 일깨우는 작품이다. 소설이 현실과 관계 맺는 가장 뼈대 있는 방식을 리얼리즘이라고 한다면, 그것의 가장 기본적인 조건은 '당대 현실의 객관적 재현'이라는 어구로 압축해 볼 수 있다. 『갈보 콩』은 전통적인 리얼리즘의 방식으로 지금 한국의 농촌사회가 감내하고 있는 여러 핵심적인 문제점을 짚어내는 데 성공하고 있다. 특히 표제작이기도 한 「갈보 콩」과 「두물머리」는 매우 발 빠르게 최근의 농촌사회가 앓고 있는 중병을 다룬다는 점에서 주목을 끈다. 「갈보 콩」은 유전자변형(GMO) 농작물이 끼치는 문제를 건드리고 있으며, 「두물머리」는 대운하와 4대강 사업에 대하여 소설적으로 질문하고 있다. 이와 같은 한국사회의 중요한 문제에 대한 발 빠른 대응은 그 자체로 소중하지만, 그것만으로 모든 문제가 해결되는 것은 아니다.

이시백의 작품집 『갈보 콩』이 박제된 리얼리즘이 아니라 살아 있는 리얼리즘이 된 것, 즉 이 시대의 리얼리즘 소설이 될 수 있었던 것은 인물의 형상화에 있다. 그는 결코 어떠한 인물도 미화하거나 눙치지 않는다. 그가 창조해낸 농민들은 억압과 폭력에 대한 래디컬한 적대는 물론이고 불행한 자들에 대한 연대와 교감을 위한 예민한 감수성과는 거리가 멀어도 너무 먼 존재들이다. 그들은 자신들을 궁지로 몰아넣은 자본이나 권력만큼, 아니 그 이상으로 자신들의 이익과 생존에만 예민하다. 그들에게 대운하와 유전자 변형 농작물이 문제가 되는 것은 오직 자신들의 밥그릇과 관련되어서일 뿐이다. 황정은이 창조해낸 지극히 선량한 순심의 인간들과 이시백이 창조해낸 지극히 이기적인 짐승들이 2010년 소설계의 양 옆에 장승처럼 서 있다.

2. 장편소설의 시대는 시작되었다?

2010년의 한국소설과 관련해 빼놓을 수 없는 것이 장편소설 붐이다. 장편소설의 활성화를 가져온 원인으로는 여러 평자들이 지적한 바와 같이 출판시장의 요구와 온·오프라인에서 동시에 발생한 연재지면의 팽창을 들 수 있다.[2] 이러한 문화매체적 환경의 변화와 더불어 나름의 문학적 수련을 거친 작가들이 자연스럽게 장편의 창작으로 나아간 측면도 무시할 수 없다. 편혜영의 『재와

---

2) 김영찬, 「문학 뒤에 오는 것」, 『문예중앙』, 2010년 가을호, 371~373쪽.
  정여울, 「장편 르네상스 시대의 명암」, 『자음과 모음』, 2010년 겨울호, 846~858쪽 참조.

빨강』(창비, 2010)과 김중혁의 『좀비들』(창비, 2010)은 최근 장편 창작이 지닌 의미를 가장 대표적으로 보여주는 작품들이다.

두 작품은 여러 가지 면에서 공통점을 지닌다. 편혜영과 김중혁은 모두 2000년에 등단했고, 두 작품 모두 두 작가의 첫 번째 장편 소설이다. 동시에 두 작품은 생명의 정치와 직·간접적으로 연관된 주제를 다루고 있다는 점에서 인상적이다. 『재와 빨강』의 주인공 그는 약품개발원으로서 전염병과 쓰레기가 넘쳐나고 방역복을 입은 사람으로 가득찬 도시에 홀로 남겨진다. 주요 배경인 C국의 스피커에서는 "감염, 검역, 격리"(60쪽)라는 소리만 되풀이된다. 이 작품은 생명공학과 자본이 결합하여 새로운 권력을 형성한 생명정치 시대의 풍경을 거의 직접적으로 드러내고 있다. 이러한 시대의 가장 핵심적인 가치는, "그가 전력을 기울여야 할 일은 살아남는 것이었다."(87쪽)는 문장에서 알 수 있는 것처럼, 인간의 존엄이나 행복이 아니라 생존이다. 『좀비들』에서 '나'와 대립하는 강장군은 흉악한 범죄자들의 시체를 좀비로 만들어 병사들에게 그 좀비를 마음껏 죽이게 함으로써, 살인에 익숙해지도록 만들고자 한다. 강장군은 시체들의 두개골 속에서 "우리와 다른 어떤 게 그 속에 있다는 걸, 마음껏 죽여버려도 좋을 이유가 있다는 걸, 애당초 잘못된 DNA를 지닌 채 태어나는 존재도 있다는 걸 발견하고 싶었던"(356쪽) 것이다. 이러한 강장군의 행위 속에는 생명공학을 통하여 인간(시체)을 지배하고자 하는 생명정치의 암울한 모습이 압축되어 있다.

두 작품은 모두 이 시대 주체의 형상에 대해서 문제 삼고 있다. 이들 작품에서 인간은 과거와 같은 정치·사회적 주체는 말할 것도 없고, 인간으로서의 종이 지니는 최소한의 정체성조차 의심받고 있다. 편혜영은 이전부터 그러했듯이 쥐와 인간의 경계를 흩뜨려놓고, 김중혁은 인간과 시체, 즉 삶과 죽음 사이의 경계를 의문시한다. 『재와 빨강』의 '쥐가 된 그', 『좀비들』을 가득 채운 '좀비들'은 자신들의 운명을 스스로 결정하고 행위해 나갈 수 없는 생명정치 시대의 인간 형상에 대응된다.

　그러나 그에 맞서는 자세는 상당히 다르다. 『재와 빨강』의 그는 C국에 처음 도착했을 때, "실재를 드러내지 않는 비형상의 존재인 유령"(18쪽)으로 규정된다. 그는 작품의 마지막에서도 "자신은 허공에 뜬 존재나 다름없었다."(236쪽)라고 생각한다. 편혜영은 『재와 빨강』을 통해 생명정치의 시대가 가져온 불안과 공포를, 그것을 직접 온몸으로 감당해야 하는 개인이 겪어내야 하는 실감의 차원에서 그려내는 데 치중하고 있다. 김중혁의 『좀비들』에서는 작품의 문학적 성취와는 무관하게 김중혁 소설에서는 찾아보기 힘들었던 연대와 행위의 가능성을 암시하고 있어 흥미롭다. 『좀비들』의 '나'는 부모와 형이 죽자 누구도 만나고 싶어하지 않는 무기력한 상태에 빠진다. 그러나 뚱보130, 홍혜정, 홍이안을 만나며 잃어버렸던 "욕망"(244쪽)을 되찾고, 그들을 위해 자신의 모든 것을 걸고 강장군에 맞서게 된다.

　김중혁의 『좀비들』은 작가의 이전 작품들과 뚜렷한 변별성을 보인다. 두 권의 작품집 『펭귄뉴스』(문학과지성사, 2006)와 『악기들의 도서관』(문학동네, 2008)을 통해, 김중혁은 자유롭고 개성 넘치는 세계, 즉 비트(bit)가 아닌 비트(beat)로 가득한 세계에 대하여 목청을 높이는 열정적인 로커와 같은 모습을 보여주었다. 이 세계를 지배하는 뜨거운 열기는 세계와의 대결이 아니라 자기 세계에의 집중에서 비롯되는 것이었다. 그러한 열기가 윤리나 정치의 차원으로 확장되는 경우는 찾아보기 힘들었다. 그것은 곧 세계와 현실에 대하여 정면으로 맞서려는 자세가 보이지 않았다는 의미이기도 하다. 『좀비들』에서는 세상과의 불화와 대결의 자세가 뚜렷하지만, 그 싸움의 내용은 조금 낯설다. 『좀비들』에서 홍혜정과 이경무, 그 뒤를 이은 '나'는 시체가 시체로 남을 수 있게 하기 위한 투쟁을 벌인다. 즉 '시체들의 권리 찾기 운동'을 했다고 볼 수 있는데, 불의한 세상에 맞서 인물들 간의 연대와 행위를 낳은 동기가 작품 속에 등장하는 낯선 도구들만큼이나 생경하게 다가온다. 물론 이러한 좀비들이 지닌 상징적인 의미까지 고려해야겠지만, 그렇다고 해도 그 상황 자체의 실감은 현격히 떨어진다.

이들 작품이 '근대의 서사시'라는 고전적 명제에 부합하는 장편소설이라고 볼 수는 없다. 그러나 『재와 빨강』과 『좀비들』은 이전과는 다른 방식으로 현실의 부정성을 드러내거나 새로운 삶의 가능성을 개시하는 데 몰두하고 있다. 이러한 시도를 통하여 새로운 장편소설의 모습은 조금씩 우리 앞에 그 실체를 드러내게 될 것이다. 두 작품은 인물들이 겪는 공포와 불안의 원인이 너무 막연하거나(『재와 빨강』의 경우) 생경하게(『좀비들』의 경우) 제시된다. 이와 연관된 것이겠지만 소설 속 세상의 미세한 주름과 실감 역시 장편에 어울리는 섬세함은 갖추지 못하고 있다. 그것은 마치 『재와 빨강』의 그가 C국의 언어로는 "기본적인 상태는 표현할 수 있으나 구체적인 대상과 질량을 말할 수 없"(33쪽)는 상태와 유사한 것으로 보인다. 그러나 생명정치라는 이 시대의 본질적인 문제를 제시하며, 새로운 장편소설의 가능성을 보여준 두 작가의 작품은 2010년에 빼놓을 수 없는 한국소설의 성취임에는 분명하다.

3. 미학적 자의식의 극단화

2000년대 이후 배수아의 소설은 인물들이 겪는 갈등이나 사건에 바탕한 전통적인 서사와는 구분되는, 이미지나 몽환 혹은 목소리로만 이루어진 새로운 소설세계를 선보이고 있다. 『올빼미의 없음』(창비, 2010)에서 '나'는 너로부터 카프카의 『꿈』을 선물 받고, "내가 생각하던, 내가 언젠가는 쓰고 싶다고 생각하던 형식과 매우 흡사한 책"(115쪽)이라고 말한다. 그런데 카프카의 『꿈』은 "작품이 아니라, 카프카의 일기와 메모, 편지와 산문 등의 글에서 꿈과 관련된 부분만을 따로 모아 편찬한 것"(115쪽)이다. 최근 배수아의 소설 역시 전통적인 소설 문법에 충실하다기보다는 카프카의 『꿈』에 가까운 글이라고 볼 수 있다.

때로 그러한 실험은 너무나 파격적이어서 소통의 고리를 발견하기 힘든 경우도 많다. 이와 관련해 배수아의 소설집 『올빼미의 없음』은 미궁과도 같은 자신의 작품 세계에 대한 나름의 답변이 준비되어 있다는 점에서 눈길을 끈다. 그 답변은 연작 소설 「올빼미」와 「올빼미의 없음」에 집중되어 있다. 「올빼미의 없음」에서 '나'는 "배수아"(130쪽)라고 호칭된다. 두 작품은 기본적으로 소설가인 '나'와 비평가인 '너'의 관계를 중심으로 이루어져 있다. 둘은 많은 이야기를 나누는데, 그 핵심이 담긴 부분을 옮기면 다음과 같다.

꿈은 나에 대해서 아무것도 말해주지 않았고 너에 대해서도 마찬가지였다. 꿈은 중국식당의 행운의 과자 속에 들어 있는 점괘만큼이나 현실과 무관했다. 설사 그 내용을 믿는다고 해도, 그것이 아무것도 아니라는 사실에는 변함이 없는 것이다. 그러므로 내가 스스로 나 자신의 스파이가 되어, 기꺼이 나를 누설하고자 내 꿈의 전모를 기록한 다음 너에게 보낸다 해도, 그것은 나에 관해서 아무것도 누설하거나 배신할 능력이 없음은 분명했다. 꿈이 아무것도 아니라는 내 의견에 너는 강하게 반발했다. 언제부터 꿈이 아무것도 아닌 게 되었지? 꿈은 분명히 어떤 것이다. 암시나 역설, 동굴이나 파충류, 뭐라고 불러도 상관없을 어떤 심리적인 의미를 분명히 갖고 있다. (「올빼미」, 45~46쪽)

「올빼미」에서 소설가인 '나'는 꿈이 "현실과 무관"(46쪽)하며, "아무것도 아니라는 사실"(46쪽)에 해당한다고 말한다. 그러나 비평가인 '너'는 그 꿈에 반드시 어떠한 의미를 부여하고자 한다. '너'는 꿈은 "분명히 어떤 것"(46쪽)이며, "심리적인 의미를 분명히 갖고 있"(46쪽)다고 생각한다. '나'는 꿈을 현실과 관련짓거나 거기에 의미를 부여하는 것에 대해서는 반대하지만, 꿈이 지닌 실재적 기능과 의의에 대해서는 누구보다도 강력한 가치를 부여한다. "꿈은 아무것도 아니었지만, 또한 동시에 꿈은 나였다."(47쪽)라는 고백이 그것이다. 이것이야말로 최근 배수아 소설에서 꿈이 지니는 핵심적인 위상에 해당한다. 소설가인 '나'와 비평가인 '너'의 꿈에 대한 입장 차이는 「올빼미의 없음」에서도 그대로 이어진다.

나는 꿈이 상상과 문학이라고 굳게 믿은 반면, 너에게 꿈은 자신의 누설이자 철저한 분석의 대상이었다. 그래서 너는, 내가 단지 나 자신의 꿈으로만 이루어진 책을 쓰고 싶다고 하자 즉시 조목조목 근거를 들며 문학작품으로서의 형상화에 대한, 그리고 작가 개인의 섣부른 심리노출에 대한 회의적인 의견을 내놓았다가, 내가 마음 상해하자 다음 메일에서 훨씬 더 부드러운 어조로 그 비판을 완화시켰다.
(「올빼미의 없음」, 119쪽)

그런데 흥미로운 것은 '나'와 '너'의 대화가 애당초 무의미한 것
일 수도 있다는 사실이다. 둘은 소설가와 비평가로서 대화를 나누
지만, 둘 사이의 진지한 문학적 교감은 불가능하다. 그것은 둘이
사용하는 언어가 다르기 때문이다. "한국어로만 글을 쓰는 나는,
네가 언젠가 내 작품을 읽게 되리라 기대한 적은 단 한번도 없었
다."(122쪽)는 문장에는 그러한 사실이 분명하게 드러나 있다. 그
렇다면 꿈이란 처음부터 소통의 가능성을 지니고 있지 않았던 것
인지도 모른다. 마찬가지 맥락에서 꿈에 의미를 부여하고자 애쓰
던 비평가 '너'가 죽는다는 설정은 여러 가지로 의미심장하다. 「올
빼미의 없음」에서는 '너'가 죽고, 올빼미도 사라져 버린다. '올빼
미의 없음'은 '너' 즉 "'외르그 없음'의 상태"(121쪽)인 것이다. 이
때의 '올빼미'와 '외르그'는 모두 지혜와 학문의 상징이라는 원형
적 의미망 안에서 생각해볼 수 있다.

김태용의 첫 번째 장편소설 『숨김없이 남김없이』(자음과모음,
2010) 역시 미학적 자의식이라는 측면에서 주목해볼 필요가 있다.
미학적 자의식이라는 측면에서, 김태용은 작가 자신의 소설적 맥
락은 물론이고 문학사적 맥락에서도 한 단계 앞으로 나아가고 있
다. 이때의 나아감은 구멍과 혼돈과 무의미를 향한 것이다. 아주
간단히 말하자면, 이러한 변화는 '존재와 의미의 심연을 응시하는
글쓰기'에서 '존재와 심연으로의 글쓰기'에 해당한다고 볼 수 있다.
『숨김없이 남김없이』는 조금 과장되게 표현하자면, 익명성의 세계
이고 카오스의 세계이다. 그것은 언어나 의미에 대한 철저한 부정

에 기반한 해체의 상상력을 통해 가능하다. 이것은 "저는 언젠가부터 글을 쓸 때마다 뭔가를 지시한다는 것, 그것에 명확하게 이름을 붙인다는 것, 그것에 대해 의문을 가졌어요."(380쪽)라는 작가의 육성을 통해 확인할 수 있다. 그에게 언어는 어디까지나 "분산되고, 뒤섞이고, 또 언제든지 그렇게 섞을 수 있는, 열릴 수 있는, 그런"(380쪽) 것이다. 이것은 현대예술 작품이 기호학적으로 전환사의 특징을 갖는 것과 정확히 일치하는 특징이라고 할 수 있다.

앞에서 살펴본 배수아의 두 작품과 김태용의 작품은 모두 글쓰기란 무엇인가에 대한 미학적 자의식에 바탕한 작품들이라고 할 수 있다. 그것이 배수아에게서는 보다 직접적으로 드러나고 김태용에게서는 하나의 커다란 은유로서 드러난다고 말할 수 있다.

4. 무수한 은하들

'현실과 환상', '장편소설', '미학적 자의식'이라는 세 가지 범주로 2010년에 발표된 소설의 기본적인 얼개라도 그려보고자 하였다. 그러나 모든 분류의 방법이 지닌 한계에 의하여, 충분히 기록되어야 하지만 아직 언급되지 않은 작품들의 목록은 여전히 빼곡하다. 영원히 미완성으로 남을 수밖에 없는 목록을 정리하는 것으로 이 글을 끝내고자 한다.

우선 시인으로서 일가를 이룬 이들이 적극적으로 소설 창작에 나선 것도 특기할 만한 일이다. 김선우와 이장욱이 그 주인공이다. 벌써 두 번째 장편소설을 발표한 김선우는 『캔들 플라워』(예담, 2010)를 통해 시인의 웅숭깊은 상상력으로 2008년 광화문을 가득 채운 촛불에서 새로운 세상을 열어나갈 가능성의 꽃들을 피워올리는 데 성공하였다. 이장욱은 작품집 『고백의 제왕』(창비, 2010)을 통해 소설 창작이 하나의 외도나 여기가 아닌 그의 문학적 본질에 해당함을 증명하고 있다. 현실과 환상의 경계에서 줄타기를 하는 독특한 분위기의 창조, 인간 사이의 복잡미묘한 내면의 기미에 대한 섬세한 포착은 매우 인상적이다. 구경미의 『라오라오가 좋아』(현대문학, 2010)는 다시 한번 주목해 보아야 할 올해의 문제작이다. 작가 특유의 시치미 떼는 태도로 인하여 그저 그런 불륜담으로 보이기도 하지만, 이 작품이 담고 있는 문제의식과 전망은 우리 사회의 본질과 맞닿아있다고 해도 과언이 아니다. 천명관은 『고령화 가족』(문학동네, 2010)을 통해 '어머니'도 '엄마'도 아닌 '맘마'로서 존재하는 모성과 그 슬하의 가족들을 세련된 유머로 형상화했다. '맘마'로서의 모성을 통해, 그동안 모성에 두껍게 달라붙은 온갖 이데올로기들이 조금은 부드러워졌다. 최제훈은 『퀴르발 남작의 성』(문학과지성사, 2010)에서 자로 잰 듯한 정확한 논리와 풍부한 인문학적 지식을 바탕으로 해체 혹은 탈구성이 소설적으로 형상화된다는 것이 무엇인가를 본때 나게 보여주었다. 그동안 온갖 포스트모더니즘의 담론이 날것 그대로 작품 속에서 범벅되고는 했던 사실을 생각하다면, 최제훈은 너무 늦게 도착한 우리 문학사의 고마운 편지다. 윤고은은 첫 번째 창작집 『1인용 식당』(문학과지성사, 2010)을 통해 통통 튀는 발랄한 상상력과 문체로 현대사회의 핵심적인 문제들을 구석구석 짚어내고 있다. 전혀 폼 잡지 않고 세상에 부딪쳐 나가는 작가의 역량은, 이제 그의 소설이 하나의 가능성을 넘어 구체적 성취에 이르렀음을 증명하고 있다.

감추려 해도 감출 수 없는 소설의 뒷모습

1. 다시 세상을 말할 수 있다면, 혹은 말해야 한다면

사람들은 소설이 이 세상 전부를 말해야 한다고 생각한 적이 있었다. 그러나 조금만 생각해보면 알 수 있지만, 세상에는 소설가와 비교도 할 수 없이 많은 사람들과 원고지보다도 많은 이야기들이 존재한다. 따라서 세상을 전부 말하기 위해서는 특별한 방법론이 필요하게 된다. 이때 등장하는 것이 바로 전형이라는 개념이다. 전형성이란 대표성을 지닌 사람들과 사건을 통해 세상의 본질내지는 전부를 드러낸다는 것을 의미한다.

그러나 이러한 전형성의 개념이 지닌 한계와 이데올로기적 구속에 염증을 느낀 사람들은 소설이 담아야 하는 이야기를 삶과 세상의 일부로 한정시키기도 하였다. 고유한 존엄을 지닌 인간을 대표한다는 것은 애당초 폭력으로 전화될 가능성이 농후했던 것이다. 그리하여 사람들은 개인 혹은 소사회의 진실에 집착하기 시작했다. 때로 한층 좁혀진 세계에의 심화된 탐구는 우주와도 같은 넓은 세계로 연결되는 기적 같은 일이 벌어지게도 하였다. 그러나 사사화된 진실에의 탐닉은, 대개의 경우 협소한 차원의 탐구에 만족하는 잘못을 범하기도 하였다.

그리하여 소설은 전형성과는 다른 방법으로 세상의 전부를 담아낼 수 있는 가능성을 모색하지 않을 수 없었다. 이를 위한 유력한 방법 중의 하나가 상징이나 알레고리를 동원하는 것이다. 한 시대나 사회의 가장 본질적인 특징을 구현한 상황이나 인물을 통하여 그 리얼리티를 드러내는 방법일 것이다. 2010년에 창작된 김언수의 「금고에 갇히다」(문학동네, 2010년 겨울호), 정용준의 「떠떠떠, 떠」(문학과사회, 2010년 겨울호), 김성중의 「허공의 아이들」(창작과비평, 2010년 겨울호), 박형서의 「자정의 픽션」(문예중앙, 2010년 겨울호)이 바로 알레고리와 상징을 능숙하게 사용하고 있는 작품들이다.

2. 금고털이범들 세상에 갇히다

김언수는 출세작 『캐비닛』(문학동네, 2006)에서 돌연변이들로 가득 찬 무지막지한 상상력의 세계를 선보인 바 있다. 그 세계는 휘발유나 석유 혹은 유리를 먹는 사람들, 손가락에서 나무가 자라는 사람, 고양이가 되고자 하는 사람, 토포러, 타임스키퍼, 도플갱어, 샴쌍둥이들, 키메라들, 메모리모자이커들, 네오헤르마프로디토스, 외계인무선통신회원들, 다중소속자들, 망상증적 블리퍼들로 가득 차 있었다. 이러한 존재들은 단순한 유희나 지적 과시를 위한 것이라기보다는 새로운 상상력과 사유를 의미하는 하나의 알레고리적 기호들로 존재하였다.

김언수의 「금고에 갇히다」는 『캐비닛』처럼 공상에 바탕해 있지는 않지만, 일상에서 흔히 접하기 힘든 특별한 상황을 통해 삶과 세계의 진실을 드러내는 작품이다. 부조리극의 무대를 연상시키는 대형금고 안이 주요 배경이다. 비자금, 눈 먼 돈, 세탁자금, 국세청의 추적을 피하려는 고가의 물건들이 보관된 사설 금고는 온갖 금은보화로 가득하다. 이 안에 금고털이로 열 번이 넘게 교도소에 드나들다 최근에 출소한 철기, 사기를 하나의 예술로 생각하며 역시나 교도소에 드나들었던 '나', 무료한 금고업체 회사원 생활에 싫증을 느끼고 이들의 범죄에 끼어든 여자가 금고털이에 나섰다가 갇힌다. 그들은 능숙한 솜씨로 금고 안에 들어가는 데에는 성공했지만, 여자가 버팀목을 발로 차는 바람에 육 개월 동안 준비해온 것이 모두 수포로 돌아간 것이다.

이 소설의 기본적인 상황은 일종의 알레고리이다. 말 그대로 표면적인 의미와 이면적인 의미를 가지는 이야기의 유형인 것이다. 이 소설은 두 가지의 수준에서 읽히고 이해되며 해석될 수 있다. 이 작품에서 금고는 이들 셋이 겨우 몸을 가누고 있는 좁은 공간에 머물지 않는다. 이곳은 돈이 물신이 된 지금의 세상 전부를 의미한다. 다음과 같은 '나'의 생각은 대단한 의미의 진폭을 형성하고 있다.

금고 속의 정적이, 기묘하다. 천장의 할로겐 불빛을 받아 반짝반짝 빛을 내는 수십억 혹은 수백억원이 넘는 보석과 골동품 들이, 금세 무감각하다. 저것들을 호주머니에 집어넣으면 마냥 행복해질 거라고 아주 오랫동안 생각해왔다. 솔직히, 여전히 그렇게 생각하고 있다.

저 반짝반짝한 것들을 가지려고 훔치고, 사기치고, 속이고, 거짓말하면서 살았다. 심지어 자신에게도 거짓말을 하고 살았다. 하지만 눈앞에 있고 당장 손에 쥘 수 있어도 결국 금고 밖으로 못 가지고 나간다. 내 인생은 늘 그랬다. 다른 놈들 인생도 비슷할 것이다. 사실 아무도 금고 밖으로 저 반짝이는 것들을 손에 쥐고 나가지 못한다. 그것은 저 보석의 주인들도 마찬가지일 것이다. 금고 밖에 놔두면 불안하니까. 불안하니까. (302쪽)

「금고에 갇히다」는 돈의 끊임없는 축적은 그 자체로는 별다른 의미를 가질 수 없음을 설득력 있게 보여주고 있다. 돈이란 다른 가치로 변형될 때만 비로소 유용하게 되는 것이다. 이들 앞에는 그토록 원하던 돈이 가득하지만, 그들이 금고 밖으로 나갈 수 없는 한 그것은 종이뭉치에 불과하다. 금고에 갇힌 이들은 금고 안에 가득한 돈을 두고 황금으로 만든 주사위를 가지고 뱀놀이 게임을 한다. 그러나 "돈을 수십억씩 먹어봐야 이 금고 안에 갇혀서 뭘 한단 말인가."(312쪽)라는 '나'의 말마따나 그것은 허무하다.

그러나 이들이 금고 밖에 있어도 상황은 마찬가지이다. 자본주의 사회에서는 끊임없는 자본의 축적을 요구한다. 축적이 있어야만 새로운 잉여를 낳고, 이러한 잉여가 새로운 생산으로 이어져야만 자본주의는 유지될 수 있기 때문이다. 누군가가 금고 속에 놓인 자본을 모두 탕진해 버린다면, 그는 곧 빈털터리가 될 수밖에 없다. 따라서 그들이 금고 밖에 있더라도 금고 안의 금은보화는 다른 금고(통장, 집문서, 주식 등)로 옮겨질 뿐 세상 밖으로 나올 수는 없다. 이 대목에서 이들이 갇힌 금고는 자본의 논리가 전일적인 지배력을 행사하는 오늘날의 세상을 지시하게 된다. 이러한 알레고리가 더욱 절실하게 다가오는 것은 금고라는 설정이 외부를 상상하기 힘든 자본주의의 성격과 유사하기 때문이다.

그런데 「금고에 갇히다」에서 '금고'는 이러한 사회·경제적인 의미에 머물지 않고 한 단계 더욱 본질적인 차원으로 심화된다. 무료하게 경찰의 도착을 기다리던 그들은 갑자기 새로운 욕망으로 불타오른다. 그것은 여자의 제안으로 시작된다. 여자는 두 남자에게 자신이 흉악한 강도들로부터 협박을 받았기 때문에 어쩔 수 없이 출입문 열쇠와 금고 비밀번호를 주게 된 것으로 사건을 조작하자고 말한다. 남자들은 흉악한 강도가, 자신은 가련한 인질이 되어 금고 안에 들어간 것으로 상황을 꾸미자는 것이다. 여자는 도무지 실현될 수 없을 것 같은 이 제안의 성공을 위하여 대가를 제의한다. 그것은 게임에 이긴 사람에게 자신이 "베네수엘라", 즉 성관계를 허락하겠다는 것이다. 이에 두 남자는 황금으로 만든 주사위를 들고 필사의 뱀놀이 게임을 시작한다. '나'는 승리를 결정짓는 주사위 던지기를 앞두고 "천지신명과 조상님과 알라신과 부처님 그리고 내가 아는 모든 신들"(317쪽)에게 온 마음을 모아 기도를 올린다.

이 대목에서 금고 안의 삶은 우리 인간들의 삶에 대한 알레고리가 된다. 곧 사람들이 몰려올 것이 확실한 상황에서 두 남자는 한 번의 쾌락을 위하여 자신의 열정을 불태운다. 물론 절반의 확률이 존재하기는 하지만 자신이 꼭 이긴다는 보장도 없다. 이 작품에서 사람이 오는 상황을 죽음으로, 한 번의 성관계를 위한 욕망을 인간의 욕망 일반으로 확대해석할 수 있다면, 이 금고는 우리가 살아가는 삶 자체가 된다고 볼 수도 있다. 이들은 무상의 진리를 설파하는 21세기형 양상 '군자'인지도 모른다. 김언수는 그의 장기이기도 한 매우 유머러스한 어조로 금고털이범들의 어처구니없는 행동을 통하여, 세상과 삶의 본질적인 진실에까지 육박해가는 작가적 솜씨를 유감없이 보여주고 있다.

3. 우리는 어떻게 인간이 될 수 있는가?

정용준의 「떠떠떠, 떠」(문학과사회, 2010년 겨울호)는 남녀의 사랑이야기이다. 정용준은 2009년에 등단한 작가이지만, 비교적 일찍부터 자신의 세계를 보여주고 있다. 그는 강렬한 문제의식을 바탕으로 발본적인 지점에서 인간의 참된 삶의 조건을 사유하고자 한다. 「벽」이 염전에서 완전히 마모되거나 부서지지 않는 이상 멈출 수 없는 강제 노역에 시달리다 죽어나가는 사람들을 통해 이러한 질문을 던졌다면, 「떠떠떠, 떠」는 두 남녀의 사랑을 통하여 진정한 인간을 가능케 하는 조건은 무엇인가라는 자못 심각한 질문을 던지고 있다.

두 남녀는 모두 정상인과는 다른 신체상의 특징을 지니고 있다. '나'는 "혀끝이 입술에 부딪치지 않고 발음되는 단어들, 입천장에 혀가 닿지 않고 데어나는 부드러운 언어들, 입술 사이에 앙초처럼 걸려 빠져나오지 않는 커다랗고 단단한 단어들"(186쪽)을 제대로 발음하지 못하는 발화상의 문제를 지니고 있다. 여자는 갑자기 발작을 하며 잠에 빠져드는 기이한 모습을 자주 보여준다. 그러나 진정한 장애는 사회에 의해 탄생한다고 말할 수 있다. 아무도 제 3의 초월적인 지점에서 정상과 비정상 사이에 구분선을 그릴 수는 없기 때문이다. 그들의 특이한 신체적 특징을 장애로 만들어버리는 것은 정상만을 용납하는 사회의 폭력적인 환경 때문이다.

이 작품에서는 '나'가 겪은 두 가지 사례를 통하여 정상을 자처하는 사회의 폭력을 선명하게 드러내고 있다. '나'는 열한 살이었을 때, 담임선생님으로부터 매달 27일만 되면 "한 문장씩. 또박. 또박. 또박"(189쪽) 교과서 읽기를 강요받는다. 그는 아이들이 놀리고 괴롭히는 것조차 지루해질 때까지 "떠, 떠, 떠, 떠, 떠"(190쪽)를 반복해야만 했다.[1] '나'가 결정적으로 벙어리가 되기로 결심한 것은 열여섯 살 때이다. '나'는 마지막이라는 심정으로 "'저는 말을 더듬습니다. 꼭 고치고 싶습니다. 용기를 얻기 위해 이 자리에 섰습니다'"(194쪽)라는 글귀를 적어 목에 걸고 선다. 그러나 사람들의 화살처럼 박히는 싸늘한 눈빛만을 가득 안고서는 이제 벙어리가 되기로 결심한다.

이쯤에서 첫 번째 질문이 도출된다. '심각한 장애를 가진 인간은 과연 이 사회에서 진짜 인간일 수 있는가?'가 그것이다. 이 작품에서 그에 대한 답은 부정적이다. 그리하여 이 작품 속의 두 남녀는 동물의 탈을 뒤집어쓰기로 결심한다. 동물이 됨으로써 그들은 다시 한번 인간이 되고자 하는 것이다. 남자는 차라리 벙어리가 되겠다며 사자 머리를 뒤집어쓰고, 여자는 수시로 찾아오는 잠으로부터 자신을 지키는 방책으로 판다 머리를 뒤집어쓴다.

무엇보다 그들은 "동물"(192쪽)이 될 때만, 일하는 것이 가능해진다. 말을 바꾸자면 그들은 동물이 될 때만, 이 사회에서 용납된

---

1) 그 비참한 책읽기를 끝마칠 수 있었던 것은 바로 여자아이가 발작을 했기 때문이다. 여자아이는 갑자기 "인간으로서 도저히 취할 수 없는 포즈로 온몸을 꼬고 끔찍한 소리를 질러"(191쪽)댄다. 이후 여자아이는 다른 학교로 전학을 가는데, 그녀 역시 사회로부터 배제되고 소외된 존재임을 알 수 있다.

다. "동물은 인간의 언어가 필요 없"(192쪽)는 까닭에, 사자가 된 순간만큼은 남자에게 언어장애는 아무런 문제가 되지 않는다. 남자가 사자의 탈을 뒤집어쓰고 있으면 아무도 그에게 질문하지 않는다. 이러한 사정은 여자에게도 마찬가지이다. 그녀가 판다의 탈 뒤에 숨었을 때는 갑작스럽게 찾아오는 발작 역시 문제가 되지 않는다. 발작을 일으키며 쓰러진 그녀를, 사람들은 귀여운 연기를 하는 판다로 인식하기 때문이다. 그들에게 사자와 판다의 탈은 비로소 사회의 한 구성원이 될 수 있는 정체성을 부여해주는 마법의 가면인지도 모른다. 그리하여 가면을 벗은 순간, 그들은 인간도 동물도 아닌 "정체불명의 생물로 기묘하게 변태"(200쪽)한다.

이들은 동물이 됨으로써만 인간이 된다는 아이러니한 상황에 빠져 있는 것이다. 그렇다면 여기서 두 번째 질문이 도출된다. '동물의 모습을 하고 사람들로부터 동물 취급을 받는 인간은 과연 인간일 수 있는가?'가 그것이다. 물론 그들은 더 이상 어마어마한 사회적 폭력에 노출되지는 않지만, 탈을 쓴 순간에 그들은 동물로 인지된다는 점에서 그들을 인간이라고 부르기는 어려울 것이다.

그렇다면, 이제 마지막 질문에 도달했다. 그것은 바로 이 '두 남녀를 끝까지 인간이 되지 못하게 만드는, 우리들은 과연 인간인가?'라는 의문이다. 장애도 없고, 동물의 탈도 쓰고 있지 않지만 과연 우리는 최소한의 윤리와 도덕을 지닌 진정한 의미의 인간이라고 말할 수 있을까? 소설 속 남녀의 삶이 인간의 그것과 멀어질수록, 그들을 둘러싼 일반인들 역시 참된 인간의 자리에서 멀어진다고 말할 수밖에 없을 것이다.

이러한 질문들을 모두 고려할 때, 이 작품이 두 남녀의 뜨거운 사랑 고백으로 끝나는 것은 어찌 보면 당연하다. 이들을 인간과 멀어지게 하는 보통(?) 사람들 역시 인간과 거리가 먼 존재들이라면, 참된 인간의 가능성은 새로운 연대의 공동체를 통해서만 가능할 것이기 때문이다. 남자가 여자에게 하는 "떠, 떠떠, 떠떠, 떠떠떠, 떠, 떠, 아아, 아아아하아아, 아아아, 아, 사, 사, 사아, 아, 아아, 아아아, 라라, 라라라라, 라, 라라라, 아, 아아앙, 해."(206쪽)라는 고백 속에서 새로운 관계의 시작은 흐릿하게나마 그 모습을 조금씩 열어갈 것이다.

4. 종말의 시대에 어른 되기

앞의 두 작품에서는 인물, 사건, 행동 등의 요소가 사실성을 지니면서도 동시에 상징성을 지니고 있었다. 소설 속의 특정한 요소가 지닌 의미는 시공간을 벗어나 확장될 수 있으며, 고차적인 의미로 해석될 수 있었다. 김성중의 「허공의 아이들」(창작과비평, 2010년 겨울호)은 앞의 두 작품과 달리 자연적인 법칙으로는 이해가 불가능한 환상에 바탕을 두고 있다. 이 소설의 기본적인 요소들은 실질적인 존재성을 지닌다는 점에서 인물들이나 장소들이 작가에 의해 창안된 임의적인 존재성을 지닌 앞의 두 작품과 구별된다.

「허공의 아이들」은 지상의 건물들이 허공에 들리며, 사람들이 갑자기 사라지는 비현실적인 상황을 기본적인 배경으로 삼고 있다. 건물들은 처음 지상으로부터 1미터 정도 들려 있었으나 나중에는 구름보다도 더 높이 떠오른다. 이러한 극단적인 상황에서 열다섯의 소년 소녀만이 지구에 남는다. 현실과는 너무나도 거리가 멀어 보이는 작품의 기본적인 상황과는 달리, 이 작품은 강렬한 상징성을 바탕으로 그 어떤 작품보다도 지금의 현실을 풍부하게 환기시킨다. 이것은 이 작품이 기본적인 배경으로 삼고 있는 초현실적 상황 속에서 느끼는 인물들의 심리가 지금의 현실을 살아가는 사람들의 심리적 실재에 해당하기 때문이다.

이 작품은 종말의 상상력에 바탕해 성장이 불가능한 상황을 그리는 '반성장소설'로 분류할 수 있다. 즉 이 사회의 진입 자체가 힘들어진 지금 아이들의 고통스런 현실을 드러내는 것으로 이해할 수도 있다는 말이다. 그들은 온 세상이 공중에 들려지는 와중에도 계속해서 자라난다. 그렇지만 그들의 성장은 육체의 성장에 머물 뿐이다. "소년에겐 힘들여 노동할 곳이 없고 소녀에겐 아이를 낳을 세계가 없는데 말이다. 소녀는 한가지 커다란 물음을, 반쯤 저버린 신에게 물어야 했다. 사라지는 세계에서 성장하는 것이 무슨 의미가 있을까?"(278쪽)라는 물음은 단지 이 환상적인 상황에 놓인 소녀의 의문만으로 치부해버리기에는 오늘날의 세상과 너무나 닮아 있다.

소설 속 주인공인 소녀와 소년에게 무엇보다 특징적인 것은, 부모의 존재가 배제되어 있다는 점이다. 지금 소녀는 "밤늦게 돌아오던 소녀의 아버지도, 뜨개질을 하던 어머니도 남아 있지 않은 빈 집에서 조용히 소멸을 기다리는 중"(265쪽)이다. 나중 소년과 소녀가 서로의 몸을 만질 때 소녀는 다음과 같이 생각하는데, 이것은 이들에게 부모의 존재가 차지하는 위상을 잘 드러내준다.

소녀는 아주 잠깐, 남자아이와 알몸으로 잠든 자신을 노려보는 부모의 눈빛을 떠올렸다. 그러나 부모는 지상에 머물던 전생의 기억 같왔다. 허공에는 금기로 시작되는 어떤 윤리도 남아 있지 않았으므로 그들은 오래전부터 죄의식 없이 서로를 만질 수 있었다. (280쪽)

성장의 서사에서 주인공은 순응이 되었든 저항이 되었든 부모와의 관계를 통해서 주체가 된다. 부모를 통해 상징적 질서와 관계를 맺음으로써(부모와의 동일시나 반동일시 혹은 비동일시의 방법을 통해) 성장이 이루어지는 것이다. 그러나 소년과 소녀에게는 그러한 부모의 존재가 완전히 사라져버리고 없다. 이 작품이 기본적으로 지구의 종말을 배경으로 하고 있다면, 반-성장의 서사야말로 유일하게 서사화가 가능한 성장의 이야기인지도 모른다.

마지막으로 이 작품은 종말의 상상력으로 가득하지만 그것은 뭔가 새로운 신생의 예감을 거느리고 있다는 사실을 지적할 필요가 있다. 이 작품에서 공중 들림은 단순히 종말로만 이어지지는 않는다. 소녀의 "사라진 사람들이 다른 세상 어딘가에 옮겨 심기는 중인 거야. 그러니까 지금은 종말이 아니라 새로운 세상이 시작되는 창세기인 셈이지."(273쪽)라는 말처럼, 세상의 공중들림은 재생의 가능성을 담고 있다. 이것을 소녀의 망상이라고 부를 수도 있지만, 이러한 생각 속에는 분명 신생을 향한 욕망이 깃들여 있음에 분명하다. 이 작품의 결말이 "어디선가 마지막으로 남은 땅이 무너지는 소리가 들려"(284쪽)오는 것과 동시에 "뼈가 자라는 소리"(284쪽)를 듣는 것도 종말 뒤에 찾아올 창조를 의미하는 것이라 할 수 있다.

어찌 보면 이들은 새로운 지상의 삶에 대한 강력한 반발로 스스로 들린 존재가 된 것인지도 모른다. 그것은 소녀가 허공에서 바라본 지상의 틈새를 두고 "그 속으로 빠진다면 끝없이 추락할지도 모른다. 오로지 추락밖에 없는 삶. 아찔한 속도 속에서 어른이 되고 주름살이 생기고 죽음을 맞이하는 시간이 들어 있을지도 모른다."(282쪽)고 생각하는 것에서도 짐작할 수 있다. 지금 소녀는 기존의 정상적인 삶을 강력하게 거부하고 있는 것이다. 그들에게 허공에 떠 있는 상태는 한없이 불안하고 위험한 것이기도 하지만 기존의 모든 질서나 관념을 거부하려는 적극적 반항의 의지를 이미 지화한 것이라고 볼 수도 있다. 그렇다면 이들의 '반-성장'은 지금까지 존재해본 적 없는 새로운 세계로 나아가기 위한 통과의례라고 보아야 할지도 모른다.

5. 환상이 지닌 위로의 힘

이들 작품은 모두 일상에서 발견할 수 있는 평범한 시공이나 설정과는 다른 배경이나 인물을 통하여 현실의 본질을 드러내는 데 주력하고 있다. 이들 작품은 크게 현실에 대한 새로운 인식을 하게끔 독자를 인도하는 특징이 있다. 그러나 환상이란 더 넓게 말하자면 문학이란 결코 현실과의 관계 속에서만 의미를 지니는 것은 아니다. 환상(문학)은 그 자체로서 충분히 가치와 의미를 지닐 수 있는데, 그것을 증명하는 작품이 바로 박형서의 「자정의 픽션」(문예중앙, 2010년 겨울호)이다.

이 작품은 환상이 지닌 위안의 기능을 설득력 있게 보여주고 있다. 액자구조로 되어 있는 이 작품의 외화는 학원 강사인 남편과 마트 종업원인 아내가 힘든 노동을 끝내고 집에 돌아오는 것으로 시작된다. 그들은 멸치를 넣고 음식을 만들려고 하는데, 냉장고 안에는 멸치가 사라지고 없다. 멸치가 사라진 이유를 놓고, 두 부부는 이야기를 나누기 시작한다. 처음 그들은 남편에게 맞고 사는 이웃집 아주머니가 가져갔다고 생각하고, 이어서 신비의 동물이 가져갔다고 생각한다. 그러나 멸치는 스스로 화장실 변기를 통해 바다로 돌아간 것이라는 사실이 밝혀진다. 내화는 멸치들을 주인공으로 내세워 화장실 변기를 통하여 바다로 가는 과정을 그리고 있다. 작품의 마지막에는 한 단락이 첨가되어 있는데, 그것을 통해 멸치들의 이야기는 모두 아내가 편안히 잠들기를 원한 남편의 창작임이 드러난다. 이 작품에서의 황당하기도 한 공상, 즉 멸치들이 변기를 통하여 바다로 간다는 이야기는 결국 길고 힘든 노동에 지친 아내를 잠들게 하는 묘약인 셈이다.

박형서는 이 작품을 통하여 환상(문학)이라는 것이 꼭 거창하게 현실을 이야기하지 않아도 의미를 지닐 수 있다는 점을 설득력 있게 보여주고 있다. 그것은 힘든 노동에 지친 아내에게 달콤한 잠을 주고, 그리하여 새로운 일상을 맞이하게 하는 힘이다. 이러한 인식은 무척이나 소중하고 우리 문학이 반드시 확인해야 할 사항임에는 분명하다. 그러나 우리 문학이 이러한 공상의 힘을 확인하는 수준에 머물 수는 없다. 우리는 이미 박민규 등으로 대표되는 질 높은 환상의 시기를 거쳐왔기 때문이다. 그렇다면 이제는 유희로서 존재하는 환상의 질을 문제 삼는 차원으로까지 논의가 확장되어야 할 때가 되었다. 이와 관련해 아쉬운 점 하나. 같은 냉장고에 보관된 멸치들이 모두 출산지가 다를 수 있을까? 그럼에도 이 계절에 창작된 작품들이 다양한 환상(문학)의 양상과 존재근거를 보여주었다는 점은 매우 고무적인 현상임에 분명하다.

우리 시대의 서울을 위하여

1. 끊임없는 상상력의 샘

　시끌벅적한 도심 거리를 걸을 때, 내 진짜 표정이 무엇인지 묻지 않는 인파들 속에 뒤섞여 상품을 고르고 차를 마시고 수다를 떨 수 있다는 사실은 가끔씩 즐거움과 위안이 된다. 그 거리의 어느 골목과 대로에 내 진짜 표정을 아무 경계심 없이 지어볼 수 있는 영화관, 박물관, 기도할 수 있는 마당과 누군가를 애도할 수 있는 오래된 공간들이 공존한다는 것은 때로 내게 삶을 사랑할 수 있는 용기를 준다. (기준영, 「시네마」, 『서울, 밤의 산책자들』, 강, 2011, 158쪽)

　기준영이 압축적으로 말했듯이, 서울은 한국의 수도로 '수많은 인파', '다양한 공간', '편안한 익명성'을 제공하는 공간이다. 이러한 특성은 조선의 한양과 일제시대의 경성을 거쳐 오늘의 서울에 이르기까지 600년의 전통과 역사가 축적되었기 때문에 가능한 것이다. 현재도 서울에는 국내 인구 중 4분의 1이 살고 있으며, 대한

민국의 자본과 핵심적인 기술이 집약되어 있다고 해도 과언이 아니다. 이러한 서울을 하나의 통일된 인상이나 의미로 규정하는 것은 불가능하다. 그것은 이제 한국을 넘어 세계의 메트로폴리스가 되어버린 도시가 갖게 마련인 복잡성 때문이기도 하지만, 서울만이 지닌 혼종성 때문이기도 하다. 이러한 혼종성은 식민지, 분단, 전쟁, 산업화로 이어지는 과정에서 서울이 겪은 엄청난 속도의 변화 때문이라고 할 수 있다. 그리하여 단일한 모습의 서울은 어디에도 존재하지 않는다. 강남과 강북, 북촌과 이태원, 홍대와 로데오 거리 등의 다양성까지 아우르는 것이 서울이라고 한다면, 서울은 그야말로 거대한 잡종이라고 밖에는 달리 표현할 길이 없다. 서울은 수없이 많은 얼굴을 지니고 있다.

서울을 대상으로 한 작품은 한 지역적 특수성을 드러내기에 지역문학으로 볼 수도 있다. 그러나 서울을 소재로 한 작품들은 지역문학인 동시에 곧바로 한국문학으로서의 특징을 지닐 수밖에 없다. 서울의 특수성은 이미 한국적 보편성을 지닐 정도로 서울이 차지하는 역할과 위상은 절대적이기 때문이다. 우리 문학에서 서울의 얼굴은 실로 다양하게 나타났다.

그중의 대표적인 작품 몇 가지만 꼽자면, 이상의 「날개」, 박태원의 「소설가 구보씨의 일일」과 「천변풍경」, 염상섭의 「삼대」, 이태준의 「달밤」, 심훈의 「그날이 오면」, 이희승의 「딸깍발이」, 김승옥의 「서울, 1964년 겨울」, 신동엽의 「서울」, 김광섭의 「성북동 비둘기」, 최일남의 「서울의 초상」, 장정일의 「서울에서 보낸 3주일」, 정호승의 「수표교」, 김연수의 「쉽게 끝나지 않을 것 같은 농담」 등을 들 수 있다. 서울이 흐르는 물처럼 끊임없이 변모해나가듯이, 서울을 대상으로 한 문학적 상상력 역시 쉼 없는 변화를 보여주고 있다. 지금의 작가들에게 있어서도 서울은 여전히 매혹적인 문학적 탐구의 대상이다. 첫 번째 테마소설집『서울, 어느 날 소설이 되다』(강, 2009)에 이어지는 두 번째 테마소설집『서울, 밤의 산책자들』(강, 2011)이 이를 잘 증명해준다.

2. 촌놈이 서울프라자호텔에서 잃어버린 것

김미월의「프라자 호텔」은 서울을 대하는 각기 다른 감각을 선명하게 대조시키고 있다. 특히 이 작품은 지금 삼십대 중반이 된 사람들이 피부로 만지고 마음으로 느끼고 머리로 사유했을 서울의 과거와 현재를 비교적 실감나게 형상화하고 있다.

지방 출신 유학생인 '나'에게 서울은 "놀라운 곳"이다. 처음 그 놀라움은 예비 소집일에 백만 원이 넘는 정장을 입고 온 지방 유지의 아들에게 "이 캄캄한 절망의 시대에 명품이라니 창피한 줄 알라며 대놓고 비난하는 선배"(45쪽)를 보고 생긴다. 두 번째 놀라움은 예비 소집일에 양복 입고 온 촌놈에다 수강 신청도 엉망으로 한 '나'가 서울내기 동기인 윤서와 명동에서 을지로입구역을 지나 시청 쪽으로 설을 때 발생한다. 십 분 전이나 십 분 후나 똑같은 풍경이 아니라 일 분마다 바뀌는 거리의 풍경, 그 어디에도 아는 얼굴이 전혀 없다는 것 등이 나에게 그와 같은 놀라움을 가져다준 것이다.

이에 반해 윤서에게 서울은 놀라움과는 거리가 멀어도 한참 먼, 너무나 익숙한 곳이다. 그녀가 서울을 인식하기 위해서는 특별한 의식(儀式)이 필요할 정도이다. 그것은 서울프라자호텔에서 숙박하는 것이다. 윤서는 스무 살이 되고 나서 친부모를 만나기 위해 처음으로 고국을 찾은 입양아의 심정으로 고국의 수도를 바라보고 싶다고 말한다. 그럴 때만이 윤서는 "이십 년간 부대끼며 살아온 익숙한 고향 땅이 아니라 난생 처음 보는 어떤 매혹적인 이방의 땅"(59쪽)으로 서울을 새롭게 바라볼 수 있는 것이다. 시위 현장에서 우연히 만난 '나'와 윤서가 시청역까지 걸으며 나누는 다음의 대화는 서울을 대하는 둘의 다른 감각을 잘 드러낸다.

> "난 여기가 싫어. 사람도 너무 많고 너무 시끄러워. 거리에는 똑같이 생긴 아파트들밖에 없고 공기는 탁하고. 밤에도 너무 밝아 잠을 잘 수가 없어."
> 사람이 많고 시끄러워서 나는 오히려 좋았다. 나까지 덩달아 흥이 났으니까. 서울은 어디를 가도 똑같은 곳이 한 군데도 없고 마음만 먹으면 1년 365일 데이트 코스를 365가지로 짤 수도 있었다. 밤에도 밝으니 혼자 있어도 덜 외로운 것처럼 느껴졌다. (57쪽)

이 작품은 두 가지 시간 층으로 구성되어 있다. 첫 번째는 '나'가 아내인 윤서와 서울 프라자 호텔에 휴가를 와 있는 현재이고, 두 번째는 '나'와 윤서가 함께 겪은 십여 년 전의 대학교 시절이다. 과거에 '나'는 프라자 호텔에서 숙박하는 윤서의 꿈을 이루어주기 위해 자신의 자취방 월세 석 달분에 맞먹는 돈을 모아, 크리스마스에 윤서를 기다린다. 그러나 윤서는 나타나지 않았다. 윤서는 그때의 일은 잊어버린 채, 지금은 '나'와 함께 프라자 호텔에 묵고 있다. 윤서는 오 년 전부터 서울시내의 호텔에서 휴가를 보내는데, 이번 휴가의 목적지는 서울 프라자 호텔이었던 것이다.

이러한 시간의 변화는 '나'와 윤서의 의식상의 변화와 맞물려 있다. 대학 시절 집회 현장에서 만난 윤서와 '나'는 자신들도 나중에 나이가 들면 "나도 왕년에 철없던 시절 데모 좀 했지, 하면서 느긋하게 구경만 하"(56쪽)는 어른이 될까라는 식의 대화를 나눈다. 그러나 지금 '나'와 윤서 역시 이전의 바로 그 구경만 하던 시민들이 되어 있다. 윤서는 용산참사가 벌어지는 현장에서 용산참사를 걱정하는 것인지 차가 막히는 것을 걱정하는 것인지 분명치 않은 "어떡해 어떡해"(61쪽)를 연발할 뿐이다. 마지막은 "십수 년의 세월이 흐른 지금 그 이야기를 한다면 그녀는 믿을까. 그때의 일을 기억이나 할까. 내가 바로 그때의 나라는 걸, 우리가 바로 그때의 우리라는 걸, 증명할 수 있을까"(65쪽)라는 생각으로 끝난다. 고작 십년 만에 '나'와 윤서는 서울프라자호텔에서도 서울을 새롭게 인식할 수 없는 진짜(?) 서울시민이 된 것이다.

3. 서울 생활을 위해 버려야 할 것들

이 책에 수록된 작품 중에서 이홍의 「삼인구성의 가정식 레시피」와 윤이형의 「결투」는 서울이 지닌 외형상의 풍요로움과 안정 이면에 도사리고 있는 불안과 비정함을 강하게 환기시킨다. 이홍의 「삼인구성의 가정식 레시피」는 추리소설적 기법을 통하여 풍요로운 중산층의 일상 이면에 도사리고 있는 무시무시한 폭력과 불안의 정체를 자근자근 추적해가고 있는 작품이다. 이 작품은 "매일 저녁 열리는 반상회, 아파트에서 일어난 실종 사건, 파크세븐의 화재, 뜬금없는 저녁의 육류 요리"(142쪽)와 같은 사건들을 중심으로 이루어져 있다. "아내의 레시피는 더도 덜도 말고 삼인 구성의 식구를 위한 것이었다."(127쪽)는 문장 속에 이 작품의 핵심적인 주제가 담겨 있다. 이 '삼인구성의 식구'를 위해서 '당신의 부인'은 어떤 일도 마다하지 않는다.

아파트의 같은 동에 사는 한 여자가 실종되고, 그 여자는 비닐 하우스촌을 철거하고 유치한 대형쇼핑몰 화재 현장에서 불에 탄 시체로 발견된다. 아내를 비롯한 뉴타운 아파트 반상회가 "눈엣가시 취급하던 여자"(153쪽)는 결정적으로 "교육센터 유치에 반대서명까지"(129쪽) 한 경력이 있다. 이 여인의 죽음에 아내가 깊이 개입되어 있음은 작품의 여러 정황을 통해 강력하게 뒷받침된다. 대형 복합쇼핑몰에서 불이 나던 날, 남편도 모르게 휴가를 얻은 아내는 집에 돌아와서 신경질적으로 문을 걸어 잠근다. 딸은 "목구멍"이라 부르는 변기구멍에서 립스틱, 귀걸이, 콘택트렌즈를 계속해서 건져낸다. 나중에는 당신이 직접 변기에서 빨간 손톱이 떠오른 것을 발견한다.

숱한 우여곡절 끝에 복합쇼핑몰을 학원센터로 개관하는 반상회의 계획은 실현된다. 작가는 한 여인의 실종과 죽음을 통해 경제적 이득을 위해서는 한 인간의 목숨까지 빼앗을 정도의 극단적인 폭력이 난무하는 곳이 바로 서울임을 말하고 싶었던 것이 아닐까? 끝도 없이 계속되는 아내의 느끼한 육류 요리 속에는 서울을 지탱하는 기름진 욕망의 역겨움이 그대로 담겨 있다.

윤이형의 「결투」는 도시의 삶을 견뎌내기 위해 우리가 버려야만 하는 양심과 윤리를 판타지적인 수법으로 그려낸 소설이다. 언젠가부터 사람들은 계속 분열했고, 분열은 분리로 이어졌다. 사람들은 자신과 DNA가 동일한 몸을 처리하기 위해 분리체와 결투를 한다. 결투에서 이기는 쪽은 본체이자 인간으로 인정되고, 지는 쪽은 분리체이자 이물질로 분류되어 법에 의해 처리된다. '나'는 이 결투의 진행요원이다.

특이하게도 최은효라는 여인이 세 달 만에 두 번이나 분리체를 처리하기 위해 결투장을 찾는다. 분리체들의 부탁으로 '나'는 최은효와 대화를 나누고, 분리체의 정체는 조금씩 모습을 드러내게 된다. 이 작품에서 분리체는 서울이라는 도시 생활을 견뎌내기 위해 제거해야 할 양심이나 기억 같은 것이다. 분리체는, 밤에 자다가 누군가 문 두드리는 소리를 그냥 외면하는 최은효나 그녀의 남편과는 달리 "집에서 가족들한테 쫓겨난 할아버지나 할머니면 어떻게 하느냐"(108쪽)며 민감하게 반응한다. 마트에 가서는 샴푸 하나를 들어보이며 이 회사는 잔인한 동물실험을 하는 곳이라거나 마트를 운영하는 기업에서 있었던 안 좋은 일을 기억해 "이런 마트에서 뭘 사면 안 되는 거 아니냐"(108쪽)고 묻기도 한다. 간단히 말해 분리체는 고깃집에 가서 "당신이 지금 드시고 계신 소는 이렇게 도살되었습니다, 하고 소 잡는 영상을 보여주는 식"(109쪽)의 행동을 하는 것이다. 이러한 분리체는 '나'를 조금 불편하게 한 것은 사실이지만, 그런대로 공존은 가능했다. 그러나 서울로 들어오게 되자 분리체는 세거힐 수밖에 없는 존재가 된다.

'나'는 친구를 전혀 사귀어 본 적이 없으며, "어떤 이야기가 불편하고 어떤 이야기가 불편하지 않은지 알 만큼 타인과 대화라는 것을 해본 적이 없"(105쪽)을 정도이다. 한마디로 '나'는 본래 분열하지 않는 종류의 사람이었던 것이다. 그것이야말로 타인의 결투를 지켜보는 직업에 요구되는 필수조건 중 하나이다. 그러나 마지막에 '나'는 분열하기 시작한다. 이것은 '나'가 태어나서 처음으로 타인과 이야기를 나누고, "친구로 지낼래요?"(119쪽)라는 말을 건넬 정도로 그녀에게 관심을 기울인 결과이다. 이제 '나' 안에도 양심이나 윤리 같은 것이 싹트게 된 것이다. 이를 통해 '나'는 이전에 한번도 해본 적 없는 생각도 한다. 포 시즌 메이플 리브스라는 밴드의 너무도 멋진 공연이, 불과 한 시간 전 결투가 벌어져 피가 흥건했던 장소에서 이루어진다는 것에 "세상의 모든 것이 슬프게 느껴졌다는 생각"(119쪽)까지 하게 된 것이다. 분리체를 제거하는 일의 중지, 그 이전에 사람들이 분열과 분리를 겪지 않는 조화로운 상태에 머물 때, 서울은 한층 인간다운 도시가 될 것임에 분명하다.

4. 서울은 아름다워

이홍의 「삼인구성의 가정식 레시피」와 윤이형의 「결투」가 서울이 감추고 있는 폭력성과 비인간성을 실험적인 기법으로 나타냈다면, 전경린의 「백합과 공룡의 벼랑길」과 황정은의 「양산 펴기」는 햇빛의 이미지를 통하여 씨처럼 박혀있는 이 도시의 빛과 아름다움에 대하여 잔잔하게 말하고 있다.

전경린의 「백합과 공룡의 벼랑길」은 '나'가 몇 년 전 살았던 아파트의 아래층 노인의 부고장을 받고, 그 당시 동거인이었던 당신에게 쓴 편지이다. 이 작품은 지금은 사라지고 없는 서울의 작은 아파트를 배경으로 서울에서 살아가는 사람들을 백합과 공룡의 이미지를 통해 형상화하는 데 성공하고 있다. 백합은 백악기에도 피었던 꽃으로 공룡의 추억을 지니고 있다. 그러나 지금 백합은 살아남았고, 공룡은 멸종했다. 이 작품에서 백합은 "햇볕 속에서 아무런 피해의식도 없이 평화롭고도 화려"(14쪽)하다고 설명된다.

이 작품에서 공룡은 '나'의 동거남이었던 유부남 '당신'을 통해 구체화된다. 당신은 "내 모든 것의 맛을 보려고"(17쪽) 할 정도로 나에게 집착한다. 여러 가지 '사이'에서 힘겨워하던 당신은 늘 술을 마셨으며 스스로 무너져갔다. 점점 '나'에 대한 당신의 집착이 커져가고, '나'는 이별을 통보한다. 그는 이에 맞서 더욱 심한 집착과 폭력을 행사하기 시작한다. 그는 "백합꽃 핀 벼랑길을 거대한 몸으로 매달리듯 걸어가는 피투성이 공룡"(27쪽)이었던 것이다. 동시에 그 남자는 우리 안에 도사린 "심연"(30쪽)을 의미한다.

이 작품에서 백합이 상징하는 것은 같은 아파트에서 살았던 한 노인이다. 그 노인은 "중립적이고 신중하고, 그리고 환한 분"(10쪽)으로, "나에게 친절했던 유일한 주민"(10쪽)이다. 또한 피투성이 공룡이 된 당신이 나를 괴롭힐 때, '나'를 보호해준 것도 바로 노인이다. 노인은 햇빛 알레르기가 있는 나와는 달리 매일 오전 일광욕을 한다. 그러고는 내가 햇빛 알레르기를 치료할 수 있도록 여러 가지 도움을 준다. 그 편지의 마지막에는 이제 햇빛 알레르기가 나았다는 소식도 담겨 있다. 그녀는 이제 그 노인이 그러했듯이, "햇볕 속에서 아무런 피해의식도 없이 평화롭고도 화려"(14쪽)한 백합이 된 것이다. 백합이 햇볕 속에서 산다는 것은 여러 가지로 의미심장하다. 이 작품의 '나'는 햇볕 알레르기가 있어 집안에서도 커튼을 쳐놓고 살아야만 했던 것이다. 그녀는 공룡은 아니었지만, 결코 백합은 되지 못했던 어둠 속의 존재였다. 이 작품 속에서 햇볕을 피하는 '나'의 모습은 또 다른 이웃인 2층에 사는 두 여자를 통해서도 나타난다. 그녀들은 꽃말처럼 사람에게도 말이 있다면, "나를 가만히 놔둬요, 나도 당신들을 그대로 놔둘 게요."(15쪽)라는 말을 지닌 사람들이다. 남대문시장에서 우연히 발견한 두 여자에게 말을 걸지만 돌아온 것은 냉담한 시선뿐이다. "아무리 보고 또 보아도 서로의 증인이 되지는 못하는 사람들, 그녀들과 우리, 서로가 무채색 배경에 지나지 않는 타인들 (중략) 그것이 이웃"(25쪽)이었던 것이다. 이 작품은 서울을 압축해 놓은 작은 아파트의 여러 인물군상을 통해 햇볕 속에서 평화롭고 화사하게 피어나는 백합이 되어야 한다고 말하고 있다.

황정은의 「양산 펴기」에서 서울의 따뜻함은 이미 우리 주위의 평범한 이웃들 속에 숨쉬고 있음을 조용하지만 확신에 찬 어조로 속삭이는 작품이다. '나'는 바자회에서 하루 동안 양산을 파는 아르바이트를 한다. 황정은은 『백의 그림자』를 통해서 착한 사람 그리기의 달인임을 증명한 바 있다. 이 작품의 '나' 역시 그러하니, 그가 아르바이트를 하기로 한 것은 함께 사는 녹두에게 장어를 사먹이기 위해서이다.

바자회장 건너편에는 깨끗한 외벽을 가진 구청 건물이 사층 높이로 솟아있다. 갑자기 노점상연합, 공무원노조, 철거민연합이라는 이름이 적힌 현수막 세 개가 오르고, 노란색으로 투쟁이라고 적힌 조끼를 입은 사람들이 나타나 집회가 시작된다. 집회에 나온 사람들은 "노조 사무실 야밤 급습이 웬말이냐 호화청사 웬말이냐 노점상 철거민 생존권 보장 비리구청장 물러나라."(79~80쪽)고 외친다. 한편 바자회 현장에는 방송국 카메라와 구청장 후보가 나타나 유세를 하기도 한다. 이 두 가지를 바라보는 주인공과 작가의 태도는 담담하다 못해 차갑다.

이에 반해 작품의 후반부에서 '나'는 두 차례나 감정의 급격한 고양을 경험한다. 양산을 사는 한 할머니와 노상에서 보리개떡을 파는 상인을 대할 때 그러한데, 이러한 감정상의 격차를 통해서 작가는 자신이 생각하는 올바른 삶의 태도를 분명하게 전달하고 있다. 한 할머니가 '나'의 양산 판매대에 와서, AS가 되는지, 부러지면 새 걸로 바꿔주는 지 등을 묻는다. 이에 '나'는 "살살 쓰면 되지 왜 부러져 살살 쓰세요."(86쪽)라고 말한다. 여기서 중요한 것은 이 말에 거의 눈물이 돌 지경이라는 것이다. '나'는 집으로 돌아오는 길 트럭에서 보리개떡을 파는 아저씨의 "보리갯 떡 보리갯 떡 보리 떡 보리 떡 보릿 떡, 하며 놀 듯 노래하듯 확성되는 소리"(89쪽)를 듣는다. 흥미로운 것은 이때 '나'의 눈에는 "눈물이 글썽 고인"(89쪽)다는 사실이다. 바자회 중에 여러 가지 일을 겪으면서 냉정한 태도를 유지하던 '나'는 할머니와 보리개떡 장수를 만나고 눈물을 보인다.

'나'는 집에 돌아와서 "로베르따 어쩌고 이태리 메이커에 제조는 중국입니다."(89쪽)라고 잠꼬대를 한다. 이 잠꼬대는 무의미한 헛소리가 아니라 하나의 "노래"(90쪽)로 규정된다. 황정은에게 서울은 노래(시)를 가르쳐 주는 곳이고, 그러한 노래(시)는 가장 낮고 평범한 곳에 존재하는 신을 닮은 우리 이웃들의 마음에 담겨있는 것이다.

5. 세련되고 정밀한 서울 안내서

근대에 들어 서울은 작가들에게 늘 모순적이었다. 그것은 말할 수 없는 선망의 대상이면서도 상종하기조차 싫은 외면의 대상이기도 하였다. 동시에 서울은 끊임없는 매혹의 공간이면서도 몸서리가 처지는 곤혹의 결정체이기도 하였다. 세계적인 거대도시가 된 오늘날 서울은 이전보다 더한 혼종성을 지닌 채 우리 앞에 그 위용을 드러내고 있다. 여기 실린 여섯 편은 독특한 감각과 감성으로 오늘날 서울의 다층적인 속살을 감미롭게 때로는 섬짓하게 드러내주고 있다. 이들 작품을 통해 서울은 시골에서 막 상경한 스무 살 청년의 눈에 비친 스크린으로, 가족의 행복을 위해서는 그 어떤 일도 행할 수 있는 섬뜩하고 느끼한 욕망의 하수구로, 양심이나 자의식 따위는 얼마든지 삭제해버려야 하는 결투장으로 형상화되기도 하다. 동시에 서울은 스스로 백합이 된 인간들이 존재하며, 곳곳에 시(詩)를 내장하고 있는 그 자체로 햇살처럼 찬란한 아름다움의 공간으로 현상되기도 한다. 이러한 다양함이야말로 서울이 지니는 매력의 정체가 아니겠는가? 그러니 감히 이렇게 말할 수도 있을 것이다. 여기 실린 여섯 편의 소설은 우리 시대를 대표하는 작가들이 쓴 서울에 대한 가장 세련되고 정밀한 안내서라고.

한국
문학
의
아
방
가
르
드

| 3부 |

6·9작가선언 이후의 작가들
_오늘의 문학이 지닌 새로운 정치성

1. IMF 세대의 탄생과 기원

어떤 세대나 자기의 목소리를 내게 마련이다. 오늘날의 젊은 세대를 규정지을 수 있는 기원적 사건이 있다면, 그것은 바로 IMF로 호칭되는 1997년 외환위기이다. IMF란 4·19나 5·18에 비해 결코 적지 않은 사건으로서의 의미를 지닌 채 젊은 세대의 삶을 규정지었다. 외환위기 이후 한국사회에서는 신자유주의가 강력한 힘을 발휘하기 시작했고, 청년실업과 비정규직 문제가 본격화되고 구조화되었다. 오늘날의 젊은이들은 이러한 문세가 가져디준 환멸을 깊이 체험한 사람들이다. 더욱이 그들은 정치적 영역에서도 별다른 목소리를 내지 못하는 사회적 난민들로까지 언급되고는 한다.

IMF의 영향을 받지 않은 세대가 어디 있겠냐마는 가장 큰 영향을 받은 이들은 지금의 30대들이다. 사회에 나오자마자 취업문제에 맞닥뜨렸고, 명예퇴직을 당한 부모의 도움도 받을 수 없어 완벽하게 나 홀로 서야만 했던 것이다. 30대 초반은 감수성이 예민한 중·고등학교 시절에 부모가 실직하거나 사업에 실패하는 모습을 지켜봤고, 30대 후반은 대학 졸업 후 극심한 취업난에 시달려야 했다. 이들은 참혹한 경쟁을 거쳐 매단계를 밟아나가지만, 그 참혹함은 결코 끝나지 않는다. 비정규직 600만 명 시대의 주요 피해자이기도 하다.

오늘날 이들 세대를 바라보는 시각은 몇 가지로 나누어진다. 첫 번째는 소위 '개새끼론'으로 귀결되는 비판적 시각이 있다. 경쟁 이외에는 배운 것이 없으며, 완전히 단자화된 삶만을 사는 존재들. 정치라고는 강요된 정치허무주의나 우파정치논리 외에는 배운 적이 없으며, 가진 거라고는 높은 학점과 토익 점수 밖에 없는 세대가 그들이라는 것이다. 이러한 발화의 주체는 소위 세계사적 개인이었음을 자처하거나(자처했던) 486들인 경우가 대부분이다. 이들의 이러한 비판 뒤에는 늘 정치허무주의와 강요된 개인주의에 함몰되지 말라는, 그리하여 너의 분노와 불만을 표출하라는 지당한 당부가 뒤따른다.

김홍중은 사회·심리적 차원에서 IMF 이후를 포스트 진정성 레짐의 시대라고 말한다. 이 시대에는 극도의 경쟁 속에서 생존 그 자체만이 문제되며, 이 시대의 대표적인 인간상은 속물과 동물이라는 것이다. 김홍중의 속물과 동물은 반성기제를 지니고 있지 않기 때문에 그들에게 자율성과 저항의 가능성을 찾는다는 것은 사실상 불가능하다.[1] 김홍중의 논의에서 이러한 인간상을 대표하는 것은 젊은이들이다.[2] 실제로 몇몇 소설들은 적당히 위악과 허무

1) 김홍중, 『마음의 사회학』, 문학동네, 2009, 17~78쪽.
2) 박치현은 김홍중 논의에 등장하는 "속물과 동물은 아마도 스펙 쌓기와 자기 계발에만 몰두하며 탈정치화되어가는 88만원 세대와 대학생들"(「신자유주의 주체성

의 포즈를 취하면서 숨쉬듯이 술 먹고 담배 피고 섹스 하는 것으로 시종하는 경우도 적지 않다.

　두 번째는 젊은 세대 내부에서 들려오는 목소리가 있다. 근본적인 시각에서 이러한 목소리는 첫 번째의 목소리와 크게 다르지 않지만, 비판보다는 그 원인을 되새김질하려 한다는 점이 다르다. 이들은 자신들의 세대가 현실의 불가능성에 대한 공유된 믿음을 지니고 있다고 본다. 사회 변화에 대한 역사적 전망이 부재하고 대안적 삶에 대한 아무런 희망도 없기에, 이들은 당면한 문제에 대한 실용적 해결에 몰두한다. 다시 말해 젊은 세대를 사로잡고 있는 보편적인 주체성의 형태는 보수주의라기보다 "나도 안다, 하지만……"의 형태를 취하는 냉소적 실용주의라는 것이다.[3] 이것은 "'그래 봤자 우린 안 될 거야.'라는 비관과 체념의 조소"[4]와 맞닿아 있는 것으로 이해된다.

　마지막으로 지금의 젊은이들이 보여주는 빈곤과 루저의 삶을 보다 긍정적으로 바라보려는 태도가 있다. 이것은 주로 무기력한 젊은이들을 형상화한 소설에 대한 비평에서 나타난다. 문학동네에서 기획한 '우리는 누구인가? 2-2010년, 한국문학의 주체'에서 복도훈은 한재호의 『부코스키가 간다』(창비, 2009)와 문진영의 『담배 한 개비의 시간』(창비, 2010), 박솔뫼의 『을』(지음과모음, 2010), 황정은의 『백의 그림자』(민음사, 2010)를 분석하면서 이들 소설의 주요인물들이 무위의 실존을 보여준다고 말한다. 이때의 무위는 장-뤽 낭시나 바타이유의 개념과 맞닿아 있으며 "목표를

　의 사회학」, 『문학동네』, 2010년 봄호, 488쪽)을 의미한다고 말한다.
3) 최철웅, 「20대, 냉소적 속물들의 인정투쟁」, 『실천문학』, 2010년 가을호, 406쪽.
4) 허지웅, 「20대와 세대론의 결별」, 『세계의 문학』, 2011년 여름호, 290쪽.

이루는 데 동참하지 않는 것, 시스템의 일부분으로 작동하지 않으려고 하는 것, 거리를 애써 두려는 노력"[5] 등으로 설명된다. "딸리는 스펙과 아무것도 아닌 콘셉트로 세상의 대오에 합류하기 어렵고 합류하지도 않으려는 이들의 조용한 거절"[6]이라는 적극적인 의미를 부여한다. 권유리야 역시 빈곤과 패배를 오히려 새로운 저항의 지점으로 삼고 있는 최근 소설의 모습을 긍정적으로 평가하고 있다.[7]

지금의 30대를 바라보는 시각은 사회성을 몰각한 이기적인 존재들로 비판하거나 거절이라는 새로운 정치성을 보이는 존재들로 의미부여하는 태도가 존재함을 확인할 수 있다. 이러한 시각이 공유하는 젊은 세대에 대한 공통된 인식은 이들이 무기력하고, 직접적인 차원에서는 사회적 존재로서의 기능과 역할에 무관심하다는 것이다. 그러나 최근에 들어서는 이와 다른 모습을 보이는 젊은이가 나타난 작품들이 30대 소설가들에 의하여 창작되고 있다. 이 글에서 살펴볼 장강명의 『표백』(한겨레출판, 2011)과 손아람의 『소수의견』(들녘, 2010)이 그것이다.

---

5) 복도훈, 「아무것도 '안' 하는, 아무것도 안 '하는' 문학」, 『문학동네』, 2010년 가을호, 388쪽.
6) 위의 글, 402쪽.
7) "따라서 빈곤과 패배자라는 사실을 배짱의 근거로 삼아 더욱 처절하게 실패해'줄' 의향이 있음을 공론화하는 2000년대 문학의 청춘들, 이들의 능동적인 자학은 많이 가진 자들의 두려움을 이용하기 위한 것이다. 그런 점에서 이들은 인생을 거는 가장 무모한 생존본능으로 자본에 대처한다. '가장 무모한 방식으로 생존을 보장받으려는 본능적인 존재'들. 이것이 2000년대 한국문학에 나타난 신세대의 자화상이다."(「2000년대 벼랑끝 청춘들, 싸구려 커피의 발원지」, 『키워드로 읽는 2000년대 문학』, 작가와비평, 2011, 233쪽)

2. 역사의 종언을 수리하기

　장강명의 『표백』은 망원경으로 IMF 세대를 조망하는 소설이다. 망원경으로 보았을 때 지금의 세계는 모든 시스템이 완벽하게 짜여 어떤 것도 보탤 수 없는 '그레이트 빅 화이트 월드'이다. '그레이트 빅 화이트 월드'는 "너무너무 완벽해서 내가 더 보탤 것이 없는 흰색. 어떤 아이디어를 내더라도 이미 그보다 더 위대한 사상이 전에 나온 적이 있고, 어떤 문제점을 지적해도 그에 대한 답이 이미 있는, 그런 끝없이 흰 그림"(77쪽)의 세계이다. 이러한 세계에서 젊은이들에게 주어진 일은 "누가 빨리 책에서 정답을 읽어서 체화하느냐의 싸움"(78쪽), 즉 자신의 고유한 색깔을 잃는 "표백"(78쪽)의 과정을 밟는 것일 뿐이다.

　표백 세계에서 벗어나기 위해 젊은이들이 선택하는 유일한 방법은 자살이다. 이 작품은 술, 담배, 섹스에서만 찰나적인 자신을 확인하던 젊은이들이 이제는 자살로밖에 자기 발언을 할 수 없는 끔찍한 모습을 드러낸 것으로 이해할 수도 있다. 이러한 자살은 에밀 뒤르켐이 말한 이기적, 이타적, 아노미적 자살과도 다르다. 얼핏 보기에 이들의 자살은 지속적이고 안정적인 생활을 누릴 수 없어 발생한 결과이기에 아노미적 자살처럼 보이지만, 오히려 실상은 반대다. 아노미적 자살이 개인들에게 조건이나 방향을 정해주지 못하는 혼란 속에서 발생하는 것이라면 이들의 자살은 이 사회가 너무나도 분명하게 이들에게 고정된 길을 제시하기 때문에 발생한다. 또한 이들의 죽음은 김사과의 소설이 보여주는 것과 같은 무지막지한 충동의 세계와도 거리가 멀다. 이들의 죽음은 "삶의 중요한 성취를 이뤘을 때"(160쪽) 이루어지는 것에서도 알 수 있듯이 철저히 계산적이다.

'나'는 "1980년대에는 대학생들이 정치의 상당 부분을 담당했고, 1990년대에는 대학생들이 대중문화의 중심"(40쪽)이었다면, 오늘날의 젊은이는 어떠한 역사적 진보도 만들어내지 못한다고 주장한다. 자살을 전파하는 일종의 메시아인 세연은 이러한 처지를 견디지 못한다. 그녀는 "아무도 전에 시도하지 못했고, 아무도 생각하지 못한 일. 그 일 이후에는 모든 사람의 생각이 바뀌게 되는 것, 반대하는 사람이라도 무시할 수는 없게 되는 그런 일"(69쪽)을 원하는 것이다. 이들에게 자살이란 보전적 개인이 되는 것에 대한 거부라고 할 수 있다. 그러나 역사 발전에 동참하는 유일한 방법이 자살이라는 점에 이 작품의 미묘한 표정이 담겨있다.

그러고 보면 이들에게 현실에서의 생존은 이들의 자살과 무관하다. 세연은 거의 로망스에나 나올법한 인물이다. 학교 홍보모델이며 수능성적 전국 상위 0.1%에 드는 21세기 장학생이고 삼성전자에도 특채된 인재이다. 그러고 보면 이 작품의 주인공 '나'가 7급 공무원 시험을 준비하며 겪는 온갖 "궁상"(132쪽)들도 하나의 선택에 불과하다. 주인공의 아버지 역시 익산시청 공무원으로 언제든지 손을 벌릴 수 있는 상황이며, 다만 본인이 그것을 원하지 않을 뿐이다.

이러한 젊은이들의 모습은 최근 소설에서는 찾아보기 어려운 형상이다. 가장 근본적인 차이는 이들이 지닌 욕망의 성격에서 비롯된다. 최근 소설의 젊은이들은 대개 개인으로서의 이기적인 활동에 모든 것을 거는 보전적 개인들(das erhaltende Individuen)에 머물렀던 것이다. 주지하다시피 그들에게 가장 중요한 과제는 생존이었고, 그 이상의 문제는 관심 밖의 일이었다. 그러나 『표백』

의 젊은이들은 그러한 생존과 일상을 뛰어넘어 역사발전에 동참하고자 하는, 그리하여 역사진보의 의식적 담지자인 세계사적 개인(das welthistorische Individuen)이 되어야 한다는 강박에 시달린다.

장강명의 『표백』은 세연의 동료 학생이었던 '나'가 서술자로 등장하는 부분과 자살한 세연이 자신을 삼인칭으로 기술한 잡기장의 기록으로 이루어져 있다. 이 작품의 처음에는 세연의 목소리만이 들리는 형국이다. 초인적인 능력을 지닌 세연은 압도적인 힘을 발휘하여 추윤영, 병권, 진호 등이 자살하게 만들고, 이에 영향을 받아 국내외에서 많은 자살자들이 발생한다. 그러나 후반으로 갈수록 세연에게 반대하는 나의 목소리 역시 큰 비중을 차지하게 된다. 차차 세연은 "위인전 목록에 자기 이름을 올리고 싶어 하는 사이코패스"(112쪽), "자신의 목적을 위해서라면 어떤 거짓말이라도 서슴지 않을 인간"(325쪽), "연쇄살인마처럼 다른 사람의 죽음에 대해서는 신경 쓰지 않"(336쪽)는 인간으로 호명된다. '나'는 자존심 때문에 자살에 반대하며 세연에게 반박하는 길은 "멋있게 사는 법을 직접 보여주는 수밖에 없"(314쪽)다고 생각한다. 주인공은 마지막에 세연을 "적수"(330쪽)로 상정함으로써 자신의 정체성을 확인한다.

아이러니하게도 『표백』의 거의 전부는 그러한 시도가 원천적으로 불가능함을 주장하는 데 바쳐져 있다. 이 작품에서는 재벌의 아들도 '그레이트 빅 화이트 월드'에서 표백되어가는 존재에 불과하다. 표백세대로서의 자기규정은 이 시대 젊은이들에게 '생의 구경적(究竟的) 형식'에 해당한다고까지 말할 수 있다. 88만원 세대론에서 비참한 젊은이들이 짱돌을 들어 해결할 문제가 낮은 임금과 부족한 일자리라면[8], 이 작품에서는 그러한 해결책조차 통하지 않는다. 설령 일자리가 생기고 적당한 임금을 받는다 해도 그들의 역할은 기존 사회의 유지보수에만 머물기 때문이다.

이 작품에서 자살 대신 제시하는 "우리시대에 태풍은 곧 몇 번 들이치리라 생각한다. 그때 그 에너지를 이용하면 여러 가지 일을 할 수 있을 것이다."(332쪽)라는 대안 속에서도 오늘날의 젊은이들은 철저히 주체가 아닌 객체에 머물고 만다. 결과적으로 '그레이트 빅 화이트 월드'는 완벽한 이 세상의 전부가 된다. '나'는 생계를 위해 최소한의 시간만 바치고 자유시간을 확보하기 위해 7급 공무원이 되지만, 실제 공무원의 삶은 그러한 기대와는 거리가 멀다. 세연은 일찌감치 "청년 연대니 청년 노조니 하는 단체도 만들지 않기를 바란다. 별 효과가 없으리라는 것이 뻔히 보이는 데 더해, 무엇보다 우스꽝스럽기 때문이다."(182쪽)라고 선언하여, 저항을 가능케 하는 집단적 주체의 가능성을 사전에 봉쇄해 놓는다. 세연을 적수로 설정한 '나' 역시 마지막에 "철저히 보통 사람으로서 생활에 기반을 둔 일을 해야 한다는 것"(331쪽)과 "청년 연대니 청년 노조니 하는 단체"(331쪽)와는 거리를 둘 것임을 분명히 한다.

그러나 이들의 삶을 배태한 역사적인 조건을 충분히 사유하지 않을 때, 그리하여 그들의 상황이 하나의 숙명처럼 자연화된다면 사태는 곤란해진다. 그것은 스스로를 영원한 쇠우리(iron cage)에 가둬두는 일이 될 것이다. 이때 가능한 태도는 대안 없는 소모 내지는 죽음뿐이다.

---

8) 우석훈·박권일, 『88만원 세대』, 레디앙, 2007.

모든 언어가 그러하듯이 소설 역시 사실확인적(constative)인 동시에 수행적인(performative) 진술이다. 이쯤에서 이 작품의 수행적인 효과에 대하여 고민해볼 필요가 있다. 이 작품에서는 표백세대라는 선규정이 너무나도 강력하다. 그리하여 구체적인 현실의 세부를 탐구하여 작가의 인식마저도 교정시켜줄 수 있는 근대소설 고유의 힘은 발휘되지 않는다. 지금의 이 세상은 완벽하고, 세상의 변화가능성은 존재하지 않는다. 가능한 것은 주어진 길을 열심히 걸어가는 것뿐이다.

이 작품은 후쿠야마식의 역사종언론을 바탕으로 쓰였다. 작가는 한국이 "경제성장과 민주화에 성공"(188쪽)하면서 어떤 모순도 근본적으로는 해결되지 않지만, 어떤 모순도 혁명이 일어날 정도로는 쌓이지 못하는 완성된 사회로 접어들었다고 본다. 이처럼 완성된 사회에서 자유민주주의와 수정자본주의를 대체할 사상은 존재하지 않는다. 산업화와 민주화를 이루어서 더 이상 아무런 역사발전이나 변혁도 생각할 수 없다는 것은 산업화와 민주화를 인간의 역사가 가닿을 도달점으로 바라보는 역사철학을 선명하게 보여준다. 이러한 상황에서 젊은이들이 나아갈 길은 앞에도 뒤에도 없다. 이 소설이 제시하는 지도에는 어떠한 좌표도 없이 하얀 공백만이 가득하다.

3. 작은 결단과 큰 승리

아현동 철거현장에서 철거민과 경찰이 대치하던 중 망루에서 농성하던 16세 철거민 박신우와 20대 전경이 사망한다. 박신우의 아버지는 아들이 경찰에게 폭행을 당하자 흥분한 나머지 둔기를 휘둘러 전경을 살해한다. 검찰에서는 박신우를 폭행하여 죽인 사람이 철거용역인 김수만이라 주장하며, 아버지 박재호를 경찰을 죽인 특수공무집행방해치사 혐의로 구속기소한다. 이에 맞서 윤변호사는 박신우를 사망에 이르게 한 것은 철거용역인 김수만이 아니라 진압경찰이며 박재호는 정당방위라고 주장한다. 이를 두고 양측의 법정공방은 시작된다.

손아람의 『소수의견』(들녘, 2010)은 서사의 대부분이 법정을 무대로 검사와 변호사가 논쟁을 벌이는 것으로 되어있다. 이 때문에 단조로운 느낌을 줄 수도 있지만, 실제로는 정반대이다. 작품의 대부분은 배심원 앞에서 이루어지는 법정공방으로 채워져 있는데 박진감이 넘친다.[9] 공안 출신으로 악명이 높은 홍재덕 검사는 변호인 측의 수사자료 열람 요청을 거부하고, 집회에 참여한 것을 빌미로 변호사를 징계위원회에 회부하며, 김수만의 위증을 교사하고, 이전의 사건을 이유로 변호사가 구한 증거 테이프를 압수하기도 한다. 이에 대응하는 윤변호사 역시 만만치 않다. 판사기피 신청, 재정신청, 항고, 국가배상청구소송, 국민참여재판 신청 등으로 이에 맞서 나간다.[10]

---

9) 현직 변호사인 차병직은 "세밀한 취재와 공부를 바탕으로 법률용어 구사와 상황 묘사가 놀랍도록 정확하다."(「유행하는 부정의와 외로운 정의」, 『창작과비평』, 2010년 가을호, 456쪽)고 말한다.

10) 손아람의 『소수의견』에는 용산참사를 떠올릴 수밖에 없는 대목이 너무나 많다. 일례로 홍재덕 검사가 수사자료 열람 요청을 거부하는 모습을 꼽을 수 있다. 실제로 용산 참사로 기소된 철거민들의 재판에서 검찰은 총 1만여 쪽의 수사기록 중에 자신들의 수사 결론에 반하는 3천여 쪽의 기록은 제출하지 않았다. (박래군, 「'용산 참사'로부터 생각하는 인권」, 『실천문학』, 2009년 여름호, 221쪽)

그러나 이 법정은 하나의 개별적인 사건을 다루는 것으로 끝나지 않고, 한국사회의 기본적인 정치적 대결이 벌어지는 첨예한 전선이 된다. 윤변호사의 편에는 탁월한 지성을 갖춘 이상주의자 염만수 법대 교수, 법을 믿지 않지만 정의감에 불타는 이준형 기자, 스물아홉 살에 조교수가 된 서른네 살의 이주민, 항의집회를 하는 법대교수들과 시국성명을 내는 민주시민사회를 위한 변호사 모임 등이 있다. 그 반대편에는 정부와 검찰, 경찰, 재벌, 보수계열 경제연구소, 그리고 악함보다는 무지가 더 큰 문제인 아현동 재개발조합원들이 있다.

　　『소수의견』은 첨예한 사회적 문제를 다루면서도 손쉬운 선악의 이분법을 벗어나고 있다. 주인공은 박재호의 변호인이기도 하지만 조직폭력배 두목 조구환의 변호인이기도 하다. 윤변호사가 박재호를 변호할 때는 법의 형식논리 때문에 고생하지만, 조구환을 변호할 때는 바로 그 형식논리에 바탕해 조구환이 살인죄를 벗어나게 한다. 살인 날짜를 허위진술하게 함으로써 공소가 불가능하게 만든 것이다. 이로 인해 윤변호사는 한 방청객에게 "버러지 같은 놈"(16쪽)이라는 말을 듣는다.

　　박재호의 재판에서 승부를 결정하는 가장 핵심적인 사항은 철거용역인 김수만의 증언이다. 김수만이 박신호를 살해했을 때와 아닐 때의 결과는 완전히 달라질 수밖에 없다. 검찰에서는 시종일관 박신호의 살해범으로 조직폭력배 김수만을 꼽고 있다. 이런 상황에서 김수만의 행방은 묘연하다. 이때 김수만의 신병을 확보해 증언대에 세우는 것은 바로 윤변호사의 변론으로 살인죄에서 벗어난 조직폭력배 조구환이다. 윤변호사가 거느린 거대한 선은 조구환이란 악의 힘으로 비로소 힘을 발휘하게 되는 것이다. 이 작품에서 세상의 선과 악은 마치 뫼비우스의 띠처럼 교묘하게 얽혀 있다.

이 소설의 주인공 윤변호사는 1997년 겨울 법대를 졸업한 후 건설회사에 다닌다. 회사는 자금난에 처해 있었고, 부도설이 떠돌았다. 그 시절 주인공은 "겨울이 지나가는 자리에 눌러앉은 선조와 조국을 저주"(401쪽)했다. 그는 기어이 회사에서 해고되고, 작은 빌라에서 전기장판만 찾던 아버지는 전기장판의 코드가 뽑힌 상태로 죽는다. 20년 동안 철물점을 운영하며 현상유지에만 급급했던 아버지는, "매일 아들만큼은 자신과 다르게 살게 해달라고 신께 기도하는 사람"(403쪽)이었다. 윤변호사가 사법고시를 준비한 것은 그 이후이다. 사법고시에 통과하여 사법연수원을 수료하지만, 늦은 나이에 일류 대학을 졸업하지 못한 그가 선택할 수 있는 일은 국선변호인 밖에 없다.

직장에 발을 내딛자마자 IMF로 해고당한 윤변호사는 IMF의 영향을 직접적으로 받은 세대의 첫머리에 해당한다. 그러나 윤변호사가 이에 대응하는 방식은 기존의 정형화된 젊은 세대의 모습과는 다르다. 무위와 절망만을 반복하기보다는 자기만의 방식으로 주변의 현실에 맞서나가고 있기 때문이다.

『소수의견』에는 여러 대목에 걸쳐 결단과 행동이 나타나고 있다. 법과 제도라는 테두리에 남아 자신의 이익을 최우선시하는 속물이나 동물이 될 수 있음에도 주인공은 계속해서 보다 나은 진실을 향해 나아간다. 주인공에게는 여러 번 선택의 순간이 다가온다. 국선변호인의 신분으로는 박재호를 변론할 수 없는 순간이 오자 윤변호사는 과감하게 생계의 위협을 무릅쓰고 국선변호인을 그만둔다. 이러한 결정은 "어떻게 사는가, 어떻게 살아야 하는가,

어떻게 살고 싶은가의 문제"(93쪽)와 연결된 것이다. 이후에도 윤변호사는 결코 현실과 타협하거나 포기하지 않는다. 그는 박재호의 삶이 하나의 "역사"(244쪽)라는 신념을 가지고 모든 곤란을 헤쳐나가는 것이다. 또한 그는 "자신만이 정의롭고, 자신만이 솔직하고, 자신만이 실천주의자라고 공표하는 확신에 찬 얼굴"(383쪽)을 하고 재판에 해를 끼치는 4번 배심원을 보며, "정의의 진짜 적은 불의가 아니라 무지와 무능"(383쪽)이라고 생각하는 냉철함까지 지니고 있다.

결과는 일단 윤변호사의 승리로 볼 수 있다. 윤변호사는 배심원들이 만장일치로 박재호의 정당방위를 인정하는 의견을 이끌어낸다. 재판장은 법의 이름으로 배심원들의 의견을 뒤집어 징역 3년형을 선고하지만, 이어진 항소에서 박재호의 선고형량은 1년 6개월까지 줄어든다. 그리고 양심의 상징인 염만수 교수는 대법관 후보로 거론된다.

그러나 현실의 권력은 그렇게 호락호락하지 않다. 그것은 작품의 마지막에 등장하는 변호사가 된 홍재덕과의 만남을 통해 나타난다. 이 자리에서 홍재덕은 "내가 옷을 벗어 괴로워할 거 같은가? 전관예우기간이라 벌이가 아주 좋아요."(417쪽)라며 느물거린다. 각종 무성한 방법으로 진실을 은폐하려 했던 홍재덕은 국가적 차원의 음모는 없었으며 모든 것이 자신의 "소신"(418쪽)에 따른 것이라고 당당하게 말한다. 진짜 적은 우리의 내면에 잠복해 있는 자발적인 권력에의 동조와 일상에 만연한 권력의 작용이었던 것이다. 그렇다면 우리의 싸움 역시 보다 정교하고 생활에 밀착할 필요가 있을 것이다. 진짜 싸움은 이제부터인지도 모른다. 손아람의 『소수의견』은 그 싸움이 결코 무용하거나 불가능하지만은 않을 거라는 예감을 준다.

4. 6·9작가선언과 새로운 가능성

문학의 죽음이 심심치 않게 논의되었다. 이것은 단순히 대중으로부터 외면받는다는 의미도 있지만, 근대문학의 핵심적인 성격인 '영구혁명 담당기관으로서의 문학'이라는 사회적 기능을 잃은 것과도 관련된다. 2000년대 소설들은 이를 실증해주는 구체적인 사례이고, 특히 작품 중에 등장하는 젊은 세대들은 정치성 거세의 상징적 존재들로 언급되었다.

이쯤에서 일제말기 임화의 평론을 생각해볼 필요가 있다. 당대 현실에 대하여 정면으로 발언한 작품들이 거의 없던 일제말기에 임화는 "작가의 의도가 의식하지 않고 직관으로 초래한 잉여의 세계, 만일 그것이 의식된다면 작가에 의하여 부정될지도 모르는 새 세계를 작품으로부터 분리하여 그것의 독립적 가치를 승인하고 나아가 그 존재와 성장의 가능성을 증명"[11])하는 것이야말로 비평의 기능이라고 보았다. 임화는 현실에 대하여 정면에서 발언하지 못하는 작품 속에서도 충분히 정치적 가능성은 사유될 수 있다고 본 것이다. 작품에서 희미하게 인식되는 잉여세계를 의식화하고, 그것을 의미화하여 작가의 창작을 돕는 것이 비평의 기능이자 역할이라고 본 것이다. 물론 이것이 가능하기 위해서는 비평가가 잉

---

11) 임화, 「작가와 문학과 잉여의 세계」, 『비판』, 1938.4. 『임화 문학예술전집』 3권, 소명출판, 2009, 569쪽.

어를 낳는 새로운 세계와의 공감력을 가져야 한다고 보았다. 과연 오늘날의 비평은 충분한 공감력을 지니고 지금의 작품들이 담지 한 혹은 담지할 수밖에 없는 잉여세계를 간취하고 있는지 심각하 게 고민할 필요가 있다. 오늘날의 문학에 대한 대부분의 성급한 진단들은 임화가 말한 비평의 역할을 몰각한 것에서 비롯된 것인 지 진지하게 자문해볼 필요가 있다. '과거의 시각'으로 '현재의 작 품'을 재단하며, 그 안에 잉여로서 존재하는 '현재의 정치성'을 몰 각한 채 가시적으로 드러나지 않는 '과거의 정치성'이 없다고 비판 한 것은 아닐까?

　장강명의『표백』과 손아람의『소수의견』은 직접적으로 현재 문 학의 정치성을 심문하는 문제작들이다.『표백』은 작가의 관념이 압도적인 영향력을 발휘하고 있다. 관념에 바탕한 선규정은 현실 에 대한 구체적인 탐구마저 제약하여, 작가가 내세우고자 하는 주 장의 진정성을 스스로 무너뜨리고 있는 형국이다. 그럼에도 보전 적 개인을 넘어선 세계사적 개인에 대한 탐구를 제시했다는 점은 높이 살만하다.『소수의견』은 비교적 법이라는 한정된 테두리 속 에서 이 사회의 진실과 진보에 대한 꼼꼼한 탐구를 하고 있다. 이 러한 시각은 작지만 무척이나 소중한 새로운 문학적 가능성을 향 한 출발이 되기에 충분하다.

　최근에는 '예술적 창작'이 아닌 '사회적 실천'이라는 측면에서도 작가들이 구체적인 모습을 보여주고 있다. 일례로 '6 · 9 작가'들 이 선보인 정치적 목소리를 들 수 있다. 그들은 2009년 6월 9일에 '이것은 사람의 말'이라는 최초의 선언을 했으며, 같은 해 12월 8 일에는 용산 현장에서 '다시, 이것은 사람의 말'이라는 두 번째 선 언을 했다. 이들은 그 자체로 하나의 통일된 목소리를 내는 정치

조직이 되는 것을 거부했다. 따라서 이들의 단일한 이념이나 지향을 정리한다는 것은 불가능하다. '6·9작가선언'은 '자유로운 개인들의 자발적 연대'를 가장 중요한 자기 정의의 핵심어구로 삼고 있다. 개인과 연대의 동시적 강조는 작가선언의 핵심 정신이다.[12)]

이 모임의 성격을 보다 개념화한 논의로는 진은영의 「조각의 문학」과 심보선의 「불편한 우정 : 어떤 공동체의 발견」을 들 수 있다. 「조각의 문학」에서 진은영은 타자에게 가닿을 수 없다는 금지의 절대성은 진실이지만, 그렇다고 해서 타자에 대한 순정한 언어를 가질 수 없다는 문학적 통찰이 침묵을 제안하지는 않는다고 말한다. 오히려 "끝없는 말을 통해서 타자와 우리 자신을 동요시키고 양자의 내밀성을 파괴하며 접근 불가능한 존재로 변화시켜버린다. 그 불가능성을 만드는 '가능성'이 문학이며 문학적 언어의 고유한 권리이다."[13)]라고 주장한다. 여기에는 '불가능한 가능함'으로서의 공동체에 대한 비전이 담겨 있다. 심보선의 「불편한 우정」은 최종적으로 자신이 지향하는 공동체가 "어떤 변수, 배경, 원인들의 재현이 아니라 만남 그 자체의 무목적적인, 그러나 신비로운 현현. 첫 번째이자 마지막 매듭, 맨얼굴, 뜻밖의 목소리, 이미 소멸된 추억으로부터 오기도 하고 아직 도래하지 않은 미래로부터 오기도 하는 그것들."[14)]이라고 정의한다.[15)] 여기서 발견할 수

---

12) 권희철은 "조직하고 골방 사이에 있는 공동체"라는 표현을 사용하고 있다. 박수연 외 4인 좌담, 「다르지만 같은 사람들의 이야기」, 『실천문학』, 2010년 봄호, 293쪽.
13) 진은영, 「조각의 문학」, 『문학과사회』, 2009년 가을호, 396쪽.
14) 심보선, 「불편한 우정 : 어떤 공동체의 발견」, 『문학과사회』, 2009년 가을호, 491쪽.
15) 이들이 말하는 공동체는 바타이유로부터 시작하여 블랑쇼를 지나 낭시에까지 이어지는 공동체론과 맞닿은 것이라 할 수 있다. 바타이유, 블랑쇼, 낭시가 제시하

있는 것은 이들이 공동체에 대한 비전을 결코 포기하지 않으며, 이때의 공동체는 목적론적인 집단적 주체와는 거리를 둔 채 (불)가능성을 내포한 아포리아로서만 존재한다는 사실이다. 무엇보다 주목해야 할 점은 이들이 새로운 연대와 실천의 가능성을 포기하지 않겠다는 의지를 완곡하게 표현하고 있다는 점이다.

실제로 '6·9작가'는 용산문제와 관련해 구체적이면서도 실천적인 활동을 펼쳤고, 여러 가지 성과들을 남긴 바 있다. 이러한 활동은 실제 창작과도 무관하지 않은 흐름을 이루고 있다. 이 글에서 논의한 손아람의 『소수의견』은 한국의 법에 대하여 탐구하고 있는 작품이다. 이것은 『2009 용산참사 헌정문집』에서 신형철이 한 "오늘날 대한민국에서 법은 사랑의 논리화가 아니라 폭력의 합리화에 가깝다. 이제 문학은 법과도 싸워야 한다."[16]는 발언에 대한 하나의 응답으로 이해할 수도 있을 것이다. 문학에 대한 애정을 철회하기에 2012년 '문학의 오늘'은 여전히 뜨겁다.

는 공동체의 길이란 "어떤 '불가능성'의 길, 어떤 '부재'의 길, 하지만 바로 그러한 불가능성과 부재로부터 비로소 발원하게 되는 어떤 '소통'의 길"(최정우, 「코뮤니즘을 다시 사유하기 위하여」, 『문학과사회』, 2011년 봄호, 455쪽)이다.
16) 『지금 내리실 역은 용산참사역입니다 : 2009 용산참사 헌정문집』, 작가선언 6·9 엮음, 실천문학사, 2009, 167쪽.

소설의 새로운 가능성

1. 근대문학 종언론

가라타니 고진에게서 시작된 '근대문학의 종언'이라는 테제는 지난 몇 년 우리의 문학관을 술렁이게 만들었다. 고진은 근대문학이 다른 시대의 문학과 구별되는 것은 소설 또는 소설가가 중요한 지위를 차지했던 것이라고 말한다. "근대문학＝소설"이라는 등식이 성립한 가장 큰 이유는 소설이 다음과 같은 두 가지 역할을 수행했기 때문이다. 첫째 리얼리즘 소설은 객관적 재현장치인 원근법, 언문일치, 묵독 등을 통해, 세상과 자신을 성찰할 수 있는 내면적 주체를 형성시켰다. 둘째 지적 능력과 감성적 능력을 연결하는 상상력을 적극적으로 활용하여 타자들과의 공감 능력을 배양함으로써 네이션(nation)의 형성에 기여를 했다. 위의 두 가지 기능 중에서도 좀 더 본질적인 근대문학의 역할은 후자와 관련된다.

18세기에 감성과 감정이 지적·도덕적 능력(오성이나 이성)과 밀접하게 연결되어 있다는 것, 그리고 그들을 매개하는 것이 상상력이라는 사고가 등장함으로써, 이제까지 감성적 오락을 위한 단순한 읽을거리였던 소설(이야기)이, 철학이나 종교와는 다르지만, 보다 인식적이고 실로 도덕적인 가능성을 지녔다는 것이 발견(발명)된 것이다. 이를 통해 "소설은 '공감'의 공동체, 즉 상상의 공동체인 네이션의 기반"[1]이 된 것이다. 문학은 이제 지적이고 도덕적인 과제까지 확실하게 짊어지게 된다. 사르트르의 "문학은 한마디로 말하자면 영구혁명 안에 있는 사회의 주체성(주관성)이다."[2]라는 말은 칸트 이후 문학이 놓인 입장을 보여준다.

그런데 가라타니 고진은 "'문학'이 윤리적·지적인 과제를 짊어지기 때문에 영향력을 갖는 시대는 기본적으로 끝났습니다."[3]라고 선언한다.[4] 오늘날도 문학이 존재한다면, 그것은 단지 오락으로만 존재한다는 것이다. 가라타니 고진이 자신 있게 근대문학의 종언을 선언하는 핵심적인 이유 두 가지는 문학(소설)이 더 이상 네이션을 형성하는 기능을 발휘하지 못한다는 점과 문학의 인식적·도덕적 가능성이 소진되었다는 점이다.

이러한 가라타니 고진의 발언에 대하여 한국문학계는 다양한 반응을 보였다. 황종연[5]은 고진이 기대고 있는 이론적 틀을 하나하나 따지며 그 문제점을 지적하는 방식으로 대응하고 있다. '피

---

1) 가라타니 고진, 조영일 옮김, 『근대문학의 종언』, 도서출판b, 2006, 51쪽.
2) 장폴 사르트르, 정명환 옮김, 『문학이란 무엇인가』, 민음사, 1998, 213쪽.
3) 가라타니 고진, 앞의 책, 65쪽.
4) 근대문학이 그동안 떠맡아왔던 네이션 형성이라는 이데올로기적 역할의 종료와 더불어, 가라타니 고진은 그림의 기하학적 원근법에 상응하는 소설의 삼인칭 객관묘사의 폐기, 새로운 미디어와 문화의 출현, 자율적인 주체성을 더 이상 추구하지 않는 사회분위기 등을 근대문학 종언의 배경으로 언급하고 있다.
5) 황종연, 「문학의 묵시록 이후―가라타니 고진의 『근대문학의 종언』을 읽고」, 『현대문학』, 2006년 8월호.

로 피를 씻는 방식'이라고 할 수 있을 텐데, 모든 기원을 따지는 논의가 그러하듯이 현재와 실상을 은폐한다는 단점이 있다. 이도흠[6]은 단호한 목소리로 비판적이며 도덕적인 역할을 하는 근대문학이 지금 이 시대에도 여전히 유효하다고 말한다. 송창섭[7]은 문학의 종언을 낳은 사회 · 경제적 조건인 자본제와 관련시켜 논의하고 있다. 시장경제의 원리에 의해 작동하는 자본제가 발달할수록, 문학은 교환가치가 없는 사치품이 된다는 것이다. 조영일[8]과 권성우[9]는 현재 체제와 문단의 시스템이 문학의 종언을 낳은 핵심적인 이유라고 지적한다. 그러나 문학장 자체만을 문제 삼을 때, 문학종언론의 외부는 존재하지 않게 된다. 이상의 논의들은 가라타니 고진이 주장한 근대문학 종언론의 의미와 그것이 지니는 한국문학에서의 가능성을 짚어주는 중요한 논의들이라고 할 수 있다.

지금 중요한 것은 가라타니 고진의 종언론을 객관화하고 상대화하는 작업이다. 그것은 가라타니 고진의 견해를 심판하려는 태도에서 벗어나야 한다는 것이다. 고진은 선지자가 아니며, 그의 주장 역시 하나의 비평적 판단대상으로 여겨야 한다. 따라서 그의 의견이 절대적으로 옳다거나 반대로 전적으로 잘못되었다는 식의 판단은 아무런 긍정적 효과를 주기 힘들다. 문제는 그것이 가진 생산성과 유효성을 최대한 오늘의 문학판을 점검하는 데 활용해야 한다는 점이다. 필자는 가라타니 고진이 근대문학 종언의 핵심

---

6) 이도흠, 「근대, 근대문학은 아직 끝나지 않았다」, 『문학과경계』, 2006년 겨울호.
7) 송창섭, 「문학과 자본의 안과 밖―가라따니 코오진의 『근대문학의 종언』」, 『안과밖』 22호, 2007년 상반기호.
8) 조영일, 『가라타니 고진과 한국문학』, 도서출판b, 2008.
9) 권성우, 「추억과 집착―'근대문학의 종언'과 그 논의에 대하여」, 『안과밖』 22호, 2007년 상반기호.

적인 근거로 내세우는 '문학(소설)이 더 이상 네이션을 형성하는 기능을 발휘하지 못한다는 점'과 '문학의 인식적·도덕적 가능성이 소진되었다는 점'과 관련해 전자에는 동의하지만, 후자에는 동의하지 못한다. 최근의 소설이 네이션의 형성과 관련된 압박에서 벗어난 것은 어느 정도 사실로 보인다. 설령 네이션 형성에 기여를 한다고 하더라도, 그것은 작가의 의도를 넘어선 차원에서 이루어지는 경우가 대부분이다. 그러나 이것을 부정적인 현상이라고 볼 수만은 없다. 근대의 국민국가가 가진 여러 가지 부정적인 속성도 고려한다면, 네이션 스테이트 역시 극복되어야 할 하나의 과제이기 때문이다. 오히려 오늘날 사람들이 살아가는 현실의 여러 문제들은 전지구적 단위에서 형성되는 것이라고 할 수 있다. 따라서 네이션의 범위를 벗어난 형상화야말로 오늘날의 현실에 대한 더욱 적확한 묘사이다. 이와 관련해 오늘날의 문학은 전지구적 차원에서의 새로운 인식적·도덕적 가능성을 보여준다고 판단할 수 있다.

요컨대 "상상력이라는 인식론적 권능과 미학적이고 윤리적인 연대의 형식들(공감력)의 결합 속에서 근대문학은 타인들과의 연대를 상상적으로 획득할 수 있는 주체와 그런 주체들이 구성하는 공동체를 형성하는 상치의 역할을 수행했다"[10]면, 지금의 우리 문학이 감당할 수 있는 연대와 공동체의 범위는 민족을 훌쩍 뛰어넘어 세계와 자연의 수준에까지 이르게 되었다고 볼 수 있다. 그렇다면, 근대문학에게 특권적으로 주어졌던 '문학의 인식적·도덕

---

10) 김홍중, 「근대문학 종언론의 비판」, 『마음의 사회학』, 문학동네, 2009, 128~129쪽.

적 가능성'은 오늘날 다른 방식으로 활성화되었다고 말할 수도 있을 것이다. 최근 창작된 많은 소설들은 새로운 차원의 현실 인식과 정치적 사유를 보여주고 있다. 이은선의 「카펫」(『현대문학』, 2010년 4월호), 전혜정의 「봉인된 시간」(『학산문학』, 2010년 여름호), 한지수의 「열대야에서 온 무지개」(『문학사상』, 2010년 4월호)가 대표적이다.

2. 누구의 이야기도 아닌 모두의 이야기

이은선의 「카펫」에서 배경과 관련해 독자가 구체적으로 확인할 수 있는 것은 거의 없다. 구체적인 지명이나 시대를 상상할 수 없는 상황에서 외국 이름을 가진 인물들이 주요 인물로 등장한다. 그러나 그것이 담고 있는 문제의식은 지금의 현실에 대단히 밀착되어 있다. 이때 중요한 것은 이 작품에서의 현실이 가라타니 고진이 근대문학의 가장 큰 의미 배경으로 설정한 네이션의 단계를 넘어서고 있다는 점이다. 이때의 현실은 그야말로 전지구적 차원의 것이다.

「카펫」은 슈흐랏이라는 이국 소녀를 화자로 내세워 내해(內海)가 말라가는 환경재앙을 그려내고 있다. 모든 재앙은 내해가 말라가는 것으로부터 시작된다. 내해가 마르기 전에 사람들은 목화 농사를 짓고, 바다에 나가 고기를 잡으며 행복하게 살았다. 그러나 내해가 마르면서, 사람들은 농사를 지을 수도 없고 심지어는 마실 물조차 모자라게 된다. 마을 사람들은 불치의 질병에 시달리는데, 주인공인 슈흐랏 역시 대책 없이 목이 점점 부어오른다. 선장인 아버지는 배를 타고 떠나 돌아오지 않는다. 어머니는 카펫을 팔아 근근이 생활을 해나가지만 아픈 슈흐랏의 약값조차 대기 힘들다.

이러한 척박한 삶에 율두스라는 이름을 가진 한 여인이 나타난다. 그녀는 생태조사팀의 일원으로 왔다가 부상을 당해 낙오한 것이다. 모자란 물로 인해 이방에서 온 여자를 들이지 말라는 마을 사람들의 명령에도 불구하고, 슈흐랏의 어머니는 그녀를 데려와 돌봐준다. 사람들은 "사람 하나 느는 일이 물을 얼마나 많이 쓰는 일인 줄 알고나 하는 짓"(171쪽)이냐며 엄마를 나무라지만 어머니는 그녀를 끝까지 돌본다. 엄마는 슈흐랏에게 율두스의 나라에 가면 병을 고칠 수 있는 방법이 있을지도 모른다고 말한다. 그러나 율두스와 같은 팀에 속했던 사람들은 마을에 두 번 다시 나타나지 않는다. 그러나 어머니마저 돌아오지 않는 상황에서 이방에서 온 율두스는 촌장에게 강간당한다. 이전에 어머니도 약값을 대가로 마을 사람들과 촌장의 성적 노리개가 된 적이 있다.

점점 상황은 악화되어간다. 카펫을 팔러나간 어머니는 돌아오지 않고, 슈흐랏은 병이 심해져 몸의 감각이 사라져버린다. 수로에는 더 이상 한방울의 물도 들어오지 않는다. 슈흐랏과 율두스는 무작정 마을을 떠난다. 그 순간 슈흐랏의 앞에 거대한 환상이 나타난다. 지평선을 넘어온 바닷물이 발목까지 차오르고, 아버지가 타고 있을지도 모르는 배가 밀려온다. 동시에 엄마가 나타나고, 슈흐랏은 병이 다 나았다고 느낀다. 그 황홀경의 와중에 슈흐랏은 목화송이 하나를 잡아타고 하늘을 헤엄쳐 다닌다. 이때의 환상은 현실의 비극을 더욱 강조하는 것인 동시에, 출구 없는 우리의 막막한 절망을 강하게 환기시킨다.

이 작품은 추상적인 시·공간을 배경으로 하고 있지만, 담고 있는 메시지는 매우 현실적이고 절박한 것이다. 물부족과 그로 인한 고통은 네이션의 차원을 넘어 인류가 겪고 있는 지금의 문제이기 때문이다. 이은선은 구체적인 인물이나 시공을 완전히 벗어난 환상적인 방법을 통해 현재 인류가 당면한 절박한 과제를 환기시키는 데 성공하고 있다.

3. 한계상황과 성녀

전혜정의 「봉인된 시간」 역시 추상적인 시공을 배경으로 하고 있다. 이 작품은 강력한 알레고리적 의미를 형성한다. 마을에 점령군이 들이닥치고 그들은 포로들을 죽이는 것으로 자신들의 폭력성을 증명하기 시작한다. 점령한 지 반 년이 지난 후에도 사나흘에 한번 꼴로 포로들에 대한 처형이 회당에서 벌어진다.

점령군 장교는 곧 마라라는 어린 소녀에게서 "단순히 아름답다는 표현만으로는 부족할 정도"(270쪽)의 미모를 발견한다. 그날 저녁에 마라는 점령군 장교들의 성적 노리개가 되어, "핏물과 상처와 멍으로 범벅이 된 나신"(277쪽)이 된 채 집으로 돌아온다. 마라는 처음 성폭행을 당하던 순간에 "남자들에게 차례로 다리를 벌리고 있는 자신을 응시하고 있는 또 다른 자신을 어둠 속에서"(276쪽) 본다. 나중에 "마라에겐 과거가 존재하지 않았다. 다만 현재만이, 장교들의 욕구를 충족시키기 위해 지금 두 다리를 벌리고 있는 현재만이 존재"(295쪽)하게 된다. 이러한 두 가지 체험은 마라가 끔찍한 비극을 겪으며, 자신의 정체성을 완전히 상실했음을 의미한다. 그녀는 일종의 죽음을 당한 것이다.

성적 노리개가 된 마라는 점령군의 보호 아닌 보호를 받는다. 마라가 첫 번째 성폭행으로부터 회복하기까지는 두 달 여의 시간이 걸린다. 회복이 되자마자 마라는 또다시 장교들에게 끌려간다. 그곳에서 마라는 장교들에게 요구받은 일들을 무표정한 얼굴로 수행한다. 그때도 자신이 보았던 또 다른 자신을 어둠 속에서 발견한다. 계속해서 마라가 막사를 출입하자 마을에는 "고작 열네 살의 소녀인 마라가 벌써부터 남자를 호릴 수 있는 음탕한 매력을 지니고 있는 탓에 점령군의 장교들이 마라에게서 헤어나지 못하는 것"(284쪽)이라는 소문이 돌기 시작한다. 마을 사람들은 어느새 마라를 어린 매춘부로 간주하기까지 한다.

이은선의 「카펫」이 물부족으로 대표되는 인류의 환경문제를 환기시켰다면, 전혜정의 「봉인된 시간」은 예외상황이 정상이 되어버린, 항구적 예외상태인 국가 간의 폭력적 상황과 그에 대응하는 사람들의 폭력적인 방식을 진지하게 문제 삼고 있다.

우선 P국의 성격이 오늘날의 패권국을 강렬하게 환기시킨다. "P국이 강대국이라는 것은 사방의 모든 나라들이 인지하고 있는 사실이었으나, 이 강대국에게는 항상 호시탐탐 반기를 들려하는 적국이 너무 많"(290쪽)았다. 마을 사람들에게는 생존 자체를 위협할 만큼의 혹독한 굶주림과 가난이 닥쳐오고, 점령군도 P국의 전투상황이 악화됨에 따라 본국으로 돌아갈 상황에 이른다. 식자공 역시 오늘날의 위계화된 세계에서 흔히 발견할 수 있는 인물형이다. 이 마을에서 점령군과 마을 사람들 사이를 매개하는 것은 점령군의 언어인 P국의 말을 유일하게 할 줄 아는 식자공뿐이다. 그로 인해 늘 일감이 없어 근근이 살아가던 식자공은 마을에서 "가장 영향력 있는 인물"(266쪽)이 된다. 그는 마을 사람들과 점령군 사이에서 중개자의 역할을 솜씨 좋게 해낸다. 식자공은 나중 점령군 사병들에게 명령을 내리는 지위에까지 오르고, 마을 사람들 사이에서도 신망을 얻는다.

이러한 절체절명의 순간에 마을 사람들이 보이는 태도는 매우 문제적이다. 마라의 존재로 인해 "더 이상 다른 소녀들이 희생되지 않는 상황"(287쪽)이 가능함에도 불구하고,[11] 마을 사람들은 이유 없이 마라를 비난하고 그녀와 그 가족들에게 근거 없는 원망과 불평을 보인다. 마라는 "그저 자신과 모두를 살리기 위해 그랬던"(294쪽) 것뿐이다. 이후 마라를 향한 마을 사람들의 적개심의 수위는 점차 높아진다. 마라의 집에는 음식이 넘쳐난다는 말이 퍼지고, 그 후에는 배고픔을 견디지 못하고 찾아온 이웃에게 썩은 무화과를 던져주며 개처럼 받아먹으라고 했다고까지 한다. 점령군이 철수하자 마라와 그 가족들에 대한 마을 사람들의 적개심은 노골적으로 불타오른다. 결국 점령군이 철수한 날 마라는 자신의 집이 검은 연기에 휩싸여 사라지는 것을 산에서 보게 된다. 선악의 피안에 놓여있는 마라와 그 가족들을 향해 돌을 던짐으로써, 마을 사람들은 자신들에게 찾아온 공동체의 문제를 해결하고 있는 것이다. 이러한 방식은 너무도 비겁하고 졸렬한 것이지만, 르네 지라르가 말했듯이, 인류가 오랫동안 위기를 극복해온 방식이라고도 할 수 있다. 르네 지라르의 독법에 따를 경우, 자신의 모든 것을 바치고도 바로 그 이유 때문에 목숨을 잃어버린 마라는 이 시대의 예수라고 할 수 있다.

---

11) 처음 마라가 성폭행을 당하고 병들어 누워 있을 때, 점령군은 다른 소녀에게도 마라에게 했던 것과 같은 일을 저지른다. 이로 인해 그 소녀의 가족은 모두 죽음에 이른다.

4. 한우(韓牛)를 낳는 방법

　한지수의 「열대야에서 온 무지개」(『문학사상』, 2010년 4월호)는 앞에 살펴본 두 작품과는 달리 현재의 한국이라는 구체적인 시공을 배경으로 하고 있다. 이 작품은 그동안의 소설에서 충분히 다루어진 동남아 출신의 여성을 주인공으로 내세우고 있다. 한국에 와서 고생하는 이주민들의 삶이란 최근의 한국소설에서 충분히 다루어진 인간상이다. 그러나 「열대야에서 온 무지개」는 값싼 동정이나 연민에 바탕하여, 갖가지 나르시시즘적인 이분법(약자로서의 이주민/강자로서의 한국인, 고통받는 희생자/선의의 구원자, 수동적인 연기자/능동적인 관찰자)을 양산하는 소설과는 구분된다. 이 작품이 특징적인 것은 동남아 출신 여성과 한국 출신 남성의 만남이 철저히 '개인 대 개인'의 만남이라는 형식으로 이루어진다는 점이다.

　태국 출신의 사이란이 한국에 온 계기는 한국 남성과의 결혼 때문이다. 그런데 이들의 결혼은 여러 가지로 인상적이다. 둘의 만남부터가 지금까지 소설에서 흔히 그래왔던 것처럼, 경제적인 이유 때문이 아니다. 그것은 좀 더 실존적이며 개인적인 차원에서 이루어진다. 고향에서 회계사로 일하던 사이란은 거짓말하지 말라는 불교의 계율을 어기는 것이 늘 마음에 걸렸다. 무엇보다 늙고 병들었거나 일하기 싫어하는 가족 때문에 대학 때부터 사귀던 첫사랑과 이별하는 아픔을 겪었다. 이 일로 사이란은 한국 남자와 맞선을 본 것이다. 그녀는 "넓은 아파트나 도회적인 직업"(164쪽)이 아니라 "불분명한 첫사랑의 상처를 덮어버릴 만큼 낯설고 강력한 사건을 원했"(164쪽)기에 한국에 온다. 재석 역시 도립악단에서 첼로 연주자로 생활하면서 동료 연주자와 사귀었다가 헤어진 아픔이 있다. 그녀가 악단장과 결혼식을 올리던 당일까지도 재석은 자신이 그녀와 연애중이라고 생각했다. 재석은 이전에도 한 명의 여자와 3년을 넘긴 적이 없다. 사이란은, 재석이 그녀를 처음 만났을 때 얼마 전 헤어진 여자라고 생각할 만큼 전 애인을 닮아 있다.

둘은 심리적으로 대등한 개인들이다. 재석이 "내게 잘 보이려고 기를 쓰며 진땀을 흘리는데, 그렇게 나 하나만 바라보는데, 그걸 보면서 어떻게 사랑하지 않을 수 있니……? 짐승이라도 그런 눈으로 바라본다면 마음이 움직이지 않겠니?"(177쪽)라고 말하는 것에서 알 수 있듯이, 연민에서 출발해 사이란을 사랑했다면, 사이란 역시 "재석의 깊은 눈에서 갈증에 시달리는 짐승의 애처로운 호소"(177쪽)를 보고 재석을 사랑한 것이다. 연민과 동정에서 시작된 사랑이기는 하되, 그것은 어느 한 쪽의 일방적인 것이 아니라 둘 모두를 주체이자 대상으로 한 것이다. 둘은 짐승의 눈과 마음이라는 평등한 조건으로 서로를 사랑하는 것이다.

그들이 살아가는 방식도 독특하다. 남편인 재석은 1주일에 한 번씩 찾아와서 부식거리와 생활비를 놓고 돌아간다. 재석은 악단의 첼로 연주자였으나 지금은 포기하고, 가구점을 운영하여 근처의 이동식 주택에서 살고 있다. 그동안 보아왔던 남자들과는 너무나 다른 재석을 보며, 사이란은 "결혼을 하고서 같이 살지 않아도 되는 건지, 봉사만 하고 다니는 자신에게 왜 돈을 벌어 오라는 요구를 안 하는지, 가구점 일을 돕겠다고 했을 때 거절한 것은 자신의 얼굴에 흐르는 이국적인 촌스러움 때문은 아닌지, 심지어는 그런 자신을 왜 때리지도 않는지……."(162쪽)라고 생각할 정도이다.

그러나 「열대야에서 온 무지개」가 다문화가정의 여성들이 겪는 고통에 눈을 감은 동화 같은 작품은 아니다. 그것은 한국에 온 다문화가정의 도우미 노릇과 산모 돌보기 등의 활동을 하는 사이란을 통해 드러난다. 사이란은 산후도우미로서 탯줄을 떼준 아이만 해도 열 명이 넘는다. 그중에서도 자신이 돌봤던 첫 번째 산모인 위라완과는 특별한 관계를 맺고 있다. 위라완은 근로자로 한국에 들어와 박스 공장에서 일하다가 공장의 간부였던 이혼남과 사랑에 빠졌다. 그러나 곧 위라완은 딸과 함께 단칸방에 버려진다. 위라완이 낳은 아이는 호적에 올릴 이름도 얻지 못하고, 그냥 딸이라는 뜻의 '룩사오'로만 불린다. 룩사오는 결국 위라완이 일하는 청소 현장에서 사고를 당해 죽고 만다.

이 작품의 마지막은 사랑의 윤리학을 제시한다는 점에서 인상적이다. 룩사오가 죽었다는 소식을 전해들은 사이란은 재석의 가구점을 찾아간다. 그곳에서 재석이 이전 애인과 나누는 대화를 엿듣는다. 이때 재석은 사이란과의 결혼생활이 쉽지 않지만 "그럼에도 불구하고 사이룽을 사랑해"(176쪽)라고 말한다. '그럼에도 불구하고 사랑한다'는 재석의 말은 '그럼에도 불구하고 자유로워라'라는 칸트의 윤리적 정언명령의 변형이라 보아도 무리가 없다. 재석의 이 말은 이 시대 사랑의 윤리학을 의미한다고 볼 수 있다. 그 사랑의 윤리학이 구체화되는 것은 다음과 같은 재석과 사이란의 문답을 통해서이다.

이번 결혼기념일에는 무슨 선물을 할까?
사이란은 침을 한 번 삼키고 나서, 또렷한 발음으로 커다랗게 말했다.
한우를 낳고 싶어요. (178쪽)

사이란과 재석이 마트에 갔을 때, 재석은 사이란에게 수입해서 3년간 기른 소에는 '국내산'이라는, 이 땅에서 태어나고 자란 소들에게는 '한우'라는 표기를 붙인다고 말했었다. 이때의 한우는 토종 한국인을 의미하는 것일까? 그리해서 이 작품은 다문화가정의 자녀들까지 포함한 새로운 네이션의 탄생을 말하는 것일까? 그러나 앞에서의 분석을 통해 알 수 있듯이, 재석과 사이란은 한국인과 태국인으로 만난 것이 아니다. 그들은 한 명의 인간으로서 만났으며, 그 밑바탕에는 서로를 향한 깊은 연민과 동정이 놓여있다. 따라서 이때의 '한우'란 네이션으로 한정지을 수 없는 자유롭고 평화로운 인간공동체에 대한 하나의 상징임에 분명하다.

5. 천사들의 합창

이은선의 「카펫」(『현대문학』, 2010년 4월호), 전혜정의 「봉인된 시간」(『학산문학』, 2010년 여름호), 한지수의 「열대야에서 온 무지개」(『문학사상』, 2010년 4월호)는 네이션의 범위를 벗어난 새로운 공동체의 가능성과 점점 더 긴밀하게 연결되어가는 지구공동체의 현실을 보여주고 있다. 이를 통해 근대문학과는 다른 방식의 새로운 인식적·도덕적 가능성을 보여주고 있음을 확인할 수 있다. 그러나 이들 작품에서 보여주는 보편적인 문제제기가 '영구혁명 안에 있는 사회의 주체성'에 해당한다고 자신 있게 말할 수 있을까? 이와 관련해 위에 살펴본 작품들 모두에 정상인을 뛰어넘는 천사들이 등장한다는 점은 증후적이다. 이들은 모두 윤리를 완벽하게 육화한 존재들이라고 할 수 있다.

이은선의 「카펫」에서 슈흐랏의 엄마는 마을에 찾아온 이방인 율두스에게 무조건적인 환대의 모습을 보인다. 자신과 아들조차 극한의 생존을 이어가는 상황에서 엄마는 율두스에게 물을 주며, 그녀를 돌보는 데 조금도 주저하지 않는다. 엄마의 태도는 아무런 현실적 보상도 요구하지 않는다는 점에서 감히 윤리적이라고 말할 수 있다. 「열대야에서 온 편지」의 사이란 역시 한국에서 다문화가정 여성들에 대한 봉사활동을 하며 지낸다. 이 역시 특별한 대가를 바라고 이루어지는 행위가 아니다. 그녀가 룩사오를 향해 보이는 애정은 거의 육친애에 가까운 것으로서, 사이란 역시 윤리를 체현한 존재임에 분명하다. 「봉인된 시간」의 마라를 윤리적인 존재라고 말할 수는 없다. 그녀가 결과적으로 마을 사람들을 구원하는 역할을 하고 있지만, 그것은 자신의 의도와는 무관한 것이기 때문이다. 그럼에도 희생양인 그녀는 결국 마을의 모든 고통과 절망을 짊어진 성녀(聖女)가 된다.

이러한 주요인물들의 태도는 인간과 세상의 문제를 해결하는 가장 근본적인 방식임에는 분명하다. 그러나 그 해결의 차원이 근본적인 만큼이나 정치적 사유로서의 긴박성은 떨어질 수밖에 없다. 그런 의미에서 가라타니 고진의 근대문학 종언론은 이들 젊은 작가들에 의해서도 완전히 해소되지 않은 채, 우리 문학계를 배회하고 있음에 분명하다. 달라진 시대 환경과 인간의 존재 방식에 부합하여 동시대의 독자들과 함께 호흡하며, 동시에 근대소설이 개척해낸 정치적 가능성도 잃지 않는 소설의 등장이야말로 우리가 오늘도 이 시대의 소설에 열렬한 지지를 보낸 고투에 대한 유일한 보상일 것이다.

가족 로망스의 두 가지 행로

1. 가족 로망스의 의미

프로이트의 가족 로망스란 부모에게 무시당한다고 느낀 아이가 자기 부모는 친부모가 아니며 진짜 부모는 훨씬 더 고귀한 신분의 사람이라고 상상하는 이야기이다. 이처럼 아이는 자신을 업둥이나 사생아로 여기고 친부모를 영주나 지주, 상류사회의 사람이라고 상상함으로써 부모에게 복수한다. 프로이트는 이런 가족 로망스가 아버지를 제거하려는 것이 아니라 오히려 더 어린 시절 행복했던 때의 아버지를 갈망하는 것이라고 말한다.[1]

이러한 가족 로망스는 단순히 한 개인의 심리문제로 한정되지 않는다. 이유는 자본주의 단계에서 오이디푸스적 가족구조는 사회적 조건이 반응하는 지점이 되며, 반대로 사회는 가족구조가 대

---

1) 프로이트, 김정일 옮김, 「가족로맨스」, 『프로이트 전집』 9, 열린책들, 1996, 55~62쪽.

응하는 공간이 되기 때문이다. 따라서 오이디푸스 구조의 사적 차원은 가족이지만, 그 공적 차원은 자본주의 사회의 구조 자체라고 할 수 있다. 이러한 자본주의적 오이디푸스 구조(혹은 탈구조)에서는, 가족이나 가족부정에 관련된 무의식이 사회유지나 사회변혁을 위한 가능성의 근거로 작용한다. 오이디푸스 가족은 자본주의 사회가 반응하는 구조이며 자본주의는 가족의 확대된 무대이다.[2]

『무정』, 『만세전』, 『삼대』 등의 수많은 명작들이 가족 로망스를 통해 작가 자신의 고유한 문제의식을 드러내었다. 그것들은 대개 각 시대의 가장 첨예한 정치적 상상력을 보여주는 한국문학의 대표작들이다.[3] 21세기인 지금도 가족 로망스는 작가들이 기댈 수 있는 중요한 문학적 상상력의 거점이 되고 있다. 그중에서도 최진영의 『당신 옆을 스쳐간 그 소녀의 이름은』(한겨레출판사, 2010)과 김애란의 『두근두근 내 인생』(창비, 2011)은 상반된 모습을 통하여 가족 로망스가 지닌 이 시대의 문학적·정치적 의미를 선명하게 보여주는 작품들이다.

2. 상상에서 현실로

최진영의 『당신 옆을 스쳐간 그 소녀의 이름은』에서 소녀는 아빠에게 172번째로 맞고 엄마가 135번째로 가출하자 자신의 부모를 가짜라 단정하고 진짜 부모를 찾기 위해 집을 나온다. 소녀는

---

2) 들뢰즈·가타리, 최명관 옮김, 『앙띠 오이디푸스』, 민음사, 1994, 399쪽.
3) 나병철, 『가족로망스와 성장소설』, 문예출판사, 2007.

"맞고 때리고 지르고 울고, 부수고 찌르고 할퀴고 물고, 박살내고 집어던지고 다치고 도망가고, 닦고 짓이기고 삼키고 내 혀부터 씹어대는 그런 것들"(52쪽)로 가득한 세월을 보냈다. 너무도 고통스러운 현실에 맞서 소녀가 선택한 대안은 부모를 가짜로 만들어버리고 진짜 부모를 찾아 행복해지는 것이다.

열 살 남짓의 나이에 시작된 이 소녀의 방랑은 『화엄경』에 등장하는 선재동자의 구도행에 비견된다. 선재동자가 일체의 진상을 알고자 천하를 유행하며 53명의 선지식을 두루 만났다면, 소녀는 '진짜 엄마'를 만나기 위해 전국을 떠돌며 장미언니, 태백식당 할머니, 폐가의 남자, 각설이패, 유미와 나리를 만난다. 비록 소녀가 선재동자처럼 위대한 법계에는 들어가지 못했을지라도 소녀 역시 적지 않은 깨달음을 얻는다.

소녀가 만나고자 하는 진짜는 가짜에 대한 안티테제로서 존재한다. 소녀는 진짜를 찾기 위해 가짜를 하나하나 수집하는 중이다. "세상의 가짜를 다 모아서 태워버리면 결국 진짜만 남을 것이다."(56쪽)에 진짜를 찾기 위한 소녀의 방법론이 숨겨져 있다. 진짜 엄마를 찾는 이유 역시 "가짜를 가짜라고 확신하기 위해서"(111쪽)이다.

소녀가 처음으로 진짜 엄마라고 생각한 장미언니는 지하방에 사는 백곰에게 착취를 당하고 산다. 서울에서 최고 좋은 대학을 다녔다는 백곰은 장미언니를 무시하고, 간섭하고, 욕을 하고, 때린다. 언니는 그런 백곰에게 일방적으로 당하며 무지막지한 폭력마저도 감내한다. 이런 모습을 보며 "백곰에게 맞고서도 가만있었기 때문"(54쪽)에 장미언니는 진짜 엄마가 될 자격이 없다고 판단한다.

다음으로 소녀는 태백식당 할머니를 진짜 엄마라고 생각하지만, 그 기대는 곧 무너진다. 아버지가 죽어도 찾아오지 않던 아들이 처자식을 데리고 들이닥친 것이다. 아들 내외는 할머니의 알량한 재산을 차근차근 벗겨먹기 시작한다. 그러다가 결국 "오직 자기 속에서 나온 진짜자식이란 이유만으로"(106쪽) 아들의 뜻에 따라 할머니는 소녀를 경찰서에 데려다 놓는다. 피에 대한 집착 역시 진짜 엄마가 갖출 조건은 아니다.

태백식당 할머니와 헤어진 후 소녀는 폐가의 남자를 만난다. 폐가에는 이 남자가 1980년부터 2000년까지 쓴 일기장이 있다. 일기장에는 한 개인의 몰락 과정이 잔잔하지만 뼈아프게 채워져 있다. 첫사랑, 잔인한 학살, 가까운 이의 죽음, 판검사를 향한 꿈, 평생을 벌어도 다 갚지 못할 빚 등이 등장한다. 무엇보다 "두꺼운 일기의 절반 이상을 죽고 싶다는 말로 채"(149쪽)워 놓을 정도로 죽음충동이 가득하다.

다음으로 소녀는 각설이패와 어울린다. 각설이패의 대장도 엄마를 찾는다. 대장의 엄마는 대장이 열 살 때 아버지의 폭력을 못이겨 집을 나갔고, 새엄마는 집안의 재산을 모두 가지고 도망간다. 대장은 가짜 엄마와 진짜 엄마를 찾는 대로 모두 죽여버릴 생각이다. 대장의 애인인 미남이 이모는 용이 삼촌과 눈이 맞아 대장과 달수 삼촌이 모아둔 돈을 모두 가지고 사라진다. 경쟁 각설이패가 미성년자한테 일을 시킨다고 신고하는 바람에 소녀는 이들과도 헤어져 또 방랑을 떠난다.

지금까지 소녀가 진짜 엄마라고 생각한 사람들에게는 몇 가지 특징이 있다. 첫째 그들은 모두 소녀만큼이나 어렵고 힘든 이 땅의 고통 받는 존재들이라는 점이다. 진짜 엄마가 갖추어야 할 조건으로 소녀가 가장 많이 언급하는 것이 "이딴 건 다 필요 없으니까 오직 하나, 반드시 불행해야 한다."(121쪽)나 "언제나 불행한 나의 진짜엄마요!"(216쪽)라는 말인 것에서 알 수 있듯이, 불행은 진짜 엄마의 첫째 조건이다. 소녀의 모험이 가르쳐준 진리 중에 하나는 "누군가가 웃으려면 누군가는 반드시 울어야 한다."(99쪽)는 것이었다. 그렇다면 진짜 엄마는 결코 행복한 사람일 수 없는 것이다. 쪽방 남자와 함께 살며 소녀는 "내게 밥을 주고 잠잘 곳을 주는 사람들은 어째서 하나같이 가난한 사람들일까."(237쪽)라고 의문을 제기한다.

둘째 생물학적으로 엄마가 될 수 없는 존재들이라는 점이다. 폐가의 남자나 각설이패는 말할 것도 없고, 장미언니나 태백식당 할머니도 그러하다. 특히 젊은 나이의 장미언니는 아기를 낳지 못하는 사람이다. 태백식당 할머니의 만남에서 깨달았듯이 진짜 엄마는 피에 대한 집착과는 거리가 먼 존재이다.

세 번째 이들에게는 언어가 배제되어 있거나 부수적일 뿐이라는 사실이다. 한 남자와 폐가에 머물 때 소녀는 "이름도 나이도 부모도 꿈도 소망도 신앙도 없이 그냥 몸뚱이 하나로만 존재"(153쪽)할 수 있었다. 태백식당 할머니 앞에서 소녀는 벙어리 행세를 하고 할머니는 문맹이기에 언어를 통한 소통은 하지 못한다. "할머니는 글자를 모르는 대신 말을 하고, 나는 글자를 알지만 말을 못하게"(88쪽) 된 것이다. 그러나 언어는 문제가 되지 않는다. 오히려 소녀가 각종 물건에 이름표를 붙여 할머니에게 한글을 가르쳐주는 대목은 무척이나 아름답다.

마지막으로 이 점이 가장 중요한데 그들은 모두 남성성과는 거리가 멀다는 점이다. 오히려 이들은 폭력적인 남성성에 의하여 철저히 유린당한 존재들이다. 장미언니는 백곰에게 정신적·육체적 학대를 당하고, 태백식당 할머니는 아들에게 마지막 남은 식당까지 모조리 빼앗길 처지이다. "나를 제 뜻대로 하려 하지도 않고, 참견도 안 하고, 그리고 가끔 내가 책을 읽다 잠들면 이불도 덮어준다."(152쪽)는 폐가의 남자 역시 모성에 가까운 특징을 보여준다. 얼핏 보기에 입에서 불을 뿜고 벽돌을 몇 장씩 격파하는 각설이패의 대장은 남성성의 전형적인 인물처럼 보이지만, 그 역시 거세된 존재에 가깝다. 대장은 미남이 이모와 힘들게 모은 돈을 용이 삼촌에게 모두 빼앗기는 연약한 존재이다.

소녀의 여행기는 별다른 내적인 질서 없이 병렬적으로 연결되어 있는 것처럼 보인다. 각각의 에피소드에서 긴밀한 연관성을 찾아보기는 힘들다. 그러나 이 소녀의 여행기는 크게 두 단계로 나누어진다. 그것은 바로 장미언니, 태백식당 할머니, 폐가의 남자, 각설이패를 만나는 4부까지와 유미와 나리를 만나는 5부이다. 5부에 이르러서는 갑자기 사회적 성격이 선명하게 부각된다.

프로이트는 이런 가족 로맨스를 두 가지 단계로 나누었다. 첫 번째 단계에서 아이는 아직 성역할에 대해 모르며 자신이 상류사회의 고귀한 사람을 친부모로 가진 업둥이라고 생각한다. 두 번째 단계에서 아이는 성역할에 대해 알게 되는데,[4] 어머니가 불륜을

---

4) 실제로 소녀는 점차 성적으로 성숙해가는 모습으로 그려진다. 처음에 황금다방에서 마담의 아들인 찬수와의 대화를 통하여 그녀가 완전히 성적으로 무지함이 드러나고 있다. 폐가에서 남자와 살 때, 소녀는 남자의 부탁으로 그의 자위행위를 돕는다. 그러나 남자의 성기는 오히려 더 흐물흐물해지고, 나중에 남자는 쑥스러워서 웃기까지 한다. 각설이패와 어울리며 소녀는 처음으로 생리를 한다. 5부에서 "복숭아처럼"(251쪽) 솟은 가슴을 지닌 소녀는 남자와 성관계를 갖고 아이까지 임신한다.

저질러 자신을 사생아로 낳았다고 상상한다. 마르트 로베르는 프로이트가 말한 업둥이와 사생아라는 가족 로망스의 두 단계를 두 유형의 소설에 적용시킨다. 업둥이의 무의식을 지닌 소설은 세상을 잘 모르는 상태에서 도피나 거부를 통해 사회에 등을 돌리는 방식을 취한다. 반면에 사생아적 소설은 세계에 뛰어들어 사회와 싸우는 동시에 그 세계를 이루어가는 방식을 보여준다. 전자는 오이디푸스화되지 않은 또 다른 세계를 꿈꾸는 환상적인 소설이며 후자는 오이디푸스화된 세계 속에서 그와 정면으로 대결하는 리얼리즘적인 소설이다.[5]

5부에서 소녀의 사회의식은 갑자기 폭발한다. 소녀는 "내 안의 어떤 것이 커졌다"(239쪽)고 느끼는데, 이때의 '커진 것'은 사회의식으로 볼 수 있다.[6] 도시로 온 소녀는 열여섯 살인 유미와 나리를 만난다. 이전까지 만난 사람과 소녀의 관계가 기본적으로 모아(母兒)관계의 변형에 불과했다면, 드디어 소녀는 동료를 만난 것이다. 가출소녀인 유미와 나리는 욕설을 입에 달고 살며 폭력과 온갖 탈선에 물들어있는데, 이 인물들은 최근 소설에서 분노의 정념으로 똘똘 뭉친 젊은이들을 연상케 한다. 유미는 새엄마 숫자만 다섯 명이고 아버지는 유미가 강간이라도 당해 합의금을 받을 수 있기를 은근히 기다린다. 나리의 새아빠는 "'닥쳐 씨발년아'라면서 자

---

5) 마르트 로베르, 김치수 · 이윤옥 옮김, 『기원의 소설, 소설의 기원』, 문학과지성사, 1999.

6) 5부에서는 "진짜엄마를 찾지 못했던 지난 날, 나는 일정 부분 행복했다. 할머니와 함께 있을 때도 행복했고, 폐가의 남자와 지낼 때도, 대장과 달수 삼촌이랑 같이 있을 때도 행복했다. 장미언니와 목욕을 할 때도 그랬다. 진짜엄마를 찾아야 한다는 사실이 오히려 나를 불행하게 만들 수도 있다는 생각이 문득 들었다."(231쪽)라는 말처럼, '진짜 엄마'라는 추상이 아닌 구체적인 현실에서도 의미를 발견하는 순간이 등장한다.

기를(나리를—필자) 수백 번도 넘게 따먹"(245쪽)은 인물이다.

  나리의 새아버지를 통해 소녀는 이 사회의 구조적 문제에 한층 다가선다. 나리의 새아빠에게 복수하는 방법으로 그가 가장 아끼는 돈과 땅과 건물을 모두 없애버릴 생각을 하지만, 곧 세상 사람 전부가 그의 돈을 지키려고 애쓰기 때문에 그것이 불가능하다는 것을 깨닫는다. "세상은 가진 자를 숭배하고 보호하는 곳"(260쪽)이며 "못 가진 자를 경멸하고 없애는 곳"(260쪽)이다. 나리는 새아빠에게 잡혀서 지옥보다 나을 것도 없는 집에서 나오지 못한다. 유미와 소녀는 나리를 빼내러 가지만 보석을 쌓아 만든 것처럼 고급스럽고 우아한 그곳에 들어갈 수 있는 방법은 없다. 유미와 소녀가 그 안을 상상하는 것조차 쉽지 않다. 나리는 세상 밖으로 나오는 유일한 방법인 투신을 선택한다.

  소녀가 처음으로 사랑을 나누는 상호를 통해서는 철거민 문제까지 다루어진다. 상호는 재개발이 진행되는 판자촌에서 어머니와 단 둘이 살고 있다. 집이 철거되면 그들은 길바닥에 나앉아야 할 처지이다. 철거 현장을 보며 소녀는 맞는 사람은 늘 맞고 으스대는 사람은 늘 으스대며 때리는 자는 늘 때리는 자라는 사실을 발견한다. 그리고 그것을 가능하게 하는 힘은 "그것을, 그런 이치를 당연하다고 생각하는 사람들"(269쪽)에게서 비롯된다. 철거 현장에서는 상호만큼이나 가난한 동네 형이 용역으로 철거민들을 폭행한다. 이 현장에서 소녀는 "돈 없고 빽 없고 힘없는 것이 죄라면 죄였다."(271쪽)고 선언한다. 용역들이 철거민들의 집에 불을 지르는 것을 보며 "세상은 온통 가짜투성이고 진짜는 하늘에만 있을지도 모르겠다는, 아니, 진짜 따윈 애당초 존재하지 않는다는 생각"(271쪽)을 한다. 이제 소녀는 세상 어딘가에 진짜가 있다는 생각을 포기하게 되는 것이다. 이러한 생각은 세상의 모든 이상적인 가치를 구현한 진짜 엄마도 존재하지 않는다는 생각으로 이어진다.

나리가 죽고 새아빠가 경찰조사를 받을 때, 나리의 엄마는 온몸을 보석으로 치장하고 세련되게 화장을 한 모습으로 경찰서에 나타난다. 엄마는 울지도 않고 소리 지르지도 않고, 모든 일이 그저 조용히 정리되면 좋겠다고 말한다. 그 순간 소녀는 나리의 엄마에게서 "진짜엄마"(274쪽)를 발견한다. 거리를 떠돌며 자신이 정했던 진짜 엄마의 조건은 모두 껍데기고 포장이며 환상이고 거짓말이라며 절규한다. 진짜 엄마는 "맞는 대신 때리는 자이고 때리는 게 번거로우면 죽여 없앨 수도 있"(274쪽)는 자이자, "오직 중요한 건 자신의 생존"(274쪽)뿐인 사람인 것이다. 소녀는 그동안 자신이 진짜 엄마라는 "환상"(274쪽)을 만들어왔음을 가슴 아프게 깨닫는다.

이 순간은 단순히 엄마라는 로망에서 벗어나는 순간만을 의미하지 않는다. 그것은 더 이상 전오이디푸스 단계에서 가짜를 마음속으로만 불태우는 단계에서 벗어나 세상 속에 뛰어들어 직접 가짜와 대면하는 순간을 의미한다. 이때 실제로 부딪치는 현실은 바로 나리의 새아빠를 통해 상징적으로 나타난다. 나리를 욕하고 강간하던 새아빠는 경찰서에서도 애가 발가벗고 미쳐 날뛰더니 그냥 떨어졌다고 말한다. 소녀는 임신한 몸으로 나리의 새아빠를 찾아가 "너는 지옥에 간다. 너는 지옥으로 간다."(294쪽)고 끝없이 중얼거리며 그를 칼로 찌르고 자신도 죽어간다.

이 작품에서 현실의 속악성은 주로 남성들에게 집중되어 있었다. 처음 이 소녀의 공격성은 쥐에게 "가짜아빠를 갉아먹어라."(21쪽)라고 계속 기도하는 것에서 알 수 있듯이, 가짜 아빠에게 집중되어 있다. 소녀가 나리의 새아빠를 살해하는 장면에서는 갑자기 아빠와 엄마가 등장한다. 아빠는 술에 취해 "세상 사람들이 자기를 좆같이 본다고 항상 원망"(292쪽)하며, "니가 나를 망쳤어! 니가!"(293쪽)라며 소녀와 엄마를 때린다. 어느 순간 엄마는 아빠의 심장에 칼을 꽂는다. 지금 소녀는 엄마가 그랬듯이 폭력성으로 점철된 나리의 새아빠에게 칼을 휘두르고 있다. 소녀는 이제 아버지로부터 벗어나는 상상적인 방식으로 문제를 해결하는 것이 아니라 자신의 목숨을 걸고 아버지에 대항하는 것이다. 사적 영역에서 아버지의 규율에 반항하는 서사가 공적 영역에서 사회적 규율에 대항하는 서사와 긴밀한 관계를 맺고 있다는 점을 생각한다면, 이것은 적지 않은 사회적 의미를 지닌 행위라고 볼 수 있다.

3. 상상에서 진짜 상상으로

최진영의 『당신 옆을 스쳐간 그 소녀의 이름은』에 나타난 가족이 폭력과 고통으로 가득하다면, 김애란의 『두근두근 내 인생』에 그려진 가족은 사랑과 공감으로 충만한 이상적 공동체이다. 가족의 오이디푸스 구조에 대응하는 측면에서, 김애란의 『두근두근 내 인생』은 최진영의 『당신 옆을 스쳐간 그 소녀의 이름은』을 거꾸로 세워놓은 작품이라고 해도 과언이 아니다. 『당신 옆을 스쳐간 그 소녀의 이름은』이 아버지로 대표되는 오이디푸스적 구조에 그야말로 온몸으로 부딪쳐 나아갔다면, 『두근두근 내 인생』에서는 철저하게 그 구조에 편입되어 아버지와 동일시되는 모습을 보여주기 때문이다.

『당신 옆을 스쳐간 그 소녀의 이름은』에서 소녀의 아버지나 나리의 새아버지 등이 무지막지한 폭력을 휘두르고 자식들을 죽음으로까지 내몰았다면,[7] 『두근두근 내 인생』에서는 만화적 캐릭터에 가까울 만큼 선량하다. 아버지의 적성 카드에는 "취미—타협, 특기—타협"(20쪽)이라고 쓰여 있을 만큼 그는 자기주장을 내세우지 않는다. 어머니가 생각하는 남편 한대수의 장점은 "착하다"는 것이고, 단점은 "지나치게 착하다"(29쪽)는 것이다. 아버지는 "누굴 제대로 이겨본 적 없는"(156쪽) 사람이다.

최진영의 소설에서 괴물화된 아버지에 대응하는 방식은 진짜 아버지를 상상하는 것에서 시작해, 나중에는 또 한 명의 아버지라 할 수 있는 나리의 새아버지를 살해하는 격렬한 정념의 표출로 귀결되었다. 김애란의 소설에서 열일곱 살 소년 아람이는 아버지보다도 더욱 아버지 같은 원숙함으로 아버지를 끌어안는다. 그는 오히려 상상을 통해 아버지에게 더욱 아름답고 이상적인 모습을 선물해준다. 아람이는 아버지와 완전히 일체화된 모습을 보여주기도 한다. 프롤로그의 다음 대목에서는 그러한 모습이 잘 드러나있다.

아버지가 묻는다.
다시 태어난다면 무엇이 되고 싶으냐고.
나는 큰 소리로 답한다.

---

7) 『당신 옆을 스쳐간 그 소녀의 이름은』에서 소녀는 진짜 아빠의 조건으로 "엄마나 나를 무시하지 않고, 괴물로 변해 엄마나 나를 때리지 않으면 되고, 밥상을 뒤엎거나 칼을 휘두르거나 그러지만 않으면 된다."(68쪽)는 소박한 항목들을 제시한다. 이것은 현실의 아버지가 상식 밖의 폭력적인 인간임을 드러낸다.

아버지, 나는 아버지가 되고 싶어요.

아버지가 묻는다.

더 나은 것이 많은데, 왜 당신이냐고.

나는 수줍어 조그맣게 말한다.

아버지, 나는 아버지로 태어나, 다시 나를 낳은 뒤

아버지의 마음을 알고 싶어요.

아버지가 운다. (7쪽)

아들은 다시 태어나면 되고 싶은 것이 아버지라고 말한다. 이유는 아버지의 마음을 알고 싶기 때문이다. 아버지라는 타인을 향한 형언할 수 없는 이해와 공감의 의지라고 말할 수 있다. 또한 이러한 아들을 보며 아버지는 눈물로써 역시나 아름다운 공감과 이해의 마음을 표현하고 있다.

소설 속 소설인 아름이의 「두근두근 그 여름」에서 열일곱 살의 아버지는 꿈속에서 어머니와 대화를 나눈다. 어머니가 "당신은 왜 당신을 당신의 아버지라 불러?"(343쪽)라고 말하자 "왜냐하면 나는 나의 아버지니까……"(343쪽)라고 대답한다. 반대로 아버지가 "당신은 왜 당신을 당신의 어머니라 불러?"(343쪽)라고 묻자 어머니는 "왜냐하면 나는 나의 어머니니까……"(344쪽)라고 대답한다. 이러한 대목에서도 아버지 혹은 어머니와 자신을 동일시하는 이 소설의 독특한 상상력을 확인할 수 있다. 이러한 가족에 대한 태도는 사회에 대한 태도로 자연스럽게 연결되고 있다. 『당신 옆을 스쳐간 그 소녀의 이름은』에서는 앙띠오이디푸스적인 욕망이 사회에 대한 격렬한 저항의 모습으로 나타남을 확인할 수 있었다. 반면 『두근두근 내 인생』에서는 어떠한 저항의 모습도 발견되지 않는다. 두 작품에서 가족 로망스의 강조점 역시 다르게 나타난다. 최진영의 소설에서는 주로 이상적인 부모 찾기와 관련된 상상력이 복수를 위해 동원된다면, 김애란의 소설에서는 복수보다는 행복에 대한 갈망을 위해 활용되고 있다.

아름이의 가족 이외에도 『두근두근 내 인생』에 등장하는 모든 인물들은 무척이나 선하다. 방송이 나간 후 한아름은 서하라는 이름의 소녀에게 이메일을 받고, 둘은 연락을 주고받는다. 열일곱 살 소녀라 밝힌 서하는 아름이에게 "나와 유일하게 비밀을 나눴던 아이, 태어나 처음으로 나를 설레게 한 아이, 나의 진짜 여름, 나의 초록, 나의 첫사랑, 혹은 마지막 사랑이었던 그 아이"(273쪽)로 의미부여가 된다. 나중 서하는 서른여섯 살이나 된 아저씨임이 밝혀진다. 그러나 이 관계는 결코 아름이에게 상처가 되지 않는다. 서하나 아름이는 서로를 위하는 절실한 마음으로 소통했기 때문이다. 그 속에 섞인 거짓말은 보통의 참말보다도 더욱 진실하다. 아름이는 서하와 주고받았던 편지와 그 속에 담긴 감정의 교류를 통해 비로소 자신의 글을 완성한다.

한아름이 출연한 기부 프로그램의 제작진 역시 마찬가지이다. 방송 프로그램 작가는 "이번 회, 대박날 것 같아요."(139쪽)라며 좋아하기도 하고, 피디는 사람들의 관심을 끌 수 있는 말이나 행동을 계속해서 유도한다. 이것은 악의에서 비롯된 행동이라기보다는 타인을 돕는 것의 어려움과 관련된 인간의 숙명에서 비롯된 행동이다. 아름이와 많은 이야기를 나누는 장씨 할아버지 역시 선량함으로 가득하다.

여기서 주의해야 할 것은 『두근두근 내 인생』에서 아름이를 둘러싼 사회적 환경이 결코 행복한 조건은 아니라는 점이다. 열일곱에 아이를 낳은 부부는 학교를 그만두고 일찌감치 생계를 위한 전쟁터에 나서게 된다. 아버지는 "주유소 조끼, 편의점 조끼, 택배 조끼, 중국집 조끼"(154쪽) 등을 입어왔고 지금은 이삿짐센터에서 일한다. 더군다나 아이는 조로증이라는 희귀병을 앓고 있어 그들 앞으로는 "아무리 머리를 굴려봐도 도무지 답이 안 나오는 병원비 청구서"(13쪽)가 날아오고는 한다. 아름이는 조로증을 앓고 있으며 현재 나이는 열일곱 살이지만 그의 신체 나이는 80세이다. 이제는 눈까지 멀고 있는 아름이는 불치병에 걸려 죽어가고 있다. 부모가 자신을 낳아준 나이인 열일곱에 아름이는 세상을 떠나려는 것이다.

그럼에도 이 작품은 전혀 답답하다거나 절망적이지 않은데, 이유는 이 작품의 주인공이 보여주는 특유의 긍정적 태도에서 비롯된다. 아름이에게는 온통 세상에 대한 긍정과 따뜻한 마음만이 가득하다. 짜라투스트라가 이상적인 인간으로 말한 '최고의 곤란을 축제를 맞는 심정으로 기다리는 건강하며 발랄한 자'가 바로 아름이이다. 아름이에게는 인생의 매순간을 그 자체로서 긍정하겠다는 강력한 힘이 느껴진다. 이러한 힘은 초월적인 의지로 자신의 삶을 설명하고, 그것으로부터 의미를 찾는 태도와의 결별을 통해 분명히 나타난다.

항상 성경책을 끼고 다니는 이웃 아주머니는 아름이에게 "모든 고통에는 의미가 있다고"(266쪽) 말한다. 병이나 불행에 초월적인 의미를 부여하는 것은 인류가 고통을 다루는 일반적인 방식 중의 하나이다. 이것이 지니는 치유의 효과는 분명하지만, 이러한 방식을 받아들이는 순간 현실의 매순간은 그 자체로서의 의미를 잃어버리게 된다. 이 순간 우리는 하나의 환영이 될 수도 있는 위험에 맞닥뜨릴 수도 있는 것이다. 아름이는 그 어떤 외부의 것에도 의존하지 않고 온전히 자유롭고자 하는 것이다. 아름이의 아버지 역시 성경책과 묵주를 들고 나타난 이웃 여자가 아름이의 병은 "메씨지"(48쪽)라고 이야기하자, 아버지는 "쟤는 메씨지가 아니라 아름입니다. 한아름이라고요."(48쪽)라고 말한다. 『당신 옆을 스쳐 간 그 소녀의 이름은』에서도 종교 비판이 목소리라는 인물을 통해 등장한다. 그러나 이때의 종교 비판은 주로 위선적인 모습과 관련해서이다.[8] 이때의 종교비판은 현실을 긍정하기 위한 것이 아니라 이미 현실 비판의 일부로서 존재한다.

　『두근두근 내 인생』에서 풍기는 따뜻한 분위기와 아름이의 행복을 만들어내는 가장 본질적인 힘은 바로 아름이가 상상력으로 만들어내는 가족 로망스에서 비롯된다. 아름이는 글쓰기를 통하여 자신이 태어나기 이전 부모의 모습을 아름답게 재창조하고자 하는 것이다. 소설의 마지막에 아름이는 "내가 아버지를 낳아드릴게요, 어머니를 배어드릴게요."(324쪽)라고 말한다. 현실적인 논리로는 불가능한 이 일은 아름이가 소설 속 소설인「두근두근 그 여름」을 집필함으로써 가능해진다. 아름이는 무의식적인 차원이 아니라 의식적인 차원에서 가족 로망스를 만들어내려는 것이다.

　물론 기원의 상상적 복원이 벽에 부닥치는 순간도 있다. 김애란의『두근두근 내 인생』에서 이야기가 중단되는 것은 어머니가 자신을 지우려고 했다는 사실을 들었을 때이다. 아름이는 어머니와

---

8) 목소리는 "늘 지나치게 참고 이해하려는 행동"(132쪽)을 했는데, "목소리가 나를 보살피는 게 정말 나를 아껴서 그러는 건지, 아니면 사람들이 보고 있기 때문인지, 혹은 하나님이 그렇게 하라고 시켰기 때문인지"(133쪽) 의심스럽다. 소녀는 "하나님의 자녀 따위 되고 싶지 않다."(134쪽)고 말한다.

아버지가 나누는 대화를 통해 어머니가 자신을 지우기 위해 임신한 상태로 운동장을 오래 뛰었다는 이야기를 듣는다. 그 이야기를 듣고는 "몇달간 내게 설렘과 긍지, 그리고 기쁨을 준 원고"(113쪽)를 삭제해버린다. 부모의 이상화를 진행하는 과정에, 실제의 부모가 개입하여 일어난 장애와 혼란의 양상이라고 할 수 있다.

그러나 아름이는 끝내 소설 쓰기를 그만두지 않는다. 『두근두근 내 인생』의 기본 서사는 어머니와 아버지가 처음 만나 아름이를 낳은 후부터 지금까지의 이야기이다. 아름이의 유고라고 할 수 있는 「두근두근 그 여름」은 아름이가 태어나기 이전의 시간들에 해당한다. 아름이는 자신이 부모님께 드릴 수 있는 선물이 있다면, 그것은 "오래전 어머니와 아버지의 이야기를 쓰는 것"(107쪽) 뿐이라고 생각한다. 우리 시대의 촉망받는 작가 김애란은 『두근두근 내 인생』을 통해 부모에 대한 복수가 아닌 부모를 향한 선물로서 존재하는 가족 로망스, 무의식이 아닌 의식적인 차원에서 만들어지는 가족 로망스를 선보이고 있다.

4. 울고 있는 소녀, 웃고 있는 아름이

최진영의 『당신 옆을 스쳐간 그 소녀의 이름은』은 기본적으로 자아와 세계 사이의 근원적인 일체성의 상실과 그에 대한 대응으로 정리할 수 있는 낭만주의의 토포스에 충실하다. 꿈과 초월, 파멸과 그에 대한 대응으로서의 정념이 최진영의 소설을 가로지르고 있다. 소녀는 "나는 엄마 속으로 들어가고 싶었다. 원래 내가 살던 곳. 세상에서 가장 평화롭고 안락한 그곳에 다시 들어가 죽을 때까지 태어나고 싶지 않았다."(206쪽)거나 "그 안에 있으면 아주 좋은데. 세상에 그곳보다 좋은 곳은 없는데."(213쪽)라고 간절하게 말한다. 5부에서도 "내가 내 구멍으로 들어가고 싶다. 들어가서 세상 밖으론 두 번 다시 눈을 돌리고 싶지 않다."(266쪽)고 중얼거린다. 이 소녀는 "엄마의 구멍을 찢고 바깥으로 나왔던 그 때 그 순간, 나는 이미 끝을 경험"(19쪽)한 사람이다. 소녀가 진정으로 원하는 것은 평화이다. 그런데 이러한 평화는 만들거나 기획할 것이 아니라 태초, 즉 어머니의 자궁 속에 머물던 순간 이미 완성된 것이다. "엄마 안에서 살던 천년의 세월 동안 내 이름은 평화"(106쪽)였던 것이다.[9] 낭만주의는 현실로부터의 이탈을 기본적 특징으로 하지만, 바로 이 현실로부터의 초월이라는 특징이 맥락과 상황에 따라서는 강력한 정치적 효과를 발휘할 수도 있다.

최진영의 『당신 옆을 스쳐간 그 소녀의 이름은』은 전통적인 소설의 내적 형식에 정확하게 대응한다. 진정한 가치를 찾아 떠나는 여로형 구조로 되어있으며, 끝내 그 가치는 찾을 수 없다는 아이러니적 형식마저 그대로 나타나 있다. 소녀가 진정으로 원하는 것은 평화이다. 그러나 소녀는 선재동자의 구도행에 맞먹는 힘겨운 여정을 통해 어머니 뱃속에서 누렸던 평화가 현실에서는 불가능하다는 것과 '진짜 엄마' 역시 지상에서는 결코 존재할 수 없다는 사실을 아프게 깨닫는다.

이 작품은 프로이드가 말한 가족 로맨스를 그대로 구현하고 있다. 본래 가족 로맨스가 상상 속에서 일어나는 것이라면, 이 작품

---

9) 현실에서 소녀는 계속해서 이름이 변하는 존재이다. 가짜 부모와 살 때는 '이년'이나 '저년', 황금다방에 머물 때는 '언니', 태백식당 할머니는 '간나', 유미와 나리를 만났을 때는 '유나', 보호소에서는 '이수진'으로 불린다.

의 소녀는 자기 부모를 가짜라고 여기며 실제로 고귀한 인격의 진짜 부모를 찾아 떠난다. 그러나 마지막에는 엄마라는 로망에서 벗어나 현실과 마주하게 된다. 전오이디푸스 단계에서 가짜를 마음속으로만 불태우는 단계에서 벗어나 세상 속에 뛰어들어 직접 가짜와 대면하는 것이다.

　김애란의 『두근두근 내 인생』에서 부모는 시종일관 긍정의 대상이다. 아름이는 부모뿐만 아니라 세상 일반에 대해서도 배려하고 포용하는 자세를 잃지 않는다. 오이디푸스 가족은 자본주의 사회가 반향하는 구조이며 자본주의는 확대된 가족의 무대라는 점을 생각한다면, 아름이가 부모를 대하는 긍정적 자세와 세상에 대한 따뜻한 시선은 결코 분리될 수 없는 것이다. 『당신 옆을 스쳐간 그 소녀의 이름』의 소녀가 끝내 가족 로망스를 버리고 현실에 저항하는 모습을 보여주었다면, 『두근두근 내 인생』의 아름이는 자신의 인생을 걸고 끝끝내 가족 로망스를 완성하고 만다. 현실에 대한 절대 긍정이 아름다운 환상의 창조로 귀결되는 것이다. 두 소설이 보여주는 가족 로망스의 각기 다른 행로는 소녀와 아름이의 표정만큼이나 상반된다.

밀실 안의 광장 혹은 광장 밖의 밀실

1. 새로운 소설론

구경미는 1999년에 등단하여 10년이 넘는 기간 동안 꾸준히 작품 활동을 해오고 있는 성실한 작가이다. 자기만의 소설론 하나 정도 가진다고 해도 나무랄 수 없는 시간이고 역량이다. 구경미는 작품집 『게으름을 죽여라』(문학동네, 2009)에 실린 「은자와 함께」와 「독평사」에서 간접적으로 자신의 소설론을 밝히고 있다. 위의 작품들은 각각의 소설론을 보여주고 있는데, 그것은 우리 문학사의 대표적인 소설론 두 가지에 대응한다고 해도 과언은 아니다. 겉으로는 그러한 소설론이 긍정되는 듯 보이지만, 마지막에 이르러 묘하게 비틀린다. 구경미는 의식적으로 전통적인 소설론을 받아안으며 동시에 넘어선다.

「은자와 함께」의 '나'는 친구와 애인 중간의 관계였던 동호의 뼛가루를 가지고, 동호가 군대생활을 하던 섬으로 찾아간다. 동호의 뼛가루를 묻는 일은, 동호의 삶을 추억하는 일이기도 하다. 동호는 소설가 지망생이었다. 누구보다 열렬히 등단을 원하던 동호는 오토바이 사고에서 간신히 살아남은 후, "현실이 더 무서워. (중략) 독한 소설을 써야 해. 소설은 현실을 담아내는 그릇이니까. 이건 소설의 사명이고 숙명이야"(186쪽)라고 생각한다.

등단이 늦어질수록 "스무 살 동호의 자신감은 스물여섯 살 동호에게는 열등감으로, 자신을 알아주지 않는 세상에 대한 증오로 변질돼"(187쪽) 간다. 이때부터 동호는 앞에서 말한 소설의 사명을 다하기 위해, 독한 소재를 찾아다니기 시작한다. 독한 소설을 위한 소재는 독한 사람들과 험난한 현장에 있기 마련, 동호는 소설을 위해 자신의 삶을 독한 현장에 던진다. 그 결과 고된 노동으로 앓아눕고 옆구리에 칼을 맞아도, 동호는 "더 독한 현장"(197쪽)을 찾아다닌다. 그런다고 해서 글이 나오지는 않는다. 이 당연한 현상에 동호는 더 큰 초조함을 느끼고, 그것은 결국 어설픈 강도행각으로까지 이어진다. 감옥에서도 그의 취재는 이어지고, 나중에 그는 죽음에까지 이른다. 그런데 그 죽음마저도 동호가 스스로 선택했을 수 있다는 암시가 살짝 드러난다. 죽음보다 더 극한적인 체험이 없다는 것을 생각한다면, 동호는 그야말로 온몸으로 자신의 문학을 실천한 것이다.

그런데, 흥미로운 것은 동호가 끝내 단 한 편의 글도 남기지 못한다는 것이다. 유품에서조차 "어떠한 글도"(200쪽) 발견되지 않는다. 이러한 동호를 보는 '나'의 태도가 중요한데, '나'에게 동호는 "습작 부족을, 기초 부족을, 혹은 재능 부족을 현장 탓으로만 돌"(197쪽)리는 사람이다. 말을 바꾸자면, 소설이란 습작, 기초, 재능 등에서 비롯되는 것이지 결코 현장에서만 비롯되는 것이 아니다. 이 작품은 동호를 추억하는 서사인 동시에, 동호에게 향했던 애착을 훌훌 털어버리는 서사이기도 하다.

「독평사」의 '나'는 사람들이 쓴 글에 대하여 인터넷에 감상평을 올리고 일문일답에도 응하는 독평사(讀評士)이다. 평범한 직장인이었던 '나'는 몇몇 사람들이 쓴 글을 읽어주게 되었고, 이제는 그 일이 직업이 되었다. "사람들은 쓰기만 할 뿐 남의 글을 읽지는 않았"(48쪽)고, 그로 인해 외로운 사람들은 자신의 글을 읽어줄 사람을 간절히 필요로 하게 된 것이다. 그가 읽어야 하는 글들은 "느리고 지루한 전개, 비정상적인 사유, 느닷없는 섹스 장면, 우주와 사막과 해변을 오가는 개연성 없는 배경 이동, 그리고 독특한 문투까지"(50쪽) 갖춘 것들이다. 이러한 글에 대해서도 독평사는, 의뢰인을 생각해 비판이 십 퍼센트는 넘지 않아야 한다는 규칙을 지켜야만 한다. 독평사를 필요로 한다는 점에서는 기성작가도 예외가 아니다.

'나'는 우연히 장지영이라는 여자를 만나, 삼층 건물에서 뛰어내려 크게 다친 친구의 이야기를 듣는다. 친구는 고등학교와 대학교 시절 내내 친구가 없었고, 연애에도 실패한다. 그런 친구가 마지막으로 선택한 것이 글쓰기이다. 친구는 "마음속에 있는 말을 글에다 다 쏟아놓은"(56쪽) 것이다. 나중에는 외로워 전문적으로 글을 읽어주는 사람에게 글을 보여주고 반응을 기다린다. 반응은 절망적이었고, 그로 인해 삼층에서 뛰어내린 것이다. '나'는 우연을 가장한 장지영의 덫에 걸리고, 장지영에 의해 머리카락을 삭발당하고 다리 하나와 팔 하나가 부러진다. 장지영의 친구를 절망에 빠뜨린 독평사가 바로 '나'이며, 장지영은 친구를 대신해 복수를 감행한 것이다.

이 일을 겪은 후 '나'는 이전에 자신에게 글을 읽어달라고 하던 사람들, 즉 "넋두리 같은 글에 시간을 허비하는"(71쪽) 사람들을 이해하게 된다. "내게도 하고 싶은 얘기가 생긴 것"(71쪽)이다. '나'는 자신이 억울하게 당한 일을, 누군가가 자신에게 품고 있는 악의를, 그로 인해 자신이 받은 정신적인 충격을 누군가와 공유하고 싶어 한다. '나'는 세상의 독평사들을 찾아 자신의 얘기를 털어놓지만 독평사들의 반응은 언제나 기대에 못 미친다. 그들은 공유하고 위로하기는커녕, "인물과 사건의 인과관계가 허술함을 지적했고, 비문을 잡아냈고, 더 충격적인 결말을 제안"(71쪽)할 뿐이다. 그들은 "'나'를 보지 않고, '진실'을 보지 않고, 나와 진실을 둘러싸고 있는 껍데기, 형식만 보"(71쪽)기 때문이다.

이 소설 역시 글쓰기에 대한 뚜렷한 관점 하나를 보여주고 있다. '마음속에 있는 말을 다 쏟아놓은 글', '나의 진실이 담겨 있는 글'이 그것이다. 「독평사」에서 독창성이 있는 한 편의 글은 바로 나만의 고유한 이야기, 진실이 생겼을 때만 탄생할 수 있다. 그런데 이 소설은 정밀한 독해가 필요하다. 겉에 드러난 의미만 따라가다 보면, 작가가 처음에는 장지영이, 나중에는 '나'가 주장하게 된 글쓰기관을 지지하는 것으로 볼 수 있기 때문이다. 그리하여 '나의 진실'을 제외한 다른 요소에 신경 쓰는 글쓰기는 부정적인 것으로 인식된다고 판단할 수 있다.

그러나 친구 장지영이 독평사인 '나'에게 가한 무시무시한 폭력과 나중에 '나'가 독평사에게 내뿜는 장지영 못지않은 폭력[1]은 이러한 글쓰기관의 논리와 정당성을 의심스럽게 한다. 장지영과 내

---

1) 「독평사」는 '나'가 세상의 독평사를 향해 내뿜는, "황당하다고? 구성이 약해? 이건 내가 실제로 당한 일이라고! 허구가 아니라 실화! 이 닭대가리야, 껍데기만 보지 말고 내 고통을 보란 말야!"(72쪽)라는 독설로 끝난다.

가 도달한 글쓰기관을 강력하게 주장하면 할수록, 독자는 그것을 회의하고 부정하게 되는 아이러니한 구조가 형성되는 것이다. 그리하여 이 소설은 궁극적으로 표면에서 주장하고 있는 글쓰기관에 대한 비판적 인식으로 귀결된다.

「은자와 함께」와 「독평사」는 지금까지 한국문학을 지배한 두 가지 소설관을 대변하고 있다. '현실을 담아내는 그릇으로서의 소설'과 '자기 내면의 진실과 비의를 남들에게 고백하는 소설'이 그것이다. 전자가 리얼리즘적 소설관을 압축해놓은 것이라면, 후자가 1990년대 소설관과 상통하는 것임은 더 이상의 논의를 필요로 하지 않는다. 앞에서의 논의에서 드러났듯이, 구경미는 두 가지를 모두 부정하고 있다. 「은자와 함께」에서 현실을 뒤쫓는 것은 불가능할 뿐만 아니라 한 편의 소설도 낳지 못한다. 그것은 이러한 소설관이 오늘날 더 이상 작동할 수 없음을 증명한다. 또한 마지막에는 동호가 그러했듯이 죽음이라는 검은 아가리에 잡아먹히는 일이기도 하다. 「독평사」에서 자기 내면의 진실만을 고집하는 것도, 바로 그 고백의 열정만큼 폭력적이고 독단적일 수 있다. 그것은 작품에서 확인했듯이 소통 불능을 초래하는 "넋두리"로 전락할 수도 있는 것이다. 두 가지 소설관에 대한 자의식적 부정 위에 구경미의 소설세계는 놓여 있다.

2. 사회적 현실의 탐구

이번 작품집이 이전 소설집 『노는 인간』(열림원, 2005)과 차이나는 것 중의 하나는 백수가 아닌 다양한 연령의 평범한 직장인들이 구체적인 감각으로 서사화되고 있다는 점이다. 이번 작품집은 『미안해, 벤자민』(문학동네, 2008)과 나란히 놓았을 때, 그 의미가 보다 뚜렷하게 부각된다. 『미안해, 벤자민』이 지금-이곳의 현실을 작동케 하는 자본의 냉혹한 논리, 즉 교환원리의 메커니즘을 진지하게 성찰했다면, 이번 작품집은 그 논리가 가능케 한 상호작용과 생산과정에 연루된 사람들의 사회적 현실을 그리고 있기 때문이다. 두 권의 책은 지금-이곳의 안과 밖, '실재'와 '현실'에 대한 탐구라는 면에서 일종의 세트이다.

「일주일」의 '나'는 늘상 사장으로부터 "한 장소에서 20분 이상 머물지 마라, 박력 있게 행동하라, 늘 웃는 얼굴로 대하라, 뻔뻔함을 길러라, 사실이든 아니든 일단 구라를 쳐서 상대의 혼을 빼놓아라……"(86쪽) 등의 잔소리를 듣는다. '나'는 평소 '그물'과 '물고기'에 비유될 만큼 사원들을 통제해오던 사장이 자리를 비우자, "소매점 주인들이 어디 아프냐고"(91쪽) 물을 정도로 오히려 일에 "흥이 나지 않는"(91쪽)다. "권태"까지 느끼게 된 '나'는, "권태를 물리칠 수 있는 자극을 찾아"(93쪽) 생사를 넘나드는 사람들로 넘치는 종합병원에 간다. 그러나 "한번 깨진 리듬은 다시 깨지기 쉽"(99쪽)다. '나'는 어느새 자기 삶의 리듬을 온통 사장과 회사에 맡겨버린 것이나.

「새로운 삶」은 평범한 직장인들의 삶을 드러내기 위해, 조그마한 카페에서 이루어지는 무의미한 대화를 효과적으로 활용하고 있다. 김승옥의 「서울, 1964년 겨울」이 연상될 정도로, 그와 베이스 주자, 그와 사내, 베이스 주자와 사내는 서로에게 무의미한 말들을 주고받는다. 그는 공무원으로 일하다 뇌색전증으로 쓰러졌다가, 커다란 후유증 없이 회복된다. 이 일을 통해 그는 "삶이 내

게 말을 걸고 있다는 생각"(145쪽)을 하게 된다. '삶이 그에게 걸어
온 말'의 핵심은 "사십일 년 동안 바보같이 살았"(160쪽)다는 것이
다. 그 바보 같음의 핵심은 "삶에서 스스로 선택한 게 하나도
없"(156쪽)다는 사실이다. 대학도, 학과도, 직업도, 결혼도, 집도,
차도, 심지어는 현재 드럼을 배우는 일도 모두 성적과 사회와 아
내와 텔레비전 때문에 선택했던 것이다. 사내 역시도 자신이 "사
십삼 년 동안 바보같이 살았다고"(160쪽) 중얼거린다. 사내는 집
에서도 회사에서도 사람대접을 해주지 않는다고 생각한다. "나는
죽다가 살아났소."(160쪽)라는 그의 말에, 사내는 "나는 죽지 못해
사오."(160쪽)라고 화답하는 것처럼, 온전한 주체가 아닌 소외된
삶을 산다는 점에서는 결국 동소체이다.

「2005년 6월, 귀덕과 애월 사이」의 주인공들은 제주도라는 낭
만적인 공간으로 향한다. 잡지사에 근무하는 선우, 사회복지사인
경란, 만평을 그렸으나 현재는 실업자인 소진은 친구인 상희의 아
버지가 돌아가셨다는 소식에 모두 상가가 있는 제주도로 가는 것
이다. 그곳에서 그들은 낭만을 만끽하며, 취중에 정박해 있는 배
에 오르는 객기까지 부려 무인도에 도착한다. 도시인들이라면 한
번쯤 꿈꾸는 무인도행을 하게 된 이들의 도시 생활은 보람이나 성
취와는 무관한 고통스러운 일로 가득하다. 소진과 선우는 제주도
의 밤바다를 향해 "내가 네 소유물이냐! 나도 휴식이 필요해!"(275
쪽) 혹은 "마녀야 내가 네 소유물이냐! 내 인생은 내 거라구! 제발
나 좀 내버려둬"(275쪽)라고 소리친다. 지체, 지연, 시간 외 근무,
오해를 혐오하는 경란의 삶 역시 소진이나 선우의 소외된 삶으로
부터 그렇게 멀리 떨어져 있지 않다. 그들은 자기 삶의 주인이 되
지 못하고, 마녀, 팀장, 여자친구에게 구속되어 있다.

여기까지 읽은 독자라면 서울/무인도, 현실/낭만, 구속/자유 등의 익숙한 이분법을 떠올리기 쉽다. 그러나 이 소설은 그러한 이분법과는 무관하다. 괴로운 현실을 떠나 찾아간 낭만의 무인도에서 그들이 맞부딪친 것은 또 하나의 지옥이기 때문이다. 표류한 섬을 수색하던 그들은 집을 발견하는데, 그곳에서 "무단 표류하셨을 낚시꾼 혹은 여행객 여러분"(283쪽)으로 시작되는 종이를 발견한다. 그들은 이 종이를 사람이 살고 있다는 증거로 생각하지만, 그 집의 주인 승욱은 10년 전에 이미 죽고 없다. 승욱은 가장 믿었던 친구에게 사기를 당하고, 그 일로 가정마저 파괴된다. 사람에 실망하고 세상에 절망한 승욱은 무인도행을 택한다. 이 섬에 찾아들었던 승욱은 주인공들의 현재 모습에 해당한다. 그 날도 승욱은 긴장의 연속과 마찬가지로 "사람을 죽이는 독"(289쪽)인 무료함을 달래기 위해 벌꿀 따는 일을 하러 나간다. 꿀을 채취하는 중에 말벌 하나가 눈으로 돌진해오고, 이로 인해 나무에서 추락하던 승욱은 조끼가 나뭇가지에 걸려 매달린다. 그는 기절도 하지 않은 상태에서 꿀벌들의 무수한 공격을 받으며, 서서히 아주 오랜 시간에 걸쳐 "풍장"(291쪽)되었던 것이다.

섬주민 승욱의 그로테스크한 모습은 안수정등(岸樹井藤)[2]의 고사를 떠올리게 한다. 고사속의 사람은 꿀에 취한 채 죽어가지만,

---

[2] 안수정등의 이야기는 우리의 인생을 비유한 것이다. 기본적인 내용은 다음과 같다. 어떤 사람이 벌판을 걷다가 갑자기 뒤에서 나타나 성난 코끼리에 쫓긴다. 달아나던 사람은 작은 우물을 발견하고서는, 우물 속에 드리워진 칡넝쿨을 타고 아래로 내려간다. 그런데 정신을 차리고 아래를 보니 우물 바닥에서는 무서운 독사가 노려보고 있으며, 위에서는 코끼리가 여전히 성난 표정으로 지키고 서 있다. 게다가 흰쥐와 검은쥐는 번갈아가며 칡넝쿨을 갉아먹고 있는 것이 아닌가. 그때 어디선가 꿀이 아래로 떨어진다. 그 사람은 그 꿀을 받아먹으면서 자신이 처한 모든 상황을 잊는다.

승욱은 꿀조차 없는 고통 속에서 죽어갈 뿐이다. 승욱의 처참한
모습은 이 소설 속 주인공들의 심리적 실재에 버금가는 것이다.
이처럼 현실의 질서로부터 자유로운 곳은 없다. 이 작품은 초점자
를 번갈아가면서 등장시켜, 각기 다른 입장을 보여주는 서술적 특
징을 지니고 있다. 아버지의 장례식에 온다고 하고서는 오지 않는
친구들을 원망하는 상희, 자신의 배가 떠내려간 것은 알지도 못한
채 애월리의 퀸 명자의 품에 안겨 있는 종국, 이미 죽고 없는 섬주
인을 기다리는 세 명의 주인공 등이 그러하다. 모두는 각자의 섬
에 조난당한 채, 출구 없는 고통의 무인도를 하루에도 몇 번씩 수
색하고 있다.

「거짓말」은 유머러스한 상황설정을 통해 현대인이 겪는 자기소
외의 문제를 직접적으로 드러내고 있다. 캐릭터 디자이너인 지희
는 버릇이 되다시피한 거짓말로 여러 차례 궁지에 몰린다. 어머니
가 미인대회 출신이라고 한다든가 오빠가 조폭 출신이라고 하는
것 등이 그것이다. "지희는 거짓말을 할 때만큼은 현재의 자신이
아닌 다른 사람이 되는 것 같았다. 사람들의 눈과 귀를 붙잡아둘
수 있었고 평소와는 다른 감탄사를 들을 수도 있었다."(241쪽)에
서 알 수 있듯이, 거짓말을 통해 자신의 캐릭터도 매번 새롭게 디
자인한다. 지희가 거짓말로 끊임없이 새로운 정체성을 창조해나
간다면, 윤주는 실제 행동으로 자신을 매번 새롭게 만들어나간다.
'체험 강박증자' 혹은 '체험 탐험가'답게 뭐든 쉽게 결정하고 행동
한다. "언제 무슨 일이 벌어져 어디로 튈지 모르는 인간이 바로 윤
주"(236쪽)인 것이다. 지희나 윤주 모두 뚜렷한 자신의 정체성을
형성하지 못한 사람들임을 알 수 있다.

지희는 회사 동료들에게 있지도 않은 남자친구 얘기를 하고, 그

로 인해 윤주를 통해 돈으로 남자친구를 사게 된다. 가짜 남자친구 한기는 회사 동료들 앞에서 완벽한 남자친구 행세를 하고, 지희는 킹카 남친을 둔 멋진 여성이라는 정체성을 획득한다. 그런데 문제는 지희가 한기를 좋아하게 되면서 발생한다. 지희는 가짜를 진짜로 오인해버린 것이다. 165센티미터의 키에 80킬로그램인 지희는 윤주에게 소개팅 대신 지난번과 같은 가짜 만남을 한번 더 갖게 해달라고 부탁한다. 이번에는 지난번보다 더욱 돈이 드는데, 이유는 가짜 남친 외에 가짜 여친들마저 섭외해야 하기 때문이다. 소외가 자신을 행위의 주체자로 느끼지 못하고 그 자신을 이질적인 존재로서 경험하는 심리적 현상이라면, 지희와 가짜 남친, 여친들은 자신들의 필요(가상의 정체성, 경제적 필요)에 의해 자발적인 소외의 상태에 빠져든 인물들이다.

두 번째 만남에서 한기는 돈 20만원을 포기하고, 지희의 남친 행세를 하지 않고 자신의 취향을 있는 그대로 드러낸다. 한기가 나간 이후 가짜 여친들도 자신들의 일당 5만원을 포기하고, 그 돈으로 함께 술을 마신다. 마지막 문장은 "그러자 비로소 지희의 얼굴에 미소가 떠올랐다"(265쪽)이다. 오늘 있었던 일을 무덤까지 가지고 갈 것을 맹세한 다섯 명의 가짜 여친들이 맹세의 표시로 마지막 한 방울까지 맥주를 다 마시는 것을 본 지희의 반응이디. 자기마저 속이는 일의 고단함에서 벗어난 자의 미소가 아닐 수 없다.

3. 백수(白手)의 진정성

이번 작품집에서 구경미가 창조해낸 득의의 영역이라 할 백수에 대한 탐구가 사라진 것은 아니다. 백수를 집계하는 것 자체가 무의미해진, 아니 불가능해진 지금 이 시대야말로 백수의 문제는 이 사회의 중핵이 되었다. 그러나 그 탐구의 방향과 자세는 이전과 사뭇 다르다. 이전에는 그 끔찍한 현재의식에 초점이 맞추어져 있었다. 의식의 주인조차도 통제할 수 없는 엿가락처럼 길게 늘어지는 문장은 그 자체로 피로해진 의식을 반영했다. 「봉덕동 블루스」(『노는 인간』, 열림원, 2005)에서 그의 내면을 표현하기 위해 등장하는 "행복하지 않았다고 해서 불행했던 것도 아니지만, 이제 그는 행복해지고 싶었으므로 행복하지도 불행하지도 않았던 그 동안의 삶이 불행하게 여겨졌다"(126쪽)와 같은 문장이 대표적이다. 이번 작품집에서 그러한 문장은 더 이상 찾아볼 수 없는데, 이유는 그들이 더 이상 그러한 의식과 행동 자체에 매몰되어 있지 않기 때문이다. 작가는 백수의 초상화를 떼어 사회적 관계 한복판에 다시 걸어놓고 있다. 다시 말하자면 그들의 존재를 규정짓고 있는 사회적 배경과 틀로 관심을 확대시키고 있는 것이다. 이것은 그만큼 백수들의 의식으로부터 자유로워진 것일 수도 있고, 그 끔찍함의 강박에서 벗어난 것일 수도 있고, 작가의식의 성숙일 수도 있다.

「게으름을 죽여라」는 백수의 자의식과 사회적 의미 등을 정면에서 다루고 있다. 스물여섯이 넘도록 직업이 없는 '나'는 할머니에 의해 게으름병을 앓는 환자로 규정된다. 그 병을 치료하기 위해 '나'는 게으름치료센터에 두 달간 입소한다. 그러나 '나'는 지극히 정상적인 인간이다. 다만 미친 사회가 보았을 때 게으름이라는 병에 걸렸을 뿐이다. 할머니 역시 그녀가 "하루에 열 통도 넘게 이력서와 자기소개서 쓰는 걸"(108쪽) 보았다. 또한 미조와 남자아이가 센터에서 몰래 소주와 맥주를 마시는 것을 보며, "일탈은 꿈도 꾸지 못하고 살아온 내가 좀 바보스럽게 여겨지는 순간이었다."(116쪽)고 생각할 정도로 사회가 요구하는 삶에 순응해온 것이다. 그렇다면 백수, 즉 병자가 된 원인은 개인에게 있는 것이라고 볼 수 없다.

'나'는 그곳에서 대학을 휴학한 김미조와 고등학교를 휴학한 동화를 만난다. "미조는 자신이 뭘 하고 싶은지를"(117쪽), 동화는 "자신이 뭘 해야 할지를"(117쪽) 모른다. 동시에 둘은 "딱히 하고 싶은 게 없"(117쪽)다. "공부만 하고 경쟁만 하느라 정작 자신에 대해서는 알지 못"(117쪽)하게 된 것이다. "하고 싶은 게 없어서 하지 않았을 뿐"(118쪽)이지만, 부모와 사회는 그들에게 무조건 부지런할 것을 강요하고, 결국 이곳까지 오게 된 것이다. 센터에 들어오기 전에 이들은 그러한 사회에 맞서 각기 다른 방식으로 대응하는데, 그것은 이 시대 청년들의 일반적인 대응방식이기도 하다. 사회의 폭력성에 미조가 자신대로의 폭력성으로 맞섰다면, 남자아이는 냉담함으로 맞선다. 미조는 세 끼 식사 때마다 약육강식의 사회에 대해 열변을 토하는 부모에 맞서 자퇴를 선언하고, 나중에는 길에서 우연히 만난 사십 대 남자와 결혼을 선언하기도 한다. 동화는 부모의 대화 시도에 "못 들은 척, 못 본 척"(119쪽)으로 맞선다. 그 결과 이 센터에 오게 된 것이다.

교도소를 벤치마킹한 듯 보이는 센터에서 이들은 노동의 신성함을 배우기 위해 '현상체험(무임금 노동)'을 하고, 게으름을 죄악시하는 교장선생의 정신강화교육을 받는다. 센터와 교장이 말하고자 하는 것은 "결국은 공부였고, 경쟁이었고, 물질적인 성공"(124쪽)이었다. 센터의 휴게실에 있는 서가 코너에는 공공의 적으로 분류된 책들만 꽂힌 칸이 있고, 권장도서가 꽂힌 칸이 따로 있다. 공공의 적 코너에 「당당한 게으름」, 「게으를 수 있는 권리」, 「게으름에 대한 찬양」, 「게으름의 즐거움」이 놓여있다면, 권장도서 코너에는 「부지런한 일꾼들」, 「부지런한 습관만이 인생의 기적을 낳는다」, 「드나드는 개가 꿩을 문다」, 「게으름을 죽여라」가 놓여 있다. 이 중에서도 「게으름을 죽여라」는 교장선생의 저서이다.

몰래 미조의 생일파티를 하던 미조와 동화는 과실로 체육관에 불을 낸다. 이 일은 교장선생에 의해 센터 전체를 불태우려고 한 고의적인 방화행위로 규정되고, 그것을 뒷받침하는 증거물로는 동화가 미조에게 보낸 쪽지 '공공의 적-게으름을 죽여라'가 제시 된다. 이 문구는 중의적으로 해석된다. 하나는 '공공의 적=게으름'으로 읽는 독법이고, 다른 하나는 '공공의 적=게으름을 죽여라'로 읽는 독법이다. 센터와 사회가 주장하는 것은 당연히 전자의 독법일 것이다. 그러나 교장은 후자의 독법으로 읽는다. 쪽지를 한참 들여다본 교장은 "목표는 나였어."(135쪽)라고 중얼거리기 때문이다. 교장은 설령 올바른 교육자는 아니었을지 몰라도, 정확한 해석자였음에는 분명하다. 결국 구경미는 이 소설을 통해 '게으름'과 '공공의 적'을 동일시하는 독해방식을, '게으름을 죽여라'와 '공공의 적'을 동일시하는 독해방식으로 바꿀 것을 조용하지만 힘 있는 목소리로 주장하고 있다.

"말 그대로 지옥이었"(137쪽)던 센터 생활을 마치고 온 '나'는 오히려 더욱 게으름(?)에 빠져든 모습을 보인다. 모든 게 다 시들해진 '나'는 구직활동도 하지 않고, 불안 속에 하루하루를 보낼 뿐이다. 센터에서 깊이 새겨진 '무능력'과 '게으름'이라는 단어가 오히려 '나'에게서 모든 의욕을 빼앗아간 것이다. 비자발적 백수는 게으름치료센터에서 백수를 둘러싼 사회적 맥락을 온몸으로 학습

하고, 그 결과 자발적 백수에 도달한 것은 아닐까. 그리하여 그녀 나름대로 '공공의 적＝게으름'이 아닌 '공공의 적＝게으름을 죽여라'의 삶의 방식을 시험해보는 것일 수도 있다. 경찰에 인계되기 전날 체육관에 감금되었던 미조와 동화는 사라진다. 미조와 동화, 그리고 '나'만이 알고 있는 비밀 통로가 체육관에 만들어져 있었던 것이다. 그 비밀통로를 통해 사라진 그들에게서도 새로운 독해방식에 걸맞은 삶의 방식이 기대된다.

4. 지옥도(地獄道)를 건너는 방법

「거짓말」의 마지막에 지희가 지은 미소와 「게으름을 죽여라」에서 미조와 동화의 사라짐이 보여주었듯이, 이번 소설이 우울한 사회적 현실만으로 가득하지는 않다. 그 속에서도 나름의 진지한 성찰과 사유가 선명하게 그 모습을 드러내고 있기 때문이다. 이러한 특징이야말로 이번 작품집을 읽으면서, 이전에 느껴지던 세상으로부터 고립된 자가 내뿜는 특유의 시니컬한 분위기 대신 유머러스함 속에 담긴 진지한 분위기를 느낄 수 있는 이유이다.

「일주일」은 현실을 바라보는 프레임으로서의 환상이 지닌 지기기만의 문제를 드러내고 있다. 진정으로 무서운 이데올로기적 환영은 당이나 제국과 같은 거대한 조직으로부터 비롯되는 것이 아니라 소시민의 내면을 갉아먹는 작은 허위의식들에 있음을 날카롭게 보여주고 있다. '나'는 스스로를 "계획적인 사람"이라고 규정한다. 자잘한 일과가 아니라 인생 전체가 철저한 계획에 따라 이루어졌다고 생각하는 것이다. 일류가 아닌 이류대학에 간 것도,

연애를 딱 세 번만 한 것도 모두 자신의 계획에 따른 일이었다고 믿는다. '나'는 서른 무렵에 잘 나가는 회사의 디자이너였지만, 창업을 위해 회사를 그만두고 유통업체 소속 영업사원으로 뛰고 있다. "연봉이나 대우로 따지자면 강등에 비유할 수 있겠"(78쪽)지만, 창업을 위해서는 디자인 외에도 유통에 대해서 알아야하기에 직업을 바꾼 것이라 굳게 믿고 있다.

구차할 수도 있는 영업사원으로서의 작은 일상도 그는 모두 자신의 창업을 위한 자발적인 일이라고 위안한다. 소매점에서 신상품을 구입하는 것도, "소매점 주인은 자신에게 잘 보이기 위해 일부러 물건을 산다고 오해하지만"(83쪽), 그에게는 창업을 위한 "영감이나 창의성을 얻기 위해서"(84쪽)이다. 소매점의 진열대를 돌며 물건을 바로 세워주는 일도, "거래처를 아끼는 영업사원의 성실함"(84쪽)과는 무관하게 "팬시제품 자체를 사랑하기 때문"(84쪽)이다. 이렇듯 직장에서의 모든 일이 자신의 꿈을 위한 것이기에 '나'에게는 삶에 대한 불평이나 불만이 있을 수 없다.

그러나 대학 동기와의 우연한 만남은 그 모든 어려움을 감내하게 만든 창업의 꿈이 거대한 자기기만이었음을 보여준다. 그의 삶이 지닌 자발성과 활기는 창업에서 오는 것이었는데, "창업 자금이 없을 거라고들 하던데…… 네 마누라가 보증을 잘못 서서 아파트 날리게 생겼다며."(101쪽)라는 동기의 말에서 알 수 있듯이, 그것은 완전한 허구였던 것이다. 동기와의 만남이 있은 다음날, '나'는 "일 년 오 개월 이십일 일 만에 처음으로 결근을 한"(103쪽)다. 그러나 환상의 생명력은 친구의 말 한마디가 환기시켜준, 진실로 깨뜨리기에는, 너무나 강고하고 촘촘하다. 작품의 마지막은 '나'의 다음과 같은 다짐으로 끝나고 있기 때문이다.

어쨌거나 나는 이곳에서 육 개월하고 육 일을 견뎌야 하는 것이다. 육 개월하고 육 일 뒤 나는 이곳을 떠난다. 떠날 것이다. 그러므로 그 동안은 어떻게든 살아남아야 한다. 오류가 생기지 않도록 주의해야 한다. 잠시 자존심 좀 팽개쳐둔들 뭐 어떤가. 육 개월하고 칠 일째 되는 날 나는 화려하게 부활할 것이다. (104쪽)

「새로운 삶」의 그와 사내는 마지막에 죽음을 선택한다는 점에서 가장 파격적이다. 선택으로부터 배제된 삶을 살았던 그, 다시 말하자면 온전한 주체가 아니었다고 말할 수 있는 그는 처음으로 "돌아갈 시기"(163쪽), 즉 죽음만은 스스로 선택하고자 한다. "지금까지는 내 삶이 나를 끌고 다녔지만 이제는 내 차례"(163쪽)라는 것이다. 사내 역시도 "의미 없는 삶을 왜 연장한단 말이오?"(164쪽)라며 동의를 표한다. 작품은 "같이 퇴근합시다, 사내가 말하고, 그럽시다, 그가 동의"(169쪽)한 후, "서로서로 어깨를 빌린 채 무작정 앞으로 걷기 시작"(169쪽)하는 것으로 끝난다. 이 발걸음이 세상을 향한 출발로는 읽히지 않는다. 이미 "퇴근의 의무가 없는 생활"(167쪽)을 한 지 오래인 그에게 퇴근이란 일상적인 삶을 유지하기 위한 평범한 일과일 수 없기 때문이다. 그것은 구속받는 혹은 소외된 삶으로부터의 영원한 퇴근이다.

「잠자는 고양이」에서는 의식(儀式)을 통한 탕진이 그 해결책으로 제시되고 있다. 작품의 '그'는 2년 전 직장을 그만둔 후에 백수로 미물고 있다. 그는 "할 일도 없고 하고 싶은 일도 없으면서 자신이 쓸모없는 인간일지도 모른다는 생각"(207쪽)에 빠져 있다. "자조와 허탈, 체념이 적당히 섞인 목소리"로 "무의미한 삶을 왜 견뎌야 하지"(210쪽)라고 말하는 상태이다. 이것을 극복하는 방법은 자살 의식을 통한 탕진이다. 그는 날짜와 시간을 예고한 채 자살하려고 한다. 그는 이미 취직, 승진, 실연을 이유로 세 번의 자살을 시도한 바 있다. 흥미로운 것은 그의 말마따나 "절대의 힘, 정체불명의 기운, 초자연"(213쪽)의 힘인지는 모르지만, 자살 시도로 인해 취직이 되고, 승진이 되고, 떠나간 여인이 돌아오는 일이 벌어진다는 것이다. 그에게 자살은 삶의 무의미를 견디며 내면에 감춰진 힘을 끄집어내는 하나의 의식이 되어 있다.

「일주일」에서 '나'가 보인 자기기만, 「새로운 출발」의 그와 사내가 택한 세상으로부터의 퇴근, 「잠자는 고양이」에서의 자살 의식은 철창이 되어버린 현실에 대응하는 하나의 방법일 수도 있다. 그러나 자기기만은 현실의 냉혹한 유령적 논리를 자기화한 것에 지나지 않는다는 점에서, 세상으로부터의 퇴근은 현실로부터의 근원적 도피라는 점에서, 의식(儀式)은 끊임없이 반복되는 일시적 모면에 불과하다는 점에서 그 한계가 뚜렷하다. 「뮤즈가 좋아」에서는 철없는 아마추어 음악인을 통해 유쾌하게 지옥도를 건너는 또 하나의 방법을 보여주고 있다. 그것은 집단에도 이념에도 기대지 않고, 자기 욕망에 충실함으로써 진정성을 담보하는 방식이다. 조금 거창할 수도 있지만, 그러한 삶의 방식은 감히 윤리적이라고 말할 수도 있을 것이다.

「뮤즈가 좋아」는 아마추어가 공연을 시작해 마지막 노래가 채 끝나지 않은 순간까지를 스토리 시간으로 삼고 있다. 학원 지하의 좁은 공간에서 이루어진 공연의 관객은 음악학원 수강생의 친구와 가족들뿐이다. 이 시간동안 기타리스트인 '나'의 회상이 소설의 주요 서사를 채우고 있다. '나'는 그야말로 자신의 욕망이 원하는 대로 살아간다. 보통 사람들에게 "밴드는, 그리고 음악은 이십

대 초반의 성장통 같은 것"(22쪽)이지만, '나'는 인생 전부를 건다. '나'는 록 밴드의 보컬이 되기 위해 고등학교를 졸업하자마자 상경한다. 그는 제대로 된 밴드에 들어갈 실력이 되지 않아 서른한 살이 된 지금까지 음악학원가를 벗어나지 못한다. 이제 학원의 누구도 그에게 꿈에 대해, 자기 곡에 대해, 편곡에 대해 묻지 않는다. 대신 결혼과 사귀는 여자와 직업에 대해 묻는다. 이것이 '나'의 무능력과 불운에 따른 수동적인 것만은 아니다. 스물다섯 생일에 아버지는 자신의 회사에 나올 것을 권유하지만, 그는 그 제안을 거부하고 자신의 욕망이 원하는 길을 걸어온 것이다. 마지막 곡을 남겨두고, '나'는 행복했던 지난 시절, 즉 "지금의 멤버로 팀을 꾸리던 날들"(34쪽)과 "펜타포트 록 페스티벌"(35쪽)에 갔을 때를 떠올린다. 음악을 향한 자신의 순심을 다시 한번 되새기며, '나'는 무대 위에 쓰러진다. 그의 이마를 가득 채운 땀의 열기 속에서 세상의 철창은 조금씩 녹아내릴 것이다.

5. 폭죽(爆竹)이 소중한 이유

이처럼 세상을 똑바로 응시하려 노력하는 구경미는 최근 자기만의 시각을 보다 더 뚜렷하게 확보해가고 있다. 「금일휴업」(『현대문학』, 2008년 11월호)은 『미안해, 벤자민』에서 설득력 있게 제시한 증여의 원리가 얼마만큼 절실한 것인지를 실제의 차원에서 탐구하고 있는 작품이다. 국숫집을 운영하던 평범한 그녀의 삶에 사건이 발생한다. 존재를 모르던 다락방에, 한 아이가 살고 있었던 것이다. 그녀는 아이를 있는 그대로의 모습으로 받아들인다.

기행을 일삼으며 현대인의 인간소외를 실연하던 남편 역시 아내의 행위에 적극적으로 동참한다. 이 소설에서 아이는 부부와 어떠한 공통성도 확인할 수 없는, 그저 존재만을 어루만질 수 있는 미지의 존재, 환언하자면 신과 같은 존재, 미래의 인간과 같은 존재이다. 타자에 대한 환대는 결코 쉬운 일이 아니다. 환대는 쉽지만, 환대의 대상이 타자인 경우는 드물기 때문이다. 구경미의 「금일휴업」은 비유나 상징의 차원이 아닌 실제의 차원에서 바람직한 삶의 방식과 윤리에 대하여 이야기하고 있다.

문학의 죽음이 유행가처럼 널리 불리는 시대이지만, 문자 그대로의 작가나 소설을 만나는 것이 그리 어려운 일은 아니다. 그러나 기억해야할, 음미해야할 작가와 작품을 만나는 일은 결코 쉬운 일이 아니다. 그런 면에서 문학의 죽음이라는 유행가에도 일면의 진실은 있다. 그럼에도 구경미는 우리가 기억해야 할 작가임에 분명하다. 광장을 말하면 구태의연하고, 밀실을 말하면 보기 민망한 요즘의 소설계에서, 구경미는 새롭고 당당한 목소리로 밀실 안의 광장 혹은 광장 밖의 밀실을 말할 수 있는 몇 안 되는 작가이다. 그 밀실 속에서 구경미는 지금-이곳의 안과 밖, '실재'와 '현실'을 폼잡지 않고 유머러스하게 심문한다. 구경미는 이제 더 이상 가슴 속 뜨거운 에너지만으로 원고지 앞에 서지 않는다. 원고지 옆에 놓여 있는 그녀의 가방에는 글쓰기의 기본 방법론을 적어놓은 수첩도 있고, 사회를 보는 커다란 망원경도 있으며, 인간의 심층을 해부하는 현미경도 있다. 그 철저한 준비와 내공은 이번 작품집을 다양한 문제의식이 가득한 폭죽으로 만들어놓고 있다. 그 폭죽으로 무엇을 하느냐는 이제 독자들의 몫이다.

텍스트 바깥에는 텍스트가 있다

1. 텍스트라는 괴물

경우에 따라 오리로도 보이고 토끼로도 보이는, 혹은 여인의 얼굴로도 보이고 사자의 두상으로도 보이는 그림들이 있다. 최제훈 소설은 두 가지가 아니라 거의 무한대에 가까운 다양한 모습으로 보이는 형상을 만들어낸다. 이러한 갈등과 혼돈은 오해를 불러일으킬 수밖에 없는 언어의 난점, 고정된 해석을 불가능하게 하는 텍스트의 탈구성(deconstruction)적 특징, 이론의 총체적인 체계 형성의 불가능성과 긴밀하게 관련되어 있다. 처제훈은 프랑켄슈타인 박사가 시체들을 조각조각 꿰매어 괴물을 만든 것처럼, 이야기를 조각조각 맞추고 꿰매는 일을 좋아한다.[1] 그러나 최제훈이

---

[1] 우찬제, 「난장의 문화 공학과 그 그림자」, 『퀴르발 남작의 성』, 문학과지성사, 2010, 284쪽. 우찬제는 최제훈의 소설이 "형식적으로는 이질혼성적 편집의 미학이 돋보이고, 수사학적으로는 은유의 적층 속에서 환유의 미끄러짐을 통해 문화사적 의미망을 재해석"(「서사도단(敍事道斷)의 서사─조하형 최제훈 소설의 경우」,

더욱 좋아하는 것은 얼기설기 엮은 그 누더기마저 갈기갈기 찢어 버리는 일이다. 그리하여 결국에는 애당초 괴물 따위는 존재하지 않았다는 것을 기어이 증명해내고 만다. 최제훈은 마라토너와 같은 지구력을 바탕으로 세상이나 사물에 덧씌워진 개념 혹은 표상을 끈덕지게 해체해버리는 것이다. 그러한 탈구성은 텍스트, 에고, 리얼리티의 세 측면을 향해 전방위적으로 이루어진다.

최제훈의 소설은 많은 경우 '작가–작품–독자'가 벌이는 대결에 대한 비유로 읽히기도 한다. 「괴물을 위한 변명」(『퀴르발 남작의 성』, 문학과지성사, 2010)은 "신이 되고자 했던 인간과 인간이 되고 싶었던 괴물"(238쪽)[2]이 벌이는 애증의 숨바꼭질을 바탕으로 하고 있다. 이때의 '작가–작품–독자'는 '프랑켄슈타인 박사–프랑켄슈타인–등장인물'로 변형되어 나타난다. 먼저 '작가–작품'의 관계를 살펴보자. 작품 속에서 프랑켄슈타인 박사는 자신이 만든 괴물에게 "악착같이 이름을 부여하지 않"(242쪽)는다. 그러나 이것은 안한 것이 아니라 못한 것으로 보아야 한다. 「괴물을 위한 변명」에서 괴물이 "당신은 나를 당신 자신보다 더 강하게 만들었다는 것을"(233쪽) 명심하라는 말은 결코 작가가 자신의 의도대로 작품을 지배할 수 없다는 사실을 암시한다.[3]

『문학과사회』, 2009년 봄호, 297쪽)한다고 평가한다.

2) 「여섯 번째 꿈」(『자음과모음』, 2009년 겨울호), 「복수의 공식」(『자음과모음』, 2010년 봄호), 「π」(『자음과모음』, 2010년 여름호), 「일곱 개의 고양이 눈」(『자음과모음』, 2010년 가을호)을 제외한 작품들은 『퀴르발 남작의 성』(문학과지성사, 2010)에서 인용하였다. 인용시 본문 중에 쪽수만 기록하기로 한다.

3) 이러한 특징은 「셜록 홈즈에 숨겨진 사건」에서도 확인할 수 있다. 이 작품에서 셜록 홈즈(작품)은 애비(작가)가 누군지도 모른다. 이 작품에서 "작가가 자신이 창조한 인물에 대한 열등감으로 그를 죽이고, 다시 부활한 그가 복수를 하듯 작가를 실제 죽음으로 내몬다."(74쪽)는 것은, 작품이 작가의 통제 범위 밖에 존재함을 의미한다.

그렇다면 '작품—독자'의 관계는 어떠할까? 프랑켄슈타인 박사와 달리 이후 독자들은 괴물에게 흔쾌히 이름을 붙여주었다. 그것은 "이름을 붙여 창고에 던져버리면 그만"(243쪽)인 행위에 불과하다. "이름을 얻은 대신 언어를 잃어버린 괴물"(245쪽)은 자기표현 능력을 잃어버리고 타자에 의해 명명된 존재를 상징한다. 동시에 이것은 본래 달변가인 프랑켄슈타인에게서 언어를 빼앗고 이름을 부여한 인간의 존재를 떠올리게 한다. "괴물이 원한 것은 이름이 아니라 함께 얘기를 나누고 교감할 수 있는 배우자"(245쪽)였다는 것에서 알 수 있듯이, 인간은 다층적이며 복합성을 지닌 괴물을 하나의 관념으로 묶어버린 것이다.

　　그렇다고 해서 '작품—독자'의 관계에서 독자가 승리를 거두는 것은 아니다. 「괴물을 위한 변명」에서는 빅터 프랑켄슈타인의 동생 에르네스트 프랑켄슈타인이 등장하여 애당초 괴물 프랑켄슈타인은 탄생한 바도 없으며, 그것은 단지 빅터가 "망상을 꿰매어 만든 이야기"(263쪽)였다는 새로운 해석을 내놓는다. 결국 동생도 또 하나의 독자가 되어 그동안의 해석에 대하여 문제를 제기하는 것이다. 그러나 동생의 해석 역시 월턴 선장의 "내 이야기 위에, 다시 자네의 이야기를 겹쳐 써내려간 건가?"(267쪽)라는 의혹을 받는다. 최세훈의 소설에서 작가는 결코 작품을 지배할 수 없고, 독자 역시 작품을 지배할 수 없다. 작품은 그 자체로 무한한 증식을 거듭하는 하나의 괴물인 것이다.

　　이처럼 「괴물을 위한 변명」에서 괴물은 프랑켄슈타인뿐만 아니라 모든 표상의 그물로부터 벗어나 있는 텍스트 자체를 가리킨다. 이 작품은 다중액자 기법으로 되어 있고,[4] 이 기법의 핵심은 "서술의 객관성을 담보하는 제스처를 취하지만 실은 모두 전해들은

말의 연쇄, 일명 '카더라 통신'이라는 것"(254쪽)이다. 이것은 의미
가 결국 대체의 사슬로 작동하며, 텍스트의 진정한 의미는 환유적
사슬을 따라 유예된다는 것을 의미한다.

2. 오독의, 오독에 의한, 오독을 위한

「퀴르발 남작의 성」은 퀴르발 남작에 대한 각기 다른 시간대의
6월 9일에 있었던 12개의 이야기로 이루어져 있다. 퀴르발 남작과
관련된 이야기는 각기 다른 12개의 시공에서 작가나 영화감독 등
의 다양한 사람에 의해서 새로운 모습으로 끊임없이 변모한다. 그
러나 그러한 변모는 대단한 원인에서만 비롯되는 것이 아니다. 이
야기는 여배우의 욕심 때문에 바뀌기도 하고, 관객의 입맛에 맞추
려는 제작자의 의도에 따라 바뀌기도 한다. 이야기의 의미 역시
대학 강사, 블로그에 글 올리는 소녀, 대학생의 리포트, 신문기자
의 기사, 앵커의 보도를 통해서 끊임없이 변화된다. 퀴르발 남작
의 성은 "체제를 유지하기 위해 끊임없이 욕망을 재생산할 수밖에
없는 자본주의"(18쪽)를 의미하기도 하고, 엽기적인 모방범죄를
낳기도 하며, 젊음과 생명을 영원히 유지하려는 "주술적 식인"(31

---

4) 최제훈 소설은 다층적인 액자구성을 취하고는 한다. 이때 여러 서사 층위 사이에
서는 빈번한 넘나들기가 이루어진다. 대표적으로 「π」를 들 수 있다. 이 소설에는
M의 이야기가 읽혀지는 서사 층위(1), M이 활동하는 서사 층위(2), M이 번역하는
소설의 층위(3), 그녀가 M에게 들려주는 이야기의 서사 층위(4)가 중층적으로 존
재하고 있다. 이때 (2)와 (3), (2)와 (4)는 빈번하게 서로의 경계를 넘나든다. 또한
"이 이야기는 당신 「여섯번째 꿈」 번역과 함께 끝나"(523쪽)라는 말에서 알 수 있
듯이, (3)과 (4) 역시 연결되어 있다.

쪽) 행위가 벌어지는 곳이기도 하며, "독재자에 의해 폐쇄적으로 운영되는 공산주의 체제를 상징"(38쪽)하기도 한다. 이 작품은 우리가 텍스트의 중심에서 찾아낸 고정되고 정적인 의미는 단지 텍스트 내에서 어떤 용어들을 배제하거나 우선시한 결과에 불과함을 설득력 있게 보여주고 있다. 흥미로운 것은 이 작품에서 실제 퀴르발 남작이 어떠하며, 퀴르발 남작의 성에서 어떤 일이 벌어졌는지에 대해서는 아무런 설명도 주어지지 않는다는 점이다. 「셜록 홈즈의 숨겨진 사건」에서도 코넌 도일의 죽음을 하나의 내러티브라고 할 때, 홈즈가 그것을 완전히 해석한다는 것은 불가능하다. 텍스트의 진정한 의미를 드러내려는 모든 시도는, 그것이 하나의 오독에 불과함을 스스로 증명할 뿐이다.

이것은 곧 본질적 의미를 전제하는 로고스 중심주의와는 최제훈이 먼 거리에 있음을 보여준다. 최제훈에게 텍스트(언어)는 형상적(figurative)이기에 오독을 낳을 수밖에 없는 것이다. 최제훈 소설은 말줄임표로 끝나는 경우가 많은데, 이것은 의미가 결코 고정될 수 없음을 환기시킨다. 「괴물을 위한 변명」은 "의문점은 저와 같이 호기심 많은 독자들의 몫으로 남겨져……"(269쪽)로 끝나며, 「셜록 홈즈의 숨겨진 사건」에서 사건을 해결한 순간에도 홈즈는 "아직 하나의 수수께끼가 더 남은 듯한……"(78쪽) 기분을 느낀다. 「퀴르발 남작의 성」의 마지막 이야기는 퀴르발 남작이 살았다는 1697년이 배경인데, 르블랑 부부와 딸 카트린느는 퀴르발 남작의 성을 향해 단지 걸어가는 것으로 끝난다. 남작의 성 안에 들어가는 일, 즉 그 기표가 가리키는 기의에 도착하는 일은 일어나지 않는다. 의미는 늘 진행형의 과정이며, 정지를 모른다.

치밀한 구성이 돋보이는 「복수의 공식」(『일곱 개의 고양이 눈』,

자음과모음, 2011) 역시 오독을 낳을 수밖에 없는 텍스트의 형상적 성격을 선명하게 보여준다. 이 작품은 다섯 개의 장으로 구성되어 있고, 각 장은 각기 다른 이야기들을 들려준다. 그러나 소설을 모두 읽으면 그 이야기들은 하나로 이어진다. 1장에서는 한 킬러가 사람을 납치하여 죽이려 하고 있다. 간질 발작을 앓았던 킬러에게는 쌍둥이 여동생이 있었고, 여동생은 집에 침입한 강도에게 강간당한 충격으로 자살한다. 킬러는 6년 7개월 8일 만에 바로 그 강도를 잡아서, 지금 죽이려는 것이다. 2장의 주인공은 법관을 목표로 일로매진하여 서울대 법대에 다니며 사시 1차에도 합격한다. 그러나 사시 2차 시험 전날 불량배를 만나 폭행을 당하고, 미모의 여자친구는 겁탈 당할 위기까지 겪는다. 이 일로 남자는 2차 시험을 망치고, 그때의 충격으로 계속해서 사법시험에 떨어진다. 결국 법률사무소 사무장이 되어 평범한 여자와 결혼하고 일상의 소소한 재미에 빠진다. 그러던 중 나비 문신을 한 불량배를 다시 만나고, 그동안 쌓아온 모든 소시민으로서의 행복을 잃어버리고, 불량배에게 복수할 계획을 세운다. 복수의 과정에서 생긴 돈으로는 시골에 내려가 '세잎클로버 책마을'이라는 서점을 열 생각이다. 3장에서 킬러는 처음 만난 여자와 모텔에서 하룻밤을 지낸다. 남자는 자신이 킬러이며, 작업을 할 때 의뢰받은 일이라는 사실을 잊고 자신의 복수극으로 가장한다는 이야기를 한다. 여자도 자신의 비밀을 고백한다. 자기에게는 발작 증세를 가진 쌍둥이 남동생이 있었는데, 어느 날 강도가 들어오고 동생과 그녀는 손발이 묶이고 입도 봉해졌다는 것이다. 이때 동생은 발작이 일어나 죽는다. 여자는 남자의 눈빛이 자기 동생을 닮아서 접근했다고 말하며, 킬러는 다음 작업 때 그 이야기를 사용하겠다고 다짐한다. 4장에서는,

2장에서 법대생의 애인이었던 여자가 자신의 남편이 다른 여자와 변태적 성행위를 하는 장면이 담긴 동영상을 보게 된다. 그 충격으로 집을 나온 그녀는 '세잎클로버 책마을' 앞에 선다. 5장에서 억세게도 운이 나쁜 한 사내는 계속된 불운으로 거지가 되고, 빈집털이에 나선다. 그 집에 있던 남자애는 발작을 일으키고, '나'는 무작정 도망친다. 후에 수배자 명단을 통해 그 남자애가 죽었다는 사실을 알게 된다. 그 후 여러 우여곡절 끝에 성공가도를 달리지만, 곧 한 남자에게 납치된다. 이 남자가 바로 1장에서 킬러에 의해 죽음을 앞둔 그 남자이다.

모두 읽은 후에는 이 다섯 장의 이야기가 서로 긴밀하게 연결되어 있다는 것을 알게 된다. 5장에 등장한 사내는 쌍둥이 남매의 방에 침입하여, 남동생을 죽음에 이르게 한 것이다. 그렇다면 1장에서 킬러의 복수는 자신의 행위에 대한 합당한 처벌일 수 있다. 2장에서 수재의 복수극에 따라 결국 5장의 사내는 죽음을 맞이하게 된 것이다. 그것을 통해 우연 뒤에 감춰진 필연과 세상의 무한한 연결 가능성이 드러난다. 흥미로운 것은 이 다섯 개의 이야기가 이처럼 긴밀하게 연결되어 있는 것 같지만, 실은 전혀 무관한 이야기일 수도 있다는 점이다. 5장에서 남자가 집에 침입했을 때, 남자와 여자는 알몸으로 서로 껴안고 있었다. 이것은 3장에서 여자가 말한 이야기와는 다르다. 또한 2장에서 수재는 여자 친구를 쉽게 보내주지만, 4장에서의 수재는 오랫동안 스토커 노릇을 한다. 이처럼 사소한 불일치는 곳곳에 나타난다. 이 소설은 빈틈없이 꽉 짜인 동시에 한없이 헐거운 이야기인 것이다. 이러한 특성은 이 소설이 속한 연작소설 전체로 확장시켜 볼 수도 있다.

3. 동행하는 하나의 집단

최제훈의 소설에서는 인간의 자아 역시 끊임없이 탈구성된다. 자아는 결코 그/그녀 자신의 집에서 주인이 될 수 없다. 이것은 인간의 자아는 언어의 주재자가 아니라 비유의 산물이라는 폴드만의 주장을 떠올리게 한다. 주지하다시피 '나'는 늘 하나 이상으로 다양하다. 자아가 끊임없는 하나의 흐름이라면 낡고 안정된 자아는 해체될 수밖에 없다. 최제훈에게 '나'는 '함께 행동하고 있는 하나의 집단'을 의미한다.

「그녀의 매듭」과 「그림자 박제」는 자아의 다층성을 있는 그대로 실연하고 있는 작품이다. 따라서 이 작품들은 환상적인 성격을 보이지만, 이러한 환상은 오히려 환상을 벗겨낸 실재에 가깝다. 「그녀의 매듭」에서 차하연은 자기 안에는 서로 다른 두 개의 삶, 즉 "내가 선택한 삶과 선택하지 않은 삶"(83쪽)이 공존한다고 고백한다. 차하연은 고등학교 친구인 이현정을 대학 시절 파멸시켰고, 나중에는 오랜 친구인 성호와 강지민에게도 큰 피해를 끼친다. 그러나 그녀는 자신의 악행에 대해서 아무런 기억을 하지 못한다. 이 작품에는 과거의 일들이 언급될 때마다 네 번에 걸쳐 "그때, 나는 어떻게 했을까?"라는 문장이 등장한다. 이것은 과거의 행동이 차하연의 통제 밖에서 이루어진 것임을 강조한다. 심각한 화상을 입은 성호와 이현정이 입원한 병원에 찾아간 차화현은, 그곳 화장실 거울에서 까만 눈동자로 자신을 바라보는 얼굴을 본다. 그녀가 나에게 미소를 보내며 손을 내밀지만, "우리의 손끝이 차가운 거울 표면에서 부딪"(115쪽)칠 뿐이다. 마지막에 차화연은 "방에 틀어박혀 종일 컴퓨터로 사진을 합성하며 시간을 보"(115쪽)내며,

자신의 "눈과 코와 귀와 입술과 뺨과 머리칼을 잘라내어 내가 모르는, 어쩌면 기억하지 못하는, 타인들의 얼굴에 몰래 하나씩 끼워 넣"(115쪽)는다. 거울을 사이에 두고 악수를 나누지 못하는 모습과 조각조각 잘라진 사진은 분열된 자아를 나타내기에 익숙하고 적합한 상징이다.

「그림자 박제」의 '나' 안에는 여러 인물이 공존한다. 9년 동안 회계사로 일하던 평범한 가장인 '나'는 멍키스패너로 처음 보는 사람을 폭행한다. 문제는 '나'가 그러한 행동을 전혀 기억하지 못한다는 점이다. 그 기이한 사연을 추적해 들어가는 것이 이 작품의 기본 서사이다. 기러기 아빠로 지내던 '나'는 백화점에 갔을 때, 내면의 지하실에서 들려오는 알 수 없는 목소리에 따라 명품 지갑을 훔친다. 이 일을 계기로 일상의 무료함을 벗어나기 위해 "제 안에 다른 사람을 만들어보기"(127쪽)로 결심한다. 이러한 노력을 통해 그의 내면에는 거친 건달 타입의 톰과 소심한 예술가 유형의 제리가 자리하게 된다. '나'는 수시로 톰이나 제리로 전환되는데, 일단 전환되고 나면 각각의 인물들도 "자기만의 세계가 있기 때문에"(129쪽) '나'는 통제력을 잃는다. 다른 인물로 전환되면, 오른손잡이가 왼손잡이가 될 정도로, 점차 나와 톰, 나와 제리는 분리되어 공존한다. 나중에는 톰과 제리만 알고 '나'는 모르는 존재가 '나'의 내면에서 탄생하기도 한다. '나'는 마트에서 외삼촌으로 보이는 이가 아이를 학대하는 모습을 보고, 그를 멍키스패너로 폭행한 후 빼앗은 장난감 포클레인을 아이에게 돌려준다. 그런데 그 순간에는 "나도, 톰도, 제리도"(154쪽) 잠에 빠져들고, 다시 정신이 돌아왔을 때 "화장실을 나와 반질반질한 통로를 걷는 한 남자"(154쪽)를 발견한다. 피칠갑을 한 몸으로 포클레인을 아이에게 되돌려주는 이는 바로 '나도 톰도 제리도' 아닌 '한 남자'였던 것이다. '나'는 처음에 자신의 의지로 마음속에 또 다른 나를 만들었다면, 시간이 갈수록 '나'의 내면에는 통제를 벗어난 수많은 '나'들이 생겨난 것이다.

「π」에서 여자의 이야기 속에 등장하는 남자는, 밤마다 한 사내가 병실에 누워있고 창밖으로는 산과 파란 바다, 비닐 장막이 펼쳐진 풍경을 본다. 남자는 그 꿈 때문에 파란 바다를 찾아왔다가 버스에서 만난 한 소녀를 따라 폐광촌에 내린다. 우여곡절 끝에 남자는 꿈속의 한 사내가 누워있는 병실을 찾아낸다. 남자와 하나가 된 M은 꿈속에 반복해서 등장하는 환자의 병실로 들어가려 하지만, 여러 사람들에 의해 저지당한다. M은 "여긴 잠재의식 속에 차려진 거대한 세트장"(529쪽)이며, 곱슬머리, 원장, 소장은 자신의 내면에 존재하는 "영혼의 한 조각"(529쪽)으로서, 그것들이 인격화되어 세트장에서 연기를 하는 것이라고 말한다. 그러면서 그 병실에 누워있는 사내가 바로 "나 자신"(529쪽)이라고 선언한다. 그러나 원장은 곧 문 뒤에 있는 사내가 결코 M일 수 없으며, 자신들과 마찬가지로 "영혼의 한 조각"(530쪽)일 뿐이라고 말한다. M은 고유한 '나'를 주장하지만, 그것은 원장에 의해 부정당한다. '나'라고 부를 수 있는 것은 존재하지 않으며, 다만 분리된 힘, 의지, 본능만이 존재할 뿐이다. 최제훈의 소설에서는, 결코 텍스트(언어)의 의미가 고정되지 못한 채 무수한 의미를 낳을 수밖에 없는 것처럼, '나' 역시 탈구성되어 무수한 존재들로 쪼개져 공존하는 것이다.

4. X의 스테레오타입에 대한 고찰

한국문학사에서 선례를 찾아보기 힘들 정도로 집요하고 철저한 최제훈식 해체의 목적을 찾는다면, 그것은 단지 그 과정 자체에서만 발견할 수 있을 것이다. '그래서 어쩌자고?' 식의 우직한 질문은 최제훈 문학의 본령을 밝히기에는 너무나 투박하다. 크라우스가 현대 예술작품은 기호학적으로 전환사의 특성을 갖는다고 말한 것처럼, 최제훈의 작품은 특정한 의미를 담고 있지 않은 텅 빈 기표라고 할 수 있다. 그것의 내용은 오직 독자와 맥락에 따라 결정될 뿐이다. 그러나 예외가 있으니 그것은 「마녀의 스테레오타입에 대한 고찰」이다. 이 작품에서는 그의 논리적인 탈구성 작업이 겨냥하는 구체적인 대상과 이념이 등장하기 때문이다. 그리하여 이 작품은 최제훈의 작품 중에서는 가장 이질적이며, 기존의 소설사적 맥락에서는 가장 익숙하다. 이 작품에서 최제훈의 해체 작업이 겨냥하는 것은 일차적으로 이데올로기의 역사를 벗겨내는 것이다. 또한 최제훈은 집요하게 그 역사 안에 담긴 모순을 지적함으로써, 그 개념의 안정된 상태에 대한 의문을 제기한다. 이를 통해 모든 개념들은 자연적인 것이 아니고, 모순으로 가득한 역사적인 산물에 불과하다는 것이 밝혀진다.

「마녀의 스테레오타입에 대한 고찰」에서 다루는 마녀는 이데올로기라는 환상의 프레임을 대표하는 형상이다. 이 작품 역시 이러한 의미망에서 크게 벗어난 것은 아니다. 이 작품은 "시대의 흐름에 따라 변해온 스펙트럼 어디쯤에 우리 마녀들의 참된 정체성이 있는 걸까?"(161쪽)라는 질문에 대한 계보학적 탐색을 시도하고 있다.

지금 마녀 패션이 시장에서 새로운 트렌드로 급부상할 만큼 인기를 끌고 있지만, 오랫동안 마녀의 이미지는 부정적이었다. 마녀사냥이라는 역사적 사건이 마녀에 대한 부정적인 스테레오타입을 형성해온 것이다. 옛날에 마녀들은 신은 물론이고 인간과도 조화롭게 어울려 살았지만, 사람들이 완벽하게 선한 신(즉 유일신)을 원한 이후 모든 상황은 변했다. 인간들은 무결점의 선한 신이 창조한 세상에 횡행하는 악을 설명해줄 존재로 악마를 필요로 했고, 마녀는 인간들이 폐기 처분한 악마들의 하수인이라는 인식이 확산된 것이다. 인간들은 "마녀라는 환상"(183쪽)에 빠져 순수혈통의 인간들을 마녀라는 죄목으로 처형한다. 자신들이 무슨 짓을 하는지도 모르면서, 옳은 일을 한다는 믿음으로 흉악한 일들을 저지른 것이다. 마녀에 대한 왜곡된 편견은 교회와 국가 사법 기관이 앞장서서 퍼뜨린 "공인된 환상"(187쪽)이었기에 널리 퍼져나갈 수 있었다. "인간들이 상상 속에서 만든 마녀를 처형하는 과정이 반복될수록 그 마녀는 점차 현실이 되어갔"(190쪽)고, "지나간 사실은 시간 속에 마모되어 사라지지만, 한 번 형성된 환상은 쉽게 허물어지지 않"(192쪽)기에, 오늘날 고유한 전통으로 착각하고 있는 마녀의 스테레오타입이 형성된 것이다. 인간들이 사냥한 것은 "마녀가 아니라 '마녀라는 환상'"(183쪽)이라는 것에서 알 수 있듯이, 하나의 의미를 형성하는 환상이란 마녀사냥에서처럼 어마어마한 폭력과 잔인성을 낳을 수 있다. 사회의 불안과 폭력의 책임을 마녀라는 환상에게 돌렸듯이, 인간은 언제든지 제2, 제3의 마녀를 만들어낼 수도 있는 것이다. 이 작품에서의 해체는 이러한 이데올로기적 맹목과 그것이 가져올 수 있는 여러 가지 폭력에 대한 근원적인 비판을 겨냥하고 있다.

5. 무한대로 뻗어나가지만 결코 반복되지 않는 이야기

　연작 소설 「여섯 번째 꿈」, 「복수의 공식」, 「π」, 「일곱 개의 고양이 눈」은 최제훈이 시도하는 텍스트, 자아, 현실에 대한 해체의 종합이라고 할 수 있다. 이들 소설은 일관되게 꿈(욕망)과 현실, 텍스트와 현실의 경계를 흔들고 있다. 네 편의 소설에 공통적으로 등장하는 나비의 이미지(당연히 장자의 호접몽과 관련되어 있다)는 현실을 한순간에 환상으로, 환상을 한순간에 현실로 바꾸어버린다.

　텍스트와 현실의 경계가 무너지는 것은 최제훈의 소설에서는 흔한 일이다. 「셜록 홈즈의 숨겨진 사건」에서 소설 속의 홈즈는 현실로 걸어나와 자신을 창조한 코넌 도일의 죽음을 수사한다. 그 이전에 코넌 도일에게는 "현실의 제약을 초월한다고 여겼던 가상 세계가 또 하나의 현실이 되어 목을 옥죄어"(73쪽) 오는 일이 일어난다. 「그녀의 매듭」에서는 사진 속의 여자가 실제로 등장하며, '나'가 합성한 사진 장면이 현실이 되기도 한다. 「π」에서 M은 소설 속 인물인 카게루로부터 그의 유일한 가족이자 친구인 고슴도치 후미코 짱을 왜 죽였냐는 항의 전화를 받는다. 이러한 장면들을 통해 텍스트와 현실 사이의 경계는 흔적도 없이 사라진다. 소설이나 사진 속의 인물이 현실로 걸어나오는 모습은, 역으로 우리의 현실이라는 것이 결국에는 텍스트에 지나지 않음을 환기시킨다.

　「일곱 개의 고양이 눈」에서는 텍스트와 현실의 경계가 무너지는 것이, 무대와 현실의 경계가 무너지는 것으로 변주되어 나타난다. 이 작품에는 현실의 배우와 그가 연기하는 무대 위에서의 배역을 구별하지 못하는 남자가 등장한다. 그 남자는 미미를 납치하여 그녀에게 살로메의 옷을 입히고, 그녀가 무대 위에서 죽기를 바란다. 현실에서의 구질구질한 미미가 살로메가 되어 죽음으로써, 미미와 살로메가 하나로 탄생하기를 욕망하는 것이다. 미미는 남자를 죽이고 탈출에 성공한다. 그러나 아이러니하게도 그때야 비로소 그녀는 진정한 살로메가 된다. 미미는 다시 남자의 창고로 찾아가 죽은 남자를 요한이라 부르며 그 시체에 키스를 하는 것이다. 그 순간 미미는 진짜 살로메가 된 것이고, 이로써 남자의 소망은 실현된다. 끝내 무대와 현실은 하나가 된다.

그렇다면 '언어처럼 구조화되어 있다는 인간의 욕망'과 현실은 어떠한 관련을 맺고 있을까? 「여섯 번째 꿈」은 현실과 욕망의 관계에 대하여 진지하게 묻고 있다. 이 작품은 여섯 명의 사람이 악마의 초대로 산장에 모이는 것으로 시작된다. 그들은 'Killers'에 가입한 회원들로서, 모두 연쇄살인범들에게 관심을 가지고 있다. 그들을 초대한 사이트의 운영자 악마는 모습을 드러내지 않고, 초대된 사람들이 한 명씩 차례로 살해된다. 산장에 모인 사람들 중 하나가 꿈속에서 누군가가 살해되는 것을 보면, 현실에서도 꼭 그와 같은 방식으로 누군가가 살해되는 것이다. 이런 순서로 영수, 세나, 현숙, 태식이 죽는다. 마지막으로 남은 연우와 민규는 서로가 잠들지 못하게 하느라 안간힘을 쓴다. 연우가 꿈을 꾸기 시작하고, 마지막 남은 연우는 "우리가 지금 악마의 꿈속에 들어와 있는 거라면, 버티기만 하면 되는 거야. 악마가 잠을 깰 때까지,"(76쪽)라고 중얼거린다. 이 작품에서 꿈과 현실, 꿈과 욕망 사이에는 아무런 칸막이가 존재하지 않는다.

요컨대 최제훈은 텍스트의 바깥에는 아무것도 존재하지 않는다는 사실을 다양한 인문학적 지식과 대중문학적 코드를 활용하여 효과적으로 서사화하고 있다. 더군다나 각각의 작품들은 탄탄한 논리와 지성으로 뒷받침되어 과학적인 엄밀성까지 느껴진다. 애들도 아는 포스트모더니즘의 상투화된 지식을 맨얼굴로 마냥 진술하는 낯뜨거운 장면은 최제훈 소설에서는 여간해서 찾아보기 힘들다. 텍스트는 그것이 놓인 맥락에서 분리될 수 없다. 그러나 앞에서 살펴보았듯이 그 현실, 욕망, 역사 등의 콘텍스트적 관심들 역시 언어와 근원적으로 얽혀있다면, 그것 역시 텍스트적일 것이다. 따라서 최제훈의 세계에서 텍스트의 바깥에 놓인 세계로 나아가는 길은 존재하지 않는다. 그렇다면, 반대로 텍스트의 안과 밖에는 맥락만이 존재한다고 말할 수도 있지 않을까? 실상이 그러하다면 최제훈이 그토록 애써 수행한 해체의 작업은 궁극적으로 사회적 · 정치적 차원에 대한 적극적 사유와 실천으로 나아갈 수밖에 없을 것이다. 물론 이러한 질문은 소중하다. 그러나 최제훈의 이 빛나는 작품들은 불과 4년이 채 못 되는 기간 동안 이루어진 것이다. 더군다나 그는 한국소설의 새로운 미학적 영역을 개척하는 중이다. 그에게 질문을 던지는 것은 아직 너무 성급하다.

최제훈이 궁극적으로 열어보이고자 하는 서사는 「일곱 개의 고양이의 눈」[5]에 등장하는 『일곱 개의 고양이 눈』과 같은 책이 아닐까? 이 책에 대하여 주인공은 다음과 같이 설명하고 있는데, 이것은 미학적 자의식으로 가득 찬 자신의 소설에 대한 언급이자 자신

---

[5] 「일곱 개의 고양이의 눈」은 한 마리의 송충이로부터 모든 일이 시작된다. '나'는 도서관에서 송충이가 달라붙은 것을 계기로 소설 『일곱 개의 고양이 눈』의 첫 번째 장 「폭우」를 읽게 된다. 그러나 곧 도서관은 문을 닫고, 집에 돌아오자 갑자기 눈이 안 보이는 증상이 나타난다. '나'는 「폭우」에 이어지는 내용을 자신이 직접 써보기로 한다. 시력을 회복하고 도서관에 갔을 때, 『일곱 개의 고양이 눈』이란 책은 찾을 수가 없다. 더군다나 그 책은 1990년에 창작된 소설인데, 그 소설 안에는 1992년에 개봉된 프랑스 영화 〈비터 문〉 이야기가 등장한다.

이 추구하는 소설의 방향에 대한 설명으로 보아도 무방할 것이다. 이러한 서사야말로 앞과 뒤가 막힌 현단계 한국 소설의 새로운 길을 여는 하나의 가능성임에 분명하다.

　『일곱 개의 고양이 눈』은 말이죠. 내용이 끊임없이 변하는 책이에요. 누군가가 책 속에 자신을 유폐시켜놓고 계속 새로운 이야기를 써나가고 있는 거죠. 마치 유령이 연주하는 변주곡처럼. 백과사전에서 찾아본 원주율에 대한 설명이 이러한 추론에 단서를 제공해주었죠. '초월수 π는 소수점 아래 어느 자리에서도 끝나지 않고 무한히 계속되며 반복되지 않는다.' 무한대로 뻗어나가지만 결코 반복되지 않는 이야기 사슬, 가장 단순한 폐곡선인 원을 규정하는…… '미스터리 클럽 Q'는 제1권이 바로 무한히 이어지는 전체 시리즈였던 셈이죠. 그야말로 완벽한 미스터리소설 아닙니까? (361쪽)

정념의 사계

1. 뱀과 합체된 여인

이 소설집의 표제작이기도 한 「뱀」(『뱀』, 문학과지성사, 2011)은 하나의 이미지를 표현하기 위해 쓰였다고 해도 과언이 아니다. 한 여자가 쭈그리고 앉아 자신의 성기를 쳐다본다. 그곳에는 뱀이 혓바닥을 내밀고 숨어 있다. '자신의 성기 속에 들어 있는 뱀을 쳐다보는 여인'의 모습 속에서는 윤보인이라는 한 신예작가의 소설세계가 복잡미묘한 표정으로 응축되어 있다. 윤보인은 사회라는 거대한 상징적 체계의 틀로 수렴되지 않는 개인의 고유한 충동이나 욕망을 집요하게 추구하고자 한다.

이 작품의 주인공 여자는 보름 전에 길에서 만난 노인으로부터 검은 줄과 흰 줄이 몸통을 감싸고 있는 뱀을 구입하여 키운다. 이 뱀이 지닌 안정 파괴적인 날것으로서의 성격은 이 뱀이 한 남자의 반지를 먹었다는 것에서 잘 드러난다. 여자가 운영하는 헌책방에 한 남자가 찾아온다. 그는 R이라는 이니셜을 가진 여인에게 줄 반지를 실수로 책 속에 넣어서 팔았다가, 그 반지를 되찾기 위해 헌책방에 찾아온 것이다. 이 반지란 사회적으로 코드화되고 상징화된 사랑을 상징하는 것이라고 할 수 있다. 여자가 키우는 뱀은 바로 그 반지를 삼켜버린 존재이다.

어느 날 수백 개의 구멍이 뚫려있는 허물만 남겨두고 뱀이 사라져버린다. 그 뱀이 발견된 곳은 여자의 질 속이다. 작품은 "뱀은 아랑곳하지 않고 손이 닿을 수 없는 깊숙한 곳으로 멀리 달아나버린다."(30쪽)는 문장으로 끝난다. 이때의 뱀은 자신의 의지와는 무관하게 따를 수밖에 없는 기계적인 충동을 상징한다고 할 수 있다. 충동과 한몸이 된 인간의 초상이 '자신의 성기 속에 들어가 있는 뱀을 쳐다보는 여인'의 이미지 속에 응축되어 있는 것이다.

「악취」 역시 문명이라 불릴 만한 모든 질서를 부정하고 그를 통해 근본적인 차원에서의 변화를 꾀하고자 하는 윤보인의 기획이 고스란히 담겨있는 작품이다. 이 작품의 주인공은 뱀 대신 냄새를 사랑한다. 그녀가 사랑한 냄새는 "고약한 냄새, 찌든 냄새, 썩는 냄새, 참기 힘든 역겨운 냄새야. 하수구에서 나는 오물 냄새, 더러운 바닷가에 떠 있는 기름 냄새, 노인에게서 풍기는 입 냄새, 마늘 냄새, 시체 썩는 냄새야"(33쪽)와 같이 사람들이 피하는 악취들이다.

피터라는 흑인을 사랑하는 이유도 그에게서 나는 역한 냄새 때문이다. 그녀가 케냐 출신의 흑인과 결별한 이유는 씻지 말아달라는 부탁을 듣지 않은 결과, 그에게서 이내 악취가 사라져버렸기 때문이다. 그녀가 사랑하기 위한 조건은 남의 시선을 의식하지 않고, 악취로 표상되는 문명과 질서와도 무관한 존재여야 한다는 것이다. 피터는 나아가 그 어떤 것도 의식하지 않는다. 화가인 피터가 그린 그림이 박쥐인 것도, 박쥐가 지닌 경계적 성격에 비추어

본다면 피터의 존재방식에 어울린다. 이와 마찬가지로 '나'는 악취의 반대편에 있는 인간이라 할 수 있는, 향수 뿌린 인간을 혐오한다. 향수란 원초적인 인간의 모습을 억압 내지는 위장한 문명의 상징으로서 기능하기 때문이다. 집에서 기르는 고양이 젠터스가 청결한 것을 찾자 내쫓아버리려 하는 것도 이와 같은 맥락이다.

그녀는 철저하게 질서와 안정이라는 기본적인 틀을 흔들어버리고자 한다. 그녀는 일부러 고기를 사서는 썩게 내버려 두고, 집안도 언제나 엉망으로 내버려 둔다. "부엌과 방, 화장실 어디에서든 썩은 냄새가 진동"(53쪽)한다. 그러나 '나'에게, 악취를 즐기는 것은 취향의 문제이자 선택이고 자유이다. 그녀에게 악취란 존재의 본질적인 성질이기 때문이다. 억압되거나 위장되어 있을 뿐 "사람들의 마음속에도 제각각 쓰레기들이 있"(50쪽)다. 그것은 더러운 찌꺼기들이자 걸러지지 않는 오물들로서 버리고 버려도 여전히 남아있는데, 사람들은 다만 외면하고 있을 뿐이다. 따라서 마음속에 쓰레기가 있다고 괴로워할 필요도, 토해내려고 할 필요도 없다. 이처럼 윤보인의 「악취」는 감각체계의 급격한 변화, 즉 감성적 혁명을 통해 근본적인 차원에서 정치적인 작품이 되고 있다.

문명에 대한 반감을 드러내고, 새로운 세상을 열망하는 것으로 냄새가 선택된 것은 어찌 보면 당연하다. 후각은 현대사회에서 가장 저열하며 동물적인 감각으로 치부된다. 냄새는 근본적인 내면성과 경계를 뛰어넘는 성향 및 정서적 잠재성 때문에 근대라는 추상적이고 비인격적인 체제를 위협하는 감각으로 여겨지기 때문이다. 그리하여 현대 사회에서 시각이 이성과 문명을 주도하는 감각으로 인식되었다면, 후각은 광기와 야만의 감각으로 인식된다. 병적으로 악취를 사랑하는 여자는 존재 방식 그 자체로 반문명적인 것임을 이해할 수 있다.

사회라는 거대한 상징적 체계의 틀로 수렴되지 않는 개인의 기계적인 충동을 집요하게 추구할 때, 그것은 죽음과 맞닿을 수밖에 없다. 나중에 '나'는 피터와 가본 적 있는 저수지를 찾아가 양말을 벗고, 물속으로 들어간다. 물속 깊이 들어갈수록 그녀는 생전 처음으로 맡는 악취를 경험하게 되고, 그것이 자신에게서 나는 것임을 알게 된다. 그녀가 숨찬, 헐떡거림 속에서 드디어 피터를 만나는 순간이라고 할 수 있는데, 충동의 대상과 '나'가 맞닿은 순간은 곧 죽음과 이어지는 순간이기도 하다. 이 순간은 바로 뱀을 자신의 성기 속에 받아들인 순간과도 맞닿아 있다. 충동은 강렬한 만큼이나 목숨을 빼앗아갈 만큼 늘 치명적이다.

2. 21세기 오감도

이러한 죽음충동이 사회를 향한 격렬한 부정의 정념과 조우하는 경우가 있다. 이때 윤보인의 소설은 엄청난 에너지를 내뿜으며 그 자체로 하나의 불꽃이 된다. 일종의 연작소설이라 볼 수 있는 「줄」과 「일요일」이 바로 그러한 경우이다.

「줄」에는 시종일관 죽음의 그림자가 드리워져 있다. 이 작품의 기본 배경이 되고 있는 집 천장에는 언제든지 소녀들을 죽음으로 이끌 수 있는 줄이 대롱대롱 매달려 있다. 「줄」과 「일요일」은 미성년자들을 주인공으로 내세우고 있는데, 이것은 기성사회에 대한 강렬한 부정과 밀접하게 연결된다. 이 아이들은 「줄」의 언니가 스스로 밝히는 것처럼, "나이는 어리지만, 이미 영혼은 너무 늙어 너덜너덜해"(78쪽)진 존재들이다. 그리고 그들의 존재는 "여전히 암흑이야. 제정신으로는 살 수 없는 세계"(81쪽)의 존재를 강하게 환기시킨다.

「줄」에서 소녀들에게는 부모가 없다. 살아있을 때에도 아빠는 "가장으로서 책임감이 없었"(61쪽)고, 엄마는 "성격은 괴팍한데다 잔소리가 심했"(62쪽)다. 아빠는 많은 책을 남겨 주었지만, 그것들은 모두 필요 없는 것으로 인식될 뿐이다. 그녀들은 지금 학교도 다니지 않는다. 주위에 친절한 이웃은 한 명도 없다. 집주인이 계속해서 자매를 찾아오지만, 그는 아래층 여자의 치마를 찢는 존재이다. 그는 권위와 질서의 구현자라기보다는 외설적 대타자의 재현에 해당한다.

대타자의 외설적인 모습은 「꼽추의 장례식」에서 꼽추인 예술가 아버지를 통해 집중적으로 나타난다. 오늘은 아버지의 장례식이지만, 그의 유일한 가족인 주인공은 장례식에 가지 않기로 결심한다. 아버지는 한없이 이중적인데, 겉으로는 친절함을 연출하지만 실제로는 사람에 대한 혐오와 멸시로 가득하다. 이런 아버지로 인해 그녀는 "살아가는 동안 자신조차도 믿을 수 없"으며 "겉으로 보이는 건 속임수에 불과하다"(123쪽)고 생각하기에 이른다. 뿐만 아니라 아버지는 이떤 관계에서나 권력을 욕망하기에, 딸에게 가끔 "군주나 황제"(123쪽)로 보일 정도이다. 실제로 그녀는 어린 시절 아버지로부터 혹독한 폭력을 당한 바 있다. 아버지의 등에 매달려 혹을 만지고 있을 때, 아버지가 갑자기 그녀를 심하게 내동댕이친 것이다. 이후 그녀는 "거대한 폭력. 거대한 환상. 그리고 망상"(132쪽)을 경험하며, 아버지가 자신에게 폭력을 행사할까봐 두려움에 떨기도 한다. 「일요일」은 「줄」의 문제의식이 한층 심화된 작품이다. 「일요일」의 화자는 "착한 어린이들"(86쪽)인 '우리'이다. '우리' 역시 부모가 없고, 학교에서도 쫓겨났다. '우리'는 결핍으로 점철된 존재들이다. '우리'에게는 "유복한 환경, 잘난 부모, 커다란 식탁, 사회적 지위, 쌓여가는 돈, 금고 열쇠, 통장의 개수, 일요일의 한가한 나들이, 부모들이 싸주는 도시락, 그들의 안정, 그들의 여유, 그들의 친절, 수입 자동차, 아이들이 떠나는 어학연수, 유창한 영어 실력, 가진 자의 위선"(100쪽)이 없다. 심지어 '우리'에게는 죄의식도 수치심도 없다. '우리'는 돈이 필요하기에 절도를 하지만, "죄의식도 느끼지 않았다. 괴로워하지도 않았다."(89쪽)고 당당하게 고백한다.

'우리'에게 건물의 주인인 그가 계속해서 찾아온다. 그는 「줄」에서도 그런 것처럼 101호로, 102호로, 201호로 돌아다닌다. 그는 「줄」에서 암시만 된 것과는 달리 실제로 겁탈을 했다고 이야기된다. 이 작품에서 '우리'는 그의 지갑에서 돈을 훔쳤다가, 그에게 들켜 집에서 쫓겨난 후 집 근처의 버려진 창고로 옮겨진다. 「줄」에서 대롱대롱 매달려 있던 줄이, 「일요일」에서는 하늘에서 내려온 밧줄로 변형된다. 그리고 소녀들은 끝내 그 줄을 타고 하늘로 올라간다.

이 작품에서 가장 인상적인 것은 상호대립적인 것들의 공존이다. 이때 대립되는 요소들은 동일한 층위에 놓이게 된다. 그는 건물의 집주인이면서 동시에 전도사이다. 그는 겁탈을 하기도 하지만 성경책을 놓고 가기도 한다. "사랑으로 가득한 나라. 믿음으로 가득한 나라. 믿음으로 충만한 집. 권력으로 가득한 나라. 권력으로 충만한 집"(90쪽) 등의 표현에서는 사랑과 믿음이 권력과 나란히 놓여있다. 줄을 타고 하늘로 올라갔을 때, 한번은 천사들을 만나고, 한번은 마귀들을 만난다. 그러나 천사와 마귀가 '우리'와 주고받는 문답은 동일하다. 또한 성당과 절과 교회가, 수녀님과 스님과 목사님이 동일한 차원에 놓여있다. 「줄」에서도 매일 우는 소리를 내던 아래층 여자는 자신이 너무나 행복하다고 언니에게 말한다. 그녀는 "이번 생이 끝날 때까지 어떻게 해서든지 행복한 여자로 남을 거"(76쪽)라고 큰소리친다. 그러나 언니는 동생에게 아래층 여자가 "하루하루 견딜 수가 없대"(69쪽)라고 말했다고 동생에게 전한다.

이러한 상황은 이상의 시 「오감도」를 떠올리게 한다. 이 시의 처음은 "십삼인의아해가도로로질주하오./(길은막다른골목이적당하오)"로 시작되지만, 마지막은 "(길은뚫린골목이라도적당하오.)/십삼인의아해가도로로질주하지아니하여도좋소."로 끝난다. 길이 뚫려 있든 막혀 있든, 아해들이 질주하든 질주하지 않든 그들의 공포에는 변함이 없는 것이다. 「오감도」가 보여주는 여러 가지 양가적 상황은 헤어날 수 없는 공포와 불안을 드러낸다. 이러한 공포와 불안이 윤보인의 작품에 와서는 더욱 심화되었다고 볼 수 있다. 「오감도」에 등장했던 열세 명의 아이는, 「일요일」에서 "교활한 어린이. 방탕한 어린이. 무지한 어린이, 아부하는 어린이, 유쾌한 어린이, 지껄이는 어린이. 혐오하는 어린이, 순진한 척하는 어린이. 똑똑한 척하는 어린이. 괴로워하는 어린이. 좌절하는 어린이. 멸시하는 어린이. 욕하는 어린이. 허영심 많은 어린이. 구박 받는 어린이. 중독에 빠진 어린이. 난폭한 어린이. 전율하는 어린이. 불길함과 내통하는 어린이. 비트는 어린이. 저항하는 어린이. 사나운 어린이. 퇴폐적인 어린이. 정신 나간 어린이. 미친 어린이"(100~101쪽)로 더욱 확장되어 있다.

이 작품은 정념으로 이루어진 소설이라 해도 과언이 아니다. 한
껏 변형된 시·공간 등으로 인하여 매끄러운 사건이나 인물들을
파악하는 것은 거의 불가능하다. 대신 이 작품을 지배하는 것은
과잉된 정념의 지속적인 발산이다. 그것은 이를테면 길에서 만난
목사님이 "하나님은 가난한 자들의 편이다. 탐욕과 권력에 눈 먼
어른들보다 아이들을 더 사랑하신다. 유년은 아름다운 것이
다."(97쪽)라는 말에 보이는 다음과 같은 반응에서 선명하게 드러
난다.

아무 대답도 하지 않는다. 이 세계를 지배하는 부르주아에 대해,
폭력에 대해, 무질서에 대해, 정치에 대해 말하지 않는다. 권력에 대
해, 혼돈에 대해 말하지 않는다. 사회 속에서 점점 삐뚤어져가는 우
리 자신에 대해 말하지 않는다. 목사님과 헤어진다. 목사님은 빨리
걷는다. 유년은 아름다운 것이다. 헤어진 뒤 그 말의 의미를 생각한
다. 아름다움이란 말은 우리 삶과 아무 연관이 없다. 무엇이 아름다
운가? 생각한다. 외면한다. 말한다. 싸운다. 비튼다. 도피한다. 도주
한다. 폭력으로 난무한 이 세계. 균열로 가득한 이 세계. 불안으로 가
득한 이 세계. 다들 아픈 것일까? 사람들이 병원으로 간다. 환자들이
산책을 한다. 나무를 바라본다. 하늘을 바라본다. 하늘이 빨갛게 변
한다.
우리는 머리를 자른다. 염색을 한다. 담배를 산다. 담배를 피운다.
어른들 흉내를 낸다. 언제쯤 자신을 사랑할 수 있을까? 경멸하지 않
고 사랑할 수 있을까? 혐오하지 않고 사랑할 수 있을까? 언제쯤?
(97쪽)

윤보인은 근원적인 지점에서 전복을 꾀하는 래디컬한 모습을 보여주는 데 능숙하다. '우리'가 사는 창고문을 마귀가 두드렸을 때의 문답은 좋은 참고가 된다. 마귀는 우리에게 "이 따위로 인생을 살아선 곤란해!"(106쪽)라며, 조언을 해준다. 이어서 "우선 물건을 훔치지 마. 혼란을 일으키지 마. 다 제자리에 갖다 놔. 균열을 일으키지 마! 흐트러뜨리지 마! 착란을 일으키지 마!"(106쪽)라고 말한다. 윤보인이 소설을 통해 하고자 하는 것은 마귀의 말을 철저히 뒤집어놓는 것에 해당한다. 그녀는 악마의 말을 되받아 '물건을 훔치고, 혼란을 일으키며, 제자리에 있는 것을 흩뜨려 놓는' 일에 골몰한다. '균열'과 '착란'의 대가가 바로 윤보인인 것이다.

윤보인은 머리가 아닌 피부를 통해 세상과 접촉한다. 이를 통해 정념을 날것 그대로 쏟아놓는 데 집중하고 있다. 합리적인 사고나 기준을 초과하는 과잉된 감정인 정념은 지속성보다는 일시성, 능동성보다는 수동성의 성격을 갖고, 주체의 경계를 벗어나는 과도함을 함축한다. 그것은 지극히 개인적인 것으로 그 안에는 시대나 역사 등의 의미가 들어갈 수 없다고 생각되었다. 그러나 사람들은 감정을 매개로 서로 관계를 맺으며, 정념이 발원하는 곳은 바로 사람과의 관계 속에서이다. 그렇기에 정념은 때로 거대한 사회적 사건이나 구조와 연결되기도 한다. 정념은 미시적인 인간관계뿐만 아니라 거시적인 차원의 사회구조와도 깊이 연결되어 있는 것이다. 좀 더 적극적으로 이야기하자면 사회라는 것은 감정에 기초한 복합적인 인간들의 관계를 통하여 형성된다고 말할 수도 있다. 이 점이야말로 바로 윤보인의 소설이 사회와 소통하는 가장 중요한 거점이다. 사람이 경험하는 좌절감, 무력감, 체념은 특정한 사회적 맥락 속에서만 등장하기 때문이다.

윤보인이 선보이는 정념은 자부심이나 활력과는 무관하며 절망적이며 때로는 자기파괴적이다. 이러한 정념은 바로 기성사회로부터의 소외와 불신에서 기인하는 것임을 알 수 있다. 윤보인 소설 속에 등장하는 미성년자들을 지금의 현실과 분리하여 상상한다는 것은 도저히 불가능하다. 앞도 뒤도 막혀버린 상황에서 욕설과도 같은 즉자적인 함성으로 세상에 대응할 수밖에 없는 모습이야말로 오늘날 젊은 세대들의 슬픈 초상이라 하지 않을 수 없다. 그들의 외침은 다음과 같이 계속 이어진다.

미래를 생각하니 가슴이 아프다. 엄살을 부리고 싶다.
별이 빛나는군요. 별을 비틀고 싶습니다. 별을 찢고 싶습니다. 별을 먹고 싶습니다. 별이 빨간색일 수 있나요? 그렇게 보입니다. 별이 손을 흔드는군요. 우리도 손을 흔듭니다. 별이 속삭입니다. 우리도 속삭입니다. 털어놓을 비밀이 없군요. 사실 너무 많아서 어떤 말부터 해야 될지 모르겠습니다. 불안과 도발에 대해서, 뻔뻔함과 당돌함에 대해서, 멍청함과 바보스러움에 대해서, 강박과 경박함에 대해서. (101쪽)

3. 예술이 꽃피는 자리

윤보인의 이번 작품집에는 예술가를 전면에 내세운 작품이 중편의 분량으로 두 편이나 실려 있다. 「바실리사원」과 「살풀이춤」이 그것이다. 이 작품들은 모두 예술가를 대상으로 삼아 예술이 탄생하는 지점과 그것이 끝내 겨냥해야 할 대상에 대하여 아다지

오(adagio)의 빠르기로 풀어나가고 있다. 그리하여 첫 작품집을 세상에 내놓는 신예작가의 예술가적 자의식의 내부를 들여다보기 위해서는 한참 숨을 가다듬어야 한다.

「바실리사원」은 12년 전 함께 마임의 거장 알렉세이의 공연을 보았던 '월간예술'의 기자인 한진규가 러시아에서 활동 중인 마임이스트 이정경을 만나 인터뷰하는 것을 기본 골격으로 삼고 있다. 앞질러 말하자면, 이정경에게는 나눌 수 없는 고통이 있고, 그녀의 예술은 바로 그 단독자적인 고통을 승화시킴으로써 탄생한다.

이미 세계적인 마임이스트로 성장한 이정경은 소리에 대한 트라우마를 지니고 있다. 그녀에게 마임이란 바로 고통의 근원이기도 한 소리로부터 탈출하는 것을 의미한다. 그녀가 생각하는 마임의 매력은 "언어를 사용하지 않고도"(162쪽) 관객과 교감을 나누고 소통할 수 있다는 특징에 있다. 마임은 "언어가 지워진 자리에 또 다른 언어를 만들어내"(164쪽)는 일이다.

이 작품의 핵심은 이정경을 예술로 향하게 만든 트라우마가 한국의 역사적 상처와 조우한다는 점이다. 그녀의 고향은 수십 년 동안 미군의 전용 사격장으로 사용되었던 매향리이다. 그녀뿐만 아니라 매향리 사람들은 모두가 상처받은 자들이다. 그들은 쉴 새 없이 터지는 폭격 소리로 인해 공격적인 성향으로 변해갔고, 폭격 소리를 견디지 못한 수십 명의 사람들은 정신적으로 괴로워하다가 목숨을 끊기도 했던 것이다. 이정경은 고등학교를 졸업한 뒤 매향리를 떠나지만, 도시의 소음도 그녀에게 가혹하기는 마찬가지였다.

매향리에서 받은 이정경의 고통은 사실 매우 심각하다. 그녀는 어린 시절 매향리에서 "포탄을 가지고 놀다가 한쪽 눈을 실명"(198쪽)까지 했던 것이다. 마지막에 그녀는 자신의 예술적 분투가 결국에는 매향리로부터 받은 고통의 극복이라는 것을 증명이라도 하는 것처럼, 매향리를 표현하는 거리공연을 한다. 그 모습을 보며 안진규는 "오랜 시간 폭격과 소음에 시달려온 사람이 바로 저 사람인가. 성 바실리 사원 건축가의 운명처럼 한쪽 시력을 잃은 사람이 분명 저 사람인가."(208쪽)라고 생각한다. 이 대목에서 매향리의 상처는 모든 예술가들이 감당할 수밖에 없는 권력이나 부당한 현실을 의미하는 보편적 기호가 된다.

바실리 사원은 처음 한진규와 이정경이 인터뷰한 장소이다. 이 바실리 사원에는 그 건물을 짓게 한 이반 4세가 다시는 이렇게 아름다운 건축물이 생기지 못하도록 하기 위해 건축가 두 명의 눈을 뽑아버린 유래가 전한다. 이반 4세의 폭력으로 눈을 잃어버린 건축가와 매향리의 폭격으로 한쪽 시력을 잃어버린 이정경은 러시아와 매향리의 시공을 뛰어넘어 그렇게 조우하는 것이다. 처음에 이 작품은 아다지오의 빠르기로 전개된다고 말한 바 있다. 그렇다면 이 작품의 기본적인 템포는 바로 타인의 상처에 접근하는 것의 어려움과, 상처로부터 하나의 예술이 숙성하기까지 걸리는 시간을 의미한다고 말할 수도 있을 것이다.

「꼽추의 장례식」에서도 자신의 상처로부터 발아하는 예술의 모습을 확인할 수 있다. 이 작품에서 대타자의 외설적 모습을 구현한 꼽추 아버지는, "그는 자신과는 다른 이들의 등뼈를 만지며 자학하고 괴로워했을 겁니다. 그리고 그 힘으로 다시 그림을 그렸을 겁니다."(128~129쪽)라는 문장에서 알 수 있듯이, 자신의 신체적 불구에서 비롯된 고통을 자양분으로 삼아 사람들을 숙연하게 만드는 그림을 창조해낸다.

「살풀이춤」에서 예술은 삶과 죽음의 경계를 뛰어넘는 절대적인 무언가로 그려진다. 살풀이춤의 목적은 본래 "죽은 자에 대해 기원을 하고 그들의 한을 풀어 주는 것"(218쪽)이다. 이것은 어디까지나 산 자를 위한 의식이라고 볼 수 있다. 그러나 윤보인에게 있어 살풀이춤은 오히려 삶의 고통이나 한을 지불해서라도 완성해야 하는 절대적인 대상이다.

　이러한 생각의 완성은 주인공인 최형권의 아버지를 통해 가장 선명하게 구현된다. 최형권의 아버지는 마흔을 넘긴 나이에 살풀이춤에 빠져 가정을 외면한 채 밖으로만 떠돌았다. 작품의 마지막에 아버지는 자신의 아내가 자살하기 위해 사용한 "목을 감싸던 흰색 명주 수건"(265쪽)을 들고 살풀이춤을 춘다. 그 순간 비로소 살풀이춤은 본연의 목적이라 할 수 있는 "죽은 자와 산 자를 이어 주는 춤"(266쪽)으로서의 자신을 완성한다. 자신의 삶, 나아가 아내의 삶을 온전히 다 바쳐서야 탄생하는 것이 바로 예술인 것이다. 전교 1등을 놓치지 않던 수재이지만 춤을 위해 지방대에 가고, 부모님의 반대를 감당하는 것은 물론이고 결혼까지 거부한 채 춤만을 추는 근애에게도, 무용단의 대표이며 승무 전수자로서 전통 춤을 추고 있는 재일교포 3세 조훈에게도 이러한 원칙은 예외 없이 적용된다.

　처음 최형권은 이들과 달리 예술을 위해 삶을 희생해야한다는 식의 예술시상주의적인 태도에 반감을 드러낸다. "저도 연극을 하고 있지만 다른 이들을 희생시키면서까지 하는 예술에 대해서는 회의가 듭니다. 그저 거대한 감옥에 갇혀서 사는 인간들처럼 보일 뿐입니다."(239쪽)라고 말하는 입장인 것이다. 그리하여 최형권은 아버지가 추는 살풀이춤이 꼴보기 싫어서 그것을 피해가다가 카뮈의 희곡이나 서양사상에 심취하기도 한다. 그러나 형권을 무대에 오르게 하는 힘이야말로, 아버지에 대한 분노이자 집착이다. 최형권은 가족을 버리고 춤에 미쳐 어머니를 자살하게 만든 아버지와 화해해야 하는 과제가 남아 있는 것이다. 연극배우를 하고 있는 최형권 역시 "결국 아버지와 내가 다르지 않은 인간"(229쪽)이라는 어머니의 말처럼, 자신의 삶을 바쳐서라도 예술의 완성을 목표로 삼은 사람에서 벗어나지 않는다.

　삶을 온전히 다 바치고라도 완성해야 하는 예술의 기본적인 성격은, 오랜만에 찾아온 형권에게 아버지가 건네는 "춤은 나를 위해 추는 것이 아니다. 너를 위한 것도 아니다. 그것은 목숨을 부지하고 있는 모두를 위해 추는 것이다."(256쪽)라는 말 속에 응축되어 있다. 자신의 삶을 온전히 다 바쳐서 얻을 수 있는 예술이란, 궁극적으로는 '모두를' 향해 개방됨을 확인할 수 있는 것이다.

4. 믿음직한 아방가르드

　이쯤에서 윤보인 예술가 소설의 특징을 한번 돌아볼 필요가 있다. 그녀가 주로 대상으로 삼는 예술가들은 「바실리사원」에서는 마임이스트들이었고, 「살풀이춤」에서는 무용가들이었다. 그들은 본질적으로 언어를 배제한 채 자신을 표현하는 자들이고, "한국어나 일본어를 사용하지 않고 저를 표현한다는 것이 무척 편안합니다."(224쪽)라고 말하는 자들이다. 언어(의미)를 거부하거나 초월한 자리에서 그들은 자신만의 예술적 완성을 도모하고 있는 것이다.

이러한 특징은 윤보인 소설을 이해하는 데 적지 않은 시사점을 던져준다. 그녀는 언어를 사용하지만 그녀가 원하는 것은 선명한 의미의 축조가 아니다. 그녀는 의미를 초월한 의미, '언어가 지워진 자리에서 생기는 언어'에 관심을 가지고 있다. 윤보인의 작품은 적지 않게 현실의 중요한 지점들을 건드린다. 심지어 그녀의 소설에서는 매향리의 폭격까지도 서사화되고 있는 것이다. 그러나 그것이 형상화되는 방식은 전통적인 방식과는 거리가 멀다. 그것은 흡사 마임이나 살풀이춤의 동작을 닮아있다. 정념이나 이미지의 지나치게 격렬한 때로는 지나치게 완만한 배치를 통하여 정치적인 동시에 미학적인 효과를 겨냥한다. 현실적인 것에서 현실을 빼내고, 인간적인 것에서 인간을 빼낸 그 텅빈 공간 속에 진짜 현실과 진짜 인간은 새롭게 자리를 잡는다. 이러한 새로운 미학적 진전이 뚜렷한 작가적 자의식에 바탕해 이루어지고 있다는 점에서 윤보인은 무척이나 믿음직한 아방가르드이다.

한국문학의
영구혁명

|4부|

전쟁과 분단의 증언자
_박완서론

1. 누빔점으로서의 전쟁과 분단

박완서는 누구도 부인할 수 없는 이 시대 한국문학의 거장이다. 작품의 수준, 작품의 양, 활동기간 등 그 어떤 측면에서 보더라도 거장으로서 전혀 모자라지 않은 모습을 보여주었다. 산맥처럼 거대한 그의 소설세계를 지탱해주는 누빔점은 바로 한국전쟁과 분단이다. 타계하기 직전에 쓰인 산문에서도, 작가는 '6 · 25의 경험' 때문에 소설가가 되었음을 선명하게 밝히고 있다.

그들의 고통, 그들의 억울한 사정을 외치고 싶어서 가슴이 터질 것 같았다. 누가 들어주건 말건 외치지 못하면 억울한 죽음을 암매장한 것 같은 죄의식을 생전 못 벗어날 것 같았다. 외침으로써 위로받고 치유받고 싶었다.
그래서 늦은 나이에 소설이라는 걸 써보게 되었고, 비교적 순탄한 작가생활을 하면서 스스로 치유받고 위안을 얻은 것처럼 느낀 것도 사실이다. 6·25의 경험이 없었으면 내가 소설가가 되지 않았을지도 모른다고 나도 느끼고 남들도 그렇게 알아줄 정도로 나는 전쟁 경험을 줄기차게 울궈먹었고 앞으로도 할 말이 얼마든지 더 남아 있는 것처럼 느끼곤 한다.[1]

그녀는 전쟁의 상처에서 벗어나지 못하는 자신을 "스무 살에 성장을 멈춘 푸른 영혼이, 80년된 고옥에 들어앉아 조용히 붕괴의 날만 기다리는 형국"(26쪽)에 비유한다. 박완서의 소설에서 전쟁의 상처는 오빠를 통해 선명하게 드러난다. 박완서는 「나에게 소설은 무엇인가」라는 글에서 "나의 초기의 작품, 그중에서도 6·25를 다룬 일련의 작품들은 오빠의 망령으로부터 벗어나 보려는 몸부림 같은 작품들"[2]이라고 말한 바 있다. 오빠의 삶은 한국전쟁 당시 일반 민초들이 겪어야 했던 삶의 한 전형이 되기에 충분하다. 오빠는 양 체제로부터 버림받고, 양 체제로부터 이용당하고, 양 체제에 의해 죽어간 존재이다.[3]

박완서는 최근에 쓴 글에서도 전쟁 당시의 일을 "그 겨울의 추위가 냉동보관시킨 기억은 마치 장구한 세월을 냉동보관된 식품처럼 썩은 것보다 더 기분 나쁜 신선도를 유지하고 있으니 이건

---

1) 박완서, 「나는 다만 바퀴 없는 이들의 편이다」, 『못 가본 길이 더 아름답다』, 현대문학, 2010, 23~24쪽.
2) 박완서, 「나에게 소설은 무엇인가」, 『박완서 문학앨범』, 웅진출판사, 1992, 124쪽.
3) 김동춘은 이러한 상황을 "이승만이 국민을 기만하고 서둘러 떠난 서울에 남아 있던 대한민국의 국민들은 인민군에게 '부역'할 수밖에 없었다. 전쟁이 지연되고 전선이 교차되자 이제 대한민국 지배집단이나 월남자뿐만 아니라 어쩔 수 없이 '부역'할 수밖에 없었던 상당수 민중들도 '피란'의 길을 선택하였다. 전선이 계속 이동하고 국군과 인민군, 그리고 대한민국과 인민공화국이 교차되는 상황에서 모든 주민들은 양 군대와 국가로부터 의심과 처벌을 받는 존재로 변했다." (김동춘, 『전쟁과 사회』, 돌베개, 2006, 391쪽)고 정리한다.

기억이 아니라 차라리 질병"[4]이라고 고백한다. 이처럼 박완서가 한국전쟁을 기억하고 서사화하는 것은 문학적 창작 이전에 자신의 트라우마에 맞선 힘겨운 투쟁이라고 부를 수도 있다. 나아가 기억을 망각하지 않는 것은 박완서에게 한국전쟁 당시 거대 이데올로기에 의해 철저히 타자화된 자신을 잊지 않는 것과도 관련된다. 자기 상처와의 절실한 대면은 한국전쟁이라는 기억의 표상에 있어, 박완서만의 독특하고 의미 있는 성과로까지 이어지고 있다.

2. 몸으로 증언하기

어머니와 '나'는 한국전쟁이라는 사건의 폭력성으로 인해 정신적 외상을 입고 그 기억에 감금된 채 현재를 살아가고 있다. 이러한 사정은 박완서의 등단작이자 한국전쟁의 체험을 처음으로 서사화한 「나목」(『여성동아』, 1970. 11.)에서부터 선명하게 드러난다. 「나목」에서는 오빠들이 숨어있다가 폭격에 죽은 고가(古家)에서 엄마와 '나'가 벗어나지 못하는 것으로 그려진다.

「나목」에서 오빠의 기억이 고가(古家)라는 공간표상으로 나타났다면, 「부처님 근처」(『현대문학』, 1973. 7.)에서는 오빠의 죽음에 얽힌 기억이 신체적 감각으로 표현된다. 이 작품에서 오빠의 죽음과 그것을 삼켜버린 상처는 "체증"과 "신경증"으로 나타난다. 동일한 맥락에서 오빠에 대한 소설을 쓰는 것은 "토악질"로 표현된

---

4) 박완서, 「나는 다만 바퀴 없는 이들의 편이다」, 『못 가본 길이 더 아름답다』, 현대문학, 2010, 65쪽.

다. 오빠의 기억은 동생의 몸에 새겨져 끊임없이 고통을 가함으로써, 망각을 요구하는 기성 질서에 강력하게 저항한다. 오빠의 죽음은 의식과 무의식, 몸의 감각 하나하나에 숨어있어서, 트라우마의 사건이 재현될 수 있도록 방아쇠를 당겨주기만 하면, 언제든 기억의 표면으로 떠오를 준비를 하고 있는 것이다.[5]

박완서의 작품에는 재현불가능성이라는 사건의 본질적인 성격이 은근하지만 강력하게 드러난다. 그것은 사건의 직접적인 당사자인 오빠와, 오빠와 가장 가까운 거리를 유지한 어머니를 통해 이루어진다. 이들은 결코 자신들의 상처에 대해 말하지 않는다. 그들에게 사건은 현재형으로 회귀하는 것이며, 그렇기에 그들은 사건을 말하기보다는 그 사건을 살아갈 뿐이다. 압제받은 체험은 그들의 '고통받는 몸(the body in pain)'에 체현되어 생생하게 살아 숨 쉰다.

「나목」의 어머니는 생기를 잃은 모습으로 별다른 말도 하지 않은 채 생존만을 이어간다. 어머니는 건넌방에서 죽은 아들이 치는 기타 소리를 듣기도 한다. 「목마른 계절」(수문서관, 1978)에서 아들 하열을 잃은 서여사는 정신을 놓아버린다. 처음에는 가매장한 아들의 무덤을, 나중에는 베개를 쓰다듬으며 "자장, 자장, 우리 아가/우리 아가 잘도 잔다/금자동아, 은자동아/금을 주면 너를 사랴/은을 주면 너를 사랴/자장 자장 우리 아가"(322쪽)라는 자장가를 불러준다. 대신에 다른 말은 모두 잊고, 그녀가 하던 다른 일도 잊

<hr />

5) 트라우마의 기억들은 통제가 불가능하고, 트라우마 생존자 자신도 모르는 사이에 불쑥 떠오르며, 자주 생존자의 몸에 영향을 끼친다. 트라우마로 인해서 생존자가 자신의 삶에 대한 통제력을 잃어버리기도 한다. (Susan J. Brison, 여성주의 번역 모임 '고픈' 옮김, 『이야기해 그리고 다시 살아나』, 인향, 2003, 155~156쪽.)

어버린다. 오빠의 더듬거림, 말실수, 침묵과 어머니의 히스테리와 광증이야말로 사건의 증언이라고 볼 수도 있다. 「겨울 나들이」(『문학사상』, 1975. 9.)에서 온천에 놀러간 '나'는 여인숙에서 쉼없이 도리질을 하는 노파를 만난다. 알고 보니 6·25 이후 25년 동안 도리질을 해오고 있다. 한국전쟁 당시 면장이던 그 노파의 아들은 피난을 가지 못했다. 며느리는 "세상 없는 사람이 물어도 아범 있는 곳은 그저 모른다고 그러셔야 돼요"(22쪽)라고 시어머니에게 가르쳤다. 집으로 인민군 패잔병이 들이닥쳤을 때, 노파는 그들이 말을 걸기도 전에 "고개만 미친 듯이 저으며 '몰라요, 난 몰라요.'"(24쪽)를 큰 소리로 외쳤던 것이다. 이 소리에 아들도 뛰어나왔고, 인민군의 총에 죽는다. 그 이후 노파는 끊임없이 도리질만 하게 된 것이다.

이러한 특징은 후기작으로 갈수록 더욱 선명해진다. 「엄마의 말뚝2」(『문학사상』, 1981. 8.)과 『그 산이 정말 거기 있었을까』(웅진출판사, 1995)에서 오빠는 다시 돌아온 서울에서 심각한 말더듬증을 나타낸다. 나중에는 "으, 으, 으, 으 같은 소리밖에"(「엄마의 말뚝2」, 415쪽) 내지 못하는 실어증을 보이는 것이다. 그는 의용군으로 끌려가서의 일이나 총기 오발 사고를 당했을 때의 일에 대해서도 아무런 말을 하지 않는다. 오빠는 망가진 정신에 따른 언행을 보이는 "병신"(414쪽)일 뿐이다. 어머니 역시 한번도 오빠와 관련된 말을 하지 않는다. 그녀는 죽은 지 하루밖에 안 된 오빠를 하루 빨리 묻어야한다며 히스테리를 부리는 등의 모습을 보일 뿐이다.

「엄마의 말뚝2」에서 '나'의 엄마는 눈 위에서 넘어져 다친다. 엄마는 대수술 후에 마취에서 깨어나며 헛소리를 하기 시작한다. 엄마는 "참으로 불가사의한 괴력"을 발휘해서 "원한의 울부짖음과

독한 악담이 섞인 소름끼치는 기성"(408쪽)을 내지르는 것이다. 그동안 어머니는 『부처님 근처』에도 나타난 것처럼, 부처님을 믿는 것으로 어머니가 당한 남다른 참척과 원한을 거의 극복한 것으로 보였다. 그러나 "내 어머니의 오지에 감춰진 게 선과 평화와 사랑이 아니라 원한과 저주와 미움"(408쪽)이었던 것이다.[6]

어머니는 한국전쟁이라는 사건의 폭력성으로 인해 정신적 외상을 입고 그 기억에 감금된 채 현재를 살아왔던 것이다. 어머니는 대수술을 받으며 플래시백(flashback)이라는 현상에 휩싸여 있다. 플래시백이란 기억에 매개된 폭력적인 사건이 현재형으로 생생하게 재현되는 경험이다. 어머니는 명징한 언어가 아닌 몸으로서 그 사건을 기억하며 증언한 것이다. 오빠로 표상되는 한국전쟁을 어머니가 기억하는 것이 아니라 한국전쟁의 상처가 어머니의 육체에 도래하고 있다. 전쟁이란 사건이 결코 끝난 것이 아님을, 그렇기 때문에 그 기억을 완벽하게 지워버리고 사는 지금의 현실이 잘못된 것임을 박완서가 창조한 인물들은 온몸으로 고발하고 있는 것이다.

---

6) 「엄마의 말뚝3」은 「엄마의 말뚝2」에서 등장한 엄마의 증언이 얼마만한 무게를 지니는가를 보여주기 위한 작품이라고 해도 과언이 아니다. 그것은 다음의 인용에 잘 나타나 있다.
"나는 어머니의 무시무시한 괴력을 알게 된 유일한 목격자였다. 어머니의 초인적인 난동에 죽자꾸나 몸으로 부딪힌 기억은 살아서 체험한 지옥과 다르지 않았다. 아무리 마취가 덜 깨어난 상태라고 해도 그럴 수는 없는 일이었다. 나는 그게 어머니의 전 생명력을 건 마지막 발언이라고 생각했다. 나의 불쌍한 어머니는 그때 생명력을 다 소진해버려 지금 껍데기만 남아 있었다. 그런 어머니는 내 어머니 같지가 않았다." (『작가세계』, 1991년 봄호, 114쪽.)

3. 전쟁이 남긴 것들

1) 뒤처리를 떠맡은 여성들

오빠의 부재는 이 땅의 여성들에게 신산한 삶을 강제한다. 이러한 상황은 「그 살벌했던 날의 할미꽃」(『문예중앙』, 1977년 겨울호)과 「공항에서 만난 사람」(『문학과지성』, 1978. 9.)에 잘 나타나 있다. 「그 살벌했던 날의 할미꽃」은 두 가지 에피소드로 이루어져 있다. 첫 번째 이야기에서는 전쟁이 나자 마을에 여자들만 남는다. 군인으로 끌려갔기 때문이기도 하지만, "대를 이어야 하는 고로 여자보다 귀한 몸"(282쪽)인 남자들은 안전한 곳으로 먼저 피난을 갔기 때문이기도 하다. 마을에 들이닥친 미군은 밤낮없이 양색시를 찾는다. 이런 상황에서 마을의 가장 나이 많은 노파가 양색시 노릇을 하기 위해 나선다는 이야기이다. 두 번째 이야기에서는 숫총각이 전사하는 비율이 높다는 소문이 전선에 퍼진다. 이에 숫총각인 김일병이 마을로 내려오고, 한 노파가 그 소문을 듣고 김일병이 총각을 면하게 해준다. 이 소설은 "그 노파들은 여자였다고, 죽는 날까지 여자임을 못 면했었다고 말해주고 싶다."(303쪽)로 끝난다. 이 노파들은 한국전쟁의 가장 큰 피해자인 동시에 그나마 전쟁터에 생명의 온기를 가져온 당당한 주체들이라고 말할 수 있다.

「공항에서 만난 사람」 역시 전쟁으로 인하여 억세디 억센 여자가 될 수밖에 없었던 한 여인의 삶을 그리고 있다. '나'는 공항에서, 한국전쟁 당시 미군 PX에서 함께 일하던 무대소 아줌마를 만난다. 그녀는 PX에서 청소부 일을 했는데, 그곳의 물건을 빼돌리는 데 탁월한 능력을 발휘하고는 했다. 그녀는 열 식구 가까운 시집식구를 혼자서 벌어먹였던 것이다. 그녀에게는 독특한 위엄이 있었고, 항상 오만한 태도를 유지했다. 그녀는 누구에게나 "쌍노메 베치"를 외치고, 심지어 미군들에게도 일종의 우월감을 보이고는 했다. 그 우월감은 남편이 국군이라는 것에서 비롯된다. 그러나 유달리 심신이 허약했던 남편은 제2국민병으로 소집되었지만 곧 해산당하고 객사하였을 뿐이다. 이후 그녀는 "순 거지 건달"(406쪽)같은 미군과 재혼하여 힘들게 살아간다. 결국 그녀는 미군과의 사이에 태어난 아이들을 데리고 한국을 떠나기 위해 공항에 나와있는 것이다.

2) 이데올로기의 폭력성

나아가 박완서는 전쟁의 비극과 그것이 우리들의 몸과 마음에 남긴 심각한 상흔을 드러내는 데에도 탁월한 성취를 보여주고 있다. 전쟁은 휴전으로 끝난 것이 아니라 이후에도 심각한 이데올로기적 억압과 폭력을 가져다주었다. 「세상에서 제일 무거운 틀니」(『현대문학』, 1972. 8.)에서 '나'의 남편은 꿈에도 그리던 승진을 눈앞에 두고 있다. 그러나 한국전쟁 때 의용군으로 나갔던 아내의 오빠가, 이북에서 밀봉교육을 받고 곧 남파되리라는 첩보의 대상이 된다. 이 일로 여자의 식구들은 차례차례로 정보기관에 연행되어 조사를 받고, 남편은 승진은커녕 외국 바람 쐴 기회에서도 번번이 제외된다. 남편은 나를 "성한 사람이 문둥이를 보는 것 같은 증오와 연민의 시선"(72쪽)으로 바라본다. 틀니를 제거해도 남는 그녀의 중압감과 동통은 "나를 내리누르는 온갖 한국적인 제약의 중압감"(88쪽)에서 비롯된 것이다.

「돌아온 땅」(『세대』, 1977. 4.)에서 전쟁 중에 '나'의 남편은 인민재판을 통해 죽고, 시동생은 월북한다. 삼촌의 월북으로 아들은 신원조회에 걸려 국가기관 시험에 낙방하고, 딸은 약혼자와의 독일 출국이 어려워진다. 죽은 망령을 다루는 법은 있지만, "북쪽에 살아 있는 자의 망령"(161쪽)에 대해선 속수무책이기 때문이다. '나'는 그동안 아버지는 민주주의의 투사이자 농촌 지도자로 둔갑시켰고, 삼촌의 존재는 철저히 말살하고자 했다. 딸은 어느 날 아버지와 삼촌에 대하여 더 자세히 알고 싶다며 고향에 가자고 한다. 그러나 그곳에서 아버지를 제대로 기억해주는 사람은 아무도 없다.

돌아오는 버스 안에 한 취객이 탄다. 술냄새를 풍기며 노래를 부르던 그는, 옆자리에 앉은 아가씨에게 노래 부를 것을 강요한다. 그 남자를 끌어내리라는 승객들의 항의가 있지만, 그 남자는 "나를 끌어내라고 한 놈은 빨갱이 아니면 공산당일 거야."(171쪽)라는 식의 논리로 승객들을 제압한다. "이 땅의 모든 악이란 악은 빨갱이라는 강렬한 최악만 만나면―그게 설사 허상이더라도―맥을 못 추고 위축되는 이 땅의 특이한 풍토"(172쪽)를 이 취한이 이용하고 있는 것이다. 결국 옆자리의 아가씨는 노래를 부른다. 버스에서 내린 후에도 '나'는 "서울 거리가 커다란 버스가 되어 내 발밑에서 출렁이는 것처럼"(174쪽) 멀미를 느낀다. 이 순간 네카시즘이 판치는 버스 안의 상황은 서울 거리 전체로 확대되는 것이다. 이 작품은 전쟁 중에 일어난 아빠의 죽음과 삼촌의 월북을 자세하게 제시함으로써, 버스 안의 폭력적 상황이 어디에서부터 기원하는가를 짐작하도록 해준다.

「집 보기는 그렇게 끝났다」(『세계의 문학』, 1978. 3.)는 어느 날 갑자기 찾아온 '손님'에 의하여 그동안 쌓아온 가정의 행복이 근본에서부터 무너져내리는 모습을 실감나게 그린 작품이다. 이 손님은 갑자기 집에 들이닥쳐 교수인 남편을 연행해간다. 연행의 이유는 남편을 따르는 제자 중에 "사회질서를 어지럽히는 말썽스러운 청년"(338쪽)이 있었다는 것이다. 1970년대에 창작된 이들 작품들은 전쟁과 그로부터 비롯된 이데올로기적 폭력이 사람들의 삶을 어떻게 옥죄었는가를 짜임새 있게 보여준다.

3) 소시민 의식의 기원

많은 평자들이 지적한 바와 같이 박완서는 전쟁과 분단의 문제 이외에도 중산층의 허위의식과 이기주의를 고발하는 데도 일가를 이루었다. 「카메라와 워커」(『한국문학』, 1975. 2.)는 전쟁의 비극이 오늘날 한국사회의 정신적 천박성을 형성하는 중요한 기원이 되었음을 잘 보여주는 작품이다. 전쟁은 너무나 커다란 공포였기 때문에, 사람들의 무의식에도 깊이 남아 전쟁이 끝난 지금까지도 이데올로기에 대한 무조건적인 거부와 자신의 안전에 대한 맹목적인 집착을 낳았던 것이다.

이 작품의 '나' 역시 한국전쟁에서 오빠와 올케를 참혹하게 잃었다. '나'는 홀로 남겨진 생후 4개월의 조카에게 자신의 젖을 물릴 정도로 최선을 다한다. 그녀는 "내가 내 아이들보다 조카를 더 사랑하고 있는 게 아닌가 하고 생각"(352쪽)할 정도이다. 실제로도 그녀는 시집을 간 이후에도 지극정성으로 조카를 기른다. 조카는 자랄수록 죽은 오빠를 닮아가고 이것은 '나'와 엄마에게 큰 걱정을 안겨준다.

오빠는 일제말기에 전문학교를 나왔지만, 사회주의사상을 조금 지니고 있었다. 6 · 25가 발발하자 처음에는 생기가 나서 돌아다니다가, 나중에는 바깥출입을 끊고 지냈다. 그러다가 친구한테 반강제로 끌려나간 후 죽어 돌아온 것이다. 이러한 오빠의 삶은 큰 트라우마가 되어, 이들 모녀는 조카가 최대한 사상이나 이념과는 거리가 먼 삶을 살도록 한다. 그것은 '착실한 직장을 지니고 결혼해서 일요일이면 처자식과 카메라 메고 놀러 다니는 삶'이다. 이 꿈을 위해 '나'는 조카가 문과를 선택하자 이공계로 전과를 시키고, 공대 토목과에 들어가도록 한다. '나'가 조카에게 이러한 선택을 강요하는 것 역시 다음의 인용문에 나타난 것처럼, 소시민적인 안락을 위해서이다.

문학이나 철학이나 하기가 꼭 알맞지. 아서라 아서. 사람이 어떡허면 편하고 재미나게 사느냐를 생각하지 않고, 사람은 왜 사나, 뭐 이런 게지. 돈을 어떡허면 많이 벌 수 있나는 생각보다 돈은 왜 버나 뭐 이런 생각 말이야. 그리고 오늘 고깃국을 먹었으면 내일은 갈비찜을 먹을 궁리를 하는 게 순선데, 내 이웃은 우거짓국도 못 먹었는데 나만 고깃국을 먹은 게 아닌가 하고 이미 뱃속에 들은 고깃국조차 의심하는 바보짓 말이다. (362~363쪽)

'착실한 직장을 지니고 결혼해서 일요일이면 저사식과 카메라 메고 놀러 다니는 삶'을 위해서는 당연히 데모도 피해야만 할 일이다. 이토록 철저하게 조카를 관리한 이유는 "제가 잘되고 잘사는 것으로, 다만 그것만으로 나는 내가 겪은 더럽고 잔인한 전쟁에 대해 통쾌한 복수를 할 수 있고 그때 받은 깊숙한 상처의 치유를 확인받을 수 있다"(366쪽)는 생각 때문이다. 즉 이데올로기와 깊이 연루된 전쟁의 상처로부터 벗어나기 위해 '나'는 조카에게 오직 일상의 행복에만 충실한 삶을 강요한 것이다.

그러나 고모의 말을 잘 따랐음에도, 조카는 '착실한 직장을 지니고 결혼해서 일요일이면 처자식과 카메라 메고 놀러 다니는 삶'을 이루지 못한다. 고속도로 건설현장에서 임시직으로 일하는 조카의 삶은 바라던 것과는 달리 남루하기 이를 데 없다. 자본주의의 질서는 전쟁의 고통과는 다른 고통을 조카에게 요구했던 것이다. 이데올로기로부터 기를 쓰고 멀어진 조카에게는 카메라 대신 워커가 신겨 있다. 이것은 '나'와 어머니의 생각 역시 또 다른 이데올로기에 불과했음을 증명하는 것이다. 이에 '나'는 "지레 겁을 먹고 훈이를 이 땅에 뿌리내리기 쉬운 가장 무난한 품종으로 키우는 데까지 신경을 써가며 키웠다. 그런데 그게 빗나가고 만 것을 나는 자인했다. 뭐가 잘못된 것일까."(381쪽)라며, "혼란"(382쪽)에 빠진다. 즉 이데올로기 너머에는 또 다른 이데올로기가 있었을 뿐이다. 설령 조카가 운 좋게 '착실한 직장을 지니고 결혼해서 일요일이면 처자식과 카메라 메고 놀러 다니는 삶'을 이루었더라도, 그것은 타인의 삶을 철저히 도외시한 것이기 때문에 진정으로 행복한 삶과는 거리가 있을 것이다. 이러한 삶의 비인간성은 박완서의 다른 작품들을 통해 통렬하게 파헤쳐지고 있다.

4. '새로운 오래됨'이 아닌 '오래된 새로움'

최근의 젊은 작가들은 6·25나 분단을 선배 작가들처럼 적극적으로 다루지는 않는다. 한국의 젊은 작가들이 한국전쟁이라는 소재에 무관심해진 이유는 2000년대 들어 사람들이 실감으로서 공유하는 영역이 점차 줄어든 것과 관련된다.

이와 달리 박완서는 생전의 「빨갱이 바이러스」(『문학동네』, 2009년 가을호)라는 작품을 통해 전쟁과 분단이 여전히 '말하지 못하는 사건'임을 보여주고 있다. 그리하여 전쟁과 분단에 대한 관심이 여전히 필요하다는 사실을 일깨우고 있다.

「빨갱이 바이러스」는 여러 가지 측면에서 박완서의 초기작인 「세상에서 제일 무거운 틀니」와 비슷하다. 그런데 「세상에서 제일 무거운 틀니」에서는 의용군으로 나갔다가 이북에서 밀봉교육을 받고 곧 남파되리라는 첩보의 대상이 된 오빠의 이야기를 설희엄마에게 한다. 그토록 주저하던 이야기를 한 계기는 설희엄마가 먼저 자신의 불행한 이야기를 했기 때문이다. 「빨갱이 바이러스」의 주인공은 끝내 인민군으로 나갔던 삼촌의 이야기를 하지 않는다. 이것은 오늘날 전쟁과 분단에 대한 침묵의 벽이 이전보다 더욱 두터워졌다는 작가적 인식이 드러난 것일 수도 있다.

'나'는 전쟁 이전에는 북한땅에 속했다가 전쟁 이후에는 남한땅에 속한 곳에서 나고 자랐다. 전쟁이 발발하자 삼촌은 인민군으로 나가고, 전쟁이 끝나도 집에 돌아오지 않는다. 그러던 어느 날 밤 열 살의 '나'는 북으로 간 삼촌이 마당에서 아버지, 엄마와 함께 있는 것을 발견한다. 엄마는 삼촌과 아버지가 서로 다투는 것을 말리다가는 돌변해서 "죽여버려, 저런 동기간은 없는 게 나아, 차라리 죽여버려"(237쪽)라는 말을 한다. 그 순간 아버지는 삽을 높이 쳐들어 삼촌의 어깨를 후려친다. 방으로 돌아온 '나'는 아버지가 동생을 쳐죽인 삽으로 동생을 묻기 위해 땅을 파는 소리를 듣는다. 물론 이러한 기억의 뒤에 "새벽에 잠깐 눈을 붙인 악몽 속에서도 그 광경은 여실하게 재현돼 먼 훗날까지도 어디까지가 꿈이고 어디까지가 현실인지 구별이 잘 안 됐다."(238쪽)는 말이 덧붙는다.

그러나 이것이 실제이든 꿈이든 '북으로 간 삼촌'을 마당에 묻었다는 사실만은 변함이 없다. 사실 '나'가 더 무서워 한 것은 "삼촌이 그날 살해되지 않고 북쪽 어딘가에 살아 있을지도 모른다는 가능성"(240쪽)이기 때문이다. 세상이 지금보다 훨씬 경직돼 있던 시절 남편과 가족의 행복을 위해서는 삼촌이 북의 어딘가에 살아 있어서는 절대 안 되었던 것이다. 세 번이나 반복해서 등장하는 "기이한 평화"를 위해서 삼촌은 흙마당에 매장된 존재여야만 하는 것이다. "나는 그 살해 현장을 단지 목격한 게 아니라 공범자였던 것이다."(240쪽)라는 공범의식은 이러한 사정에서 연유한다. 「세상에서 제일 무거운 틀니」에서도 '나'는 남파된다는 오빠가 "넘어오다 차라리 사살되었으면 하고"(80쪽) 생각한다. 엄마가 월부책 남자와 대화하는 것을 들으며, '나'는 그 남자가 오빠라고 판단한 채 "그 남자와 죽든 살든 결판을 내고 말테다. 나에게 '그 남자'는 이미 조금도 오빠일 필요가 없다. 그냥 '그 남자'다."(87쪽)라고 단언한다.

아직까지도 분단과 전쟁에서 비롯된 골육상잔의 기억을 말하는 것은 사실상 불가능하다. 그것은 삼촌의 시신을 내장하고 있는 단단하고 견고한 시골집 흙마당의 비유를 통해 생생하게 그려지고 있다. 이 마당은 침묵하는 "나의 입"(240쪽)과 동일하다. '나'는 삼촌과 삼촌의 죽음에 대해 말하지 않는 것이 하나의 폭력임을 분명하게 인식하고 있다. 그럼에도 그는 혹시라도 삼촌의 타살된 유골이라도 나올까봐 새집을 짓는 것조차 시도하지 않는다. 이 작품은 "어떤 상처하고 만나도 하나가 될 수 없는 상처를 가진 내 몸이 나는 대책 없이 불쌍하다."(241쪽)는 문장으로 끝난다. 그녀에게 6·25의 상처는 그녀만이 앓는 고유한 병으로서, 공명할 수 없는 단 하나의 사건이다. 이 작품을 통해 박완서는 전쟁이 낳은 죽음을 지상 위로 꺼내지 못하는 것이, 즉 제대로 된 방식으로 작품화하지 못하는 것이 얼마나 폭력적이고 아픈 일인지를 성공적으로 형상화해내고 있다.[7]

　박완서는 전쟁과 분단에 대한 이야기가 끝난 것이 아니라 사실은 이제부터 시작되어야 한다고 말하고 있다. 이러한 발언은 그 누구도 아닌 40여 년간 전쟁과 분단의 문제에 천착해온 박완서의 것이기에 더욱 소중하다. 이처럼 박완서는 20세기의 가장 큰 비극인 한국전쟁과 오늘날까지도 이어지는 분단의 상처를 온몸으로 증언한 작가이다. 그것은 자신의 실존적인 상처와의 대면이었기에 늘 절박하고 치열했다. 또한 천의무봉의 솜씨라 일컬어지는 뛰어난 작가적 재량으로 독자들의 관습화된 인식을 깨뜨리고, 마지막 순간까지도 늘 새롭게 전쟁과 분단을 바라보도록 독자들을 긴장시켰다. 박완서는 전쟁과 분단의 증언자인 동시에 문학에서의 진정한 새로움이 무엇인지를 보여주는 증언자이기도 하였다. 늘.

---

7) 최근의 젊은 작가들이 6·25를 서사화하는 방법과 「빨갱이 바이러스」에 대한 본격적인 논의는 「말할 수 없는 것, 말하지 않는 것, 말하지 못하는 것」(『문학만』, 2010년 상반기, 54~72쪽)을 참고할 것.

환갑 지난 문학청년의 투혼

_박범신론

1. 멈추지 않는 수레

박범신은 규모 있는 작가이다. 이것은 그가 쓴 작품의 양을 보아도 부인할 수 없는 사실이지만, 그동안 혼신의 힘을 다해 인간과 세상의 다양한 측면을 탐구해왔다는 면에서도 그러하다. 그의 문학세계는 크게 세 시기로 나누어볼 수 있다. 첫 번째 시기는 등단 직후로, 이때 작가는 급속한 산업화의 이면에 존재하는 소외계층의 삶과, 권력이나 돈을 가진 자와 가지지 못한 자들의 역학관계를 밀도 있게 탐구하는 모습을 보여주었다. 두 번째는 1970년대 말부터 1993년 절필 이전까지의 시기로서, 이 시기 박범신은 가장 많은 독자를 거느린 인기작가 중 하나였다. 이 시기의 작품은 시골 출신의 순수한 청춘남녀들이 자본주의적 욕망으로 불타오르는 도시에서 출세와 사랑을 위해 몸부림치는 것을 기본 서사로 하였다. 이러한 소설들은 당대 현실의 부정적 이면을 드러내는 동시에 동시대인들이 지닌 욕망을 대리 충족시켜주는 측면이 있었다. 세 번째는 집필을 다시 시작한 이후부터 지금까지에 해당하는 시기로서, 이때의 작품들은 매우 다양한 주제를 종횡무진 다루고 있다는 특징이 있다.

박범신 문학의 현재를 제대로 파악하기 위해서는 절필과 뒤이은 집필의 상황을 자세하게 살펴볼 필요가 있다. 절필 이전의 박범신은 "나는 문제작도 썼고, 베스트셀러도 썼다. 상상력은 아주 원기왕성해서 원고지 앞에만 앉으면 수많은 비유의 말들이 나비 떼처럼 날아다녔다. 나는 나의 포충망을 들고 그것을 붙잡아 원고지 네모칸 속에 집어넣기만 하면 되었다"[1]라는 말처럼 작가로서의 생명력이 가득했던 시기였다. 이러했던 작가가 선례도 드문 절필을 선언했다면, 그것은 필시 문학사적 사건이라고 할 수 있다. 더군다나 문학사적 사건이라 불릴만한 절필 이후에 다시 시작된 창작이라면 그것은 이전과는 분명 다른 것이어야만 할 것이다.

이 무렵 작가의 내면 풍경을 엿볼 수 있는 작품은 「그해 내린 눈 지금 어디에」(1993)와 「흰 소가 끄는 수레」(1996)이다. 「그해 내린 눈 지금 어디에」에서 작가 박범신을 떠올리게 하는 소설가 정영호는 심각한 무력증에 빠져 있다. 결정적으로 그는 1980년 겨울 그를 찾아왔던 한 여자를 떠올리고, 그녀가 자신을 만나지 못하는 바람에 추운 겨울날 동사했을 것이라고 확신한다. 그 동네에서 그날 동사한 여자를 찾아 추적한 결과, 그 동사자는 5·18 희생자의 유가족임이 밝혀진다. 물론 이 여자가 정말 정영호를 찾아온 그 여자인가를 확인하는 것은 중요하지 않다. 중요한 사실은 두 가지다. 첫 번째는 1993년의 시점에 1980년 겨울 자신을 찾아온 여자

---

1) 박범신, 「그해 내린 눈 지금 어디에」, 『흰 소가 끄는 수레』, 창비, 1997, 235쪽.

를 강박적으로 떠올린다는 사실이고, 두 번째는 그녀가 5·18의 상처와 깊이 관련되어 있다는 점이다. 5·18의 살육이 벌어지는 중에도 소설가 정영호는 거대 신문에 계속해서 인기 소설을 연재하고 있었던 것이다. 그렇다면, 5·18을 외면했다는 자의식이야말로 작가를 절필로 이끈 중요한 이유 중의 하나임에 분명하다. 그렇다면, 그가 다시 작품 활동을 시작한다는 것은 어떻게든 그가 외면했던 한 여자의 뒷모습을 감당하겠다는 다짐 혹은 감당할 수 있다는 자신감이 있었기에 가능한 일이었을 것이다.

'한 여자의 뒷모습'은 다시 집필을 시작하고 발표한 첫 번째 작품「흰 소가 끄는 수레」에서부터 강렬하게 그 영향력을 드러낸다. 이 작품의 '나'는 작가로서의 임종사를 발표하고 자살여행을 떠난다. 그 길에서 자신의 분신을 만나고, 그 죽음마저도 사실은 더 큰 삶의 욕망과 허욕에 사로잡힌 것이라는 사실을 깨닫는다. 이 소설을 통해 작가는 죽음으로도 해결할 수 없는 더 철저한 욕망과의 결별을 선언하고 있다. 그것은 어떠한 명예나 금력에도 초연한, 오직 "그래도, 여전히, 나는 자꾸 글을 쓰고 싶으니…… 눈물겹다"(73쪽)는, 순심에서만 비롯되는 문학을 하겠다는 다짐을 드러낸 것이라고 할 수 있다. 그렇다면, 박범신에게 3년간의 절필 기간이 필요했던 것은 자신을 찾아왔지만 외면했던 여인의 뒷모습을 저버리지 않겠다는 다짐과 세속의 허욕과는 절연한 순심으로 문학을 하겠다는 각오가 필요했기 때문이라고 말할 수 있다. 지금의 박범신은 새롭게 획득한 문학적 자의식을 실천하는 과정인지도 모른다. 이 글에서는 이러한 작가적 변신을 가장 뚜렷한 문학적 성과로서 증명하고 있는 최근의 장편소설 『나마스테』(한겨레신문사, 2005), 『고산자』(문학동네, 2009), 『비즈니스』(자음과모음, 2010)

를 집중적으로 살펴보고자 한다.

2. 가족이 된다는 것

　『나마스테』는 한국사회에 새롭게 나타난 이주노동자라는 타자
의 문제를 정면에서 다룬 작품이다. 이 작품은 이주노동자들이 인
간으로 취급받지 못하는 현실을 끊임없이 고발하고자 한다. 이러
한 현실에 대한 해결책으로 제시되는 것은 '그들도 우리와 같은
인간이라는 사실'의 강조이다. 무지에 가까운 이해에 바탕하여 그
들을 차별해서는 안 되며, 국적, 인종, 피부색, 종교와 무관하게 그
들 역시도 우리와 같은 인간이라는 사실을 분명히 인식하고 그에
따라 행동해야 한다는 것이다. 네팔 노동자들을 가장 힘들게 하는
것은 한국인들이 자신들을 별종으로 취급할 때이다. 사비나는 "네
팔에도 해가 뜨냐, 니네 나라에도 달이 뜨냐, 니네 나라 여자들도
애를 낳냐. 나, 그럼 돌아요"(56~57쪽)라고 말한다. 물론 제도 자
체가 "다 뜯어먹고 착취"(81쪽)하게끔 되어 있고, "한국 사람 지켜
주는 법"(84쪽)만 존재한다. 그러나 "연수생들, 법대로만 해주면
월급 작아도 다 열심히 일할 거예요"(91쪽)라는 말에서 알 수 있듯
이, 이주노동자들은 진정으로 고통스럽게 하는 것은 법보다 사람
들의 차별적 의식이다. 한마디로 지금의 한국인은 "여러 민족 여
러 인종이 어울려 살아가는 방법"(133쪽)을 모르는 것이다.
　이러한 상황에 대한 해결책으로 제시되는 것이 바로 네팔 출신
노동자 카밀과 신우의 사랑이다. 처음 인종과 국적, 그리고 개인
적 트라우마로 인해 발생했던 여러 문제는 국경을 초월한 가족의

탄생을 통해 해결될 수 있는 가능성을 보이게 된다. 이 작품에서 가족은 매우 신성하다. 신우는 카밀에게 가족이라고 말하고서는, "가족이라고 말하는 순간, 찌르르 하고 온몸을 관통하는 어떤 경련"(216쪽)을 느낄 정도이다. 신우는 자신과 카밀로 시작된 가족의 구성원에, 자기 주위의 한국인과 카밀 주위의 노동자들까지 포함시키면 다문화적 상황의 여러 문제를 해결할 수 있다고 생각한다.

문제는 인간의 존엄성이 자율성에 대한 인정(비동일시)과 공감(동일시)에 의하여 탄생한다면[2], 이때의 가족이 일방적으로 공감만을 강조한 공동체일 수도 있다는 점이다. 이 가족이란 한국 공동체의 확장된 판본일 가능성이 존재한다. 신우는 처음부터 카밀에게서 자신의 가족을 발견한다. 처음 카밀은 신우에게 손재주가 좋아 나무를 잘 다루는 사람으로 인식되는데, 아버지 역시도 손재주가 좋아 나무를 잘 다루었던 것으로 설명된다. 신우는 카밀이 웃었을 때, "내 눈앞에 찰나적으로 아버지의 환한 얼굴이 꿈결처럼 흘러갔"(25~26쪽)으며, "먼 이역에서 온 그 청년의 웃음이 아버지의 그것과 너무도 닮아 신기했다"(26쪽)고 고백한다. "아버지의 얼굴에 오버랩되어 떠오르는 건 카밀"(57쪽)이다. 거시적인 측면에서 볼 때, "아메리칸 드림을 좇아서 미국으로 갔다가 이상과 현실을 다 잃어버린 아버지의 삶"(47쪽)은 카밀에게도 그대로 적용된다. 코리안 드림을 좇아서 한국으로 왔다가 이상과 현실을 다 잃어버린 것이야말로 카밀의 삶이기 때문이다.

신우는 카밀을 "내 가정 안에 한 개인으로 붙잡아 주저앉

---

2) 린 헌트, 전진성 옮김, 『인권의 발명』, 돌베개, 2009, 8쪽.

힐"(251쪽) 생각을 한다. 즉 한국인의 한 구성원으로서 가족을 형성하려고 하는 것이다. 그러나 카밀이 점점 이주노동자 전체의 권익을 위해 나아가려고 하자, 신우는 카밀이 더 이상 내 아이의 아버지가 아니라 "다른 민족, 다른 나라 사람으로서, 나와 배타적인 집단의 일원이 되어 내 곁의 사람들을 나로부터 끌어내 가는 것 같은, 이상한 소외감"(262쪽)을 느낀다. 이주 노동자들의 전단지를 보고서, 카밀이 농성하고 있는 곳을 찾아가지만, 신우의 의식은 "내가 카밀을 만나서 하려고 준비한 말은, 왜 당신 맘대로 집 나가서 전화조차 하지 않느냐, 애린도 생각나지 않더냐, 당신은 원래부터 그렇게 매정하고 무책임한 인간이었느냐, 겨우 그런 것"(281쪽)에 불과하다. 그리하여 농성장의 천막 안에는 들어가지 않는다.

이러한 상황에서 『나마스테』의 핵심적인 갈등은 가족과 조국 사이에서 형성된다. 인종과 국적이 다른 사람들 사이에서도 가족은 이루어질 수 있겠느냐가 핵심적인 문제로 제기되는 것이다. 이러한 갈등이 첨예하게 부각되는 것은 카밀의 친구인 구릉이 한국 내에서의 고통을 못 이기고 자살을 시도했을 때이다. 카밀은 네팔 사람이 한국 사람보다 못하지 않다며, "한국…… 싫고…… 누…… 나도 싫고……"(242쪽)라고 절규한다. 그 순간 '나'는 "기실 나는 내 식대로만 그를 사랑해왔다"(243쪽)는 것을 깨닫는다. "우리가 가족이니, 그가 결국은 우리와 같은 한국 사람이 되리라고 상상한 건 너무도 안일한 상상에 불과"(243쪽)했던 것이다. 즉 신우가 카밀과 만들어가고자 한 가족이란 우리, 즉 한국인의 공동체에 카밀을 포함시키는 것에 불과했던 것이다. 그것은 카밀의 단독성을 은폐한 채, 한국인과 동일시하고자 한 욕망의 사회적 구현체에 불과

한 것일 수도 있다. 물론 신우가 꿈꾸는 가족은 그녀의 오빠를 통해 나타나는 바와 같이, 혈연에 기초한 원초적 형태의 가족과는 구별된다.[3] 그러나 시간이 흐르면서 카밀을 한국이라는 공동체에 무조건 동일시하려고 하는 신우의 생각도 변한다. 나중에 이주 노동자들의 죽음이 이어지자 신우는 "내 조국에 대해 끔찍할 정도의 모멸감"(297쪽)을 느끼고, 이주노동자들이 농성하는 천막 안으로 들어간다. 그녀는 천막 안으로 들어가 죄송하다며 자신은 한국 사람이라며, "욕……해도 좋아요. 때려도…… 맞을게요. 용서…… 하지 마세요. 절……대로요……"(300쪽)라고 말한다. 신우는 과감하게 조국이 아닌 이주노동자들과 가족이 되는 것을 선택한 것으로 볼 수 있다. 이러한 각성에 바탕해 처음에는 평범했던 한국인 여성 신우는 자신의 집에 여러 이주노동자들을 받아들이며 헌신적인 모습을 보인다. 그리하여 그는 이주노동자들에게서 여신 "락슈미"(335쪽)로 불리는 성녀가 된다.

그럼에도 이 가족이 진정으로 타자의 타자성을 그대로 포용하는 방식인지에 대해서는 조금 더 고민해보아야 한다. 이와 관련해 카밀이 산화한 지 17년이 지난 2021년을 배경으로 한 마지막 장 '2021-카일라스 가는 길'은 인상적이다. 신우와 카밀의 딸 애린

---

3) 오빠는 "단지 피부 빛깔이 다르거나 내 종족이 아니거나 가난한 나라 백성이라고 해서 무조건 화부터 내는"(162쪽) 사람이다. 나중 신우가 아이를 낳자 자신의 핏줄인 "아이를 보고 싶은"(221쪽) 마음에 신우를 만나러 온다. 미국에서 살던 신우 가족은 1992년 LA 폭동 때, 큰 피해를 입었다. 이로 인해 본능적으로 타민족에 대한 무조건적인 증오감과 불신을 키워온 것이다. 나중에 오빠는 '나'의 부탁으로 옷을 사서 농성장에 온다. 그는 카밀에게 빨리 농성장에서 빠져나와 "신우랑 애린이랑 함께 네팔로 가서 그쪽에도 혼인신고를 해"(310쪽)라고 말한다. 즉 그를 한국인으로 만들려고 하는 것이다. 카밀이 계속 농성할 것을 주장하자, "인마", "건방진 놈"(311쪽), "다리까지 저는 주제에…… 바보 같은 놈"(312쪽) 등의 욕설을 퍼붓고 돌아선다.

은 17년이 지난 후 아버지 카밀의 고향 네팔에 온다. 이 가상적 상황의 설정을 통하여, 『나마스테』의 주요한 갈등 중 하나였던 신우와 카밀, 그리고 네팔에서부터 카밀이 사랑했던 또 한 명의 이주노동자 사비나 사이의 갈등은 완전히 해소된다. 네팔에서 사비나는 성공한 사업가로 완전히 자리를 잡았고, 그곳에는 사비나와 카밀 사이에서 태어난 카밀이 살고 있다. 애린은 카일라스까지 가는 여행에 자신의 이복동생인 카밀과 동행하기로 결정한다. 그러한 결정은 "카밀은 어쨌든 나와 피를 나누어 받은 내 동생"(379쪽)이라는 사실에서 비롯된다. 어찌 보면 이 작품의 핵심적인 갈등이라고 할 수 있는 '신우–카밀–사비나'의 삼각관계는 서로가 조금씩 피를 나누어가진 존재들이 됨으로써, 해결의 실마리가 마련되는 것인지도 모른다.

3. 애도와 방랑

『고산자』가 흥미로운 것은 김정호의 지도 제작이라는 역사적 사건을 가족서사와 관련지어 복원했다는 점이다. 김정호가 자신의 인생을 지도 제작에 바치기로 결심한 것도, 나중에 그토록 애써서 이룩한 자신의 업적을 모두 불태우고 세상 밖으로 떠나버린 것도 모두 가족 때문이다.

김정호는 아버지 김해준의 죽음을 계기로 지도 제작에 자신의 인생을 바치기로 결심한다. 김정호는 관가에서 만든 엉터리 지도 때문에 산 속에서 길을 잃고 죽어간 아버지처럼, 지도 때문에 죽는 사람이 더 이상 생기지 않도록 하기 위해 실용적이고 정확한

지도를 만들자는 서원을 세운 것이다. 토산현의 병방인 김해준은 홍경래의 난을 진압하기 위해 조직된 지원대에 편성된다. 김해준은 관에서 나누어준 엉터리 지도 때문에 결국 다른 스물세 명의 사람들과 함께 죽고 만다.

유일한 혈육이었던 아버지의 죽음은 김정호에게 엄청난 상처가 된다. 처음에 그는 아버지의 죽음을 받아들이지 못하고, 자신과 아버지를 동일시한 상태에서 자신 역시 아버지와 똑같은 길을 걸으려고 한다. 그는 무작정 아버지가 죽었던 고달산으로 향한다. 아버지가 죽은 고달산 자락에서 사흘 동안 추위와 배고픔과 싸우던 그는 죽음의 위기에 처하기도 한다. 나중에야 비로소 아버지를 애도하는 사회적인 방식을 찾아내는데, 그것이 바로 지도 제작이다.

지도를 제작하는 일은 곧 아버지를 애도하는 일이고, 이것은 곧 민중의 죽음을 애도하는 일이기도 하다. "아버지의 비명 소리인가 하면 수돌 형의 신음소리이고, 수돌 형 신음소리인가 하면 바우 애비의 비명소리고, 바우 애비의 비명소리인가 하면 또 아버지의 신음소리"(15쪽)였다는 말처럼, 아버지의 죽음은 관가의 무능에 따른 민중의 고통과 분리될 수 없다. 이와 관련해 이 작품은 그동안의 역사소설이 주로 '내셔널 히스토리(national history)'로서 기능해온 것과는 다른 면모를 보여준다. 우리나라의 국토를 가장 정확하게 재현한 지도를 그린 김정호의 삶은 내셔널리즘에 포섭될 가능성이 충분하지만, 『고산자』는 내셔널리즘과는 분명한 선을 긋고 있다. 그는 지인들과의 대화에서 자신은 "실제 생활에서 사용하기 위한 지도를 그리고자 합니다. 이용후생입지요. 제 선친께서 일찍이 실제와 다른 지도로 억울하게 작고하셨습니다."(196쪽)라고 밝힌다. 사람들이 독도 등을 지도에서 제외한 이유가 무엇이

냐고 따질 때에도, 김정호는 "지도의 생명은 축척의 정확성입니다."(201쪽)라고 단호하게 대답한다. 즉 정확한 지도의 제작을 통하여 사람들의 삶에 실제적인 도움을 주는 것이 자신의 목적이라는 것을 분명히 밝히고 있는 것이다.

그러나 현실은 결코 만만하지 않다. 국경 지방에서의 봉욕과 천주교도가 된 순실이를 살리려는 과정에서 김정호는 조선이라는 사회가 얼마나 심각한 문제로 가득 찬 곳인가를 절감한다. 그리하여 그는 자신을 둘러싼 모든 것을 일종의 죽은 것으로 받아들인다. 작품의 후반부에 김정호는 우포청 앞 거리에서 다섯 개의 만장을 들고 상주 노릇을 한다. 또라젓, 화각, 금량관, 고산자, 대동여지도를 각각 만장에 써서 내걸고 나름의 장례의식을 치르는 것이다. 이때의 만장은 희망을 잃은 나라의 죽음, 옛 친구의 상징적 죽음, 지도의 죽음을 의미한다. 그는 이제 현실 속에서 구체적인 문제와 씨름하는 세속인의 경지를 벗어나려고 한다. 현실은 삶과 죽음처럼 그에게는 선명한 양자택일의 문제로서 다가온다. 그러고 보면 김정호는 지도 제작의 달인이기도 하지만 애도의 달인이기도 하다.[4] '나라', '친구', '지도'는 상징적 차원에서 모두 아버지의 세계에 속하는 것이라고 할 수 있다. 이것들을 모조리 죽음의 영역 속으로 밀어넣은 김정호는 이제 어머니의 세세를 향해 나아간다.

아버지에 대한 애도와 디불어 김정호를 지배하는 것은 기억에 전혀 남아 있지 않은 어머니에 대한 형언할 수 없는 그리움이다.

---

4) 김정호가 애도의 달인이라는 점은 손정현의 미발표 평론인 「고산자론」을 참고하였다.

"어머니의 꿈을 꾸고 나면 한 번도 본 적 없는 어머니가 사무치게 그리워 매양 눈물이 났"(117쪽)다. 그는 어린 시절부터 길이 시작되고 끝나는 곳까지 가보고 싶어하는데, 이것은 "애초부터 어머니가 없었기 때문"(62쪽)이다. 지도 제작의 의식적 동기가 아버지의 죽음이라면, 지도 제작의 무의식적 동기는 어머니의 죽음이라고 볼 수도 있다.

그는 어머니의 유일한 유품인 은비녀를 챙겨 토산현을 떠난다. 이 은비녀의 행로는 곧 모성의 행로이기도 하다.[5] 김정호는 죽음의 문턱에서 동굴 속에 있던 한 부인의 젖을 얻어먹고 간신히 살아난다. 이때 그는 동굴 속에 은비녀를 두고 나오는데, 훗날 그것은 그 죽어가던 여인의 딸인 혜련 스님에 의하여 수습된다. 김정호는 나중 혜련 스님과 인연을 맺고, 혜련 스님은 순실을 낳는다. 순실이는 그에게 또 다른 어머니인 것이다. 마지막으로 김정호는 "대동여지전도 목판을 비롯하여 그가 생애를 바쳐 그린 수많은 초벌지도들과 아까운 서책들, 그리고 다른 이들이 그린 군현도 전국도 등"(342쪽)을 모두 불태우고, 순실이와 함께 방랑을 떠난다. 그는 앞으로 뭘 하며 살 거냐는 바우의 말에 "이제, 바람이…… 가는 길을 그리고, 시간이 흐르는 길을 내 몸 안에 지도로 새겨넣을까 하이"(347쪽)라고 말한다. 아버지의 애도에 성공한 그는 또 하나의 어머니인 순실과 함께 진정한 어머니의 세계를 찾아 자유의 여정을 시작한 것이다.

---

5) 변방에서 첩자로 몰려 죽게 되었을 때도, 김정호는 "은비녀를 또 잃고 나면 저승에 가서도 어머니를 만날 수 없을 터이다"(245쪽)라고 절규한다.

4. 비즈니스에서 사랑으로

『비즈니스』는 "내가 어스레한 골방에서 존재론적 슬픔과 만나고 있을 때에도 우리를 둘러싼 반인간적 세계 구조는 오히려 더 깊어지고 있었다. 내가 뜨거운 삶의 현장인 '저잣거리'로 돌아가야 되겠다고 생각한 것은 그 때문이다"(242쪽)라는 작가의 말에서 알 수 있듯이, '저잣거리'의 비극적 본질을 정색한 채 다루고 있는 작품이다.

이 작품의 기본 배경인 ㅁ시는 서해안의 조용한 지방 도시였으나, 방조제 공사가 마무리되고 중국이 제일의 교역국으로 떠오르면서 급격하게 성장한다. 이곳에는 개발의 광풍이 불어 신시가지가 건설된다. 자칭 '비즈니스맨'인 시장(市長)의 주도하에 이루어진 도시개발은 철저히 반생명적이며 반인간적이다. 이 개발로 구시가지는 "짐승의 마을"(12쪽)이자 "죽음의 동네"(89쪽)로서, 신시가지의 물질적 풍요를 뒷받침하는 쓰레기장이 된다. 신시가지 사람들이 구시가지로 오는 일은 거의 없고, 구시가지 사람들만 온갖 밑바닥 일을 위해 신시가지로 아침마다 출근할 뿐이다. ㅁ시는 자본과 개발의 논리만이 전일적인 지배력을 행사하는 시공이며, 작품의 상당 부분은 이를 뒷받침하는 구체적인 상황의 제시로 이루어져 있다. "이제 세상의 주인은 '자본'이고, 삶의 유일한 전략은 '비즈니스'"(53쪽)이다.

ㅁ시에서는 시장을 따라 자신을 '비즈니스맨'이라고 부르는 것이 유행한다. 이 작품에서 모든 인간의 행위는 '비즈니스'이다. 심지어는 성매매를 통해 아들의 과외비를 마련하는 것조차 '교육비즈니스'라고 불린다. 이러한 현실의 논리에 누구보다 철저한 '나'

의 친구 주리는 남편조차도 "비즈니스 상대"(62쪽)로 여길 뿐이다. 성매매를 통해 만난 정준하는 비즈니스 논리가 만들어낸 현실의 가장 큰 피해자이다. 그는 혼자서 자폐아인 여름이를 기르고 있다. 그는 한때 구시가지에서 잘나가는 동백횟집의 주인이었지만, 신시가지가 개발되고 가게 앞으로 쓰레기 소각장과 해안도로가 생기면서 파산한다. 그는 결국 "부잣집이 숨겨놓은 잉여 재산만을 홈"(96쪽)치는 도둑, 즉 '타잔'이 된다.

그런데 이 작품의 진정한 갈등은 사회 · 경제적인 차원에서 존재하지 않는다. 그것은 오히려 사랑이라는 도덕의 차원에 놓여있다. 이 작품에서 진정한 문제는 결코 자본과 개발이 아니다. 진정한 문제는 사랑의 결핍에서 비롯된다. 정준하 부자가 자신을 방기했던 근본 원인은 "돈의 문제라기보다 갑작스럽게 아내와 어머니를 잃었기 때문"(98쪽)이라는 것이 밝혀진다. '나'가 성매매에 나선 근본 원인 역시 아래의 인용에서처럼 돈의 문제가 아니었음이 드러난다.

> "솔직히 말해 과외비를 벌려고 시작했지만요, 요즘은 그것만이 이유가 아닐지도 모른다는 생각을 가끔 해요. 그냥…… 오늘도 내일도 변화라곤 없는 무난한 시간들, 혹은 무난하게 마모되는 것 같은 인생이 너무 싫었던 건지도 몰라요, 이곳은…… 수렁이에요."(104쪽)

'나'는 삶에 대한 모든 열정을 잃고 빈 자루같이 되어버린 남편과의 사이에서 사랑을 잃어버렸던 것이다. 그녀는 정준하 부자와 관계를 맺고, 사랑을 회복하면서부터 자연스럽게 '비즈니스'를 중단한다.

이 작품은 지금의 현실을 고발하는 것에서 나아가 독특한 해결 방식까지 제시한다. 그것은 교환과 개발의 논리가 아닌, 근본적으로 다른 삶의 방식을 추구하는 것이다. 비즈니스에 맞서는 방식은 또 다른 비즈니스이거나 정치적인 차원의 저항일 수는 없다.[6] 이 세상에서 '비즈니스'가 아닌 유일한 것은 "사랑"(141쪽)이다. 이러한 사랑은 어머니의 모습을 통해 형상화된다. 이 작품에서 '나'의 행로는 "어머니는 조국이다."(137쪽)라는 명제의 완벽한 구현이다. '나'와 정준하 역시 사랑으로 똘똘 뭉쳐진 사이이다. 둘이 유일하게 불화를 겪는 순간은 정준하가 훔친 보석을 처리하며, '나'에게 비즈니스를 연상시키는 "사례"(165쪽)라는 말을 사용했을 때뿐이다.

마지막에 시장 납치를 시도하다 실패한 정준하는 작은 고깃배를 타고 바다로 떠난다. '나'는 남겨진 여름이와 피시로 가서 반지하 월세방에서 산다. 여름이는 언제부턴가 그녀를 '엄마'라고 부른다. 흥미로운 것은 "거짓말처럼, 정우가 보고 싶지 않았다. 보고 싶기는커녕 그저 낯선 얼굴 같았다. 여름이와 헤어지고 나서 그 애가 간절히 보고 싶었던 나날과 아주 대조적이었다."(236쪽)고 생각하는 것이다. 본래 '나'가 아들의 과외비를 벌기 위해 매춘을 했다는 점을 생각하면 이것은 매우 의외의 선택이라고 볼 수도 있다. '나'에게 정우의 성공보다 더욱 중요한 것은 없었던 것이다. 그럼에도 '나'가 별다른 고민 없이 정우을 버리고 여름이를 기르며 사는 것은, '나'가 아들에게 가지고 있던 애정이 아들 자신의 행복

---

6) '나'가 성매매 과정에서 알게 된 정준하의 방식 역시 '나'에 대응되는 것이다. 정준하는 기본적으로 로빈후드의 방식으로 여러 문제를 해결하려 한다.

을 위한 것이 아니라 자신의 거품 낀 비즈니스적 욕망에 불과했음을 깨달았기 때문이다. 그렇다면, 마지막에야 '나'는 가짜 모성애를 버리고, 참된 모성애를 찾아 나선 것이라고 볼 수도 있다. 마지막은 '나'가 "'지금…… 참 좋아…….' 나는 흐뭇해서, 나도 모르게 혼잣소리를 했다."(237쪽)라고 되뇌는 것으로 끝난다. '나'의 너무나도 행복한 모습 속에 작가 박범신이 추구하는 주제의식의 강도가 진하게 녹아들어 있다.

5. 모성적 태도의 위대함

앞서 말했듯 박범신은 그의 문학 인생에 있어 세 번째 시기를 맞이하고 있다. 이 시기는 오랜 절필을 거친 후에 시작되었다. 절필은 그에게 사회문제에 대하여 눈감지 않겠다는 결의와 세속의 허욕과는 절연된 순심으로 문학을 하겠다는 다짐을 가져다주었다. 이러한 각성은 지금 박범신 문학세계의 중핵을 담당하고 있다. 이 글에서 살펴본 세 편의 장편소설은 모두 이러한 문학적 자의식이 얼마나 아름답게 그의 문학을 갱신하였는지를 증명하는 사례들이다.

『나마스테』는 어느새 우리 사회의 가장 핵심적인 타자의 형상이라고 할 수 있는 이주노동자의 문제를 정면에서 다루고 있다. 이 작품은 국경과 인종을 초월한 '가족'의 탄생을 통하여 새로운 세상의 가능성을 보여준다. 『고산자』는 그동안 침묵 속에 방치되어 있던 고산자를 새롭게 복원하여 우리 앞에 세워놓고 있다. 또한 그의 지도 제작을 억울한 아버지(민중)의 죽음에 대한 애도 작업과 연관시킴으로써, 내셔널 히스토리로서의 역사소설이라는, 규격화된 문학사적 구속에서 벗어나는 모습까지 보여준다. 『비즈니스』는 개발과 자본의 논리만이 판을 치는 2010년 대한민국의 문제를 그야말로 정면에서 당당하게 응시하고 있는 작품이다. 이 세 편의 장편소설은 모두 우리 사회의 가장 핵심적인 문제와 맞닿아 있으며, 세상을 향한 작가의 뜨거운 애정과 오랫동안 단련된 문학적 솜씨가 결합되어 우리에게 문학적 진경을 선사하고 있다.

이들 작품은 하나의 공통점이 있다. 그것은 이들 작품이 모두 모성적 태도를 강조하고 있다는 점이다. 이들 작품에서 여성 주인공들은 어머니가 되려고 애쓰며, 남성 인물들은 따뜻한 모성을 갈망한다. 박범신 소설의 여성 주인공이 궁극적으로 가닿는 지점은 모성적인 태도와 결부되어 있다. 그녀들은 적극적이고 헌신적이고 주의 깊고 한결같은 애정의 분위기를 연출한다. 이때 짝을 이루는 사람은 상상적으로 유아가 되는데, 유아(infant)의 라틴어 infans는 아직 말을 하지 못하는 사람이라는 뜻을 지니고 있다. 그렇다면, 『나마스테』에서 외국인 노동자들이 모두 한국말을 제대로 하지 못하는 사람이라는 것 역시도 간과할 수 없는 특징이다.

『나마스테』에서 신우가 카밀과 깊은 인연으로 맺어지는 것은, 신우의 형언할 수 없는 모성애 때문이다. 신우는 고열로 온몸을 떨고 있는 카밀을 보며, "나는 모성이라고 불러도 좋을, 눈물겨운 사랑"(67~68쪽)을 느끼며, 나아가 "젖을 꺼내 물리고 싶은 충동"(68쪽)에 사로잡히기도 한다. 그 순간 카밀은 꿈속에서 얼굴도 모르는 어머니를 만나고 있는 중이다. 그러한 상황은 "그는 꿈속에서 어머니를 만나고 있었고, 나는 나의 꿈속 같은 이승에서 늙은 한 마리 암소같이, 푸짐하고 고요하게 누워, 어린 그에게 젖을 물리고 있었다."(70쪽)고 정리된다. 신우가 카밀과 관계를 맺는 순간은 문자 그대로 신우가 카밀의 고향인 마르파의 엄마가 되고, 카밀은 아이로 돌아간 상태에서 이루어진다. 나중에 그 합정동 여관에서 떠났던 카밀을 다시 만났을 때, 카밀은 "누나의 잠든 얼굴…… 어렸을 때의…… 우리 어머니 같은 생각이 들었어요."(197쪽)라고 말한다.[7] 카밀이 부당한 한국의 현실에 저항하며 산화할 때, 신우는 달려가 추락하는 카밀을 받아 안는다. 이 장면은 성모마리아가 예수님을 안고 있는 미켈란젤로의 피에타상을 연상시킨다.

『고산자』에서도 아버지에 대한 애도와 더불어 김정호를 지배하는 것은 기억에 전혀 남아있지 않은 어머니에 대한 형언할 수 없는 그리움이다. 그가 토산현에서 정신을 잃고 찾아든 동굴에서 그는 민란 우두머리의 부인을 만난다. 그는 그녀의 젖을 먹고 구사일생으로 살아난다. 이 순간 김정호는 그 여인을 자신의 어머니라고 확신한다. 이 대목은 두 페이지에 걸쳐 강렬하게 묘사되어 있다. 이 어머니에 대한 욕망이 얼마나 강렬했는지는 '죽은 여인의 가슴팍 한켠이 밤새 이마로 누른 자국에 의해 퍼낸 듯 푹 꺼져 있었다.'는 장면이 몇 번이나 반복되는 것에서도 확인할 수 있다. 결국 김정호는 자신의 평생을 바친 지도 관련 업적들을 불태우고, 또 하나의 어머니인 순실이와 미지의 세계를 향해 떠나간다.

『비즈니스』에서는 개발과 자본의 논리만이 지배하는 현실의 근본적인 해결책으로 사랑이 제시되고 있다. 그리고 그러한 사랑의

---

7) 이와 대응되는 것이지만, 카밀은 모성 결핍에 시달려온 사람이다. 카밀은 다섯 살 무렵에 어머니를 잃었다. 그는 늘 어머니와의 추억으로 가득한 마르파를 그리워하며 자랐다. 그의 방황 역시도 "나는 어머니가 그리웠어요. 어머니가 그리우면 그리울수록 새엄마가 미웠고 아버지가 미웠어요."(76쪽)라는 말처럼, 어머니에 대한 그리움에서 비롯된 것이다.

완벽한 구현은 모성애를 통해 나타난다. 이 작품은 '비즈니스와 모성애'라는 두 가지 의미소를 중심으로 짜여 있다고 해도 과언이 아닐 정도이다. 이 작품에서 극단적으로 비즈니스의 논리를 체화한 주리는 젊은 시절부터 아이를 갖는다는 것을 끔찍하게 여긴다. "아이에게 젖을 물리는 상상만 해도 소름이 돋"고, "아이 때문에 몸매가 망가질까 봐 극도로 걱정"하며, "아이를 위한 일방적인 헌신으로 나날이 빠르게 늙어가는 여자들을 공공연히 혐오"(130쪽)한다. 이에 반해 주인공 '나'는 남편도, 사랑하던 남자도 잃고 반지하 월세방에 머물지만, '진짜 어머니'가 되었기에 누구보다 행복하다.

이러한 모성적 태도는 작가의 근본적인 세계관과 밀접하게 연결된 것으로 보인다. 지옥이 되어가는 지금 이 시대의 진정한 구원은 사랑과 윤리에서 가능하다고 보는 것이다. 피로 피를 씻는 방식의 한계 역시 분명하다는 점을 생각할 때, 이러한 방식의 구원은 가장 래디컬한 것일 수도 있다. 이와 관련해 남성 주인공의 행로 역시 인상적이다. 그들은 모두 이곳을 떠나 어딘가로 떠나간다. 『나마스테』의 카밀은 불꽃이 되어 이 지상을 떠나고, 『고산자』의 김정호 역시 그를 보았다는 사람이 아무도 없는 곳으로 떠난다. 『비즈니스』의 정준하 역시 고깃배를 타고 서해로 떠나간다. 처음 현실의 한복판에서 시대와 씨름하던 이들은 그것들과 근원적인 단절을 시도한 것이라고 할 수 있다. 이들의 행로는 잃어버린 낙원과 가닿아야 할 유토피아의 꿈을 강렬하게 환기시킨다는 점에서 소중한 문학적 형상의 하나임에 분명하다.

애도의 여왕

_이남희론

1. 상실

이남희의 소설집 『친구와 그 옆 사람』(실천문학사, 2011)은 한 편의 중편과 여섯 편의 단편소설로 이루어져 있다. 이 작품집에 등장하는 인물들은 거의 모두 소중한 무언가를 상실한 사람들이다. 「친구와 그 옆 사람」의 영우는 김환에게 쓰라린 배신을 당하고, 「낯선 이들의 집」의 정님과 「빛의 제국」의 그녀 그리고 「세 번째 여자」의 은정은 이혼녀들이다. 「거미집」의 주인공은 성적인 폭력을 당한 후 아버지에게 버림받는다.

이처럼 상실은 개인적인 차원에서 발생하기도 하지만 시대적인 차원에서 이루어지기도 한다. 「친구와 그 옆 사람」은 1980년대를 지배했던 이념적 대타자를 상실해버린 1990년을 배경으로 하고 있다. 이경택의 작업실은 과거의 동지들이 만나는 모임방으로 사용되는데, 이곳에서 이들은 시커멓게 죽은 얼굴을 하고 핏발 선 눈으로 화투장을 들여다본다. 이것은 처음 영우가 경택을 보았을 때의 눈, 즉 "갓난아기의 눈이 그렇듯, 새파랗고 맑고 선명했"(27쪽)던 눈과 대비되어 이념 상실의 피폐한 현실을 압축해서 보여준다. 동지적 사랑을 보여주었던 서지연 부부의 이혼이나 사람들이 즐겨 읽는 밀란 쿤데라의 소설 역시 변화된 시대를 의미하는 기호들이다. 이 작품의 김환은 쿤데라의 소설을 읽지 않았다면, "아직도 주사파나 뭐 그런 거였겠지."(35쪽)라고 말한다. 김환은 쿤데라를 통해 "인생이 결국은 한낱 농담에 지나지 않는다는 것"(35쪽)과 "위대한 휴머니즘에서 촉발된 공산주의가 역사 속에 구현되는 과정에서 어떻게 괴물스럽게 변해갔는지"(36쪽)를 깨닫는다.

김환이 80년대적 현실과 아무런 미련 없이 결별한다면, 영우는 그렇지 못하다. 그에게 90년대적 현실, 즉 쿤데라가 말하는 가벼움이란 "영화 〈영웅본색〉 시리즈가 보여주는 신파적 비장미"(37쪽)나 "실존적 허무감이니 하는 말"(37쪽)과 비슷한 "포즈"(37쪽)로만 보일 뿐이다. 또한 그것은 김환의 경박함과도 상통한다. 김환은 영우에게 결혼을 제안하고, 그들은 성관계를 맺고 동거를 한다. 그러나 곧 김환은 결혼하기 싫어졌다고 말하며, 이후 김환은 이전에 자신과 사귀다가 다른 남자와 결혼한 조예린을 다시 만난다. 이 작품은 영우가 김환이 조예린과 거리에서 키스하는 장면을 목격하는 것으로 끝난다.

이번 작품집에 빈번하게 등장하는 사막의 이미지는 상실에 따른 정서적 상태의 메마름과 관련된 것으로 보인다. 「친구와 그 옆사람」에서 김환과 조예린이 키스하는 것을 바라볼 때, 영우의 귓속에서는 "수증기를 빨아들인 기압대가 통과해 가버리고 거대한 사막만 남았어."(109쪽)라는 소리만 울릴 뿐이다. 「남자와 여자」에서 독신녀 이은정은 "사막을 헤매다 모래구덩이에 빠진 꿈"(113

쪽)을 꾼다. 「빛의 제국」의 마지막은 "눈앞에 노랗게 메마른 사막이 펼쳐져 있는 것만 같다. 그림자 한 뼘, 물 한 방울 없는 사막. 그녀는 천천히 빛 속으로 걸어 들어간다. 수분이 증발하듯 그 모습이 서서히 졸아든다."(293쪽)로 끝난다. 상실을 삶의 가장 근본적인 조건으로 받아들인 사람들에게 화급한 삶의 과제는 애도가 될 수밖에 없다.

2. 파국

애도가 제대로 이루어지지 않을 때, 그것은 치명적인 결과를 불러올 수도 있다. 「빛의 제국」에는 실패한 애도에 따른 여러 파국적 상황이 나타나있다. 주인공에게는 오랜 친구 주희가 있다. 그녀는 오스트레일리아로 떠났고, 이후 유럽여행을 하며 보낸 편지를 끝으로 3년 째 연락이 없다. 한국에 돌아온 주희는 혼자 틀어박혀 세상과의 소통을 거부하고 있다. 과거에 주희는 교사생활을 했으며, 전교조 일로 해직되어 명동성당에서 농성을 하기도 했다. 그 시절 "'넌 왜 그렇게 쓸데없이 진지해야만 하는 거니? 그냥 살면 어디가 덧나니? 그렇게 진지한 척 하는 거 정말 못 봐 주겠어' 하는 따위의 말"(278쪽)을 듣기에 적당할 정도로 진지하고 적극적이었다. 그러나 주희는 "전교조에 참가해서 해임되고 보니까 그것도 골치 아프네."(281쪽)라며 모두 "정리하고 오스트레일리아에 가서 공부나 하기로 결정"(281쪽)한다. 그녀는 전교조로 상징되는 사회적 삶을 잃어버린 존재라고 할 수 있다.

그러나 외국에서의 생활 역시 만만하지는 않아서, 그녀의 리비도를 온전히 투자하기에 불충분하다. 그곳에도 나름의 틀은 있으며, "안 행복한 게 어쩐지 의심스럽고 병든 것 같은, 그런 의심을 받지 않으려고 결사적으로 그런 척하는, 그 압박감도 정말 대단"(288쪽)한 곳이다. 그리하여 주희는 명상센터에 머물게 되고, "무의식"(289쪽), "세계의 이면"(289쪽), "인과가 촘촘히 그물 지어져 있는 세계"(289쪽)를 보고 만다. 결국 주희는 방안에만 틀어박혀 세상과의 접촉을 거부하고 있다. 심각한 우울증에 걸린 것이다.

이러한 주희의 증상은 실패한 애도에 따른 우울증의 전형적인 증상이라 할 수 있다. 프로이트는 「애도와 우울」이라는 논문에서 애도를 사랑하는 대상으로부터 그동안 투여한 리비도를 분리시키는 것으로 규정하고 있다. 정상적인 애도 작업이 원활하게 작동하지 않아 자아의 일부가 상실된 대상과 동일시될 때, 자아는 자신의 일부를 외부 대상으로 여기게 된다. 이때 자아는 상실된 대상을 자기 일부의 상실로 받아들이며, 이로 인해 우울증이 발생한다고 말한다. 요컨대 애도가 상실된 대상 대신 또 다른 대상을 찾아내는 것이라면, 우울은 대상을 상실한 후에 자신을 대상으로 삼아 병리적 드라마를 연출하는 것이라고 볼 수 있다. 이로 인해 우울증에서는 자애심의 빈곤과 자신을 비난하고 처벌하려는 태도가 나타난다. 주희는 전교조로 표상되는 지난 삶과 결별할 수밖에 없었지만, 그것을 대체할 만한 대상을 발견하지 못한 것이다.

「빛의 제국」에서 주인공이 방 하나를 세 들어 사는 아파트의 집주인 역시 애도가 제대로 이루어지지 않은 경우라고 할 수 있다. 그녀는 4년 전 남편을 교통사고로 잃고 혼자서 형식이와 소리 남매를 기르고 있다. 그녀는 자식들을 혹들이라 부르며 학대한다. 아이들을 방치하는 것은 물론이고, 고문에 가까운 폭력을 휘둘러

나중에 경찰에 연행되기까지 한다. 평소 집주인은 수시로 다른 남자들을 집에 불러들이고는 했지만, 누구에게서도 만족을 얻지 못했다. 우울증자들이 애도를 제대로 수행하지 못하여 자신을 대상으로 삼아 애증의 비극을 연출하듯이, 집주인 역시 남편과의 사별이라는 결별의 상황을 제대로 처리하지 못하여 자기의 분신이라고 할 수 있는 남매를 상대로 애증의 비극을 연출한다고 말할 수 있다.

3. 사랑

이념적 대타자의 상실이든 사랑하던 사랑과의 이별이든, 이제 사람들은 정상적인 삶을 살기 위해 상실의 극복이라는 문제에 맞서 나가야만 한다. 대상 상실의 상황에서 사람들은 각기 "다들 대체할만한 한 가지씩을 찾아"(「친구와 그 옆 사람」, 94쪽) 나선다. 서지연은 다시 성당에 나가기 시작하고, 경택은 명상과 요가를 하고, 이념적 대타자의 상실에 맞서 영우는 김환과 사랑을 나눈다.

그중에서도 이 작품집이 가장 크게 기대를 거는 것은 바로 사랑이다. 사랑이라는 문제를 중심으로 하여 현대인의 삶을 탐색한다는 점에서, 『친구와 그 옆 사람』은 『사랑에 대한 열두개의 물음』(문예출판사, 1993), 『음모와 사랑』(삼진기획, 1994), 『플라스틱 섹스』(창비, 1998), 『연인이 되는 절차』(텐에이엠, 2009)에 이어진다고 볼 수 있다.[1] 「남자와 여자」에 나오듯이, "사랑이라는 전염병.

---

1) 이 시대 남녀의 사랑을 문제 삼는 작품 이외에 이남희의 작품 경향은 리얼리즘적

매스컴이 교육하고 대중문화가 확대, 재생산하는 신화. 사랑교는 현대세계의 유일한 종교입니다. 우리는 믿어야만 합니다. 사랑만이 인간을 구원할 수 있다고. 사랑이 바로 인간이 살아가는 단 하나의 이유"(126~127쪽)라고 말할 수 있는 시대가 바로 지금이기 때문이다. 「친구와 그 옆 사람」의 주인공 영우 역시 인생에서 가장 중요한 것은 두 번 생각할 것도 없이 사랑하고 사랑받는 것이라고 생각한다.

그러나 「세 번째 여자」가 압축해서 보여주듯이, 이러한 시도는 대부분 실패한다. 결혼 삼 년 만에 미국으로 유학 간 남편과 이혼한 후, 상가 분양사기에 걸려 남은 돈을 모두 날린 40대의 정애는 현재 로얄 파이낸스에서 일을 하고 있다. "온 종일 어깨넓이의 칸막이에 갇혀 같은 말을 되풀이하고 번번이 거절당하는 일. 두 마디도 하기 전에 전해져오는 거부감이며 노골적인 귀찮다는 반응, 때로는 방해된다는 신경질이며 화풀이, 한가한 남자들의 음흉한 응수"(150~151쪽) 등으로 퇴근할 때면, 정애는 늘 만신창이가 된다. 그런 그녀가 괌으로 여행을 갔다가 호텔 로비에서 이인행이라는 남자를 우연히 만난다. 한국으로 돌아온 지 한 달쯤 지났을 때 이인행으로부터 전화가 걸려오고, 다시 만났을 때 이인행은 정애에게 자신의 사업처가 있는 일본에 가서 살자고 말한다. 정애 역시 그 남자와의 결혼을 통해 현실의 모든 곤란을 극복하겠다고 결

경향의 소설들과 역사소설을 들 수 있다. 이남희는 80년대 후반과 90년대 전반을 대표하는 리얼리스트 중의 한 명이다. 장편소설 『바다로부터의 긴 이별』(풀빛, 1991)과 소설집 『지붕과 하늘』(문예출판사, 1989), 『개들의 시절』(실천문학사, 1991), 『사십세』(창비, 1996) 등을 통해 리얼리스트로서의 면모를 잘 보여주었다면, 등단작인 『저 석양빛』(동아일보사, 1987)과 『그 남자의 아들, 청년 우장춘』(창비, 2006) 등은 역사소설가로서의 모습을 확인시켜주었다.

심한다.

정애는 약속된 날짜에 맞추어 모든 준비를 끝낸 채 공항에서 이인행을 기다린다. 그러나 출발시간이 되어도 이인행은 나타나지 않는다. 「세 번째 여자」에서 모조 명품을 일본에 팔던 이인행은 그 자신이 바로 모조 명품에 불과했던 것이다. 이인행의 산동네 집에 갔을 때, 젊어서 소박맞은 그의 누나는 돌아오지 못한다는 뜻의 귀불귀(歸不歸)라는 판소리를 구성지게 부른다. 그러고 보면, "어머니도, 마누라도 아닌. 의심스럽고 불안하기 짝이 없는 수상한 여자들"(158쪽)인 지금 이 땅의 '세 번째 여자'들이 다시 첫 번째나 두 번째 여자로 돌아오는 길은 무척이나 어려운 일인지도 모른다.

4. 윤리

이번 작품집에서 주목해야 할 것은 상실의 주체들이 철저하게 여성으로 한정되어 있다는 점이다. 이것은 여성적 고통이나 아픔에 민감하게 반응할 수 있는 이남희의 작가적 역량에서 비롯되는 것이기도 하지만, 보다 근본적으로는 이 사회에서 여성이 겪는 구조적 문제 때문이라고 볼 수 있다. 각종 성폭력을 다루고 있는 「거미집」과 가정폭력의 문제를 깊이 있게 심문하고 있는 「어두운 층계 위」는 이러한 상황을 잘 드러내주고 있다.

여성에게 가해지는 질기고도 오래된 폭력을 그리고 있는 「거미집」은 "어릴 때 나는 세상에는 인과응보가 있다는 말을 믿었다."(175쪽)는 문장으로 시작된다. 그러나 이 작품은 이 세상에서 여성에게 가해지는 악이 처벌받기는커녕 계속 형태를 달리해서 지속되고 있음을 형상화하고 있다. '나'는 어린 시절 남자어른에게 성추행을 당한다. 더욱 문제적인 것은 주변 사람들의 태도이다. 그중에서도 아빠의 태도는 그 정도가 심하다. 아빠는 맏딸인 '나'를 끔찍이도 위했다. 그러나 성추행을 당한 이후 아버지는 '나'에게 배신이라도 당한 것처럼, '나'를 멀리하고 차갑게 대한다. 결국에는 가족 모두를 멀리하다가 다른 여자에게 새장가를 든다. 이로 인해 '나'는 어린 시절부터 생활력 없는 엄마를 대신해 소녀 가장이 된다.

옆 사무실의 김사장은 '나'에게 노골적인 성희롱을 한다. 이에 강력하게 반항하자, 김사장은 "대학도 못 나와 심부름이나 하는 애라, 역시"(189쪽)라는 막말을 던진다. 결국 파출소까지 가지만, 김사장은 별다른 처벌 없이 풀려난다. 파출소에서 돌아오는 길에 '나'는 자신도 모르게 아빠의 가게가 있는 시장통으로 향한다. 이것은 그녀가 아직도 아빠와의 이별을 제대로 극복하지 못했음을 보여준다. 그녀는 동생의 말처럼, "아빠한테 집착해서 남자라면 이를 갈면서. 그러니까 여태 연애도 못하고 시집도"(193~194쪽) 못간 "파파걸"(193쪽)인 것이다. 이것은 '나'가 어린 시절 끔찍한 성추행을 당했을 때, 아빠가 그녀를 철저히 외면하며 떠나갔기 때문이라고 할 수 있다. 그녀는 지금 아버지의 가게에 도착해서 유리문을 보며 다음처럼 심중에 삼춰둔 말을 도해낸다.

'무슨 말을 하고 싶은 건데?'
'내 잘못은 아니었어.'
유리문 속의 그녀가 웅얼거렸다.

'그래도 아빠는 싫었겠지. 공주님이 망가졌다고 느꼈겠지.'

내가 좋도록 변명해주었다.

'그래도 그래선 안 됐잖아. 아빤데. 나한테 그래선 안 되었던 거
야.'(198쪽)

그런데 이 순간 아빠 대신 김사장의 얼굴이 유리문에 떠오른다.
그는 정말 자신이 '나'에게 반했다며, 자신의 부탁을 들어달라고
애걸한다. 그녀를 괴롭히는 김사장과 그녀의 아버지가 동일시되
고 있는데, 그녀가 겪는 고통에 결국 아버지가 연루되어 있음을
상징하는 것이라 할 수 있다.

「어두운 층계 위」는 가정폭력에 대한 고발과 더불어 새로운 애
도의 윤리까지 탐구하고 있는 작품이다. '나'는 극심한 불면증으
로 정신병원에서 치료를 받고 있다. 그는 불면에 시달리다 못해
밤의 남자들을 찾기도 한다. 그는 지금 정신병원에서 인간의 "밑
바닥"(230쪽), 즉 그녀의 가족 이야기를 의사에게 털어놓고 있다.

어머니는 일찍부터 계모 밑에서 자란다. 외할머니는 외할아버
지의 폭력에 못 이겨 집을 나갔고, 이후 외할아버지는 어머니에게
무지막지한 폭력을 휘두른다. 어머니는 "갑자기 어머니가 사라져
열두 살 때부터 살림을 했다는 작은 여자아이. 쉽게 겁먹고 우물
쭈물하는 태도 때문에 아버지에게 더욱 구박받는 아이. 뚱한 모습
때문에 한 대 맞을 매를 두 대 세 대로 벌어들이는 아이. 작은 쥐
처럼 몸집이 작고 재빠르게 눈을 굴리며 눈치를 보려고 애쓰는 아
이"(212쪽)가 되어야만 했던 것이다. 가출에도 실패한 어머니가
할 수 있는 일은 외할아버지의 매질에 익숙해지는 것뿐이다. 어머
니는 아버지의 굴레에서 벗어나 새로운 남자를 만나지만, 그 역시

아버지와 마찬가지로 폭력적이다. 어느 날 유일하게 아버지를 무서워하지 않던 '나'의 쌍둥이 오빠는 아버지가 어머니에게 휘두르는 폭력에 개입했다가 아버지에게 구타당한 후, 층계에서 굴러떨어져 죽고 만다. 이러한 상황에서 어머니는 어린 시절 아버지의 매질에 익숙해질 수밖에 없었던 것처럼, 술에 의지한 결과 지금 간암으로 죽어간다.

　이남희의 장점은 이러한 폭력을 다루는 시각이 결코 단순하지 않다는 것이다. 작가는 그 원인을 단순하게 가해자의 폭력적인 성격 탓으로 돌리지 않는다. 그것을 가능케 하는 사회적 환경과 사람들의 심성구조 역시 꼼꼼하게 살피고 있다. 「어두운 층계 위」에서는 우리집이라는 울타리가 그러한 폭력을 가능케 한다. 어머니에게 폭력을 휘두르던 외할아버지가 죽어도 못 견디는 것은 남이 우리 집안일에 참견하는 것이다. 아버지 역시 늘 강조하는 것은 "집안일은 집안일로 끝내자"(216쪽)는 것이다. 어머니 역시 이러한 말에 동의하여, 그 모진 폭력과 아들의 죽음도 견뎌낸다. 어머니의 뇌리에 박힌 '남의 눈'이란 것은 우리 가족을 가두는 울타리이며, "단란한 가정이라는 식물은 '남의 눈'이라는 울타리 밖에서 무성히 꽃피우는 것"(217쪽)에 불과했던 것이다.[2]

　「어두운 층계 위」는 가정폭력을 고발하는 것에 머무르지 않는다. 이 작품에서는 인간 내면의 심연에 대한 탐구 역시 이루어지고 있다. '나'는 어머니가 아버지의 무지막지한 폭력과 구박에 시

---

[2] 모든 폭력의 기원으로는 외부로부터의 고립이 놓여 있다. 「빛의 제국」에서도 엄마로부터 무지막지한 폭력과 방치 속에 놓여 있는 아이들은 전화를 받거나 초인종 소리에 응답하지 않는다. "낯선 사람은 경계하라는 교육을 단단히 받은 것일까?"라는 의문이 들 정도로, 이사온 지 한 달이 넘건만, 아이들은 여전히 그녀를 똑바로 보지 못하고 말도 건네지 않는다.

달리면서도, 아버지가 머무는 이층방으로 낮잠을 자러 가는 것에 대해서 불가사의하게 생각한다. '나'는 어두컴컴한 층계 위편을 바라보면, "알지 못해서 억울하고 그러면서도 한편으로는 알게 될까봐 두렵다는 이율배반적인 느낌이 불안이라는 외피를 쓰고 스멀스멀 가슴팍을 기어 다니는"(226쪽) 느낌을 받는다. 나중에 아버지는 오빠가 굴러떨어져 죽고, 어머니가 올라가던 바로 그 층계에서 떨어져 죽는다. 여러 가지 정황상 아버지는 어머니에 의해 타살되었음이 암시된다. 아버지가 죽고 나자 어머니는 부동산 이씨 아저씨와 그 층계를 통해 이층방으로 올라가고는 한다.

'나'는 현재 모든 것에 대하여 판단을 중지해버린 상태이다. 오빠의 죽음으로 '나'는 미치지 않고 살기 위해 "부모와 나 사이에, 아니 타인과 나 사이에 지구와 달 만큼 먼, 텅 비고 막막한 거리를 두었"(229쪽)기 때문이다. '나'의 자세는 데리다가 말한 애도의 윤리를 생각나게 한다.

　이것이 내가 오래 전 집을 떠날 때 일어났던 일이고, 당신이 파헤쳐 드러내고 싶어하는 전부이다. 그러나 이렇게 밑바닥까지 파헤쳐 끄집어 내놓은들 이제 와서 무엇이 달라지겠는가? 이런다고 밤마다 찾아와 내 이름을 외쳐 부르는 소리들을 침묵하게 만들 수 있을까? 그들로 하여금 나의 잠을 훼방 놓지 못하게 막을 수 있을까?
　죽은 사람들의 잠은 방해하지 말고 내버려두는 편이 나을 것이다. 이건 이렇고 저건 저렇다고 말로 입 밖에 내어 해명하려고 하면 그들은 그 말소리에 깨어 일어나 각자 자기 상처를 되새김질하고, 고통의 크기를 서로 비교할 수 있기라도 한 것처럼 아우성치며 서로 다툴 것이다. 그들은 자기편을 들어달라고 손을 내젓겠지만 우리는 그저 어리

둥절할 따름인 것이다. 결국 우리는 깨닫게 될 것이다. 어느 손을 잡든 다른 쪽에 대한 배신이 되는 건 피할 수 없다는 것을. 아무리 말로 달래려고 해보아도 아무 소용없으며, 상처는 결국 자신만의 것이라는 것. 우리에게 허용된 유일한 일은 잠자코 지켜보는 것이라는 것을. (230~231쪽)

주인공은 자신의 반쪽인 억울한 오빠의 죽음(상실) 앞에서 프로이트적인 의미의 애도를 달성하지 못한다. 그러나 오빠를, 아빠를, 혹은 엄마를 상징화한 후 그들을 기억의 공간에 편입하여 정상적으로 애도하는 것, 그리하여 그들을 나와는 완전히 분리시키는 것을 과연 윤리적이라고 말할 수 있을까? 이러한 모습은 애도라는 측면에서는 성공일지 모르지만, 타자가 지닌 심연과도 같은 타자성을 제거한다는 점에서 하나의 폭력일 수 있다.

이러한 맥락에서 "잠자코 지켜보는 것"은 진정한 애도에 이르는 하나의 길일 수도 있다. 그러나 이것만으로 주인공은 자신의 몫을 다했다고 말할 수 있을까? 위 인용문에서 놓치지 말아야 할 것은 오빠의 죽음에도, 아빠의 죽음에도, 엄마의 삶에도, '나'의 자리는 존재하지 않는다는 것이다. '나'의 내부에 타자가 타자로서 충실하게 보존될수록 이 타자는 나와 무관한 존재가 되며, 그리하여 성공적인 애도보다 더욱 폭력적으로 자아와의 관계에서 배제될 수도 있다. 그렇다면 「어두운 층계 위」에서 주인공이 겪는 끔찍한 불면 속에는 불가피하지만 불가능한, 그리하여 과정으로서만 존재하는 애도의 윤리가 고통스럽게 아로새겨져 있는지도 모른다.

5. 희망

「낯선 이들의 집」과 「남자와 여자」는 상실에 대응하는 새로운 가능성을 제시한다는 점에서 앞의 작품들과는 구별된다. 「낯선 이들의 집」의 정님이 상실한 것은 남편인 동시에 남편의 젊음과 순수이기도 하다. 남편은 어느 날 갑자기 불가사의하게 변해버린다. 몸무게가 불어나고 걸음걸이가 느려지면서 성격도 느글느글해진다. "'그럼에도 불구하고'가 입버릇이던 사람이 '오죽하면'이란 말을 자주 쓰게 되었다. 걸핏하면 좋은 게 좋은 거라고 얼버무리곤 하였"(247~248쪽)던 것이다.

이러한 상실에 대처하는 방법으로 정님은 동성애라는 새로운 코드를 보여준다. 정님은 남편의 선거운동을 돕던 기간에 사진을 찍어주던 유진과 제주도로 여행을 떠난다. 둘은 돈내코에 사는 최연숙을 만나러 간다. 그러나 연숙을 만나지는 못하고 프랑스에서 만나 같이 살고 있다는 그 친구를 대신 만나게 된다. 처음에 정님은 이 여자와 최연숙의 관계를 생각하는 것만으로도 간지럼을 타듯 몸을 비비 튼다. 생각으로는 얼마든지 자유롭다고 자부하면서도 실제로 생활에서 부딪치면 완강하게 고개를 쳐드는 선입견 때문이다.

그러나 마지막에 정님은 "세상이 내 의지대로 되지 않는다는 걸 깨닫는 순간이 있"(259쪽)다면, "도무지 이성이나 의지로는 컨트롤되지 않는 불가항력의 느낌"(259쪽)에 대해서 유진에게 말한다. 이에 유진은 그 말을 하는 정님의 손을 꼭 잡는다. 이때 정님의 코에는 오렌지 향이 진하게 파고든다. 이때의 오렌지향은 정님과 유진 사이에 이루어질 새로운 관계를 환기시키기에 충분하다. 고등학교 시절 정님은 제주도로 수학여행을 갔다가 친구인 미경이에게 동성애를 느꼈다. 그 이후 오렌지 향은 미경이를 환기시키는 냄새이자, 정님에게는 "전면적이고 결사적인 열정"(241쪽)을 의미했던 것이다.

「남자와 여자」에서는 능동적이며 육체적인 관계를 중요시하는 남자와 그 반대편의 속성을 가진 것으로 이해되는 여자의 속성이라는 이분법이 해체되고 있다. 이 작품의 한복판에는 여자이기도 하고 남자이기도 한 인간의 모습이 놓여있다. 이 이미지는 두 가지 성적 가능성이 다 들어 있는 인간의 근원적 속성을 의미한다고 볼 수 있다. 인간 사이의 관계에서 가장 중요한 것은, '남자'와 '여자' 이전에 인간으로서의 기본적인 사랑과 배려인지도 모른다. 그것은 다음과 같은 김규한의 마지막 말에 잘 압축되어 있다.

> 난 말이죠. 남자든 여자든 구별 없이 내가 인간을 상대할 때 그 인간에게서 바라는 게 뭔지 확실하게 안다고 자신해요. 부드러움, 편안함, 상호 이해, 그런 거…… 결국은 평화롭고 따뜻한 관계. (139~140쪽)

다른 작품들에서 사막의 이미지는 결말부에 배치되어 상실을 극복하는 일의 지난함을 드러냈다. 그러나 이 작품에서는 건조한 사막의 이미지로 시작되어, 따뜻한 메시지의 진달로 끝나고 있다. 서로를 향한 연대의 부드러운 몸짓 속에서 인간은 상실이라는 지난한 과제를 극복하는 과제를 비로소 완수할 수 있는 것이다. 상처 없는 인생이 어디 있으며, 상실 없는 세상이 또 어디 있겠는가? 그러고 보면 상실에 대한 문제제기야말로 가장 보편적인 인간 조건에 대한 성찰이라고 말할 수 있다. 시대의 아픔에 누구보다 민감하게 반응하던 작가는 이번 소설집 『친구와 그 옆 사람』을 통해 인간의 삶에 대한 본원적인 성찰을 웅숭깊은 시선으로 형상화하는 데 성공하고 있다. 이제 우리는 이 시대의 상처를 어루만질 수 있는 또 한 명의 멘토를 가지게 되었다고 감히 말할 수 있을 것이다.

자유를 향한 정열의 문학

_김현숙론

1. 예사로움의 미학

　김현숙은 1989년 동아일보 신춘문예에 당선되고, 같은 해 10월 『현대문학』 신인 추천으로 등단한 역량 있는 작가이다. 다작은 아니지만 지난 20여 년간 커다란 공백기 없이 지속적인 작품 활동을 해오고 있다. 도공이 원하는 하나의 도자기를 위하여 수백 개의 도자기를 망치로 부수는 것처럼, 수준 미달의 작품을 양산하기보다는 진정으로 값진 단 한 편의 작품을 위해 혼신의 힘을 불어넣는 유형의 작가이다. 2002년 첫 번째 작품집을 출간한 작가가 8년 만에 아홉 편의 작품으로 이루어진 두 번째 작품집을 들고 우리 앞에 나타났다.

　한 인간이 하나의 일을 계속하기에 20년은 결코 짧은 시간이 아니다. 한 단정한 영혼을 뒤흔들어 시마(詩魔)라고도 불리는 창작열에서 헤어나지 못하게 하는 것의 정체는 과연 무엇일까? 김현숙에게 그것은 '자유를 향한 정념'이라 이름 할 수 있다. 이때 유의

해야 할 것은 자유를 향한 '의지'나 '바람'이 아니라 '정념'이라는 것이다. 그것은 주체의 의지나 자각으로는 어떻게 해볼 수 없는 하나의 본능이며 숙명이다. 그것은 "억누르고 억눌러도 어쩔 수 없이 끓어오르고 넘쳐나"는 화산 같은 것(「홋카이도 3월의 눈」), "틈틈이 삶의 틈새를 비집고 잠입해오는 제어할 길 없는 균열"(「석회암은 어디에」), "하루에도 수없이 몰려드는 해일과도 같은 방랑의 광풍"(「어두워지지 않는 밤」), "뜨겁게 자신을 태워줄 무언가를 향한 열망"(「장미 정원」), "마음 한 구석에 알 수 없는 커다란 웅덩이가 있어 늘 채워지지 않는 공허감"(「때까치 우는 아침」) 등으로 현상된다.

김현숙의 소설에서 그 정념의 주체는 대부분 중년의 여성들이다. 그들은 모두 순수와 열정의 존재들로서, 편안하고 안정된 삶의 외양과는 무관하게 내면에서 솟아오르는 정념으로 인해 늘 방황하는 자들이다. 이러한 상반된 모습(안정된 삶/내면의 열정)은 문체에도 그대로 반영된다. 김현숙의 문체는 평범하게 보일 정도로 조촐하고 단아하다. 요즘 유행하는 자극적이고, 화려하고, 시적인 것과는 무관하다. 그러나 이때의 평범함은 이탈리아의 카스틸리오네가 참된 예술가의 특징으로 말한 예사로움(sprezzatura, nonchalance)에 가까운 것이다. 이처럼 안정된 문체 속에 담겨있는 주인공들의 열정과 문제의식은 결코 말랑말랑하지 않다. 그리하여 김현숙의 소설들은 주변의 지형을 한 순간에 변화시킬 수 있는 무시무시한 용암을 잔뜩 내장한 휴화산에 비유할 수 있다.

자유를 향한 정념은 김현숙의 작품에서 흔히 여행 모티프로 구체화된다. 여기 실린 소설들은 거의 대부분 여행을 기본 모티프로 삼고 있다. 그것은 남편의 초등학교 동창 모임에서 떠나는 제주도 여행(「호수회의 첫 여행」), 같은 직장을 가졌거나 이러저러한 인척 관계로 맺어진 다섯 명의 여인이 떠나는 홋카이도행(「홋카이도 3월의 눈」), 퇴직한 남편과의 하동 꽃구경(「석회암은 어디에」), 12명의 지올로지스트와 함께 떠나는 러시아 여행(「어두워지지 않는 밤」) 등으로 나타난다. 자유를 향한 정념에 몸살을 앓는 인물들은 하다못해 새로 이사 온 동네의 뒷동산에라도 오르는(「장미 정원」) 것이다. 김현숙의 소설에서는 각각의 주인공들이 그 정념을 관리하는 방식이 바로 그들의 삶이 된다. 요컨대 김현숙의 이번 작품집 『노을 진 카페에는 그가 산다』(개미, 2010)는 자유를 향한 정념에 대응하는 여러 모습을 다채롭게 펼쳐놓은 일종의 만화경이다.

2. 삶에 대한 긍정

'자유를 향한 정념'에 대한 첫 번째 대응법은 그 정념을 배태한 '지금–이곳'에 대하여 이전보다 더 큰 애정을 품는 것이다. 「호수회의 첫 여행」, 「홋카이도 3월의 눈」, 「가지 않은 길」, 「노래하는 남자–비창」이 여기에 해당한다. 이때 현실을 잠시나마 돌아보게 만든 여행 등의 사건은, 일상에 대한 더 큰 애정을 잉태하는 계기로서 작용한다.

「호수회의 첫 여행」에서 지애의 남편 인호는 현재 기업체 임원으로서, 6명의 초등학교 동창 중에서는 가장 성공한 편이다. 사실 '호수회'란 지구상에 존재하지 않는다. 남편의 어린 시절 고향에 있던 저수지에서 따온 '저수지회'만이 존재할 뿐이다. 그러나 전직 교사 출신의 지애는 그 이름이 촌스럽다며 혼자 '호수회'라고 바꿔 부른다. 지애의 은밀한 바꿔 부르기에는 현실에 대한 벗어남의 욕망이 숨겨져 있다고 볼 수 있다. 다른 친구들이 공부 잘하고 모범생이었던 인호에게 "묘한 열패감과 좌절감"을 느끼듯이, 지애는 다른 커플들에 대하여 묘한 우월의식을 느끼는 것이다.

그러나 짧은 여행을 통해 사람들의 삶과 행복이란 지위와 명성 따위의 껍데기 이면에 존재함을 깨닫는다. 그것은 여행을 통해 이질적이고 낯설게만 느껴지던 마음이 엷어져간 데 따른 것이다. 호수회 멤버 여섯을 보면서 저마다 다 각기 자신만의 행복, 즐거움을 지니고 있음을 깨닫게 된다. 용길에게는 젊은 아내와 사는 기쁨이, 기호에게는 곱고 단아한 아내의 순종과 사랑이, 인호에게는 학문의 탐구와 좋아하는 일이, 창수에게는 현실적이고 능력 있는 아내의 살가운 배려가, 일만에게는 세상 누구보다 강하고 생활력 있는 아내의 끈적한 희생이, 문섭에게는 일과 함께 자신의 신명을 풀어갈 춤과 노래가 있어 그런대로 다들 세상이 살아갈 만한 것이다. 2박 3일의 여행이 끝나고 제주공항에서 인천공항으로 무사히 돌아오듯이, 지애 역시 무사히 일상으로 귀환한다. "산다는 건, 살아간다는 건 참으로 눈물겹도록 고단하고 아름다운 일"(65쪽)임을 깨달은 것이다.

「홋카이도 3월의 눈」 역시 마찬가지이다. 25년 간 재직한 교육계를 떠난 경혜와 윤희는 현혜, 영혜, 혜정을 동반하고 홋카이도 여행을 떠난다. 같은 여행사를 통해 온 일행 중에는 사진작가인 남자가 있다. 그녀들은 사진작가와 어울리고, 특히 현혜는 그와 친해져 명함을 받기도 한다. 그런데 나중에 그 사진작가는 윤희의 이전 불륜 상대였음이 밝혀진다. 현혜는 귀국하여 자신도 잠시 흔들렸던 사진작가의 명함을 휴지통에 던져버린다. 윤희 역시 그 사진작가에게 "끝내 합류한 여행, 그래서 즐거웠나요? …… 하지만 그건 안돼요, 절대로! 노보리베츠 지옥 계곡을 기억하세요. 화산! 화산처럼 폭발하면 모두가 죽어요. 다 죽는 거예요."(93쪽)라는 말을 전하며, 일상의 질서로부터 벗어나기를 단호하게 거부한다. '억누르고 억눌러도 어쩔 수 없이 끓어오르고 넘쳐나는 화산'의 폭발은 윤희에게 어떤 식으로든 막아야 할 사건인 것이다. 더군다나 그 폭발이 불륜 따위의 방식일 수는 없다.

「가지 않은 길」역시 동생의 파탄 난 결혼생활을 통해 인생에 대한 근원적 긍정의 태도를 드러내고 있는 작품이다. 동생은 처음 초등학교 교사인 강예현에게 큰 관심을 보이지 않는다. 그러나 주인공은 동생에게 강예현을 결혼상대자로 적극 추천하고, 동생과 강예현은 결혼에까지 이른다. 그러나 결혼생활은 처음부터 삐걱거리기 시작한다. 예물을 주고받는 일, 신혼여행에 다녀와 인사를 드리는 일, 신혼집으로 이사하는 일 등. 결혼에 따르는 모든 일에서 둘은 파국을 향해 가는 브레이크 없는 기관차의 형상처럼 대립하고 충돌한다. 결국 동생의 결혼생활은 이혼으로 끝난다. 불행한 동생의 결혼생활을 서술함에 있어, 주인공은 피붙이인 동생을 향해 우호적인 시선을 보낸다. 상대적으로 올케는 부정적으로 그려지는데, "자신의 일만이 전부인 듯한 그런 유형"(110쪽) "그녀의 좀 지나치다 싶은 결벽과 아집"(111쪽) 같은 말들이 그것이다. 그러나 나중에는 "간이 콩알만해졌다며 울먹이던 그녀의 속내"(114쪽)도 이해하게 된다. 또한 안타깝게만 생각하던 동생의 파탄난 결혼생활도 인생에 놓여있는 여러 갈래 길 중에서 선택 가능한 하나의 길로서 인식한다. 이러한 긍정 속에서 "재민과 그녀, 두 아이들, 그들 모두에게 축복 있기를"(116쪽) 바라는 따뜻한 마음이 가능해지는 것이다.

「노래하는 남자─비창」은 이러한 계열의 작품이 다다른 종착역이라 부를 만하다. 이 소설은 "남편이 달라졌다, 너무 많이……눈에 띄게!!"(119쪽)라는 문장으로 시작된다. 그 변화는 부정적인 방향으로 이루어져 그녀를 전혀 안으려 하지도 않고, 눈길조차 마주치려 하지도 않는다. 심지어는 아내가 아끼는 피아노에 대해 "이 놈의 피아노, 그만 팔아버리지!"(122쪽)라는 폭언을 하기도 한다. 그러나 이 작품의 결말은 다음과 같은 망설임 없는 긍정으로 끝난다.

> 한 시간 노래 부르고 30분을 쉬는 남자. 그러나 여자의 남편에겐 그런 휴식조차 있었던 것일까. 여자는 곰곰이 남편과 함께 한 지난 일들을 떠올려 본다. 사랑하는 가족을 위해 힘겹게 앞만 보며 달려왔을 Y. 때론 '환희의 송가'를, 때론 '비창'을 부르며 그렇게 그렇게…… 그러기에 그의 노래가 한동안 '비창'으로만 이어진다 해도 끝내 참아야만 한다고 여자는 느낀다. '비창'이 다시 '환희의 송가'로, 사랑의 끝이 다시 사랑임을 확인할 수 있을 때까지 긴 기다림의 시간을 견뎌내야만 한다고 생각한다. (140쪽)

남편의 변화가 가져온 일상의 위기. 그러나 그것을 극복하는 힘은 남편에 대한 원망도 그에 따른 싸움도 아닌, 이전보다 더 큰 이해와 사랑으로 그 변화를 있는 그대로 긍정하고 인내하는 것이다.

「장미 정원」은 신앙을 통해 자유에 대한 정념을 다스리는 작품이다. 주인공 그녀는 386세대로서 대학시절 도예과 캠퍼스 커플이었던 성민과 결혼한 주부이다. 가마의 불이 타오르듯 시작된 사랑이지만, 그 뜨거운 불길은 지금 흔적도 없이 사라져버렸다. 남편, 자식, 아파트, 자동차 등 어느 하나 부족한 것이 없어 보이는 삶이지만, 그녀는 "자신의 가슴을 메워오는 근원을 알 길 없는 냉기에 지쳐"(151쪽)있다. 그리하여 지금 그녀는 "뜨겁게 자신을 태워줄 무언가를 향한 열망"(152쪽), 즉 "차갑게 얼어붙은 가슴을 녹여줄 꺼지지 않는 그 무엇"(152쪽)에 대한 열망에 빠져 있다.

그런 그녀는 동네의 통나무로 만든 방갈로 풍의 작은 오두막에서 베레모를 쓴 남자를 만난다. 남자는 그녀에게 신의 존재와 관련된 여러 질문을 던진다. 자신의 정체를 '장미 정원의 주인'이라 밝힌 남자와의 만남으로 그녀는 자신의 모든 것이 달라지고 만 듯한 느낌을 받는다. "삶이라는 파일에서 어느 순간 삭제 버튼을 잘못 눌러 이제까지 살아온 그녀의 모든 삶이 깡그리 지워져버리고 오직 지금 이 순간의 뜨거운 피, 살아 숨쉼, 끓어오르는 열망……그것만이 전부인 양 느"(158쪽)끼게 된 것이다. 나중 그 남자는 신부님이었음이 드러나고, 그녀도 자연스럽게 신앙을 받아들인다. 그 결과 여자는 오랜 시간 까맣게 잊어왔던 가슴 속 굳게 닫혀있던 가마의 불이 서서히 다시 불씨를 일으키며 지펴오르고 있음을 느낀다. 그것은 "보다 더 높고 뜨거운 지향에의 썩 좋은 예감"(160쪽)이다. 이제 그녀가 자신의 가슴에서 일어나는 근원 모를 잔바람을 걱정하는 일은 더 이상 없을 것이다.

3. 삶의 경계

「석회암은 어디에」와 「어두워지지 않는 밤」에 등장하는 주인공들은 지속과 변화의 경계 위에 서 있다. 「석회암은 어디에」에서 여자로 지칭되는 주인공은 평범한 가정주부이다. 그녀에게 자유를 향한 정념을 불러일으키는 것은 "지독히도 견고하고 반듯한"(180쪽) 남편이다. 남편은 공부에 뜻이 있었지만, 과학도의 양심을 내세워 불의와 타협하는 것을 거부하고 박사학위를 포기한다. 회사에 들어가서도 올바르고 성실한 자세로 일할 뿐이다. 부당하게 회사로부터 물러나면서도 어떠한 파격적, 도전적 행위를 시도하지 않는다. 그에게는 오직 원칙과 질서, 정도만이 삶의 유일한 가치로 놓여 있는 것이다. 실직 후에 그의 원리원칙주의는 더욱 강해진다. 지질학에만 진정으로 관심을 가지는 남편을, 여자는 "한 길 사람 속은 깜깜 어둔 눈으로, 한사코 열길 땅속 일만 캐려드는 딱하고 답답한 지올로지스트"(183쪽)라고 규정한다.

　남편과 함께 떠난 하동 여행에서 남편의 고지식함은 더욱 그 강도가 심해진다. 교통법규를 어기는 차들을 보며 욕설을 내뱉고, 숙박비의 카드 결제를 거부하는 모텔측과 실랑이를 벌이며, 모르고 가져온 모텔의 방키를 기어이 돌려주고자 한다. 여자는 끝내 견디지 못하고 "당……신, 옳……게 살아오긴 했어도 언제나…… 옳진 않았어요. 더 이상…… 당신을 견뎌내기 힘들어요. 우리 좀…… 떨어져……"(195쪽)라고 말한다. 여자가 자유를 향한 정념을 처음으로 드러낸 것이다. 작품은 남편과 헤어져 홀로 차를 운전하는 여자가 쉴 새 없이 눈물을 흘리는 것으로 끝난다. 이 눈물은 그녀가 경계 위에서 벌이는 치열한 고민을 의미한다. 이 작품의 제목에 등장하는 석회암은 오랜 세월의 지각 변동, 열변화, 압력 등을 거치면, 돌이 이를 수 있는 최고의 경지인 대리석으로 변한다고 설명된다. 그렇다면, 여자에게 찾아온 이 "제어할 길 없는 균열"(196쪽) 역시 대리석으로 변하기 위한 하나의 시련이라고 할 수 있다.

「어두워지지 않는 밤」 역시 「석회암은 어디에」와 비슷하게 남편이 지질학자이다. 주인공 혜원은 남편인 K를 포함한 12명의 지올로지스트와 러시아의 고도인 생페테르스부르그로 여행을 떠난다. 그러나 그녀에게 더욱 중요한 것은 모스크바에 한때 사랑했던 그가 살고 있다는 점이다. 이 작품에서 지올로지스트들이 몇억 년 전의 화석을 찾는 일은 그녀가 놓쳐버린 과거의 사랑을 찾는 일에 대응한다. 친구의 오빠였던 그와 혜원은 한동안 연애를 하지만, 끝내 헤어진다. "고요한 호숫가 한 마리의 백조"(205쪽)같은 혜원에게 사람 냄새가 나지 않는다며, 그가 떠나갔던 것이다.

혜원은 결국 모스크바에 있는 그에게 연락을 한다. 하루에도 수없이 몰려드는 해일과도 같은 방랑의 광풍에 자신을 맡긴 것이다. 그와 혜원은 다시 만나고, 그들은 서로에게서 예전 그대로의 모습을 발견한다. 이 작품은 여러 가지 이미지와 상징들로 아름답게 짜여있다. 작품은 그녀의 마음을 나타내는 '붉은 말'이라는 해초의 이미지와 함께 시작된다. 그녀는 썰물로 인해 갯벌에 드러난 '붉은 말'을 보았던 일을 떠올리고, 자신의 마음에도 똑같이 붉은 꽃밭이 자리한다고 느낀다. 그것은 현재 그녀 마음의 쓰린 속을 의미한다. 마지막 그를 다시 만났을 때, 혜원의 가슴에는 물결이 밀려온다. 그 물결은 "따뜻하고 맑은 물결"로서, "여자는 이제야 그곳에 마악 밀물 때가 도래했음을 깨닫는"(214쪽)다. 「석회암은 어디에」의 '여자'가 눈물을 흘리며 일상의 경계 위에서 울고 있었다면, 「어두워지지 않는 밤」의 혜원은 비로소 경계 저쪽을 향한 발걸음을 시작했다고 볼 수 있다.

4. 새로운 삶의 창조

「때까치 우는 아침」은 「어두워지지 않는 밤」의 혜원이 감행한 경계 넘기 이후의 단계에 해당한다고 볼 수 있다. 「때까치 우는 아침」의 '나'는 자유를 향한 정념에 과감히 몸을 맡겨 이전과는 다른 자신과 삶을 만들어나간다. 이 작품의 '나' 역시 김현숙표 인물의 전형에 해당한다. 전원도시에 위치한 쾌적한 아파트, 눈물겹게 성실하고 사람됨이 반듯한 남편과 아이들, 출퇴근이 승용차로 10분 거리인 학교라는 직장 등을 갖춘 '나'의 외형적 삶은 평탄함 그 자체이다. 그러나 남편과는 자잘하고 소소한 무엇인가가 조금씩 어긋나기 시작해 영구히 맞닿지 않을 듯 소원해져 있다. 그녀는 "마음 한 구석에 알 수 없는 커다란 웅덩이가 있어 늘 채워지지 않는 공허감"(220쪽)에 시달린다. 자유를 향한 정념에 그녀 역시 들려 있는 것이다.

이런 상황에서 '나'는 하나의 경계와 마주하게 된다. 그것은 지금까지의 평화롭지만 공허한 일상과 그 너머를 가르는 경계이다. 그 경계는 비디오점의 남자를 만남으로써 '나'의 앞에 나타난다. 남자는 "그를 만나기 전의 봄비와 그를 만난 후의 봄비는 완연히 달랐습니다."(222쪽)라는 고백을 하게 만드는, 단 한번 보았지만 "천년을 함께 한 듯 가깝고 친숙"(223쪽)한 그런 사람이다. '운명적'이라고밖에 표현할 수 없는 만남이, 바로 그 남자와의 만남인 것이다. 나중에 밝혀지는 것은 남자가 '나' 역시 젊은 시절 몰입했었던, 한때 문단에서 선풍적인 인기를 끈 적이 있는 작가라는 사실이다.

이 작품의 '나'는 과감히 경계를 넘어 새로운 세상에 자신을 던진다. 점점 그와 가까워진 '나'는 남편의 제안으로 이루어진 것이기는 하지만 이혼을 결심한다. 그리고 "겹겹의 위선을 벗어나 남은 생 적어도 스스로에게만은 보다 진실되고 정직한 삶을 살"(231쪽)고자 학교도 그만둔다. 이후 '나'는 학교를 사직하고 받은 퇴직금과 그동안 모아놓은 돈을 합쳐 카페를 인수한다. 그 카페 역시 그를 위한 것이다. "누군가를 향한 타오르는 그리움에 목이 멜 때면 꼭 약속하지 않아도 언제 어느 때 불현듯 그가 나타나 주기를 기다릴 수 있는 공간"(233쪽)이 바로 그 카페인 것이다. 가끔 카페를 찾아온 그에게 맛있는 차를 끓여주고, 마주 앉아 미소 지을 수 있는 것이 전부이지만, '나'는 섹스가 필요 없을 정도의 뜨거운 사랑을 그와 계속해서 해나간다. 이 작품의 '나'는 평화롭고 행복하다. 그녀의 삶이 얼마나 풍요로운 것인지는 카페에서 우연히 만난 한 여자를 따뜻하게 보듬어주는 마지막 모습을 통해서도 다시 한 번 확인할 수 있다.

때로 정념은 그 경계에서 흘러넘침으로써 한 인간의 삶을 파괴하기도 한다. 「노을이 질 때」에 나오는 선희가 바로 그 주인공이다. 선희와 수희는 실과 바늘처럼 매사에 늘 공존해온 자매였으나 섬세한 감성과 지성, 그리고 남성미를 고루 지닌 남자 태시우를 함께 사랑한다. 그러나 태시우는 동생인 수희를 사랑하고, 선희는 엄청난 상처를 받고 결국에는 정신병에 걸려 평생을 정신병원에서 보낸다. 모든 인간에게 존재하는 정념을 다스리지 못한 결과 선희는 경계 저쪽의 사람이 된 것이다. 그렇다고 해서 선희가 특별한 존재일 수는 없다. 김현숙에게 '삶은 이러해야 한다'는 식의 절대적인 명제는 결코 성립하지 않는다. 우리 누구나가 선희일 수 있으며, 선희 역시 우리일 수 있는 것이다. 그것은 태시우가 마지막에 '나'에게 하는 다음의 말에 잘 압축되어 있다.

저들과 우리 사이에 특별한 경계란 없어요. 제가 잘나가는 직장 그만두고 왜 카페를 차린 줄 아세요. 전 아직도 노을이 질 때면 기다리고 또 기다려요. 어느 날 문득 수희씨가 카페의 문을 열고 홀연히 나타나리란 기대를 버리지 못하는 겁니다. 그 증세가 조금만 더 깊어지면 이곳으로 와야하는 게 우리네 삶이에요. 우리 누구나 다 가지고 있는 자신만의 꿈, 소망, 기다림…… 그리고 그것을 끝내 이룰 수 없을 때의 좌절, 상심, 아픔 등. 문제는 그것을 여하히 견뎌낼 수 있느냐 없느냐, 그 차이에요. 그걸 잘 이겨내고 어지럽고 광포한 삶의 소용돌이에 뒤섞여 살아낼 수 있는지, 없는지 그 저항력의 강도가 곧 저 울타리의 이쪽과 저쪽을 구분짓는 경계겠지요. (250쪽)

모두는 '자신만의 꿈, 소망, 기다림'을 가지고 있으며, 그에 따른 '좌절, 상심, 아픔' 등도 경험한다. 문제는 그것을 견뎌낼 수 있느냐 없느냐의 차이이다. 태시우가 강변에 카페를 차리고 그 정념을 다스린다면, 선희는 끝내 그 정념을 다스리지 못해 경계 너머의 사람이 된 것이다.

5. 계승과 발전

이번 작품집에는 은은하지만 끈질기게 여성주의적 시각이 가로놓여 있다. 이번 소설집의 모든 주인공은 여성이다. 주인공들의 호칭 역시 대부분 '그녀' 혹은 '여자'와 같은 보통명사가 사용되고 있다. 이것은 이 주인공들이 이 사회의 특별한 인간들이라기보다는 여성 일반에 해당함을 강조하려는 의도로 읽힌다. 또한 강하지는 않지만, 여성들의 불행에는 남성적인 것의 그림자가 드리워져 있다. 「노을이 질 때」가 대표적이다. 이 작품에서 수희언니가 정신병에 걸린 이유는 아버지의 폭력 때문이다. 의처증으로 아내에게 주먹을 휘두르는 아버지는 자신의 딸들에게 상상 이상의 집착과 통제를 보인다. 사랑에 실패하여 정신을 놓아가던 수희언니의 상태를 결정적으로 악화시킨 존재도 바로 아버지이다. 그는 금촌집 울타리를 벗어나지 못하도록 강력한 금족령을 내렸고, 나중에는 집의 어두운 골방에 감금시킨다. 올바른 남성상의 부재가 이들 여성의 불행과 관련되어 있다고 볼 수 있다.

이번 소설집에 실린 주인공들은 공통된 특성을 지니고 있다. 외양은 그럴듯한 삶을 살고 있는 중년의 여성들이나, 지금 이곳의 일상에 대한 여러 가지 불만과 곤혹을 느끼고 있다. 이러한 상황 속에서 그녀들은 자유를 향한 정념에 천천히 그러나 깊이 침윤된다. 이러한 정념은 그녀들을 끊임없이 충동질하여 어디론가 떠나가게 만든다. 그러한 정념에의 대응은 새롭고 더 따뜻해진 눈길로 일상을 긍정하는 것, 신앙의 힘을 빌어 종교적으로 승화시키는 것, 일상과 탈일상의 경계에 머무는 것, 일상을 과감하게 벗어나는 것 등으로 나타난다. 이처럼 작가가 원고지 위에 마술처럼 그려놓은 각각의 인물들은 각기 다양한 방식으로 자유를 향한 정념에 대처해나가고 있다.

김현숙은 결코 어떠한 방식이 옳다고 주장하지 않는다. 흥미로운 것은 각자가 선택한 길 위에서 주인공들은 모두 나름대로 행복하다는 점이다. 이러한 특징을 하나의 변덕, 혹은 작가적 줏대 없음으로 해석하는 것은 완전한 오독이다. 이러한 다양성 속에는 김현숙이 말하고자 하는 삶에 대한 소설적 진실이 숨어 있기 때문이다. 김현숙은 '진정한 인간 혹은 삶'이 없는 것이 아니라, 역설적으로 '모든 인간 혹은 삶'이 '진정한 인간이자 삶'이라고 말하고 있는 것이다. 김현숙은 본질, 필연, 절대, 영원을 주장하기보다는 현상, 우연, 생성, 소멸, 변화에 더 큰 관심을 기울인다. 인간에게는 단 하나의 본질적인 삶의 길이 주어졌다고 보지 않는다. 여섯 명의 동창들 삶 모두를 긍정하는 「호수회의 첫 여행」은 직접적으로 이러한 메시지를 담고 있는 작품이다. 작가는 영원불변한 진리를 찾기보다는 개인의 자율성과 우연에 따른 삶의 의미에 더욱 천착하는 것으로 보인다. 자아 혹은 삶이란 발견의 대상이 아니라 창조의 대상이라고 볼 수 있다. 그리하여 김현숙에게 삶에서 중요한 것은 보편성에 부합하는 삶이 아니라 우주에서 오로지 나 하나로서만 증명될 수 있는 고유한 자아와 그에 바탕한 삶의 창조일 것이다.

이러한 특징은 이전 작품들과의 연속성 속에서 생각할 수 있다. 『하얀시계』(휴먼앤북스, 2002)에서도 자기중심주의에 대한 비판은 김현숙 소설의 핵심에 자리 잡고 있었다. 「출모」, 「괴목을 찾아서」, 「코브라의 춤」 등의 작품이 대표적인데, 이러한 자기중심주의는 "자신은 언제나 옳다는 믿음"[1]에 바탕한 것이다. 이번 작품집은 이러한 자기중심주의 혹은 절대주의에 대한 비판에 머물지 않고, 철학자 리처드 로티(Richard Rorty)가 말한 아이러니스트의 시각에 바탕하여 개별적인 삶의 창조까지 선명하게 보여주고 있다. 이번 작품집은 이전 작품집의 문제의식을 받아안아, 그것을 문학적으로 한단계 발전시켜 구체화시켰다고 의미부여할 수 있다.

---

1) 정호웅, 「무명의 어둠 속에서 익은 문학」, 『하얀시계』, 휴먼앤북스, 2002, 328쪽.